乡村志

天大地大

贺享雍 著

四川文艺出版社

图书在版编目（CIP）数据

乡村志. 天大地大/贺享雍著. —成都：四川文艺出版社，
2019.7
ISBN 978-7-5411-5432-4

Ⅰ. ①乡… Ⅱ. ①贺… Ⅲ. ①长篇小说—中国—当代
Ⅳ. ①I247.5

中国版本图书馆 CIP 数据核字（2019）第 125845 号

XIANGCUN ZHI TIAN DA DI DA

乡村志·天大地大

贺享雍　著

编辑统筹	罗月婷　　王梓画
责任编辑	罗月婷
内文设计	史小燕
封面设计	叶　茂
责任校对	蓝　海
责任印制	崔　娜

出版发行　四川文艺出版社（成都市槐树街2号）
网　　址　www. scwys. com
电　　话　028-86259287（发行部）　　028-86259303（编辑部）
传　　真　028-86259306

邮购地址　成都市槐树街2号四川文艺出版社邮购部　610031
排　　版　四川胜翔数码印务设计有限公司
印　　刷　成都国图广告印务有限公司
成品尺寸　168mm×238mm　　　　开　　本　16 开
印　　张　18.75　　　　　　　　　字　　数　315 千
版　　次　2019 年 7 月第一版　　　印　　次　2019 年 7 月第一次印刷
书　　号　ISBN 978-7-5411-5432-4
定　　价　48.00 元

目录

■ CONTENTS

第一章

一

越往村子里面走，乔燕看到路两边沟渠里堆积的庄稼秸秆和枯草越来越多，一些秸秆和枯草已经腐烂，颜色发黑，空气里散发着一股腐殖物的酸臭味。前两天下过一场暴雨，洪水也没把这些垃圾和臭味冲走，雨水积在低洼处，墨汁一般。孑孓和不知名的小虫把这些水潭当作了乐园，尽情地在里面撒着欢。乔燕不由得皱了皱鼻子，这和她昨天晚上想象的"绿水逶迤去，青山相向开"有些不一样。

拐过一个之字形的弯，一棵枝繁叶茂的老黄葛树下围了一群人，黄葛树旁边有排低矮的房子，小青瓦，还有一座二层楼房，比较体面，外墙贴了白瓷砖，阳光在上面像水波一样荡漾。黄葛树很大，枝繁叶茂，严严地遮住了大半个广场。树下那群人声音忽高忽低，乔燕听不太清楚，于是骑着电动车又前行了几百米，才刹住车，将一只脚踩在地上，半歪着身子偷听起来。

是吵架！只听见一个女人像是斗红了眼的公鸡，气势汹汹尖声叫道："你还我鸭子……"回答女人的是一个男人沙哑的声音，像是有些底气不足，道："我又没有赶你的鸭子，凭啥子还你？"女人马上又凌厉地道："你赶了我的鸭子还不认账，不得好死！"男人像是被激怒了，也道："你血口喷人，冤枉我，就不怕断子绝孙？"

大约这话更刺激了女人，乔燕看见人群起了一阵骚动，只听那女人怒火冲天地叫道："你赶了我的鸭子，还茅坑的石板又臭又硬！我们找贺端阳……"男人不等女人话完，也不甘示弱地叫起来："找就找，难道怕了你不成？"说话间，人群骚动得更厉害了。乔燕知道两人抓扯起来了，正想过去劝解劝解，忽听一人道："贺端阳都到乡上去了，你们去找鬼大爷呀！"听了这话，众人也马上说："就是，就是，话冷了说得，铁冷了打不得，还是等贺端阳回来了再说吧！"说完，人群像黄蜂似的，从黄葛树下的阴影里"哄"地走出来，散开了。最后，黄葛树下只剩下了一男一女，虎视眈眈地互相瞪着。乔燕便知道他们是今天这场戏的主角。

那女人三十七八岁的样子，上身穿一件深绿色长袖衫，袖子挽到胳膊肘上，下面是一条粉紫色的裤子，裤腿也挽到脚踝处，头发梳得很整齐，给人一种干练和整洁的印象；男人上身则是一件皱巴巴的浅色五分袖加肥 T 恤，下面是一条青色短裤，也显得很肥大，给人一种滑稽和邋遢的感觉。大约因为没有了观众，两人对峙了一阵后，也一个往东，一个向西，骂骂咧咧地回去了。

等黄葛树下彻底安静下来以后，乔燕才从一种恍惚中回过神来。没想到上任第一天，迎接她的，不是想象中乡村美好的诗意，而是肮脏的环境和骂大街的村民，一副乱糟糟的样子。接下来还会发生什么？她说不清楚。不过既然来了，无论还有什么糟糕的事情等着，也只有迎着风浪，硬着头皮上了。

想到这里，乔燕又朝那棵蓊蓊郁郁、冠盖如伞的黄葛树看了一眼。只见风吹树摇，满树的枝叶轻轻颤动，传来一阵"簌簌"的响声，似是给她鼓励和安慰。乔燕深深吸了一口气，整理了一下思绪，看见黄葛树东边约五百米的地方，有座低矮的土坯房，一个大爷持了一把用竹杈绑成的大扫帚，在一瘸一拐地扫着院子。

乔燕今天是来村上报到的，昨天就给村支书贺端阳打了电话，可刚才听黄葛树下围观吵架的村民说贺端阳到乡上去了，此时正不知自己该到哪儿去，看见扫地的大爷，想起来贺家湾的目的，这不正是察民情、访民意的好机会吗？顺便问问刚才吵架的村民叫什么名字，为什么吵架，村里又为什么会这样脏，一边等贺端阳回来，一边了解社情民意，岂不是好事？这么一想，乔燕有几分激动起来，便发动电动车，朝前面那个院子驶去。

二

乔燕在老大爷的院子边上将电动车关闭上锁，跳下来，将那只挂在车头上的菱格黑色单肩包取下来，斜挎在肩头，这才朝院子走去。看那院子，方方正正，有三四间屋子大，全是就地取材的青石板，一横一纵地交叉嵌着，颇显出一些年头来。大约是昨晚刮了风，院子里落了很厚的竹叶。土坯墙的屋檐枋头上，横着搁了十多根直径一尺左右的大柏树干，上面蒙了一层厚厚的灰。柏树干下面的阶沿上，工工整整地码了几堆柴火，上面蹲了三只公鸡、五只母鸡，正眯了眼，悠闲地打着瞌睡。一条大黄狗卧在门边，一见乔燕，吠了一声，便虚张声势地跑了过来。但还没待它跑近，大爷手里的大扫帚便落在了它身上。大黄狗得到警告，立即又沮丧地退了回去。大爷六十多岁的样子，脸上全是皱纹，上身穿一件褪色的蓝布褂子，下面是一条开了很多口袋的黑色短裤，裸露出的小腿上长了许多歪歪扭扭的动脉瘤，仿佛无数条小蛇盘在皮肤上。乔燕以为大爷将狗赶走以后，会热情地过来打招呼，端凳子让她坐。可并没有，他只是觑了乔燕一眼，又低下头，只顾忙活自己的事，仿佛根本没乔燕这个人一般。

乔燕过去看小说或是影视剧，里面描写乡下人看见从城里来的干部，都会像见了亲人般，热情得不得了。现在见这大爷连个招呼都不打，心里不禁诧异起来。她本是一个活泼开朗的姑娘，一见这情形，便变被动为主动，像在家里一样，甜蜜蜜地大叫了一声："爷爷，你好!"

大爷这才将扫帚停下，却没回答乔燕，仍只是像先前一样觑起眼睛，将目光落在乔燕身上。乔燕见老人只顾看着自己不说话，还以为身上有什么，低头看去，却什么也没有看见。出发时，她特地选了这件齐小腿肚的白色百褶长裙，上面搭配一件蓝色条纹 T 恤，使自己尽量显得简单大方，像个农村姑娘。她还专门征求过爷爷的意见，连爷爷都说这身打扮不会引起乡下人的反感。现在这个老大爷这么目不转睛地看着自己，又是为什么呢?

正疑惑间，大爷突然瓮声瓮气地问："你是谁？"乔燕松了一口气，终于开口了！忙笑吟吟地回答道："爷爷，我是上级派到贺家湾村的第一书记……"大爷眼睛顿时放出两道明亮的光来，可这两道光芒瞬间即逝，变成了警惕和怀疑的神情。他又将乔燕上下打量了一遍，突然又问道："贺端阳犯错误了？"

乔燕一听这话，也显出了吃惊的样子，道："贺书记犯什么错误了？"大爷立即说："我问你，你还问我？"乔燕道："我没听说贺书记犯错误呀！"大爷马上又道："没犯错误，怎么又派一个书记来……"乔燕明白过来，于是笑了起来："哦，是这样的，爷爷，贺端阳是村里的书记，我也是村里的书记……"大爷忙打断了她的话，道："我老头活了这么大，还没听说过一个村有两个书记！你还是第一书记，这么说，贺端阳倒要服你管了哟？"

乔燕有些哭笑不得，细一想，又觉得不奇怪，因为"第一书记"这个称呼，是前不久上面文件这么规定的，过去只叫"驻村干部"。她正想给大爷解释，却又见大爷两眼犀利地盯着她，从嘴里蹦出了一句话："你怕是个骗子吧？"乔燕吃了一惊，马上看着大爷问："爷爷，你看我像骗子吗？"大爷摇了摇头，乔燕以为他会说出"不像"两个字，没想到他说出的却是斩钉截铁的一句话："那可不一定，现在的骗子连中央领导都敢冒充呢！"接着又说，"现在骗子专门下乡来骗我们这些老实的庄稼人！前段日子有几个骗子骑着摩托到我们村上来，说是家里遭了灾，有钱的给点钱，有米的给点米。大伙儿心善，见他们说得可怜，有给三块五块的，也有十块八块的，实在没钱的，就从瓮里给他们口袋里舀米，积少成多，光米也装了几口袋。可第二天，湾里有人到县城赶集，却看见他们在市场上卖米，你说这骗子心肠坏不坏？乡上知道这事后，还下来开会，让我们不要轻易相信外面来的人呢！还说发现了值得怀疑的人，就向村里和乡上报告！"

乔燕听了这话，便马上对大爷说："爷爷，我真是上级派到贺家湾村来的第一书记！你要不相信我，原来那个叫张青的驻村干部，你该认识吧？我就是来接替他在你们村上的工作的！"乔燕把原来驻村干部的名字说出来，以为大爷会相信她了，可没想到大爷仍然固执地说："口说无凭，你把介绍信给我看看！我老头虽然识字不多，但几个名字巴巴还是认得的！"说着便把手伸到了乔燕面前。

乔燕突然红了脸，原来他们这些第一书记上任，通常都是由单位的政工干部把他们送到乡上，再由乡上领导或管组织的党委委员送到村上，这样层层转送，才体现出各级领导的重视。乔燕所在的单位也安排了车和人，而且也通知了乡上，但乔燕却临时改变了主意，她要自己骑着那辆香脂白的48V"小风悦"电动车到村上来。她把自己的想法跟爷爷乔大年谈了，乔大年不但不反对，而且一个劲称赞，说一上任就给乡亲们一个艰苦朴素的印象，这样最好！得到爷爷鼓励的乔燕便把单位来接她的司机连人带车赶了回去，跨上自己的坐骑朝贺家湾来了。现在见老人向她要介绍信，便不好意思地对他说："对不起，爷爷，我没去组织部开介绍信，我们单位原准备用小车送我来的……"还想进一步解释，大爷却打断了她的话，说："要是你坐四个轮子的小车来，我倒相信你！这年头，有几个干部下乡骑'电马儿'的？"

一听这话，乔燕真有种秀才遇到兵，有理说不清的感觉，便又对大爷说："爷爷，你要我怎么说，你才相信呢？"大爷想了想，突然改换了一种口气，对乔燕道："你要真是第一书记，我可要问你一件事……"乔燕马上道："你问吧，爷爷，我洗耳恭听！"大爷立即不满地道："政府收农业税那些年，乡上的干部天天来催，像我们这样的老实人，从不欠国家一分钱，可像贺兴顺、贺良礼这样的奸猾人，年年都拖着不交，到现在政府也不收他们的钱了，你说政府是不是欺软怕硬，啥时候把我们交了的钱退给我们呀？"说完便紧盯着乔燕看。

乔燕一下愣住了，这是什么时候的事呀？再说，她一直生活在城里，怎么会知道收农业税的事？何况她只是一个下来扶贫的第一书记，即使知道，她也做不了主呀！想到这里，她嗫嚅着对大爷说："爷爷，你说这事，我……"大爷见乔燕支支吾吾、脸红筋涨的样子，说道："说不上了吧？"接着，又立即不怀好意地问道，"那你说说，贺端阳个子有多高，是胖还是瘦？"乔燕听大爷问这话，又老老实实回答道："爷爷，实在对不起，我今天才下来，还没见过贺端阳……"话音未完，大爷立即正了颜色，对乔燕道："你一问三不知，那我更不敢相信你了！你各人走吧，不然我要喊人了！"

乔燕见大爷下了逐客令，本想不再和这个既固执又愚顽的糊涂老头说什么了，可如果真就这样离开，那一定会坚定他认为自己是骗子的念头，于是对大爷说："爷爷，你要喊人就喊吧，反正我不是骗子！"乔燕以为大爷听了她这话，会打消他的怀疑，没想到这大爷什么话也没有说，果然朝着外面大喊了起来："大家快来呀，这儿有个骗子！"更令乔燕没想到的是，大爷看似干瘦，身上青筋暴突，可从喉咙里蹦出的喊声，却像胸腔里安了只扩音器，十分洪亮和高亢，如霹雳般，真可谓直冲云霄了。乔燕读书时，听乡下同学说过，山里人有喊山的习惯，这声音大概就是从喊山中锻炼出来的吧。

乔燕见大爷真的喊了起来，心里不免产生了一丝恐慌。她朝外面看了一下，发觉四周并无人影，十分安静，这才安心了一些。可又令她没想到的是，没一时，像是从地下突然冒出了几个人，一边往这儿跑，一边大叫："老叔，骗子在哪儿？可别让他跑了！"

乔燕见果然有人跑来了，心里更慌了。她毕竟是个女孩子，从小在城里长大，哪经历过这样的场面？别的她不担心，担心的是这些人如果也不听她解释，他们会拿她怎么办？是打她还是把她拉到乡上去？拉到乡上去她不怕，怕的是那些人打她！一想到这里，她感到一股寒气从脚底冒了上来，不由自主地抓住了裙子。

没一时，那伙人跑进了院子，乔燕瞥了他们一眼，发现他们身上冒着热汗，脸上全挂着一种兴奋莫测的神情。他们也看见了她，脸上亢奋的神情稍有些减弱。一个蓄着齐耳短发、年龄三十多岁的苹果形脸庞的女人对乔燕严厉地问："原来还是个女骗子！看你这么年轻，怎么出来当骗子呀？"另一个五十多岁的男人立即接了她的话，道："人家专门拿色相行骗呗！"一个四十多岁的女人却没管她，只径直问大爷："老叔，她骗了你什么？"大爷立即显出一种胜利者的姿态对大家说："她说她是上级派到我们村的第一书记！一个村怎么会有两个书记？还分第一、第二，你们听说过有第一书记的说法吗？"几个人立即将头摇得像是拨浪鼓一般，齐声道："没听说过！"说完又回头看着乔燕。乔燕急得面孔绯红，在地上顿了一下脚，对这些人说："我真是贺家湾村的第一书记……"大爷听乔燕还这么说，便立即义正词严地打断了她的话，说："大家都没听说过什么第一第二书记，你还狡辩！"众人听后，也马上附和大爷，道："对，对，把她抓到乡上去……"

正说着，忽听得外面一阵摩托车响，接着传来一个响亮的声音："什么事呀？"众人急忙回头看去，马上高兴地叫道："这下好了，贺书记回来了！"接着便对那人邀功请赏般地补充道，"我们抓到了一个骗子！"乔燕听见众人叫他贺书记，便知道是这个村的支部书记贺端阳了，不由得像遇到救星一般，扭头看去。只见这贺端阳四十六七岁，个子很高，国字脸，一个后梳短发发型，把那张脸更衬得轮廓分明。微胖，肚皮稍稍向外凸起，上身穿了一件商务型的银灰色丝光棉短袖衬衣，下面是一条青色的休闲长裤，给人的印象不像一个农村支部书记，倒像是城里一个坐办公室的。他在乔燕的车旁边停下他的摩托车，这才走进来，问："骗子在哪儿？"众人忙指着乔燕回答："就是她……"话音未落，乔燕突然委屈地大叫了起来："我是贺家湾村的第一书记！"

一听这话，贺端阳愣了一下，冲进人群，目光落到乔燕身上看了半天，才醒悟似的叫了起来："你是……乔书记？"乔燕的泪水盈上了眼眶，但她努力忍住了，像一个受委屈的孩子般对贺端阳说："我是乔燕！"贺端阳立即冲过去抓住了她的手，道："乔书记，欢迎，欢迎！我叫贺端阳，昨天乡上通知我，说你今天要来报到，我一大早就赶到乡上接你去了！等了半天，没等着你，我叫党委办小赵打电话给你们单位，才知道你自己骑车到村上来了！对不起，对不起！"说完对众人斥道，"你们这是做什么呀，啊？大水冲了龙王庙，自己人不认识自己人了，是不是？这是县上给我们村派来的乔书记，是专门来贺家湾扶贫的！"众人听了这话，才回过神来，却又似信非信，道："还真是第一书记呀？"说完目光又继续在乔燕身上逡巡。过了一会儿，忽听得有人在低声嘀咕说："这么年轻，不要人扶她都是好的，还能扶什么贫？"这人话完，其他人像得到了鼓励，马上有人提高了声音说："就是，怕只是下来镀金吧？"接着又有两个人同时说："对对对，下来打两逛，回去就提拔，准是哪个官儿的千金吧？"

乔燕听了这话，像是受了侮辱，正想回答，忽然先前那大爷像是要把她五脏六腑都看透似的，紧紧盯着她，不等乔燕开口，又突然问："姑娘，你真是来扶贫的？"乔燕心想今天这事，都全是由他引起的，便没有好气地冲他反问："那你说我是来干什么的？"大爷忙丢了手里的扫帚，双手抱拳，朝乔燕打了一拱，然后才道："对不起，姑娘，我老汉有眼不识泰山……"乔燕听他一口一个"姑娘"，觉得是小看了她，便又马上对大爷强调说："我叫乔燕！"大爷愣了一下，便改口道："哦，乔……乔……乔书记，你说你是来扶贫的，老汉今天可要考考你，你会背二十四节气歌吗？立春过了是什么节气？寒露该种哪样庄稼？"众人一听这话，马上又像看笑话一般跟在大爷后面叫起来："对，对，现在是什么节气了，你说呀！"

乔燕见众人咄咄逼人地看着她，等待她的回答，脸不由得涨得紫红起来。先前他们把她当作骗子，她只觉得委屈，可现在他们拿什么二十四节气、什么农谚来考她，她就觉得这已经是对她人格和智力的一种侮辱了！她感到这一切都是他们故意安排好的，明显是不欢迎她。一想到这里，乔燕一时冲动，便对着众人大声喊了起来："你们这是故意的，明显不想接纳我，我不来了……"话还没有喊完，便几步跑出院子，来到自己那辆电动车旁边，跨上去，一拧车把，将车发动起来，一溜烟便朝外面跑去了。

贺端阳先前听大伙儿东一句西一句要考乔燕，也没在意，庄稼人嘛，都是一根肠子通到底的直人，藏不住话，说话也没高没低，他都是知道的。如果是一个有经验的从城里来的干部，几句"涮坛子"的玩笑话和大家一开，大伙儿不但不会再为难他，还会和他更亲。可他却忘了乔燕还是个女孩子。现在一见乔燕裁缝的脑壳——当了针（真），不由得急了。他朝乔燕喊了一声，但乔燕像是没听见，只顾加大马力朝前冲。贺端阳急忙也发动了自己的摩托车要去追，可一看乔燕的车已经驶远了，即使赶上，她也不一定会回来了，便打消了追的念头，回来把众人骂了一顿。

三

回到城里，已是半下午。虽然节令还没到全年最热的时候，但太阳的淫威一点不输于盛夏。早上出门时，天气还阴凉，所以乔燕也没戴草帽。等冒着日头回到城里，她的脸已经晒出了两片高原红，背上的裙子也紧紧地贴在了皮肤上。她又饥又渴，知道爷爷奶奶已经吃过午饭，不想回去再麻烦奶奶给自己做饭，路过一家超市时，就进去买了一块烤面包和一袋牛奶，然后就着从超市里空调吹出的凉风，将面包和牛奶填进肚子里，这才跨上"电马儿"朝家里驶去。

打开房门，爷爷乔大年正坐在客厅的单人沙发上，对着一台"呼呼"转动的"三峡牌"老式电风扇看报纸。乔大年住的是一幢 20 世纪 90 年代的老建筑，那时候小县城还不时兴电梯房，乔大年买房子时，担心两口儿老了爬楼梯有困难，便选了个一楼，屋子光线虽然暗了一些，却凉快。客厅里虽然摆了一台 3P 的海尔立式空调，乔大年一是怕耗电，二是怕一不小心就被那空调给弄感冒了，所以那大空调大多数时候都只是一个摆设。那台老掉牙的电风扇发出"吱吱"的响声，使人感到随时都会散架的样子。乔燕没像往常那样和爷爷打招呼，将斜挎的菱格黑色单肩包取下来往沙发上狠狠地一掼，一屁股便重重地坐在了沙发上。乔老爷子看见孙女儿嘟着一张嘴，脸上挂着沮丧的表情，急忙取下架在鼻梁上的老花镜，疑惑地打量了乔燕半晌，这才半开玩笑半心疼地问："小燕儿怎么变成了一只呆头鹅？"

乔大年的性格和乔燕一样，年轻时十分活泼和开朗，即使现在快八十岁了，还很乐观和风趣。乔燕和妈妈把他叫作"老顽童"，而奶奶则把他叫作"老不正经"。但乔燕却十分喜欢爷爷的"老不正经"。她知道爷爷非常溺爱自己，但爷爷的溺爱却很有分寸，他说的话句句风趣，可细细一想却极有道理。现在见爷爷问她，乔燕眼里的泪水突然涌了上来。她立即咬紧了嘴唇，没答，却把头转到了一边。

乔大年一见，立即将手里的报纸放到茶几上，没想到这时电扇的头正好转到了这边，将报纸又"呼"的一下吹到了沙发上。乔大年没去管它，起身将电风扇转到乔燕的方向，这才走过来坐在了她身边，把手搭到她肩上，未卜先知地问："出师不利是不是？"乔燕终于忍不住了，突然背过身子，将脸埋在沙发扶手上，"呜呜"地哭出了声。乔大年也不劝，却说："哭出来就好了！我怎么今天才发觉燕儿的哭声比笑声还好听呢！"

话音刚落，乔燕又"扑哧"笑出了声，一边笑，一边抬起头来，止住了哭声，含着泪对乔大年愤愤地说："他们欺负我！"乔大年已心知肚明，却故意往地上顿了一下脚，做出怒不可遏的样子，道："谁吃了豹子胆，敢欺负我乔大年的孙女？啊！"说着，见乔燕脸上还是珠泪涟涟，便从茶几上的纸盒里抽了一张纸巾，递给乔燕说，"先把眼泪擦干净，再给爷爷慢慢说，爷爷去找他们说个子曰！"

乔燕知道爷爷是故意打趣她，接过纸胡乱地在脸上擦了一把，这才嘟着嘴没头没脑地说："他们故意为难我，把我当骗子，考我什么二十四节气，还要我解决农业税的遗留问题！收农业税时，我才上初中，再说，我也不是农村人，知道什么？"乔大年听了这话，忙说："嗯，你是不知道，不过现在知道也不晚！"乔燕没听出乔老爷子话里的意思，又余怒未息地道："他们还把我当小娃娃……"乔老爷子突然朗声大笑起来，道："哦，这真的太不严肃了！我孙女都这么大了，怎么还能当成小屁孩？"乔燕被爷爷笑得不好意思了，马上扑过去，抱着乔老爷子的肩膀摇了摇，道："爷爷，明天你去跟我们单位和组织部说一声，我不去做这个第一书记了，让他们换别人去……"乔老爷子愣了一下，目光落到乔燕身上，道："真的?"乔燕道："那些农民的素质太低了！"乔老爷子道："农民的素质都那么高了，要你们去做什么?"乔燕被爷爷问住了，不觉红了脸，便又摇了乔老爷子一下："爷爷，你去不去说?"乔老爷子说："我这张老脸可开不了这个口！"乔燕抱住乔老爷子，一边摇晃，一边大声喊道："不，爷爷，我要你去说，我就是要你去说，你一定要去给我说！"乔老爷子见孙女撒娇，笑了笑说："好，好，爷爷明天就去叫他们换人！我就说：'我孙女过去可像我乔大年的孙女，什么困难都不怕，也像是她母亲吴晓杰脱的壳，是个不服输的人，可这次不算，你们就饶她一次，另外换个人去吧……'"话还没完，乔燕又叫了起来："不能这么说！"乔老爷子这才变了脸色，正经地道："那我怎么说呢?"乔燕一下就哑了。

乔老爷子站起来，一边往外走一边不满地说："还没上任就想撂挑子，这可不像我乔大年的孙女，也不像是吴晓杰的女儿！"乔燕一听，低下头来。乔大年回过头朝乔燕看去，见孙女儿一副被霜打蔫的白菜样子，不觉又心软下来，便对她说："你奶奶到超市买东西去了，你要吃什么，爷爷给你做！"乔燕马上说："我在外面吃了一个烤面包，现在什么也不想吃，只想清静一会儿！"说罢站起来，提起沙发上的菱格单肩包，便要往自己屋子走。乔老爷子说："也好，你好好想想吧，我孙女儿自会有办法的！"乔燕也没回答，进屋去了。

乔燕流了会儿泪，又听了爷爷半开玩笑半认真的一席话，情绪平复多了。她开了屋子里的空调，凉风习习，更将她心里的一丝烦恼驱散开了。她坐在椅子上，看着雪白的墙壁整理了一下思绪，想起上午发生的事，又突然觉得一点也不奇怪了。他们把自己当作骗子，是因为他们曾经受过骗，他们不相信自己能扶贫，那也是有原因的。远的不说，就是当自己这次要去村上之前，向到村上做了一年多"驻村干部"的张青股长了解村上的情况，他竟然一点也说不出来，因为他压根儿没到村上去过两次！你说，这样的"驻村干部"，老百姓能相信吗?可她这次就不同了，是要住到村上的，用上面的话说，是真扶贫、扶真贫的，如果村民都不相信自己，这贫又怎么扶呢? 她想，当前最重要的是掌握村里的情况，尽快取得老百姓的信任。乔燕脑海里浮现出一个主意，立即跳起来，去打开了电脑。

乔燕在网上搜索到电子地图，接着又在搜索栏里输入省名，一点搜索，地图上立即跳出了全省的卫星地形图。乔燕在地图上找到了"贺家湾"三个小字，双击鼠标，贺家湾闪到了地图中间。乔燕又将鼠标移到地图右下角的"＋"号上，点一下，那图便放大了，再点一下，图更大了。乔燕一看，不觉惊叫起来！天啦，现代科技真是太神奇了！那地图上道道山梁、条条沟渠、块块田地、幢幢房屋，甚至一棵树、一片竹林，都像自己手掌上的纹路一般清楚。乔燕兴奋异常，她抑制不住内心的激动，急忙跳起来，冲过去打开屋门，对乔老爷子叫道："爷爷，你快来！"

乔老爷子等乔燕进屋后，又拿起了报纸来看，听见孙女喊，忙扭过头问："什么事？"乔燕道："你快来看，贺家湾！"老爷子道："贺家湾在贺家湾那儿呗，你让我到哪儿看？"乔燕说："地图上，爷爷，跟在眼前一样呢！"一听这话，老爷子急忙放下报纸，进了孙女的房间。乔燕将老爷子拉到电脑前面的椅子上坐下，他却只见电脑的液晶显示上蓝莹莹一片模糊的光影，什么也看不清楚。这才记起把眼镜放到了茶几上，便叫道："我的眼镜，眼镜！"说罢要站起来，乔燕却早跑了出去。

乔老爷子接过乔燕递过来的眼镜戴上，果见那地图清清楚楚，如身临其境一般。乔燕还担心爷爷看不清楚，立即又点击鼠标，将图的局部一点一点放大，然后指着那棵老黄葛树旁边的二层小楼说："这是村委会办公室，这是村小学，这棵黄葛树，很大……"话还没完，乔老爷子也激动地叫了起来："我想起来了，那棵黄葛树有几百年了，可是贺家湾的风水树！"乔燕高兴地说："爷爷，你还记得？"老爷子道："在那棵树下，我还开过一次村民大会，怎么会忘了？"又对乔燕说，"你把图放小点，我看看还能不能认出尖子山！"

乔燕果然把地图缩小了。老爷子盯着地图看了一阵，又兴奋地叫起来："这儿，就是这儿，这山就叫作尖子山！"乔燕说："可从地图上看，这山并不尖呀！"乔老爷子道："说是尖子山，可上面却是一块平地，平地上住着两兄弟，老大叫贺世金，老二叫贺世银。可这两兄弟呀，既没有金，也没有银，两间破房子，墙上的裂缝牛都跑得进去，那家里呀，真的是一贫如洗。两兄弟睡的那床，只有三条腿，另一条腿是用石头垫起来的。两兄弟都三十多岁了，还是庙门口的旗杆——光棍一条！我去看了呀，心里的味道真说不出来。我给村上、乡上说了，我们县上也出了五百块钱，让他们搬到山下来住了。我们又给他两兄弟送去五只猪崽，两兄弟也努力，后来脱了贫，这才娶上了媳妇儿！"说到这儿，老爷子眼里闪出光来，似乎陷入了回忆中的样子。乔燕忙看着老爷子问："爷爷，这贺世金、贺世银什么模样?"乔老爷子这才回过神似的笑了一笑,道:"这么多年了,我就是记得当年他们条子娃儿的模样,现在恐怕面对面也认不出他们了!"又感叹道,"变了,变了,贺家湾也变了,过去可没这么多房子!过去我们下乡,可全凭两条腿走路,有时一天要走几十公里。那次我们听说黄石岭乡历来就有养猪的习惯,就想把世行贷款的一个项目放到那儿。那天我们去考察,黄石岭乡还不通公路,我们吃过午饭从县城出发,头天晚上又下了一点雨,路很不好走,加上又是高山上,你猜我们走到什么时候才到达乡政府?"乔燕马上说:"一点半,晚上一点半才到乡政府!乡长姓李,听说你们去了,打起火把来接你们,半路上把你们接到。你们到达乡政府的时候,一人手里挂一根木棒,就像讨口子一样。那个乡上也穷,整个乡政府里只有两只暖水瓶,把两瓶水拿来,你们去的七八个人,一下就喝光了,马上又烧!第二天你们就分开行动,你到的贺家湾村!爷爷,是不是这样?"乔老爷子马上笑了起来:"鬼姑娘,你什么都知道了!"乔燕说:"爷爷,你不知给我讲 N 遍了!我不但知道这些,我还知道你的光荣历史。"说罢便背起手,在屋子里一边踱步,一边像做报告似的说了起来,"乔大年同志,20 世纪 60 年代中期西南农学院经济管理专业毕业后,响应国家号召,自愿放弃大城市优越条件到了老少边穷的小县城工作。那时大学生还很稀缺,乔大年同志一到县上,领导便给他安了一个全县金融管理财会股股长的职务,负责全县的金融管理、财务辅导,农村经济调查等事务。县委书记、县长下乡调查农村经济方面的事,都要将乔大年同志带上,乔大年同志那时可吃香呢! 1986 年,组织上想调该同志到国土局做局长,但他当时只想搞业务,研究农村农业政策,没心思去做领导,便拒绝了。后来组织上又派他到农工部去做部长,该同志仍然没有去。20 世纪 80 年代末期全省开发川东山区经济,需要成立一个叫'经济开发办'的机构,也就是后来的'扶贫办公室',县委书记亲自点将,要乔大年同志来组建这个办公室,而且下了死命令,乔大年同志必须服从组织安排!乔大年同志于是走马上任,从那时起直到退休,乔大年同志一直奋战在扶贫战线,先做扶贫办主任,再做扶贫局局长,即使做了副县长,也仍是分管扶贫工作,为我县扶贫攻坚事业,献了青春献终生,献了终生献子孙,成绩斐然,贡献卓越,因此在 20世纪的'八七'扶贫攻坚中,被国务院表彰为全国扶贫攻坚先进个人,被他孙女儿乔燕同志口头记特等功 N 次!不但如此,他还培养出了一个扶贫攻坚的杨门女将……"

说到这儿，乔老爷子忽然笑呵呵地打断了乔燕的话："你妈的事，你去当着你妈说！"乔燕对老爷子道："爷爷，我说得对不对？"乔老爷子仍笑着说："对对对，等我到火葬场爬高烟筒那天，我孙女儿就来给爷爷写悼词，保准比组织部门写的还好……"

祖孙俩正互相贫嘴打趣着，乔燕的奶奶买菜回来了，听见孙女屋子里的说话声，便推开门来看。

乔老爷子一见，便问："买的什么菜？"乔奶奶道："这季节茄子豇豆都罢市了，白菜萝卜又没出来，除了南瓜冬瓜，还能买什么菜？不过今天买了几个西红柿，这样大，绯红，倒很新鲜！"奶奶一边说，一边还比了一下。乔老爷子却说："才买了这点儿菜！"奶奶有些不高兴了，道："你那么会买，怎么不去买？裁缝的女儿——会弹（谈）不会纺！"老爷子道："好了，好了，我有好多门，你就有好多对子！时候也不早了，快去做饭吧，燕儿中午只在外面吃了一个烤面包呢！"奶奶一听这话，马上又嗔怪道："你这个老东西的，明知道燕儿只吃了一个面包，你不晓得给她做点东西吃呀？"乔燕知道两个老人斗嘴惯了，见怪不怪，只说："奶奶，不要紧，我还没饿！"奶奶哪肯相信，道："怎么没饿，那面包又不是铁，能顶得到多大的事？"说完又瞪了乔老爷子一眼，说，"都怪你个死老头子，也不知道心疼孩子！"一边说，一边忙不迭地系了围裙，进厨房去了。

四

夏季里昼长夜短，吃过晚饭，还红霞满天，但天气毕竟凉爽了。乔奶奶比乔老爷子年轻十多岁，退休后迷上了跳广场舞。乔老爷子不太爱动，乔奶奶便骂他是想窝在家里等死，硬把他拉了出去。乔老爷子到广场上一看，跳舞的都是像乔奶奶一样的大妈，即使中间夹杂着几个老男人，也比他年轻得多。他勉强像别人一样动了几下胳膊和腿，那胳膊和腿上像是给绑了棍子似的，僵硬得很。好歹自己也做过"县太爷"，怕别人看见自己笨手笨脚笑话，也就不跳了。倒是旁边有几个老头打太极拳，一招一式，舒缓自如，张弛有致，极有板眼，他一下就迷上了，于是跟着几个老头学，想不到很快也上了瘾。现在一早一晚，只要不刮风下雨，老两口都会双双出门，一个去跳舞，一个去打拳，互不干涉，然后又双双归家，一副公不离婆、秤不离砣的样子。

乔老爷子一放下碗，就去开电视看中央台的新闻联播，这也是他多年养成的雷打不动的习惯，乔奶奶则去刷锅洗碗。将厨房一干事做完后，乔奶奶出来一边解腰上的围裙，一边对乔燕道："燕，你不出去走走？"乔燕说："不了，奶奶，你和爷爷出去吧！"乔奶奶道："天气还这样早，出去走走吧！"乔燕正想回答，乔老爷子将电视遥控器一按，关了电视，站起来就对乔奶奶说："你真是南天门的土地——管得宽，年轻人有年轻人的耍法，跟你一个老婆子去做什么？"乔奶奶翻了一下白眼，不吭声了。乔燕又忙对乔老爷子说："不是那个意思，爷爷，今晚上我想把贺家湾的地图画出来！"乔老爷子忙道："你画地图做什么？"乔燕说："有用呗，爷爷，我虽然不知道那些山、那些地叫什么名字，也不知道那些房屋里住的是什么人，但我最起码的知道了哪儿有山，哪儿有水，哪儿有房子吧！"乔老爷子想了想，便道："有理，有理，你画吧，那我们就出去！"说完，就开了门，和乔奶奶一起出去了。

乔燕等爷爷奶奶一走，进了自己的屋子，重新开了电脑，搜索出贺家湾地图。绘图对乔燕来说不成问题，她在大学里学的就是土木工程，毕业后通过"公招"考试，成天做的工作便是和各种图纸打交道，绘制这样一张图，对她来说是小菜一碟。她从电脑桌的抽屉里找出一支绘图铅笔，又找出一张 A4 的打印纸，看了看，觉得一张纸小了，又找出一张，用胶水粘接起来，再用手掌压实，然后将电脑液晶显示器往后面移了移，腾出空间，将纸铺到桌子上，便开始用铅笔勾画起来。没一时，纸上便出现了贺家湾山山水水的轮廓，接下来，便是在那些山水的皱褶间，画出一幢幢或零散或集中的房屋，乔燕觉得这些房屋比山水更重要，因此画得也格外仔细。

正画着，忽然听见有人敲门，乔燕起初还以为是自己听错了，便将房间门打开，果然是有人敲门。过去打开门一看，却是张健笑吟吟地站在门外。张健一米七六的个头，胸脯高高隆起，上穿一件漂白花纹的休闲短袖 T 恤，胳膊上的肌肉一缕一缕的，下面一条灰色的海澜之家直筒长裤，脚上一双棕黄色网眼轻便休闲鞋，在时尚简约中透出孔武有力。

乔燕一见，便道："你怎么连电话也不打就来了？"小伙子道："你的手机是怎么回事？我就是电话没打通，所以才来的呢！"乔燕吃了一惊，道："真的，我怎么一个也没听见？"说着进到屋子里，从包里掏出手机一看，却是没电了，便道："怪不得，我说今下午怎么清静得连一个电话也没有呀！"一边说，一边去拿了充电器连接到手机上，插到电源插孔里去。

张健在门口换了鞋，跟着走到屋子里来，像做贼似的道："爷爷奶奶没在家里？"乔燕道："明知故问！"张健一听这话，便放心大胆地张开手臂来抱乔燕，乔燕却将他推开了，道："本姑娘今晚可没时间！"张健道："什么事忙得我抱一下都不行？"乔燕道："本姑娘现在可是贺家湾村第一书记了！"张健笑了起来，道："我还以为你是县长了呢！"乔燕道："那也差不多，县长管全县的事儿，我管贺家湾村的事儿！"又对张健补了一句，"对不起，亲爱的，今晚上真的没时间陪你，改天我再补上……"张健忙道："我们到滨河公园走走，难道也不行？"乔燕立即指了指桌子上的图纸，说："你看我在忙什么？"张健的目光落到图纸上看了一阵，问："你画这些东西做什么？"乔燕说："可有用途了，下次你们治安大队到贺家湾抓坏人，我把这个送给你，你们就不会迷路了！"

张健听到这里，像是突然想起了什么似的，一屁股在乔燕身边坐了下来，问道："今天到村上去报到，情况如何？"乔燕愣了一下，她本想把上午发生的事给张健说一说，但话到嘴边，却变成了："情况非常好呢！"张健又把乔燕审视了一阵，忽然道："好什么好？你以为我没有听那些下去的第一书记回来讲过？当初叫你不要答应下去，可你偏不听，你等着吧，总会有你后悔的时候！"一句话触动了乔燕的心事，可她却说："笑话，本姑娘开弓没有回头箭，什么时候吃过后悔药？"说完这话，却不出声了。

原来新一轮脱贫攻坚开始的时候，乔燕单位派到贺家湾村的驻村工作队员是规划设计股股长张青。随着精准扶贫工作的深入，上面要求将驻村工作队员统一改为第一书记，不但要求第一书记每月必须在村上住满二十三天，并且建立了很严格的考核制度。还规定这个村没有脱贫，第一书记便不能回来，即使回来了，也不能提拔重用。这样，先前派下去的张青股长见头上的紧箍圈儿变紧了，便以股里工作忙和女儿马上要考大学为理由，要求回单位。单位领导不好拒绝他，因为他是老同志，又是单位的业务骨干，家里也确实有实际困难，只得答应他回来。领导让他推荐接替的人，张青便找到了自己科室才参加工作还不到一年的乔燕，对她说："你年轻，又没家庭拖累，给你一个下去锻炼的机会，实践出真知嘛!"又道,"那儿的老百姓淳朴热情得可爱,你偶尔下去逛两天,就当旅游,别人想都想不到这样的机会呢!"

乔燕便去和张健商量。张健却说:"你别相信他的鬼话,我就是个农村娃儿,还不知道农村的实际情况?"又问,"我们原说好的国庆结婚,这喜事还办不办了?"乔燕道:"难道下去当个第一书记,就连婚也不能结了?"张健道:"你没见文件上白纸黑字写着,这第一书记每个月必须要在村上住二十三天,而且一任是三年,到时候你怀了小孩,谁到村上来照顾你?我妈还等着抱孙子呢!"乔燕红了脸,半天才道:"可我怎么好拒绝张股长呢?他可是我的顶头上司呀!"张健说:"你不好拒绝,叫你爷爷去给你们局长说,他是县上的老领导,这点面子难道你们局长不买?"

乔燕回到家里,果然对爷爷说了。乔大年一听,仿佛捡了一个天大便宜似的,道:"这可是好事呀!温室里培养不出花朵,年轻人不经风雨,怎么能成长起来?你妈像你这么大的年纪,大半个县都让她跑遍了!我乔大年的孙女怎么会是个拈轻怕重的?去,坚决去!"乔燕本身不乏一些浪漫主义理想,听了爷爷一席话,又坚定了信心,于是没再去征求张健的意见,便一口答应了下来。没几天,组织部的红头文件出来了,乔燕便成了贺家湾村第一书记。可是乔燕哪想到上任第一天,就会闹个落荒而逃呢?

张健见乔燕半晌没吭声,便道:"在想什么呀?"乔燕道:"没想什么。"张健道:"没想什么怎么不说话?"乔燕忽然冲张健笑了一笑,道:"我不是正等着你说话吗?"张健又显出了一副厚脸皮的样子,立即扭过身子,对乔燕道:"我要说的就是'想你'这两个字!"一边说一边将手臂搭在乔燕肩上,将她往自己身边搂,并噘起嘴唇要去亲乔燕。乔燕又马上把他推开了,道:"你慌什么?我还有件正经事要你帮忙呢!"张健听了这话,马上又坐直了,却还是嬉皮笑脸的样子道:"老婆大人请吩咐!"乔燕红着脸在张健身上打了一下,道:"谁是你老婆大人了,美死了你!"又对张健道,"你知道我为什么要画贺家湾的地图吗?"张健说:"我要是能钻到你肚子里,就能知道了!"乔燕又道:"你说,要是我知道了贺家湾现在哪家哪户有些什么样的人,叫什么名字,多大年纪,那我进村入户调查时,是不是一下就能和村民拉近距离?"张健想了一想,却反问道:"你说呢?平常我们在大街上见到一个熟人,要是一口叫出了他的名字,那人不是会显得特别高兴吗?"

乔燕突然激动地站起来，一边在屋子里走动，一边兴奋地对张健说："这就对了，说明本书记这着棋走对了！你今晚要是不来，明天我还要来找你呢！现在本书记交给你一项十分光荣的任务：你叫黄石岭乡派出所把贺家湾村所有村民的详细信息，明天就发到本书记的邮箱里！"张健明白了乔燕的用意，却皱起了眉头道："我和黄石岭乡派出所所长不太熟，再说，那都是村民的个人信息，不知他们答不答应给呢……"话还没说完，乔燕便做出生气的样子，道："怎么，平常你不是老在我面前吹嘘，说你在治安大队如何如何牛上了天，这会儿怎么就不牛了？你不熟，难道你们治安大队几十号人，也没一个和派出所所长熟的？你说那是村民的个人信息，可我是堂堂贺家湾村第一书记，我要了解本村村民情况，于情于理，也不算违纪违法，你说是不是？我可告诉你，贺家湾村脱不了贫，受损失最大的是谁……"张健听到这里，马上自作聪明地说："这个谁不知道？是贺家湾村民嘛……"乔燕马上打断他的话，道："回答错误，受损失最大的是你！"张健像是被乔燕弄糊涂了，有些不明白地眨了眨眼，才道："我有什么损失？"乔燕把手背在背后，昂起头，一边踱着步子一边故作庄严地道："本姑娘刚才做出重大决定，现在正式宣布：贺家湾村一天不脱贫，本姑娘就一天回不了城，回不了城，本姑娘就一天嫁不了人……"张健一听，就道："我刚才只说了一句，你便说了一大箩筐，看来我天生就是一个'气管炎'（妻管严）的命了！"又看着乔燕不怀好意地问，"我要是完成了任务，你拿什么谢我？"乔燕知道他想做什么，却道："今晚你想也别想！等你任务完成了，本姑娘论功行赏……"话没说完，张健便做出可怜的样子道："好燕儿，我可等不得了，不管是上九天揽月，还是下五洋捉鳖，本公子甘愿赴汤蹈火，你就先赏了我吧！"一边说，一边扑过去紧紧地抱住了乔燕。

第二章

一

过了两日，乔燕又骑着她那辆"小风悦"轻便电马儿，再次向贺家湾进发了。乔燕偏瘦，今天她特意穿了一件深蓝色的中长款圆领复古型雪纺印花连衣裙，使自己显得更加骨感。她还有一顶海水色的防晒遮阳帽，有太阳时戴在头上既可防晒，也可防风，没太阳时可以折叠起来放进随身的单肩包里，帽檐左侧还有一朵红绢条扎成的牡丹花，平时都是和这件连衣裙配套。出门时她将那顶遮阳帽戴在头上请爷爷奶奶替她参谋时，爷爷却问她："你这是去旅游还是下乡？那帽儿在城里戴可以，到乡下倒是不土不洋了！"话刚说完，奶奶就和爷爷顶上了，道："这么大的天气，你要燕儿顶着毒日头下乡？"爷爷立即道："怎么会顶着毒日头，家里不是还有好几把雨伞吗？"奶奶又马上呛爷爷："你个老东西真是越来越糊涂了，天干大晴地打什么雨伞？"爷爷便笑了起来，对乔燕道："你奶奶也算得上半个哲学家了，她是想告诉你到什么山就唱什么歌！"乔燕一听，也笑着道："我明白了，爷爷！"说完便把那顶遮阳帽留在了屋子里，路过城南边专卖当地土特产品的农贸市场一条街时，买了一顶由本地企业用麦秸秆加工的草帽戴在头上。没想到买了草帽忘了买系草帽的带子，出得城来，电动车在公路上刚一加速，那草帽便被风从头顶上掀下来，飞了几丈远，乔燕只好停下车去拾起来。如是几次后，乔燕烦了，不捡，又心疼白丢了五块钱，捡捡戴戴又费事。最后一想，那草帽还是新的，肯定会被人捡去，自己戴是戴，别人捡去也是戴，怎么会是白丢钱？这样一想，心下就释然了。

真应了人逢喜事精神爽，乔燕今天比上次自信了许多，加上又来过一次，有些熟门熟路的味道，所以感觉没多少时间，就看见那棵枝叶旺盛、浓荫蔽天的老黄葛树了。刚要进村，忽听得从旁边小路下面，传来一阵鸭子"嘎嘎"的叫声，她将电动车停妥，朝那小路望着。须臾间，从小路下面冒出了一群摇摇摆摆、互相挨挨擦擦的扁嘴毛货来，如白雪一般，有二三十只，身后跟着一个戴草帽的赶鸭人。乔燕一看，真巧，这不是那个大前天在黄葛树下与人吵架的女人吗？尽管那天隔得远，没看清她的面目，但凭她穿的衣服和赶着的鸭子，乔燕便断定一定是她无疑。

那鸭子一上来，看见路两边沟渠里汪在秸秆等腐殖物中的脏水，立即一边"嘎嘎"地大叫，一边拍打着翅膀，争先恐后地扑了过去，将嘴插进那些黑糊糊的脏水中搅动起来，把一股股臭气毫不客气地直往乔燕鼻子里送。那女人看见了乔燕，却像没看见一样，也不和乔燕说话，只顾去赶自己的鸭子。乔燕被一股股臭气熏得直想呕吐，正要走开，却想起这也是一个难得的机会，怎么着也要和她说说话，于是努力克制着不断涌上来的恶心的感觉，对妇人道："大婶，养这么多鸭子呀？"

女人听见乔燕喊她，这才回过头看了乔燕一眼，半天才像和乔燕有气似的愤愤地道："多什么多？原来有三十多只，被贺勤那个砍脑壳的赶了十只去，只剩下这二十多只了。老娘叫天天不应，叫地地不灵，你说老娘怎么办呀？"乔燕一听这话，马上安慰道："大婶，你别着急，真是这样，事情总归要得到解决的！"女人却更像是余怒难消了，道："干部都死光了，哪个来解决？"

听了这话，乔燕不知该说什么好了。想了半天，才对那女人问道："大婶，我问一下，住在黄葛树旁边那户人叫什么名字？"那女人朝乔燕的手指方向看了看，像是有些不耐烦似的，过了一会儿才十分冷淡地说："你问那家人，那可不是贺世银家吗？"一听这话，乔燕忍不住叫了起来，道："真的，贺世银就住在那里？"女人目光落在乔燕身上上下打量了一番，突然道："你是他家什么亲戚，怎么连他住哪儿都不晓得？"乔燕一听，怕被女人看出破绽，便顺口答道："可不是，多年不走了，也就忘了！"女人听得乔燕这么说，又重新变得冷淡起来，接着酸溜溜地道："真是穷在闹世无人问，富在深山有远亲，贺世银怎么会有了你这样一个亲戚？"说完也不再理乔燕，就赶着鸭走了。

乔燕听了女人一番话，心里沉浸在又惊又喜中，喃喃自语道："怎么这么巧，那天把我当骗子的竟然就是贺世银，真是天助我也。今天我倒还要去看看，他还把我当不当骗子了!"这么一想,便将电动车重新发动了起来。

乔燕架好车,走进院子,看见两扇木门大开着。那天因为在院子里和老头说话,她没细看,这阵才看清,那木门不但裂了筷子宽的缝,还有许多被虫子蛀出的眼。两边门框上还有一副褪色的对联,大约是过年时贴上去的,乔燕还能看清上面的字,上联是:"天增岁月人增寿",下联是:"春满乾坤福满楼",横批是"四季平安"。乔燕看了不禁觉得有些好笑,这么两间歪歪斜斜的土坯房,怎么称得上是楼呢?

这么想着,乔燕想喊,却又忍住了,她想给主人一个出其不意,于是径直朝屋子走去。到了门口一看,却见屋子十分低矮,除了大门和两边两扇小窗户外,后边墙上也没开窗户,因此屋子光线显得有些阴暗。靠近后墙是一张黑油油的老式方桌,几条长木板凳塞到桌肚子底下。从桌子前边直到大门前边的空间,都被一大堆带壳的苞谷棒子给占据了,还有一张已经掉了不少竹片的竹凉椅,也被苞谷棒子给挤到角落里。贺世银老头正坐在一张小杌子上剥着苞谷棒子。靠近侧门旁边的小桌子上,一个十岁左右的小姑娘正趴在桌子上写作业,面前摆着一本又破又烂的课本。但小姑娘似乎有些心不在焉,身子歪坐着,两只眼睛不是落到课本和作业本上,而是不断东张西望。

乔燕忽然大叫一声:"爷爷——"

听得叫声,贺世银像是惊了一下,忽然抬起头,盯着乔燕看了一阵,眼里露出一种诧异的光彩。那小女孩也一样,早忘了作业,把笔头含在嘴里,睁着一双大眼睛骨碌碌地望着乔燕。乔燕见贺世银老头只看着她不说话,便又露出调皮的神情,道:"爷爷,这才过了两天,你就不认得我了吗?"贺世银老头这才像没想到似的说:"怎么不认得,你不是说不来了吗?"乔燕笑道:"嘿嘿,那是我说的气话!这次来了呀,你们就是拿棍子撵我,我也不走了!再说,贺家湾不脱贫,我想走也走不了!"贺世银老头突然冷笑了一声,道:"嘴巴上说得很硬,倒像是有志气的样子!不过,姑娘,你也太小气了一点,我们庄稼人说话喜欢竹筒里倒豆子——干脆,可你就生气走了!"乔燕听了这话,也有些不好意思了,道:"爷爷,我现在不会生气了!"说着,换了正经语气,对贺世银道,"贺世银大爷,这次你不会再把我当骗子了吧?"

老头像是感到奇怪的样子,愣愣地看了乔燕一阵,突然道:"你怎么知道我的名字?"乔燕笑了笑,马上说:"大爷,我不但知道你的名字,我还知道婆婆叫田秀娥！大爷你生于 1955 年 9 月 25 日，今年 61 岁了，婆婆比你小 7 岁，今年 54 岁。你儿子叫贺兴坤，生于 1978 年，今年 38 岁，你儿媳妇叫刘玉，今年 35 岁……"贺世银老头惊得目瞪口呆，张着嘴半天没说出话来。乔燕还想继续往下说，旁边小女孩却盯着她突然问："你知不知道我叫什么名字？"乔燕本知道她的名字的，可被小女孩猛然一问，涌到嘴边的几个字却突然溜走了。乔燕努力想了一阵，也没想起来，便道："我怎么会不知道你的名字呢？你别忙，等我去上了洗手间回来，我再告诉你！"说完便问贺世银，"爷爷，你家洗手间在哪儿？"贺世银眨了眨眼睛，道："你要洗手？"便对小女孩道，"快去给这位姑姑打点水来……"乔燕不觉红了脸，立即道："我不洗手，是……厕所！"老头像是有些明白了，便又看着乔燕问："你是说要去解手？"乔燕立即点了点头。老头便对小女孩吩咐："把姑姑带到茅房里去！"那小女孩巴不得，"得儿"一声站起来，忙不迭地说："我带你去，我带你去！"乔燕立即抓起自己的单肩包要随小女孩走。小女孩却说："包包茅房里没地方挂！"乔燕红了脸，说："我手纸可在包里！"小女孩又道："我这里有纸！"说话之间，"哗"的一声，就从作业本上撕下一张纸来。乔燕正想问她怎么能随便撕作业本，忽听得老头对小女孩斥道："你哪里那么多话？人家包里的东西，丢了你赔得起？"乔燕见老头多了心，假意从包里取手纸，掏出那本记有村里人口信息的小本子拿在手里，将包放在小女孩做作业的小桌子上，才跟着小女孩一道去了。

小女孩带着乔燕走过一间屋子，那屋子光线比堂屋还暗，但乔燕还是依稀看见了屋子里有一张床，床头有一只方方正正的大柜子，大柜子旁边立着一只木桶，乔燕闻见从那木桶里传来一股氨水的刺鼻气味，知道木桶便是常常听说的"尿桶"。大柜子对面，顺墙摆了一溜大小、高矮不一的瓦缸，从屋顶瓦缝里漏下的一缕阳光正好印在一只半人高的瓦缸的大肚子上，金箔似的。乔燕顺着那缕阳光又朝屋顶看了一下，却发现从屋顶正中的房梁上吊下一根细铁丝，细铁丝上竟然还挂着几块黑魆魆的老腊肉。走过这间屋子，进了一扇小门，是一间紧挨着正房的偏厦，更低矮，人头都几乎可以撞到屋顶了，一道用竹篾片夹起的壁子将屋子一分为二。乔燕走进去时看见了正对着卧室小门的灶台、锅、罐、案板、碗柜、水缸等物。乔燕问小姑娘："厕所在哪里？"小姑娘指了指偏厦的另一半，道："那里！"乔燕伸头朝那半间屋子一看，只看见一个巨大的黑乎乎的东西，其他什么也看不清楚，便又问小姑娘："没有灯呀？"小姑娘顺手将一根垂在门边的绳子一拉，那屋子顿时呈现出一片蛋黄似的昏乎乎的光亮。乔燕这才看清那巨大的黑乎乎的东西是一座猪圈，此时却没养猪，空着，圈里堆放了一些乱七八糟的东西，成了杂物间。乔燕并没有看见可以方便的地方，便又问小姑娘："解手的地方在哪儿？"那小姑娘又一指："前面！"乔燕便顺着猪圈走过去，到了墙角，才看见靠着墙边有两张石板，中间拉开了六七寸的距离。乔燕估计那大概便是方便的蹲位了，于是小心翼翼地走上去。乔燕本只想借上厕所的机会来查查小姑娘叫什么名字，于是蹲下以后，便急忙将手里的小本子打开，无奈光线太暗，小本子上的字怎么也看不清楚。心中正叫苦不迭时，却一下猛然想起了小姑娘的名字来，于是又马上站起来整理好衣裙走了出来。小姑娘一见，便好奇地问："你这么快就解完了？"乔燕摸了摸小姑娘的头，连声道："完了，完了，我们出去吧！"

回到堂屋里，乔燕在一张小凳子上坐下了，才接了先前的话，对小女孩说："你是老爷爷的孙女，叫贺小婷，2004年5月23日生的，对不对？"那小姑娘立即拍手叫了起来："可不是，我今年12岁了！"说完却又对乔燕说，"可是你不知道周雪燕是什么时候生的？"乔燕道："周雪燕是哪儿的人？"小姑娘道："我同学，周家沟的！"乔燕道："哦，周家沟的我不管，我只管我们贺家湾的！"小姑娘还要说什么，贺世银老头却接过了话去："奇了，奇了，你怎么对我们家的情况了解得这么清楚？"乔燕马上对老头俯过身子，显出几分神秘的样子对他说道："大爷，我不但知道你家里现在的情况，你过去的情况我也知道呢！你过去住在尖子山上，后来才搬下来，娶了田秀娥奶奶的……"

话还没完，贺世银就急忙问："这些陈时八年的事，你到底听谁说的？"乔燕还是故意卖关子地道："爷爷，你不管是谁说的，我反正知道呗！"那老头想了一想，像是也忍不住了，便道："说起这话可长了！那时我和大哥住在尖子山上的破房子里，那天来了县里的干部，我也不知他叫什么名字，只听见村上乡上的人叫他乔主任……"听到这儿，乔燕一下从凳子上跳了起来，对老头急忙道："那个乔主任就是我爷爷！"贺世银一听这话，像是傻了，盯着乔燕看了半晌，突然丢下手里那根剥了半边的苞谷棒子，过来一把抓住乔燕的手，直叫道："你真是那个乔主任的孙女？"乔燕笑着对老头道："爷爷，你难道还怀疑我是冒充的？"老头也像是有些不好意思了，直道："贵人，贵人，真是贵人！"说完也不等乔燕说什么，便对贺小婷道："还愣着干什么？县上来扶贫的姑姑到了我们家里，还不快去把奶奶喊回来做饭！"那小婷又巴不得似的，撒腿就跑了出去，乔燕想去拦阻，小女孩早跑远了，一边跑一边大声重复着贺世银老头的话。

乔燕没拦住小女孩，便对贺世银老头道："爷爷，吃饭就不必了……"但话没说完，老头就做出了生气的样子，道："什么不必了，你又没背起锅儿鼎罐下乡，一顿饭也把我吃不穷！"说罢又说，"当年要不是你爷爷，我们现在还不知怎么样呢？那时的 500 块钱，可管用呢！"乔燕问："爷爷，你这房子就是那时修的吧？"老头说："可不是！"乔燕又问："当年怎么不修成砖房？"老头说："你不知道，当年湾里好多人家都还住茅草房，我土坯墙加瓦盖子，当时还被人说成是'洋房子'呢！要不然小婷她奶奶怎么会看得上我？"说完不好意思地笑了笑，才接着说，"这房子住了几十年了，也破了旧了，到处都是缝儿，要不是我又挑了稀泥巴来糊住，冬天便不能住人了！"说着又一边拍着自己的大腿，一边继续对乔燕道，"我这腿儿呀，都变了形，别说干重活，就是在家里干点家务活，也是硬撑着！小婷她婆婆，也是一副损坛子、破缸子样，不是这儿疼，就是那儿疼……"乔燕听到这里，便道："爷爷，人老了，时常这儿疼那儿疼是可以理解的！"老人听了这话又忙说："屋漏又偏遭连夜雨，小婷她爸爸前两年做点核桃生意，又被人骗了，欠下了一屁股账，现在两口儿连家也不敢回，把小婷甩给我们！"说完又深深叹息了一声，再道，"要说贫困，我们家可也算得上一户，你可要多看承看承，啊！"说完两眼便紧紧看着乔燕。乔燕一下明白了老人的心思，但她还不了解村里的全面情况，不敢贸然表态，想了想便道："你放心，爷爷，这次扶贫是真扶贫、扶真贫，小康路上不能落下一家一户，我一定会努力……"

二

乔燕一语未了，门外一声粗声大嗓的叫喊将她的话打断："县上来的扶贫干部在哪儿，啊？"随着话音，一个手拿破草帽的汉子便急匆匆地闯进了屋子，因为来得急，也没注意到脚下，差点绊倒在苞谷棒子堆上。

乔燕朝那汉子瞥了一眼，也认出了他就是大前天在黄葛树下和那个丢了鸭子的女人吵架的人。那天只见了他的大概面貌，现在近在眼前，乔燕仔细地打量了他一番，见他四十来岁，大头阔耳，身子结实，面色虽然有些黑糙，但凭着宽阔的胸脯和手臂上露出的肌肉，就给人一种身强力壮的感觉。他拿着破草帽"呼呼"地扇着风，两只眼睛闪着一种既伶俐又带着些狡猾贪婪的光芒，不断朝屋子四处打量。

乔燕一见，便急忙站起来回答他道："大叔，我就是，你有什么事？"汉子听了这话，目光只稍稍朝乔燕身上掠了一下，又继续伸长脖子朝屋子四周看。乔燕奇怪了，便又问："大叔，你找什么呀？"那汉子也没吭声，忽然扔下手里的破草帽，弯下腰，双手在苞谷棒子堆上扒拉起来。贺世银老头忍不住了，突然冲那汉子没好气地吼道："别扒了，没什么东西！"汉子这才住了手，却看着乔燕没好气地问："送了些什么东西来？"乔燕一下愣了，过了半天才道："我不明白你说的是什么意思？"汉子马上又愤愤不平地叫道："没送东西来，来扶哪门子贫呀？"乔燕明白了，立即说："大叔，我是县上派到村里的第一书记不假，可今天才是来了解情况的！等情况了解清楚了，国家该帮钱的就帮钱，该建房的就建房，你别着急……"还想继续对那汉子解释，汉子却露出了不高兴的样子，道："别人扶贫都是要送钱送物的，你可别把国家给的东西给贪了……"乔燕立即涨红了脸，感觉受了侮辱似的，对那汉子说："大叔，你可别乱说，我不是那样的人！"汉子又马上道："谁知道你是不是那样的人？"乔燕一下气得连话也说不出了。贺世银老头见状，也黑了脸，对汉子大声道："你就想国家给你一坨，国家给你再多的钱，也把你扶不起来！"汉子气呼呼地瞪了老头子一眼，似乎还想说点什么，又像是有短处在人家手里一样，想了一想，只好拿了那顶破草帽，悻悻地出去了。

汉子走后，乔燕还红着脸站在屋子里，贺世银忙对她说："你不要跟他一般见识，他是湾里出了名的懒人，就希望从天上给他掉一坨……"乔燕一听这话，大吃一惊，看着老人道："看他身强力壮的，年纪也不大，怎么会是懒人？"老汉反问乔燕："身强力壮就不会好吃懒做了？"乔燕又问："他叫什么名字，爷爷？"老头道："倒有一个好听的名字，贺勤，却不是个勤快东西，白糟蹋了一个好名字！"乔燕"扑哧"笑出了声，立即追问道："爷爷，他是怎么成为懒人的？"老汉道："要说起来，他过去可不懒，还有一份泥水匠的手艺，家里人也不多，只一个儿子，女人在家里种庄稼，他在城里贺世海手下打工，把钱挣回来还修了新房子。可自从女人过世以后，不知怎的，手艺也不出去做了，地也种得丢三挂四，慢慢就变成今天这样子了！"乔燕又道："他女人是得什么病死的？"老汉道："癌症，实打实话说，为治他女人的病，倒是欠了一些账！"乔燕正想问他究竟欠了多少账？老头却突然叹息一声，道："最可惜的，还是他的儿子……"乔燕又是一惊，问道："他儿子怎么了？"老汉道："他儿子叫贺峰，真是歪竹子长直笋子，那可是个读书的料！在我们乡初中毕业时，以 697 分的成绩考到县中火箭班，全乡都轰动了，从我们乡上有初中以来，还没有人考出过这样好的成绩！可这孩子只在县中读了一年，上半年就出去打工了！"听了这话，乔燕的心情立即沉重了起来，忙问贺世银老头："他怎么不读书了？"老汉马上道："没钱呗！遇到那样的老汉，你说那娃儿有什么办法……"

乔燕正想说话，忽然听见外面传来一个女人尖锐的叫喊声："打人啦！贺勤这个砍脑壳的打人啦……"乔燕先是愣了一下，接着便急忙冲出屋子。贺世银老头一见，急忙在后面叫道："你别去管——"可乔燕这时已经出了门。老头见乔燕跑出去了，想了想，像是不放心，也立即丢掉手里的苞谷棒子，一拐一拐地追了出来。

来到院子里，乔燕果然看见前面土路上，刚才来时看见的那个赶鸭子的女人和才出去的贺勤扭在了一起。那女人紧紧抓住了贺勤的衣领，像是要把他往什么地方拉，一边拉一边愤愤地叫道："你以为躲得过初一，还躲得过十五？还我鸭子来——"贺勤一边去掰妇人的手腕，一边像上次在黄葛树下一样赌咒发誓起来："哪个闺女娃子生的才赶了你的鸭子……"这话似乎更触怒了女人，更大声叫道："你就是闺女娃子生的，才不要良心！今天不把鸭子还我，我和你去跳河！"贺勤把女人的手掰不开，又用手去推女人，女人又一次撒泼地喊起来："打人啦！打人啦……"

乔燕跑到两人身边，一边急忙去拉，一边对他们说："大叔大婶，你们这是干什么呀？"女人瞥了乔燕一眼，仍紧紧揪着贺勤的衣领不放，道："就是这个砍脑壳的、死不要脸的东西赶了我的鸭子……"那贺勤见有人过来劝架了，突然将身子一挺，同时也扭过头来对乔燕气咻咻地道："你别信她，她这是栽赃陷害、血口喷人！"

乔燕见他们互不相让，又急忙去拉那女人的手，道："有话好好说，大白天的，这样拉拉扯扯的像什么呀？"女人还不想松手，乔燕朝旁边鸭子看了一眼，突然大叫一声："鸭子跑了！"女人一惊，急忙回头看去，贺勤用力挣脱了女人的手。女人知道上了当，回头想重新去揪男人，却被乔燕挡住了，道："大婶，得饶人处且饶人！"那贺勤趁此机会，一边往外边跑，一边为自己打气道："我好男不跟女斗，好男不跟女斗！"女人见男人跑了，一下恼怒起来，立即回头盯着乔燕问道："你为什么要护着他？"

乔燕正想答应，贺世银趔趔趄趄地赶了过来，见女人一副恨不得一口将乔燕吃下去的样子，便急忙对女人说："大妹子可不要胡来，她可是上级派到我们村的第一书记！"女人斜着眼把乔燕看了半晌，突然对乔燕说："哦，你原来还是个当官的呀？我还真以为你是贺世银家里哪门子有钱的亲戚呢！那好，我打酒只问提壶人，是你把他放走的，我不管你是第几书记，反正我就问你要鸭子！"乔燕一听这话，便道："大婶，你放心，这事等我调查清楚了，一定给你们解决！"女人马上带了吓唬的语气说："那好，既然你红口白牙说了这话，我就等你解决！你要解决不好，可别怪我一根眉毛扯下来盖住了眼睛！"说完这话，才赶着鸭子走了。

等女人走远以后，贺世银和乔燕一前一后往回走。乔燕在前，贺世银在后，乔燕知道贺世银老头腿不方便，因此走得很慢。走着走着，贺世银老头突然在后面对乔燕说："姑娘，你惹麻烦了！"乔燕突然停下脚步，回头惊诧地看着贺世银："爷爷，我惹什么麻烦了？"贺世银老头见乔燕眼里露出的惊疑神色，才对她解释："姑娘，你不知道，这女人叫吴芙蓉。丈夫死了好几年，是村里有名的泼妇，没有人敢惹她！她那鸭子的事，丢了第二天，就到派出所报了案，派出所也来查过，一个一口咬定说鸭子被贺勤赶了，一个打死也不承认。黑毛猪儿家家有，你说那鸭子都是一个颜色，又没打记号，又不会说话，又没有个见证，怎么说得清楚？派出所来查了半天，也没说出个子丑寅卯，回去了。吴芙蓉见派出所没给她说个明白，又去把贺端阳和乡上的干部扭倒不放。你说，连派出所都没法说清楚的事，贺端阳和乡上的干部难道长得有孙猴子那样的火眼金睛？找的回数多了，贺端阳和乡上的干部只要一见到吴芙蓉，就往一边躲！你刚才答应给她解决，岂不是给自己找麻烦？"乔燕一听这话，明白了，觉得这事确实有些棘手，便沉默起来。看见贺世银老头在看着自己，想了想却仍是笑着说道："大爷，你说得很对，这事确实麻烦，可再难，毕竟也要解决呀！"贺世银苦笑着摇了摇头，然后才道："姑娘，你才到村上来，我是个直性子人，有句话我想告诉你！"说完便看着乔燕。乔燕一见，立即笑着对老头道："爷爷，你有什么话，尽管对我说!"老头又沉吟了一会，才道："那我就巷子里扛竹竿——直来直去了！你扶贫就扶贫，别的事……"说到这里，老头又把话打住了。尽管老头只说了半截，但乔燕已经知道了他后面的意思，欲不回答老人，又觉得对不起他，欲回答他，又不知道自己该说什么。想了一会儿，才对老头说了一句："我知道了，爷爷，谢谢你！"

<h2 style="text-align:center">三</h2>

乔燕和贺世银回到屋子里不久，贺世银的老伴田秀娥扛着一把锄头回来了，身后跟着小女孩贺小婷。老太婆个子不高，上身穿了一件短袖圆领花色衬衣，乔燕看着像是纱料的，却已经褪了色，估计是别人的旧衣服。一条青色灯笼裤，也不像是老人本人的，一双黑色的平跟浅帮皮鞋，裂了许多口子，鞋帮上满是泥土，也像是刚从垃圾堆里捡来的一样。她的脸型本来很大，一头银灰色的头发又刚好披到耳朵尖，更把一张满是皱褶的脸衬得更大了。但总的来说，她看起来身体还算结实，精神也不错，那张满是褶子的脸竟然还泛着一种酡红的光芒。她先在阶沿柴火垛旁放下锄头，才进屋来。乔燕忙站起来甜甜地喊了一声："婆婆！"田秀娥咧嘴笑了一下，算是回答。贺世银老头一见，便对她介绍道："这就是上面派到我们村扶贫的书记，你猜她是谁？就是三十多年前帮我们修房子的那个县上乔主任的孙女，你说巧不巧？"田秀娥脸上的褶子立即花枝般颤动起来，同时嘴里也像是又惊又喜地"哦"了一声，然后才道："屋里乱糟糟的，不像你们城里，姑娘可不要嫌弃……"乔燕马上打断了她的话："婆婆，你可不要客气，以后我要长期住在村里，天天和大家打交道，嫌弃什么？"老婆子似乎有些不相信，便道："你真的要长期住在村里？"乔燕道："上面要求，每个月最低也要在村里住二十三天，婆婆你说是不是相当于每天都在村里了？"田秀娥又露出了惊讶的神情，道："天天在村里，你怎么住得惯？"贺世银老头见她只顾和乔燕说话，便道："不要只顾站着说话了，姑娘来都大半天了，先去烧碗开水吧！"乔燕一听，忙道："爷爷，我不渴！"贺世银道："再不渴，开水还是要喝的嘛！"那田秀娥果

然笑吟吟地转身去了厨房。

乔燕和贺世银老头一边剥着苞谷棒子，一边没话找话地闲聊着。乔燕道："爷爷，虽说乡下树多，房子也不像城里那样稠密，坐在屋子里倒还凉快，可在毒日头下，天气还是挺热，刚才那么大的太阳，婆婆还在地里干什么？"贺世银道："昨天把苞谷棒子掰完了，得把苞谷秆子挖了，把红苕藤亮出来见阳光，红苕好长呀！"听到这里，乔燕忽然想起了，又对贺世银老头问："爷爷，这么大一堆苞谷，你腿又不好，婆婆年纪又那么大，你们是怎么弄回来的？"老头苦笑了一下，才道："还能怎么弄？她一背篼一背篼背回来的呗！"一听这话，乔燕瞪大了眼睛，道："这么多苞谷棒子，是靠背篼背回来的？"贺世银道："姑娘，这有什么奇怪的，你们城里人怎晓得农民的苦？现在年轻人都出去打工了，留在家里的尽是老年人和妇女，谁个老年人不是只要能动就得动？"停了一下才接着说，"就说挖苞谷秆，这活儿看起来轻松，可那苞谷秆密不透风，上头太阳烤，下面热气蒸，那可不好受！可是你不去做，难道让那些秸秆烂在地里不成……"

一听这话，乔燕马上想起了两边沟渠里堆放和腐烂的庄稼秸秆，便打断了老头的话，问："爷爷，那挖出的苞谷秆子，是不是也都扔到路两边的沟渠里？"一听这话，贺世银有些不好意思地笑了笑，然后才道："那得看他的地是不是在路边，要在路边，大多数都把那些庄稼秸秆扔在沟渠里！"乔燕道："他们难道不怕把沟渠堵住了？"贺世银又笑了一笑，道："怎么不晓得？第一个往沟渠里扔秸秆的人往往会想，这点秸秆扔到沟渠里，大雨一来就被冲走了！第二个人也这么想，及至第三个、第四个，见别人扔得，自己不扔白不扔，于是大家都图方便，就把个沟渠堵住了。上次下大雨，还冲毁了好几块地！"乔燕道："冲毁几块地当然是大事，可更严重的是影响了村里的环境卫生！我来时，老远就闻到一股臭味，难道你们就没有闻到？"贺世银道："大家都习惯了，再说，这事要管，就是一件得罪人的事，谁愿意做这个出头橡子？"乔燕道："村里的干部也不发动村民清理清理？"贺世银道："干部现在只管自己的事，再说，即使他们发动，也不一定有人听，反正大家只把自己家里打扫干净就行！"乔燕道："家里打扫得再干净，外面的环境不干净，那也是容易生病的……"话还没完，贺世银马上把话接了过去，道："说起生病，我们村里好多人都拉肚子，我和小婷她婆婆前两天还拉肚子，今天才好一些！"

乔燕吃了一惊，没想到今天得到了这样一个重要情报，便道："爷爷，这一定是村里的水出了问题！"贺世银道："谁知道呢？反正大家三不五时地会闹肚子！"停了停，又带着一种缅怀的语气说，"要说清理，十多年我们村里的贺世普退了休，回到村里来组织大家清理了一次，可他一走，又恢复原样了……"乔燕道："爷爷，你说的可是当过县中校长的贺世普？"贺世银道："可不是他！"乔燕吃惊地道："他就是贺家湾的人？"贺世银道："你在他手里读过书？"乔燕摇了摇头："我上高中时，他已经退休了，但听说过他的名字，说是一个好校长呢！"说到这儿又问老头，"他现在还回贺家湾吗？"贺世银摇了摇头："从那次走后就没有回来过了，听说到大城市养老去了……"

正说着，忽听得田秀娥在厨房里叫："把桌子收拾一下，喝开水了！"贺世银听见这话立即拐着腿，把屋子边上的苞谷棒子往中间踢了踢，像是要给乔燕开出一条路来似的，然后来到那张老式的方桌边，从下面桌架上拿起一根黑不溜秋的帕子，将桌面掸了掸，又从桌肚子下扯出一条板凳，同样用那根帕子掸了掸。刚做完这些，田秀娥便把一只热气腾腾的大碗给端到了桌子上，然后亲热地对乔燕道："姑娘，你是贵客，我也莫得啥好的招待你，先来喝口开水！"乔燕一看那碗，小缸子一般，不觉吓了一跳，心想："这么大一碗开水，我喝下去岂不把肚子撑破了？"便对她道："婆婆，我真的不渴……"可那老婆子没等乔燕说完，便道："再不渴，我烧都烧起了，你不喝就是不给我老太婆面子了！"

乔燕一听这话，只得硬着头皮走过去。可走近一看，却吓住了：原来那所谓的"开水"，却是一碗红糖醪糟，里面卧着四只白白的荷包蛋。那醪糟放多了，稠得像是一碗粥，一股浓浓的醇香味道直往乔燕的鼻孔里袭来。乔燕忍不住叫了起来："婆婆，你不是说开水吗，怎么煮这么多鸡蛋……"贺世银不等她说完，便道："姑娘，我们这里把醪糟蛋就叫作开水！"乔燕一下明白了，又道："爷爷，婆婆煮这么多，我怎么吃得下去？"田秀娥马上道："吃，姑娘，年轻人跨条阳沟都要吃三碗干饭，几个鸡蛋哪有吃不下的！"又显出几分神秘的样子继续对乔燕说，"姑娘，红糖醪糟蛋，可是大补呢！"乔燕还是道："我真的吃不下去，婆婆！"说完又故意皱起眉头来，说，"爷爷婆婆你们不知道，我肠胃不好，要是把这四只鸡蛋吃下去，明天准得进医院，你们岂不是一片好心办了坏事？"那老太婆一听，便看着贺世银。贺世银想了想，便道："既然这样，也不要害了姑娘，去拿只碗来匀些出来吧！"田秀娥听后，便对身边贺小婷道："站着把桌子盯到做什么，还不快到灶屋里拿两只碗来！"那小姑娘又"得儿"一声，转身就进厨房捧出两只小碗来。乔燕接过去，将大碗里的醪糟往两只小碗里倒了一多半，又用筷子将鸡蛋往两只小碗里各拨了一只，还要拨时，那贺世银便道："姑娘，不要再拨了，我们这里的规矩是好事成双……"田秀娥没等丈夫说完，也道："就是，就是，吃了双的，以后才会事事如意！"乔燕听了这话，这才不拨了。田秀娥顺手端起一只小碗，递给孙女儿道："吃嘛，眼睛鼓得比灯笼还大，好像会少了你的一样！"那小婷也不说什么，端过便"呼哧呼哧"地吃了起来。

乔燕端起碗刚要喝，却忽然看见那糖水表面浮着无数只针尖儿大的白白的东西，乔燕起初还以为是醪糟煮烂了，浮到水面上的，可仔细一看，却不是，因为那醪糟是淡黄色，可那像针尖儿大的东西却白得晃眼。再仔细一看，却认出是很小的肉虫儿。乔燕一下感到了恶心，端着碗不知该怎么办了！田秀娥大概看出了乔燕的心思，便道："姑娘，那是醪糟放久了，长了蟓子，酒里长的肉虫儿，干净得很，不碍事的！"乔燕见田秀娥和贺世银都紧紧在盯着她，又见小女孩吃得十分香甜，一横心，端起碗就"骨碌碌"地喝了下去。贺世银和田秀娥脸上这才露出释然和高兴的神情。

两个鸡蛋和半碗红糖醪糟一下肚，乔燕便觉得肚子已经撑着了，可田秀娥又忙不迭地下厨房做午饭去了。贺世银也将桌上乔燕拨出来的一小碗醪糟和一只鸡蛋吃了下去，吃完后将嘴巴一抹，却对乔燕说："姑娘，感谢你看得起我老头子，我把贺端阳叫来陪你一起吃饭，怎么样？"乔燕想了想便道："行，爷爷，我也正要和他研究一下村里工作的事呢！"贺世银问道："那你可有贺端阳的电话？"乔燕说："有，那天来报到，我们单位通知乡上，乡上就把贺书记的电话告诉了我，我存下来了！"贺世银说："既然这样，你就给他打吧，我给他打，还怕把他请不来呢！"

乔燕果然掏出手机要给贺端阳打电话，她原想就在屋子里当着贺世银老头打的，可又一想，要是贺端阳有事要给她说，当着村民的面也不好，便握着电话走到外面阶沿上，这才拨通了贺端阳的电话。说了一会儿话，乔燕才走到屋子里，对贺世银道："贺书记来不了……"话还没完，贺世银忙问："连你的面子他也不买？"乔燕道："不是那个意思，爷爷，他说他没在村里……"贺世银又问："他在哪儿？"乔燕道："我也这样问他，可他没说，只对我说我住的地方他已经给我落实好了，就在村委会办公室，他马上叫人把钥匙给我送来。我只好跟他约定明天下午开一个全村的干部会！"贺世银沉吟了一会儿，才道："他呀，是只三脚猫，我就知道你不容易找到他！"

乔燕听他这样说，有些奇怪，立即道："爷爷，怎么不容易找到他？"贺世银又停了一会儿才说："我告诉你，你可不要告诉人说是我说的！这几年，上面不是说要建设什么新农村吗？修房子的地方多了，贺端阳便和人联合买了挖机和推土机，在外面揽活儿赚现钱呢！"一听这话，乔燕马上问："他都出去赚钱了，那村里的事还怎么管？"贺世银道："这年头又不收农业税和三提五统款了，还能有什么大事？遇到上面有人来的时候，便回来应付应付，没人的时候，便各自赚各自的钱呗！"说完这话，贺世银想了想又道，"你找贺端阳不好找，找他的儿子却很容易！"乔燕听了这话却有些糊涂了，忙又道："他儿子在干什么？"

贺世银慢慢道："姑娘，你不晓得，说起他这个儿子呀，也有的是龙门阵摆！他儿子名叫贺波，今年也是二十大几的人了，贺端阳一门心思希望他考上大学光宗耀祖，但他高中毕业那年却背着他老汉去报名参了军，直到快入伍了才告诉他老汉。贺端阳气得差点发了疯，你想，他就是一个独子，放着好好的大学不考，去当啥子兵嘛？在屋里气了一天一夜后，要到上面去托关系，想把他从应征名单中拿下来，但被贺波拦住了。贺波答应贺端阳到了部队再考军校，他老汉心想这也是一条路，又见上面已经定了，便再没去活动，让他去了部队。可当了几年兵，既没考啥军校，也没混个官儿当，怎么出去的，还是怎么回来了！去年秋天他复员后，贺端阳要赶他出去打工。姑娘你不晓得，这年头的农村男娃儿，不出去打工，连对象都不好找，但他回答他老汉说想在家里干两年，大胴胴的就这样在家待着，到现在也没出去，所以你随时去都能找到他！"

乔燕听了这番话，不免心中疑惑，又问道："爷爷，他是不是像贺勤一样有些懒惰？"贺世银道："那倒也不是，不过有力气也没使到正路上，尽搞些空活儿！"乔燕忙问："搞的些什么空活儿？"贺世银道："把前面好好的一块菜地，挖了来搞什么荷塘，又把屋后一块竹林，推了来搞什么花园，你说我们农村，哪里见不到花花草草，还要开了园子来种？还打了一个池子，叫什么沼气，又给猪盖了一个棚子，叫什么'八戒公馆'！还有更可笑的是，他常常说些傻话，说要把农村建设得更像农村，你说这话傻不傻？农村就是农村，怎么还能建设得更像农村？更让贺端阳气得不行的是，他竟然想把自己房屋外墙的瓷砖都敲了，改造成原来龇牙裂缝的老砖墙那个样子，你说这像是正经庄稼人干的事吗……"乔燕立即打断他的话问："那他父亲怎么说？"贺世银道："儿大不由爷，那贺端阳也没法，反正只抱着一条，看你怎么折腾，我就是不给你一分钱！这贺波便把自己的几个复员费全花在那些空活儿上了……"

乔燕从贺世银的话里听出了几分幸灾乐祸的语气，想了想便说："大爷，听你这么说，我认为他做的，并不是什么空活儿呀！"贺世银马上道："你还认为他做得对？村里人背地里都说，要不是他脑子有问题，便是在部队里犯了错误，怕出去见人，要不怎么连工也不敢出去打？"见乔燕还不肯相信的样子，又补了一句，"姑娘，你在村里住下来后，就晓得我说的是真是假了！"乔燕本来还想问点什么，一听这话，只得住了嘴。

四

吃午饭的时候，一个四十五六岁的中年妇女，上身穿一件白色碎花的长袖套头衫，下面着一条灰褐色印花宽松卡其色裤子，脚着一双棕黄色凉鞋，手里举着一把山茶花图案的圆柄防晒小黑伞，袅袅婷婷地走了来。贺世银和田秀娥一看，都急忙站起来对她说道："哦，大侄儿媳妇来了，吃没有？"那女人朝屋子里看了一眼，先对贺世银和田秀娥说了一声："吃过了，老叔老婶！"说完眼睛便落到乔燕身上，道，"你就是从城里来的乔书记吧？"乔燕也忙站起来道："对，我就是！大婶你……"话还没完，女人便道："贺端阳叫我把村委会办公室的钥匙给你拿来！"一边说，一边就从口袋里掏出了两把连在一起的钥匙，放到了乔燕面前，然后又指了钥匙对乔燕说，"这把大钥匙是开外面大门的，小钥匙是开楼上你寝室门的！"乔燕明白了，朝女人看去，只见她面皮白静，不但身材十分匀称，便是在风姿上也还保存着年轻时的丰采，给人一种妩媚端庄的感觉，便带着几分疑惑的目光问："大婶你是……"女人急忙笑着对乔燕道："我叫王娇，就是贺端阳家里的……"乔燕急忙笑吟吟地道："哦，原来是这样！给大婶添麻烦了，让你亲自送过来！"王娇说："添什么麻烦，贺端阳特地叫我要尽快送过来，你好布置布置！"说完停了一下，然后才接着说，"贺端阳说，屋子里桌子、椅子、床、床笆笆都准备好了，你自己只需准备床上用的东西就行。电扇是原来的吊扇，很久没用了，如果不转，他回来找人修理！"乔燕听了这话，忙说："不要紧，大婶，请你转告贺书记，谢谢村上的关心！"王娇又看着乔燕浅浅地笑了一下，说："乔书记还有没有什么事？没事我就走了。"贺世银急忙道："这么大的太阳，大侄儿媳妇不坐一下？"王娇说："不打扰你们吃饭了！"说着，就拿起阳伞朝外面走去。走到门边，才又回头对乔燕道："乔书记，有空来家里坐呀！"等王娇走到院子边上后，乔燕才对贺世银说："我记得大前天像是见过她？"贺世银马上道："大前天你见的不是她，而是她姐姐王娟，她们两姊妹都嫁到贺家湾，王娟是贺庆的女人！"乔燕道："哦，怪不得样子有些像！"

吃过饭，乔燕一时无事，便拿了钥匙去村委会办公室看了看，回来后便对贺世银说："爷爷，我得回城去拿席子、毯子、枕头、蚊帐，还有洗漱用的东西！"贺世银说："这么大的太阳，你晚些走吧！"乔燕说："可不行！蚊帐还得到商场买，晚了商场就关门了！"一边说，一边就从包里拿出50元钱来，递给贺世银说："爷爷，我把中午的饭钱给你！"贺世银立即像是受了侮辱似的瞪着乔燕叫了起来："姑娘，你这是在奚落我老汉了！我老汉家里再穷，也不差你这一顿家常便饭！我又不是开馆子的，怎么会收你的钱！"乔燕道："爷爷，我们有规定，吃了老百姓的饭一定要给钱！"老汉更犟着脖子道："这是哪个立的规定？他要立这样一个规定，怎么不立一个像鸭子棚子那样挑起锅儿鼎罐下乡来的规定？"乔燕道："等我安顿下来后，我从家里拿只电饭煲和电磁炉来，能够自己做饭就自己做饭！"老头道："那是今后，可今天你看得起我老汉，给了我们面子，我就不能收你的钱！"乔燕一见他这样，有些进不是、退不是，不知该怎么回答好，忽见旁边贺小婷瞪着一双黑黑的大眼睛，"骨碌碌"地看着她，既像是好奇，又像是有些舍不得她离开的样子，便立即有了主意，便笑着对小姑娘问："小婷，愿不愿意和我一起进城去玩？"

那小姑娘愣了一下，似乎怀疑自己听错了，见乔燕说完紧紧地看着她，不像逗她玩的样子，便一下跳了起来，一边拍手一边叫："愿意！愿意！"可话音刚落，贺世银却瞪着眼睛喝住了她："去干什么？不去！"小姑娘立即垂下了眼帘。乔燕马上道："爷爷，让她去吧，反正她在家里也没事！"贺世银道："你不要带她去，她顽皮得很！"小姑娘听爷爷这么说，马上又不满地叫了起来："我不会顽皮！"贺世银又瞪了她吼道："不顽皮也不准去，一身灰包尘天、脏头脏脑的，别给人家把屋子弄脏了哦！就给我待在家里！"小女孩立即就要哭了。乔燕便笑着对老头说:"爷爷,看你说得,好像我们城里人就不食人间烟火一样!农村人哪里就脏了?再说,即使她身上脏了,我们家有洗澡的地方,我给她洗洗就是,怎么就会把屋子给弄脏了?"老头听了这话,有些理屈的样子,便不再吭声了。旁边田秀娥见小姑娘流泪,便对老头道:"她要去就让她去吧,人家姑娘都没嫌弃,你倒先嫌弃起来了!"说完便对小姑娘说,"莫哭了,婆婆给你把衣服换一下,你和姑姑一起去!"小姑娘立即破涕为笑,便随田秀娥到里面屋子换衣服去了。

两个人顶着日头到了县城,脸上晒得红扑扑的,尤其是小姑娘那张脸,像是要淌血一样。乔燕见了,便问:"渴不渴?"小姑娘在她身后大声答应了一句:"渴!"乔燕便把电动车开到一个叫"可爱雪"的冰激凌店门口停下来,也不下车,只将一只脚踩在地上,对里面那个圆乎乎脸庞的营业员喊了一声:"拿两盒冰激凌来!"营业员道:"什么味道的?"乔燕便回头对贺小婷问:"你要什么味的?"贺小婷却像是懵了似的,喃喃地说:"不知道……"乔燕一见,便马上向营业员叫道:"哪样最好吃?"营业员道:"样样都好吃!"乔燕道:"总有最好吃的一样!"营业员道:"那就香蕉巧克力的吧!"乔燕道:"香蕉巧克力就香蕉巧克力,来两盒!"营业员便颤颤地捧了两盒冰激凌过来,乔燕付了款,接过冰激凌,给了贺小婷一盒,自己也像渴极了似的,用小勺子挖着直往嘴里送。小姑娘起先大约不知道怎么吃,看了乔燕一阵,也才学着她的样,一边往嘴里送,一边将嘴唇咂得"吧嗒吧嗒"直响。乔燕见了,忙笑着问:"好吃不?"小姑娘立即大声道:"好吃!"乔燕说:"那好,吃了我们去买东西,晚上我带你去吃肯德基!"小姑娘一听这话,更乐得眉开眼笑。

吃过冰激凌,乔燕果然将电动车开到县城最大的百货超市——怡海商城,在外面找地方停了电动车,牵着小姑娘走了进去。那商场很大,人也很多,开着冷气,十分凉爽,和外面像是两个天地。小姑娘一走进去,眼睛就骨碌碌乱转,似乎看不够的样子。乔燕先去买了一床蚊帐,一只枕头,一床可折叠的"老席匠"牌双人竹藤凉席,又买了一套洗漱用品。她把装洗漱用品、枕头和蚊帐的袋子交给贺小婷提着,自己抱了那床凉席,又带着贺小婷往楼上走。爬到三层楼上,只见整层楼上卖的都是儿童衣服。一走进去,乔燕便对小婷问:"这些衣服漂不漂亮?"小姑娘眼睛早落到那些五颜六色的衣服上了,听见乔燕问,想也没有想便回答道:"漂亮!"乔燕又问:"你想买什么样的衣服?"小姑娘一听这话,立即不吭声了。乔燕又道:"你看上哪件衣服好看,就告诉姑姑,姑姑给你买!"小姑娘不但不说话，还低了下头，脚在地下蹭着。乔燕问："怎么不说话了？"小姑娘没抬头，只看着地下幽幽地说："这些衣服太好看了！"乔燕突然笑道："衣服不好看买它做什么？"小姑娘想说什么却没马上说出来，过了一会儿才抬头对乔燕道："我妈说我吃长饭，再好的衣服穿一年就不能穿了，买那么好的做什么？"乔燕道："你妈的说法也是对的，我们就买一件你明年也能穿的衣服吧！"说着带了小女孩在琳琅满目的衣架中穿行起来。最后乔燕看中了一件白色的短袖连衣裙，她让营业员将裙子取下来，仔细看了看质地，百分之百的纯棉，还是韩版的，标价230元。乔燕将裙子在小婷身上比了比，现在是稍长了些，今年穿了，正好明年也能穿，便问营业员能不能打折。营业员道："商场正在开展促销活动，所有商品一律打7折！"乔燕道："什么促销活动，明明快要换季了，不赶快卖掉，明年就卖不出去了！能不能再优惠一点？"营业员道："我们商场还有送购物券活动，这件裙子打折过后，还送20元购物券，但购物券只能在我们商场消费。"乔燕不再说什么，叫贺小婷拿了裙子，到试衣间穿上看看。小女孩红着脸，果然接过裙子进去了。等她在里面脱下自己那套皱巴巴的衣服，换上裙子出来后，乔燕的眼睛不由得也一下大了，兴奋地叫道："好呀，小公主出来了！"说着，过去给她把裙子前后理了理，然后一边围着她看，一边对她轻声说，"等会儿回家洗了头，扎上头巾，真的比公主还要漂亮哦！"说得小姑娘脸更红。乔燕又问贺小婷："怎么样，喜欢吧？"小姑娘朝自己身上看了看，红着脸不说话。乔燕看出了她的心思，便叫她到试衣间把裙子脱下来，交营业员叠好给装到袋子里，自己去柜台交了钱，领了一张20元的购物券，又带着她到另一边卖鞋子的柜台，添了65元，买了一双红色的凉鞋。

买好东西后，时间已是不早，商场里就有一家肯德基店，乔燕便把小姑娘带过去，给她点了一份海苔鸡腿饭，一份麻辣脆皮鸡排，一桶波纹霸王薯条，一盒芭菲甜精灵冰激凌，自己只要了一份藤椒嫩笋鸡块饭。小姑娘大约从没吃过这样的东西，先还有些不好意思，做出斯文的样子，可吃着吃着，就变得狼吞虎咽起来。乔燕在她对面，一边小口小口地吃着自己那份嫩笋鸡块饭，一边看着她风卷残云。直到吃得快完了，小姑娘打了一个长长的饱嗝，才把速度放慢下来。乔燕见了，对她道："小婷，姑姑有一件事，你愿不愿意帮我？"小女孩立即停下筷子，瞪着一双水灵灵的大眼望着乔燕。乔燕道："姑姑一个人住在村委会办公室里，你们家隔村委会办公室近，晚上来和姑姑睡，行不行？"那贺小婷一听，忙不迭地说："有什么不行的，我最不想和婆婆睡了！"乔燕忙问："怎么不想和婆婆睡？"小姑娘说："我在家里，爷爷老叫我做作业，我做不来，他又骂我，我最不想做作业了！"乔燕马上又道："你不想做作业，那你长大想干什么？"小女孩立即道："我长大当董事长！"乔燕突然"扑哧"笑出了声，道："为什么要当董事长？"小女孩说："董事长有钱！"说完又看着乔燕问，"难道你没看见电视上，那些董事长可威风了呢！有钱、有车，身边还有美女，我和我同学都想当董事长！"乔燕沉吟了半晌，才道："你不好好学习，今后怎么当董事长？"小女孩像是没想到似的看着乔燕，不知该怎么回答了。乔燕便又对她道："你要来跟我睡，我可有两个条件。第一，每天必须先把作业完成了，才能来和我睡，如果作业有不懂的地方，你就来问姑姑！第二，睡前必须要洗澡，还要把指甲剪干净，要讲清洁，爱卫生，不能邋里邋遢，要不然，姑姑也不要你睡！这两条你能不能做到？"小姑娘又愣愣地看了乔燕半晌，突然大声说："我做得到！"乔燕立即说："那就好，我们一言为定！你成绩好了，听话了，过年的时候姑姑又给你买新衣服！"小姑娘听了这话，便跳起来，撒娇似的滚在了乔燕身上。

第三章

一

第二天一大早，乔燕便找出一只纸箱子，往里面装了一只小电饭煲、一只电磁炉和电磁锅，又将枕头、蚊帐塞在箱子里，拿出来用绳子绑在"小风悦"后座上，将席子绑在纸箱上。然后又找出一个旅行用的黑色双肩包，将自己两套换洗衣服和洗漱用品还有一把太阳伞，以及昨天下午给贺小婷买的裙子、鞋子，都装在里面，让小女孩背着，坐在她后面抱着她的腰，又骑着电动车往贺家湾来了。

到达贺家湾时，许多人家都才吃过早饭，乔燕在村委会办公室前停了电动车，让贺小婷把背包交给她，然后对她说："你回去跟爷爷奶奶打声招呼，然后到我这儿来，姑姑还有事要你做！"那小姑娘果然转身就跑。乔燕又急忙喊道："裙子，你的裙子！"小姑娘这才停住脚。乔燕从背包里掏出小姑娘的裙子和鞋子，交给她并对她叮嘱道："等会儿来的时候，就穿上它们，来让姑姑看看，啊！"小女孩答应一声，抱着裙子和鞋子便跑了。

乔燕打开村委会办公室的门，把自己的东西提到楼上的屋子里。这屋子昨天下午贺端阳肯定派人来打扫过，因为比昨天中午自己来看的时候干净得多。乔燕刚把东西放到床上，小姑娘便颠颠地跑来了，脸上露着无比兴奋的神情。乔燕一看，这雪白的裙子映衬着小姑娘鲜艳的脸蛋和脚上红彤彤的鞋子，竟比昨天在商场银白的灯光下还要好看！于是便连声夸道："好看，好看，婷婷长大了一定是个美女！"小姑娘被乔燕说得不好意思了，露出雪白的小牙笑了一下，却道："奶奶也说好看，可爷爷却说这么好的衣服穿农村人身上，真是浪费了！"乔燕说："别信你爷爷的话，难道农村人就不配穿漂亮的衣服？只要你爱干净，就不会是浪费!"小姑娘听到这里又点了点头，然后才问："你说有事，是什么事?"乔燕道："我要到湾里走走，你给我带路，行不行?"小姑娘马上叫道："行，这湾里我哪儿都熟悉!"说完便歪着头问乔燕，"你说先到哪儿去?"乔燕想了一想，说："昨天你爷爷给我讲了贺波的故事，我们就先到你支书叔叔家去看看，怎么样?"小女孩立即说："好，我晓得支书叔叔家，我们现在就走吧!"乔燕说："行，趁现在太阳不大，我们马上就走!"一边说，一边去背包里取出那把太阳伞，就随小姑娘下了楼。走出门外，才发现小姑娘什么也没戴，便对她说："回去戴顶草帽吧，我等你!"小姑娘却说："我不要!"话还没说完，便一头扎进了阳光里。乔燕道："等等，我们打一把伞!"小姑娘又道："真的不要! 放学回来，我们还要走几里路，晒惯了!"乔燕听了，便不再坚持，只道："那也等着我，我还要问你话呢!"

　　小姑娘果然站了下来，乔燕紧走几步追上了她，一手撑伞，一只手拉起她的手，和她并肩而行，把她遮在自己和伞的阴影之下。小姑娘看出了乔燕的心思，像是十分感激似的，仰起小脸问乔燕："你还要问什么话?"乔燕道："昨天晚上，我让你喊爷爷奶奶，你怎么只红着脸不开口?"小姑娘道："我不知道该喊什么?"乔燕道："怎么连这点都不知道? 就喊爷爷奶奶呗!"小姑娘道："我不该喊爷爷奶奶? 你喊爷爷奶奶，让我也喊爷爷奶奶，我们不成了一个辈儿的了吗?"乔燕便"呵呵"地笑了起来，摇了摇小姑娘的手，道："称呼毕竟只是个代号，看见年纪大的人，叫声爷爷奶奶、叔叔婶婶只是表示尊敬，你也不要发窘了!"小姑娘才不说什么了。

　　两人说着走着，不到二十分钟的时间，一幢建筑便矗立在乔燕面前，小姑娘一见，便指了那房子兴奋地叫："看，支书叔叔家……"话音未落，一条大黑狗忽然"汪汪"地叫着，龇着牙齿扑了过来，吓得乔燕"呀"地大叫了一声，拉着小姑娘便往后跑。贺小婷不但没跑，反挣脱乔燕的手，对那狗大喝了一声："黑尔，别咬，那是客人……"一言未了，狗已箭一般跑到她面前，只见小姑娘弯下腰，一把将狗抱住了，才扭头对乔燕喊道："别跑了，狗不会咬你!"乔燕回头见小姑娘抱住了狗，这才站住，但那心里却像有面鼓在"咚咚"地敲。迟疑了一会儿，方又才小心翼翼地走回来。小姑娘这才拍了拍狗头，放开了它。说也奇怪，那狗这时也不叫了，反对小姑娘摇头摆尾，十分亲热。

　　来到院子里，只见大门敞开着，乔燕以为贺端阳已经回来了，跨上台阶便叫："贺书记！贺书记！"叫了两声，没人应。贺小婷见了，也帮着乔燕叫："王娇婶婶！王娇婶婶！"仍然没人答应，还要叫时，忽然从房屋左边转出一个人来，口里应道："哪个在叫？"乔燕急忙回头望去，只见这人二十三四年纪，身高一米七左右，宽宽的肩膀，厚厚的胸脯，直直的背，一张棱角分明的国字脸，上穿一件白背心，后背还印着"八一"两个字，下着一条迷彩裤，脚上是一双部队的黄胶鞋，一头刺猬似的短发直直地刺向天空。乔燕一见，便对他道："如果我没猜错，你就是贺波吧？"那贺波两道浓眉闪了闪，露出了机智的光芒，然后才对乔燕道："你是……"乔燕忙说："我是上面派到贺家湾村的第一书记……"话还没完，贺波便高兴地道："我听说了，那我们握个手吧！"说着便向乔燕伸出了一只大手，可刚把手伸到乔燕面前又马上缩了回去，又不好意思地道，"算了，算了，我手上全是泥巴，我给你敬个礼吧！"说罢果然对乔燕鞠了一躬。乔燕慌得不行，也忙忙地对他回了个礼，这才看着屋子里道："贺书记还没回来？"贺波道："他说中午时候才会回来，下午村上要开会。"乔燕道："是的，下午我和大家见个面，商量一下当前的工作。"说完又问，"你妈妈也没在家里？"贺波道："闹肚子，去贺春诊所打点滴去了！"一听王娇也闹肚子，乔燕便道："你们村怎么这么多人闹肚子？"贺波道："我前两天也闹了一次，今天才好了一些。"旁边贺小婷听了，也接了话说："我也闹过肚子，爷爷奶奶也闹过！"

乔燕想起今天来的目的，便转移了话题，道："听说你在家里建了沼气，挖了荷塘，还修了一个小花园，我特地来参观参观！"小伙子显出了几分腼腆的神情，说："有什么可参观的，别人都认为我是不务正业呢！"乔燕道："是不是不务正业，我看看就知道了！你不会拒绝我参观吧？"贺波道："你现在也算得上我的父母官了，我怎么敢拒绝？"说罢便带了乔燕往外面走。

走出水泥地院子，乔燕又看见了一个院子，这院子的地面是用三合土与旧砖铺成的，看上去十分别致。院子外面，果然有一块一亩多的荷塘，四壁也是用三合土和石块砌成，塘内莲荷尚未长满，但那些已经高过水面许多的亭亭玉立的荷叶，迎着阳光舒展开，绿得晃眼。乔燕只觉得那种绿，像是有层青雾笼罩在荷叶上一般。一些荷叶中间，挺立着圆盘似的、饱满的莲蓬。乔燕看了一阵，便问："这荷塘是什么时候挖的？"贺波道："去年冬天才挖，春天才栽上藕，所以还没长满，明年就好了，肯定是满塘荷花！"乔燕见贺波说话间带着一种自豪的神色，便又道："你怎么想起把菜地挖成荷塘？"贺波道："美呗！我喜欢荷花，出淤泥而不染嘛！我们庄稼人为什么就不能爱美？再说，种荷的经济价值也高，莲叶、莲藕、莲子都可以卖钱，全身都是宝呢！还有，我这塘里，不光有藕，还有鱼！”说着，果然"拨刺"一声，塘里的水波荡漾起来，一群鱼儿在莲叶间不断穿梭，然后浮到水面来，圆圆的小嘴一张一张地吸着气，仿佛向他们撒娇似的。乔燕看见阳光下闪光的鱼鳞，不觉叫了起来："鱼戏莲叶东，鱼戏莲叶西，好一幅诗情画意！"贺波听了，像是抑制不住自己的兴奋似的，又顿了顿脚下的地，说："我们站的地方，下面还有机关呢……"乔燕忙问："该不会是藏得有宝吧？"贺波说："底下是一个生活污水净化池，我们家做饭、淘菜和洗东洗西的水，通过管子流到这个池里，经过净化池沉淀过后，流到荷塘里，成为莲藕的肥料和鱼的饲料，这叫循环利用……"听到这里，乔燕马上佩服地道："哦，原来是这样！"说罢，又看着西南角上两间小屋子说，"那是什么？"贺波道："你随我来吧！"说着，又带乔燕走过院子，从一条铺着旧碎砖的甬道走到那两间小房子前面。

乔燕朝那两间小房子看去，只见两间房子都用青砖砌成，两边墙上都开得有窗，一间房子外墙上贴了土黄色墙砖，另一间房子则是清水墙，墙上爬满了爬山虎、丝瓜藤，密密的枝叶覆盖了整个墙面，不仔细看，根本看不出墙的颜色。在屋子正面，乔燕看见了一块牌子，上面用红字写着"八戒公寓"四个字。乔燕一见，"扑哧"笑出了声。贺波也不等乔燕说话，便道："这是猪圈，所以我给它起了这个名字！"说完又指了那间贴了墙砖的小房子说道，"那是厕所，前面我用旧砖垒了一道屏风，分了男女……"听了这话，乔燕不禁好奇地问："又是厕所，又是猪圈，我怎么一点没闻到什么气味？"贺波道："你看看中间那块空的地方是什么？下面就是沼气池！猪粪和人粪便流进了沼气池，你怎么闻得到气味？"乔燕马上想起了小姑娘家的茅坑，便不由自主地道："这太好了，要是全村都这样，家家户户不但整洁多了，还把废物利用了起来！"说完又对贺波说，"我们再到后面看看！"

贺波又带着乔燕顺着甬道往后面走，走过不到三十米，便来到了屋子西北角，果见那里还有一块园子，有七八分面积，正在建设，地上堆着许多旧青砖。贺波对乔燕说："这里原来只有几笼毛竹！过去大家住茅草房时，毛竹是主要建筑材料，现在大家都住楼房了，毛竹派不上用场，农村编筐织篓的也少了，所以毛竹现在基本没用了，经济价值极低，我便把毛竹也挖了，把这儿建成一个园子，建成后在这儿栽点花，种点草，再栽几棵经济价值高的果树，既可观赏，又可产生经济效益……"乔燕道："你想好栽什么花草和果树没有？"贺波道："还没完全想好，等建好了再说吧！"乔燕道："我有同学在县园林所，到时候我找她给你做参谋！"贺波有些不相信地看着乔燕问："真的？"乔燕说："这是我看见的最干净、整洁、优美的环境，我们回家里说说吧！"贺波道："你这么说，我感到太荣幸了！"

二

回到屋子里，贺波用一次性纸杯从保温瓶里给乔燕倒了一杯水，然后又看着贺小婷问："小妹妹你喝不喝水？"小姑娘说："我喝冷水！"乔燕立即道："不要喝冷水，你刚才还说闹肚子，还喝冷水呀？"又说，"要养成好习惯，知道不？"小姑娘急忙点头："是，是，我不喝冷水了！"贺波便也给她倒了一杯，放到她面前的桌子上。

乔燕将纸杯里的水一口气喝干以后，才对坐在对面的贺波问："你是怎么想到要改造环境这些的？"贺波将双肘支在桌上，捧着头，过了半天才说："说来话长！我们部队有次搞演练，来到一个村庄，那村庄正在搞新农村建设。村庄有许多旧房子，就是过去留下的那种穿斗木结构的老建筑，看起来都十分破旧了，可人家没大拆大建，也没有把村民的房子统一集中起来，修成那种方方正正的火柴盒似的楼房，而只进行局部改造，重要的是改厕改水，建沼气，让生活污水一部分流入沼气池，一部分通过地埋式管道流到村庄四周灌溉土地，家家户户房前屋后栽花种草，村里又统一建了一个几十亩大的荷花池！你猜怎么样？那村原先是一个人们说屙屎都不生蛆的穷村，这样一改造，吸引得周围几百里、几千里的人都去参观旅游，人家就趁机在老房子里办家庭旅馆，他们叫什么民宿。我们去演练时，家家住满了客人，户户都富得流油！当时我一看那村子，青瓦粉墙、吊脚楼、跑马廊，撑拱长檐，当地还有一首顺口溜，专门是说这房子的：'青瓦出檐长，穿斗白粉墙，悬崖伸吊脚，外挑跑马廊！'加上屋前屋后花草树木，人真是像在画里游一般！我就想，等我复了员，回去也把贺家湾改造得像这个样子……"

听到这里，乔燕忍不住打断了他的话问道："听说你爸爸当时一心想让你考大学，你怎么忽然想起去当兵了？"贺波听见乔燕这么问，又露出了几分不好意思的样子，过了一会儿才道："提起这事，真有点不好说出口。你不知道，我这个人从小好动，有些不安本分，读初中时就迷上了看小说，尤其是打仗的小说。觉得当兵的真了不起！到了高中时，数学成绩一败涂地，可不敢对老汉说，老汉还以为我在学校成绩好得很呢，还指望着我考北大清华，给他争光呢！毕业这年，我怕露馅，正好部队来学校征兵，我便悄悄报了名，等体检政审什么都通过后，才先斩后奏……"乔燕又道："你答应到部队后考军校，怎么又没考呢？"贺波道："你看我是考军校的料吗？我要是能考军校，就参加高考了哟。那都是我哄他开心的！"说到这儿突然咧开嘴笑了一笑，乔燕也跟着笑了起来。

笑过以后，乔燕又继续问："接下来你又准备干什么？"贺波似乎早想好了，马上接口说道："还能干什么？我老汉要赶我出去打工，说现在还有几个年轻人没有出去打工的？没出去打工的都是没出息的人！可我搞都搞到这样子，开弓没有回头箭，假若我就这个样子半途而废了，人家才会看不起我！"说到这儿，他停下来望着乔燕，似乎在观察乔燕脸上的表情。看了一会儿，见乔燕笑眯眯地看着他，眼神含着一种鼓励和希望，于是喉结一动，从喉咙里发出"咕咚"一声，吞了一口口水，才继续对乔燕说道："我现在想把这房子改造一下，可我老汉不答应……"听到这里，乔燕做出饶有兴趣的样子，紧紧看着他问："怎么改造？"贺波想了想，也像是来了兴趣，突然说："我给你讲也讲不清楚，不如我画个图你看看！"说着，马上进里面屋子找出了一张纸和一支笔，便伏到桌子上画起来。乔燕急忙把头凑过去，贺波一边画一边对她说："我先画侧面，我们家的房子是上下两层，每层三开间，顶上虽然加了盖，却并没有像过去老房子那样把屋檐挑出来，仅仅只是防屋顶漏雨而已！首先，我要把房顶的人字形屋架加宽，将屋檐加长，也像过去的撑拱长檐一样，下面才好设计跑马转角廊……"乔燕马上内行地看着他问："人字形屋架加宽，屋檐加长，这个好办，可这墙，只有正面才有一米来宽的阳台，你怎么设计跑马转角廊？"贺波道："你说得太对了，这房子两边山墙和后面都没有阳台，但我可以在这房子四面，再加几根柱子上去呀……"说着，便在示意图表上画了几根柱子，一直通到一楼，一边画一边对乔燕说，"柱子我设计成工艺形，下窄上宽，逐渐起弧，又好看，又不占地方，然后在墙上凿一个洞，将一根水泥梁一头塞进墙洞里，一头搁在柱子上，梁上再搁上水泥板，水泥板边上安上木栏杆，一个跑马转角廊不就形成了！"乔燕听了，不得不佩服道："有道理，有道理，稍稍一动，这房子就有味道了！"贺波得到鼓励，又马上道："这还不算，这山墙上不是没有窗户么？这顶上一层，我不但要开窗，还要开门，不然到走廊上来不太方便！"说罢在上面画了门和窗，然后又在下面画了两扇窗户，继续对乔燕道，"所有门和窗，一律不用现在的防盗门和铝合金，门是木门，窗也是百叶木窗，栏杆也用扶木，更重要的，我要把外墙所有的墙砖全部去掉……"乔燕道："你把墙砖去掉了，用什么来装饰？"贺波道："不用什么装饰！我们家这墙，本身就是用我们这儿的毛口灰砖砌成的，不要外面的墙砖，反倒显得古色古香！"说着，马上把纸翻过来，说，"刚才是侧面，现在我把正面示意图也画给你看看！"说完，好像这图在他心里已经画了数遍似的，几笔就勾出了一个大概，然后又对乔燕一一解释他要在哪儿改窗，哪儿改门，哪儿的墙用本地毛口灰砖加一点，哪儿还是保持原来的样子……

乔燕一边听他说，一边不断点头称是。等他说完，乔燕才道："太好了！如果真按照你说的改造出来，不但有传统，也有现代的因素，是传统和现代的融合和统一，加上周围的环境，我敢说，不但是贺家湾，就是全乡、全县也少找！"贺波眸子里先是闪出几点明亮的火星，可接着便将浓黑的眉毛垂了下来，神色有些黯然地说道："可是没人支持我。我老汉不但不给我一分钱，听说我要改房子，还大骂我是败家子，说要是我敢动房子一块砖，就敲碎我的脑袋！村里人还认为我在部队犯了错误，要不怎么连工也不敢出去打？我在部队里犯了什么错误？我还立了三等功的呢……"

说着，贺波突然停住了话，目光一动不动地看着乔燕。乔燕被他看得有些不好意思了，便红了脸，问："怎么不说了？"半天，贺波才说："人言可畏呀，弄得我心里很不好受，你能不能帮我消除村民对我的误解？"说罢两眼又紧紧盯着乔燕。乔燕明白了他的意思，想了想便大包大揽地道："没问题，下次开村民大会时，我在会上讲一讲……"话还没完，贺波急忙摇头，道："你那样讲一点用也没有，别人还会说我们是一伙的！"乔燕忙问："那该怎么办？"贺波张了张嘴，似乎想对乔燕说，却又马上摇了摇头，道："算了，说了也是白说，也就不麻烦你了！"又对乔燕道，"我还想在村里发展点产业，可当兵时攒的一点钱，现在都花光了……"

乔燕见他刚才的话说了半截又打住了，想问他又觉得不好，现在听了这话，马上问："想发展什么产业？"贺波道："我想在尖子山办个生态养鸡场！"乔燕听了忙鼓励道："你做的事都是对的，终究有一天，你爸爸和贺家湾的乡亲们会理解你的！"说完停了一下才说道，"现在上面也在号召发展产业，养生态鸡的事，我尽量努力，看能不能帮你想点办法……"贺波叫道："真的？要是你能帮助我，那就太好了！"乔燕没回答他，却问贺波："你妈打点滴，怎么现在还没回来？"贺波道："肯定在贺春的诊所打麻将！"乔燕吃了一惊，道："你妈也打麻将？"贺波露出了不满意的样子，道："不但打麻将，还是打麻将的大王！村里男人女人，只要是动得了的，谁不打麻将！"听了这话，乔燕便道："既然这样，那我过去看看……"贺波道："现在就去？"乔燕道："对，今上午我就是专门出来了解一下村里的情况的！"贺波想了想，又对乔燕问："要不要我带你去？"乔燕指了指贺小婷，道："小婷在给我当向导呢！耽误了你大半天，谢谢你给我上了生动一课！"贺波道："我说的这些算什么生动一课？你不要讽刺我了！"乔燕认真地看着他说："我说的都是发自肺腑的，今天受益匪浅！"说完，又问贺波，"你有微信没有？"贺波道："有哇！"乔燕便掏出手机，说："我加你！"贺波也便拿出手机，让乔燕扫了他的微信，然后乔燕主动地向贺波伸出了手去。贺波像是有些没想到的样子，愣了一会，才把自己的手伸到乔燕面前。

三

走出门来，小姑娘便对乔燕说："你和贺波哥哥说了那么久，我一句也听不懂！"乔燕摸了一下她的头说："你要听得懂，就是大人了！"小姑娘想了想，却说："贺波哥哥是大人，可他画的房子一点也不好看！"乔燕觉得这小姑娘真有意思，便故意问："怎么不好看？"小姑娘说："也没树，也没人，总之不像房子，还没我画得好看！"乔燕马上说："那你什么时候把你画的房子给我看看，行不行？"不等小姑娘回答，又马上说，"我可告诉你，你贺波哥哥画的房子，可是世界上最好的房子，比你画的房子肯定好呢！"小姑娘听了这话便不吭声了。乔燕见小姑娘嘟着嘴，有些不高兴了，知道自己的话打击了小姑娘的自尊心，便又道："当然，小婷画的房子也一定很漂亮！"一听这话，小姑娘又高兴了，道："我画的房子，还有我们家的大黄狗呢！"乔燕道："真的？回去就给我看看！"说到这儿，突然想到什么，马上又看着小姑娘道："哎，那个贺春医生家里有狗没有……"小姑娘马上把话接了过去："有哇！"一听这话，乔燕立即站住了，说："那我们可得找个打狗的东西！"小姑娘见乔燕害怕的样子，马上显出十分勇敢的样子，挺了挺胸膛说："不怕，有我呢！"乔燕不相信地看了她一眼，问："你不怕狗？"小姑娘说："全村的狗都认识我，我叫它们不要咬，它们就不会咬！"乔燕想起刚才在贺波房子前面遇到的事，便又摸了一下小姑娘的头，道："那好，以后姑姑就请你给我当保镖！"

乔燕又拉着她往前走，走着走着，小姑娘也像是突然想起来，偏了头对乔燕道："以后狗撵起来了，你不要跑！"乔燕马上问："不跑让它咬呀？"小姑娘说："你往地下一蹲，它以为你是要寻石头打它，便马上会跑回去！"乔燕越来越喜欢这个小女孩了，便道："真的，那我今天可长见识了！以后我就拜你为师，怎么样？"小女孩大约被乔燕说得有些不好意思，只抿着嘴笑。正说着，乔燕突然发现周围的景物一下变暗下来。抬头朝天上看去，却是一朵带着金边的乌云罩住了头顶，还有几朵和它一样的云朵，像是要赶过来和这朵乌云团聚似的，正往这边飘移。又掠起了一阵风，吹得树叶"飒飒"地响，当然也送来了一阵凉爽。小姑娘忙欢喜地叫道："快下雨了！"乔燕说："气象预报说，这几天都是晴天呢！"话音刚落，老天爷像是印证乔燕的话，云朵很快就散了，大地又是一片赤霞霞的阳光。

到了贺春的家庭诊所，乔燕倒没遇见狗，却老远便看见了挂在大门上方一块用不锈钢制成的牌子，上面印着鲜红大字：贺家湾村卫生室。乔燕想："既然是村卫生室，为什么不设在村委会？"带着满腹疑问走上台阶，一眼便看见几个人围在堂屋中间一张桌子上，果然在打麻将，其中三个女人，手上还打着吊针，药瓶就挂在桌子上方。一个男人，四十五六岁年纪，个子不高，圆头大耳，满脸络腮胡，上穿一件淡蓝色圆领短袖汗衫，下面是一条宽大的方格短裤，脖子上挂着听诊器。乔燕估计他便是主人贺春无疑了。再一看那三个女人，除了王娇外，那一个竟然是她的姐姐王娟，姐妹俩真还是一个模样儿。另一个妇人年纪在六十上下，身材有些干瘦，脸上布满了细细的皱纹，穿着一件绿色加肥加大的长袖衬衣，看起来像是道袍一般。

乔燕刚走到门口，那几个便都看见她了，王娇急忙停下了手里的麻将，对乔燕道："乔书记来了？"另几个人一听，也马上盯着她看。王娇便对他们道："你们还不认识，她就是上面派到我们村里的第一书记！"说完又指了他们对乔燕介绍："这是村医贺春，这是我姐姐王娟，这是程素静嫂子！"贺春和那个六十岁左右的女人听了，急忙笑着对乔燕说："哦，原来是乔书记！"一边说，一边起身让座。王娇的姐姐大约有些不好意思，等他们说完后才对乔燕说："对不起，乔书记，那天有眼不识泰山，把你当骗子了！""要说这事，怪也只怪贺世银老叔，要不是他扯旗放炮，我们怎么会把你当骗子？"

乔燕听王娟说起这事，也有些不好意思了，便在旁边一张凳子上坐下，对王娟说："没什么，梁山泊的好汉，不打不相识嘛！再说，那天我也有错，不该赌气跑了！"说完，便想努力缓和一下气氛，看了看他们手上的吊针，便用开玩笑的口气说，"你们真可以都评上'铁娘子'了！"王娇问："什么'铁娘子'？"乔燕说："打着吊针还打麻将，治病娱乐两不误，精神实在可嘉，怎么不该评为'铁娘子'呢！"

几个人都笑了起来，笑完后，贺春才对乔燕说："反正她们打着吊针也不能走，我就陪她们打几把，免得她们东家长、西家短地说些空话，传出去还影响了村里的安定团结。"乔燕听了这话，想说："如此说来，这打麻将还该大力提倡哟？"可想到才第一次见面，便把这话打住了。贺春看出了乔燕的心思，便又笑着对乔燕说："说起这打麻将，还有一个笑话呢，不知你们城里人听说过没有？"乔燕便问："什么笑话？"贺春说："听说那年奥巴马到我们中国来访问，在飞机上听到中国到处都是一片稀里哗啦此起彼伏的声音，以为我们中国人在抗议，吓慌了，别人才告诉他说：'不要怕，这是中国人打麻将的声音。'奥巴马总统才放了心！"乔燕却觉得一点不好笑，目光顺着药橱看上去，只见上面墙壁上，还挂着几面已经褪色的锦旗，上面写着"妙手回春""华佗再世"等，再看旁边的小字，却是送给贺万山的。乔燕便对贺春问："贺万山是谁？"贺春立即道："是家父！"乔燕明白了，道："原来是子承父业，那你父亲现在在哪儿？"贺春道："年纪大了，早就不行医了，到贺世忠那儿打长牌去了！"过了一会儿乔燕才对贺春道："她们得的是什么病？"贺春还没答，王娇便接了过去："拉肚子！"乔燕又看着王娟和那个叫程素静的女人问："你们也是拉肚子？"王娟和程素静答："可不是，村里拉肚子的人多着呢！"说完，王娟还补充了一句："只要一拉肚子，都要到这儿打黄连素点滴！"乔燕听了她们的话，停了一会儿，突然问贺春："村上自来水取水点在哪儿？"贺春一听这话，立即看着乔燕问："你问自来水取水点？可不是在老房子下面那口山堰塘里面吗！"乔燕点了点头，"哦"了一声，道："知道了，你们慢慢打牌吧，我先告辞了！"说罢站起身来，对贺小婷挥了一下手，两人便往外走。贺春在后面喊了一声："慢走！"几个人大约还要忙着打牌，也没谁动弹一下。

走出来，小婷便对乔燕问："我们还要到哪儿去？"乔燕道："你知道老房子下面那口山堰塘吗？"小姑娘马上回答说："怎么不知道？没人的时候，我们还到那塘里洗澡呢！"乔燕便道："带我去看看，行不行？"小姑娘说："怎么不行？我们从那里也可以回家！"说着就带乔燕往前走。走了大约一公里路，拐过一道弯，乔燕果然看见了下面山湾里窝着一口堰塘，三面都被翠竹环绕，唯有堤坝那一面的下面是水田。乔燕站在路边朝那堰塘看去，只见堰塘面积有三四亩，波光粼粼，倒映着蓝天白云和周围的翠竹。堰塘左面靠近竹林的地方，立着一口半亩大的圆形水泥池子，上面封了顶，乔燕估计那便是村里自来水的取水塔了。

正看着，忽见那水面荡起了几圈圆圆的水纹，一圈又一圈地扩大着，像是耍魔术似的大圈套着小圈，把倒映在水里的蓝天白云和周围的景物全打乱了。乔燕便对小姑娘问："堰塘里有鱼吗？"小姑娘朝水里看了一会儿，对乔燕说道："有人洗衣服！"乔燕听后一惊，道："既然是自来水的取水点，怎么能在里面洗衣服？"小姑娘似乎觉得乔燕的话有点好笑，看了乔燕好一阵，才对她说："全湾人都把衣服背到这儿来洗呢！"乔燕过了一会儿才对小姑娘说："我们下去看看！"

到了下面一看，果见有两个女人，一个三十多岁，穿了一件粉色圆领短袖T恤；另一个年纪在五十岁以上，穿着一件十分宽大的碎花上衣。两人都把裤腿挽到大腿上，双脚泡在水里，正在水管处的石梯上使劲捶打着衣服，一边捶打，一边在说着什么。过了一会儿，两人都停止了捶打，却将衣服拿起来在塘里漂，塘水便泛起涟漪，并从水面上冒出一个个圆圆的泡沫，随着涟漪向四面漂浮。乔燕见两个女人只顾洗衣服，并没有看见她，便忍不住问了："你们怎么在这里洗衣服呀？"两个女人这才抬起头，一眼看见了乔燕，却不认识，那个穿粉色圆领T恤的女人道："不在这里洗，在哪儿洗呀？"乔燕道："这里可是自来水的取水点呀！"女人马上伶牙俐齿地道："取水点不是离这儿远着吗？再说，取水点是另外的池子，河水不犯井水，怎么不能洗？"穿碎花上衣的女人也说："就是，全湾人淘菜、洗衣服都在这里呢！这堰塘还是大集体时候修的，要没有这个堰塘，全村人还不知到哪里去洗衣服呢！"乔燕听见这话，还想说点什么，可想了想，却什么也没说，朝贺小婷使了一个眼色，两人便离开了。走过堤坝，小女孩才对乔燕说："我认识她们，年轻那个是梅英婶子，年纪大的是董秀莲奶奶！"乔燕听见也没吭声，她已经沉浸在了自己的心事中。

第四章

一

　　下午的村组干部会，乔燕以为会开得很顺利，因为这是她第一次以第一书记的身份，主持召开村两委扩大会，大家一定会给她面子。可令她没想到的是，不说别人，就是贺端阳，离规定的开会时间过了半个多小时后，才急匆匆地赶来。今天贺端阳穿了一件浅蓝色的衬衫，最上面的两颗纽扣没扣，像是走热了的样子，胳肢窝里夹着一只黑色的公文包。一走到会议室，将公文包往会议桌上一放，便跑到吊扇底下，又解开了衬衫的两颗扣子，将衣服撩开，让风直接吹到皮肤上。一边吹，一边才对乔燕说："对不起，有事回来晚了点儿，回来我就过来了！"

　　乔燕想问他是什么事耽误了，可想了想没问出口，只道："你给大家说清楚了两点半开会吧？"贺端阳道："你别着急，农民没有时间观念，不像你们机关干部，说什么时候开会就什么时候到！不是有句顺口溜，说八点开会十点到，十二点开始做报告么？"乔燕听了这话，也对贺端阳笑了起来，问："十二点才开始做报告，什么时候散会呢？"贺端阳道："这个很简单，什么时候肚子饿了，就什么时候散会呗！"说完就"呵呵"地笑了出声。吹了一阵，凉快了，这才把衣服上的纽扣扣上。

　　乔燕等他将纽扣扣完，又问他："贺书记有什么工作需要安排，待会儿就在会上安排了……"贺端阳急忙道："我没什么工作需要安排的，今下午只听你讲！"乔燕道："那我也不能搞一言堂，你总得讲点什么吧？"贺端阳仍说："不讲，不讲，我真的没什么讲的，我来主持会议就得了！"

　　正说着，开会的人陆续来了，来一个，贺端阳给乔燕介绍一个：村委会副主任贺文，村会计兼文书贺通良，综合干部郑全智，妇女主任张芳，一组组长贺庆，二组组长贺贤明，三组组长贺兴平，四组组长贺兴伟，郑家塝组组长郑泽龙。乔燕这才知道，所谓村两委会，实际上也是一委会，除了贺端阳是村支书和村主任一肩挑以外，村委会副主任贺文也是村支部副书记，村会计兼文书的贺通良、妇女主任张芳和综合干部郑全智，也都是支部委员。几个村民小组长，又都是各组的党小组组长。

在和张芳握手时，乔燕认出她就是那天也把她当骗子的那个蓄齐耳短发的苹果形脸庞的女人，张芳看见乔燕也显得不好意思，说："乔书记，不好意思，那天得罪了你，怪我有眼无珠！"乔燕马上道："这叫不打不相识嘛！"说罢便扯了她的衣服看，然后道："你这件衣服真好看，是蕾丝的，还是雪纺的？"张芳道："我也不知道是什么料子的，昨年瞎买的！"乔燕马上做出吃惊的样子："我还以为是今年才出来的新款呢！张姐你真会打扮！"张芳红了一下脸，然后才道："乔书记别夸我了，农村人知道什么打扮！"乔燕便一语双关地道："我说的是真话，张姐今后可要多帮助我！"

闲话了一会儿，大家便各自找位置坐下，会议便开始了。先是贺端阳开宗明义，对大家道："今天我们这个会，目的大家已经知道了。那就是上级给我们村派来了扶贫的第一书记，今天大家见见面，认识认识，当然，乔书记还要就当前工作，给我们讲些重要意见！在乔书记没讲之前，我先汇报一下贺家湾村的大致情况！"说罢，贺端阳从旁边的黑提包里拿出一个本子，翻开，开始念了起来，也无非是村里一共有多少土地，多少树木，多少人口，有多少人在外面打工，留在家里的又有多少人，等等。讲完，又才对大家说："下面我们以热烈的掌声欢迎乔书记给我们做重要讲话，大家可要认认真真地听，啊！"说完便将两只手举起来，做出欢迎的示范样子。众人一见，果然"噼噼啪啪"地鼓了一阵掌。

乔燕急忙站起来，红着脸朝众人鞠了一个躬，道："各位叔叔伯伯不必这样，我是下来向你们学习的！从今以后，我们都是一家人，我年轻，也没有农村工作的经验，请大家多多帮助……"说到这儿，却突然忘了词儿似的，一时更红了脸，有些手足无措起来。众人见了，便说："不着急，不着急，坐下慢慢说，当摆龙门阵一样！"乔燕听了这话，果然坐了下来。本来她为这个会，已经在心里打了几遍腹稿，原以为加上临场发挥，开好这个会完全是不成问题的，可没想到一上来便卡了壳。坐下来后，才猛然想起下面的话，便继续道："刚才贺书记介绍了贺家湾村情，使我深感肩上的责任重大！贺家湾村如何打赢这场脱贫攻坚战，以后如何发展，大家要群策群力。等过了这段时间，我们再坐下认真讨论！现在我想讲眼下一件大事……”

讲到具体工作，乔燕的思绪一下变得顺溜了，她扫了会场一眼，发现大家都十分专注地看着她，她便接了刚才的话，继续说道："是一件什么大事呢？便是整治村里的环境卫生……"一语未了，大家忽然"扑哧"一声笑了起来，脸上露出了一种复杂的表情，连贺端阳都定定地看着她。乔燕的脸又一下红了，正想解释，忽听得贺通良像是开玩笑似的说道："乔书记，刚才我尖起耳朵听，还以为你宣布上级给我们村多少扶贫资金呢！"众人也笑着说："就是，我们还以为县上给我们村钱太多，乔书记一个人搬不动，要我们大家一齐去搬呢！"乔燕一听这话，更窘得涨红了脸，说："上级给我们村多少扶贫资金，这些资金怎么用，都有严格的规定，大家放心！可扶贫也不是光等着上级的资金和项目，扶贫有物质的，也有精神的，我觉得，治理好环境卫生也是扶贫……"

她的话还没完，众人又交头接耳地议论起来，这次是郑家塝组长郑泽龙对乔燕问道："乔书记，把环境卫生打扫干净了，村民就能富起来？"乔燕道："把环境卫生整治好了，虽然不能立即让村民富起来，可养成了好习惯，形成了好观念，才能从根本上拔穷根不是？再说，大家把环境打扫干净了，就会少生病，身体是致富的基础，怎么不能致富？"众人听到这里，不再吭声了，乔燕还想进一步讲讲环境整治的重要性，忽听得张芳说："说实话，我们村里的环境也确实太差了，到处都是垃圾，一些人图方便不但把庄稼秸秆推到水沟里，还把死耗子、死鸡、死鸭子扔到里面，泡得白翻翻的，看着都想发呕！"听了这话，乔燕朝张芳赞许地点了点头，然后道："可不是这样！我第一天进村，看见贺家湾这个环境，真有种想吐的感觉！"说完，向贺端阳瞥了一眼。

贺端阳见乔燕看他，便道："乔书记说的这事，确实非常重要，大家就讨论讨论吧。"众人先沉默了一会，然后贺通良说："整是该整治，可钱从哪里来？"乔燕道："自己的事情，还要什么钱？"众人听了这话，又都笑了起来，道："怎么不要钱？现在没钱还有谁给你办事？"乔燕一听这话，又有些糊涂了，便又看着贺端阳，道："贺支书怎么说？"贺端阳想了一会儿才道："这事呢，乔书记说得完全正确，村里的环境确实应该得到整治，可众人的话也有道理，经济是基础，现在办什么事情都需要钱，我看这事情先搁一搁，以后上面有资金下来了，我们再抓紧办就是，大家说行不行？"乔燕听了这话，还想说什么，却听见众人都道："对，反正这么多年都过去了，也不在这一时！"乔燕只好把跑到嘴边的话给咽回去了。贺端阳说了这话后，又看着乔燕道："乔书记还有什么？"乔燕第一脚没有踢响，心里有些不快，便道："没有了！"贺端阳听了这话，便对众人说："今天的见面会就开到这里，以后大家要多支持乔书记的工作！"说完就宣布了散会。

众人来得慢，但走得却很快，一听散会，立即起身便往外走。乔燕看见贺端阳也要走，便喊住他道："贺书记请留步！"贺端阳果然站住了，回头对乔燕笑着问："乔书记还有什么事？"乔燕说："你坐吧！"贺端阳便坐下来看着乔燕。乔燕过了一会儿才对他说："村里班子成员的年龄，除妇女主任张芳外，最年轻的就是你了，但你也接近五十了，其余的都是六十多岁，贺通良还快到七十岁了，是不是年龄都偏大了点？"贺端阳突然"哈哈"地大笑起来，然后道："我也知道他们年纪偏大，但你从哪儿去找年轻的？"说完又道，"别看他们年纪大，在我看来，还是农村的中坚力量呢！"乔燕问："七老八十的了，还是中坚力量？"贺端阳道："怎么不是中坚力量？在他们这个年龄，人生中的大事也了了，到外面去闯荡，一是自己已没那份力气，二是老板也不会要他们了，他们只好安心在自己那点土地上，最多再照看一下孙子，你说他们不是农村的中坚力量，还有谁是？"

一听这话，乔燕又觉得有理，便不说什么了。贺端阳见乔燕沉默了，自己又说了起来，道："你今天下午不该提整治环境的事。"乔燕问："为什么？"贺端阳道："这是多年积存下来的问题，你以为村里没有整治过？当年贺世普老辈子从县中退休回村里居住，见村里的环境卫生太差，将几个退休在家的端铁饭碗的老头组织起来，发动村民将村里环境彻底整治了一遍，但也没有管到几个月，他一走又死灰复燃了！我以为今天开会，你只讲扶贫方面的事，没想到你要讲这个，早知道，我就会提醒你最好别讲！"乔燕仍有些不服气，说："贺书记，这不是小事！村里这么多人闹肚子，我觉得跟环境卫生差有直接关系！不马上治理，村里说不定会出大问题！"贺端阳见乔燕神情严肃，不像开玩笑的样子，便问："出什么大问题？"乔燕道："我怀疑村里自来水受到了污染！"贺端阳道："不会吧？过去我们都是从几口古井里挑水吃，前年通过村里在县城做大老板的贺兴仁的关系，争取到一笔专项资金，牵通了自来水，水源都是山上的泉水，会有什么问题？"乔燕道："水源是泉水，可流经这么远，你们地下埋了水管没有？"贺端阳道："虽然没埋水管，可水沟上面我们可全用石板和水泥给封住了的！"乔燕道：

"虽然表面用石板和水泥给盖住了,可污水难道渗透不进去吗?还有,听说你们还在山堰塘里取水……"贺端阳马上打断了乔燕的话:"只在干旱泉水不够时,我们才从山堰塘里取些水……"乔燕也没等他说完,便道:"不管怎么说,很多人都到山堰塘里洗衣洗菜,那水还能卫生吗?"听了这话,贺端阳便不说什么了。乔燕又道:"我觉得整治环境已经刻不容缓,必须立即行动!我建议再开一个村民大会,让大家讨论讨论!"贺端阳做出了为难的样子:"你都看见了,干部会都没统一认识,村民大会更是会像麻雀打破了蛋,吵一番就算完事!再说,现在叫村民来开个会,也要开口向你要钱……"乔燕一听这话,露出了不相信的神色,道:"真的?"贺端阳道:"不但村民开会会向你要钱,就是党员开会,也会向你要钱,不然他就不来!"乔燕沉思了半晌,才对贺端阳道:"我还是第一次听说开村民会和党员会都要钱!但不管怎么说,我们总不能不开会吧?"贺端阳听了这话,便说:"你是第一书记,你说开就开吧,我听你的!"说完,夹着皮包就走了。

二

乔燕明显听出了贺端阳话里不高兴的意思,但她也觉得自己的想法没错,不想轻易放弃。再说,这是她到村上想做的第一件事,第一脚都踢不开,以后谁还会听自己的?想了半宿,第二天吃过早饭,贺小婷要去上学,乔燕便叫小姑娘顺便把她带到张芳家里去。小姑娘答应了,说:"张芳婶婶家里的贺丽是我同学,我正好喊她去!"说罢带了乔燕就走。原来张芳就住在老院子的横房里,那横房已经改造过,也是像贺端阳家里一样的楼房,院子打扫得很干净。张芳正在给女儿梳头,一看见乔燕,便高兴地道:"乔书记,吃饭没有?"乔燕道:"吃了,这两天我暂时把伙食搭在贺世银爷爷家里的。"张芳听罢,马上说:"要是不方便,就到我家里来吃吧!我家里那个人也很少回来,多个人还多个伴!"乔燕道:"谢谢张姐,我已经把电饭煲和电磁炉都带来了,等空了去买点米面油回来,就可以自己做饭了!"张芳道:"一个人做啥饭?难得洗锅洗碗哟!"说着,已经给小姑娘绑扎好一对羊角小辫,打扮得花枝招展的。那小女孩见贺小婷在旁边等她,忙不迭地从母亲怀里挣脱出来，背起书包便和贺小婷一起走了。

乔燕等两个女孩走后，才对张芳说："张姐，感谢昨天下午你在会上帮我!"张芳道："怎么是帮你？我说的是实话，村里的环境早就该整治了，可就是没人来带这个头，我觉得你提出来，也是为我们好!"乔燕忙说："可不是这样！我觉得一个村的环境，就代表一个村的形象！所以我今天来，就是特地想请你帮我一个忙……"张芳忙说："乔书记你尽管吩咐，只要我做得到的，一定去做!"乔燕忙拉了张芳的手，说："好姐姐，这就对了！我想请你今天上午陪我到全村的旮旯角落都走走，看看村里的环境卫生到底怎么样？"张芳道："这有什么不行的？反正上午我也没什么事。"乔燕一听，高兴地叫起来："那好，趁天凉快，我们就走吧!"张芳却说："乔书记，你难得到我们家来，最起码也得喝口开水吧？"一听喝开水，乔燕脑袋马上大了，马上拉了张芳说："好姐姐，你快莫去烧开水！我知道贺家湾的开水内容丰富，我刚吃了早饭，让我吃到什么地方去？"张芳道："跨条阳沟也要吃三碗，不然显得我张芳这点礼节都没有!"乔燕紧紧拉住她不放，道："好姐姐，你的开水我什么时候不能吃？这次就记下吧!"张芳听了这话，方才罢了，去找了两顶草帽出来，一顶扣在自己头上，一顶给乔燕。正要走时，又对乔燕问："全湾这么大，你说看哪些地方？"乔燕道："家家房前屋后，水沟塘渠，反正你觉得哪里最脏，就带我看!"

走在路上，乔燕便把昨晚想好的话，对张芳说了出来，道："张姐，我发觉我们女人，要比男人爱干净和整洁得多!"张芳道："可不是这样！我家里那个人，有时候回来连脚都不洗就想上床，被我把他赶下去几次！东西也乱扔，早上起来铺盖一撩，也不叠一下，我没少骂他!"乔燕道："张姐说得太好了！别说你们家，就是我们家，我爸也不太爱收拾屋子，都是我妈收拾，尽管我妈比我爸忙得多!"张芳道："男人都是大大咧咧、邋里邋遢的!"乔燕道："可不是！记得我上高中和大学时，我们女生宿舍最干净整洁，而男生的宿舍则乱得像狗窝，每次学校检查卫生，女生宿舍都是第一，你说这是为什么呀？"张芳道："还有什么为什么？女人天生爱美嘛!"乔燕一拍双手，道："张姐回答得太对了，女人不但比男人爱干净，还更爱美!"说完这话，突然看着张芳问，"所以我说，一个女人是一个家庭的灵魂，一个女人爱干净、爱美了，就会美了一个家，张姐你说对不对？"张芳立即道："怎么不对？家里女人邋遢了，这个家难道还会干净？乔书记到底是城里人，看问题跟我们不一样，一针见血!"

乔燕听了这话，突然站住了，看着张芳道："谢谢张姐的鼓励！不过我还有一句话想请教张姐，你说一个家庭是这样，一个村庄会不会也是这样？"张芳有些愣住了，半天才疑惑地对乔燕问："乔书记，你的意思是……"乔燕马上道："既然女人可以成为一个家庭的灵魂，为什么不可以也成为村庄的灵魂？"张芳听了这话直眨眼睛，半晌突然拍打着自己的脑袋说："有道理，有道理，乔书记你就明说，你想怎么办？"乔燕道："我想全村的家庭主妇，如果都养成了爱干净整洁的好习惯，不再乱扔垃圾、乱倒东西，村里的环境不就好起来了？"张芳马上道："可不是这样！一个女人可以让一个家庭美起来，全村的女人自然也可以让一个村美起来！"乔燕道："这可还要感谢张姐，正是你昨天下午启发了我！"张芳有些糊涂了，道："我启发了你？"乔燕道："可不是！为什么那么多男人都不赞成整治村里的环境卫生，独独你支持我？昨晚上我就想，因为你是女人，天性爱干净整洁，我为什么不能利用女人这个特点？"张芳一听，便又惊又喜地叫道："哎呀，真是像古人说的，听君一席话，胜读十年书。可不是这样，我们这些脑袋里面装的都是猪脑浆，怎么就想不到这些呢！"乔燕一听这话，便紧紧抓着张芳的手晃动起来，道："这么说，张姐，你是赞成我的做法了哟？"张芳马上道："你放心，乔书记，我这个人心直口快，村里不但留守的女人多，而且很多女人都还听我的！"说完又附在乔燕耳边低语道，"别看男人在外面喝酒聊天吹牛皮，实际上村里都是女人管家呢！"乔燕道："我知道，张姐，城里也是这样！"说着也附在张芳耳边悄悄道，"我还没结婚，他就把工资都交给我了呢！"张芳突然在乔燕肩上打了一下，然后又亲昵地道："真不害臊，还没结婚，就管起老公来了！"说毕，两个女人都开怀地大笑起来。

　　一边说，一边走，便到了一户人家，只见房前屋后十分肮脏，乔燕也没问这户人家姓甚名谁，便掏出手机照起相来。张芳见乔燕照相，有些不解，便问："你照相做什么？"乔燕故作神秘地道："可有大用途呢，你以后就知道了！"张芳见乔燕不说，便也不再问。

　　这日上午，张芳带着乔燕，从老贺家湾走到新贺家湾，又从贺家湾走到郑家塝，两人都热出了一身臭汗，将近晌午时分，终于将全村走完了。乔燕一边走，一边看，一边用手机拍照片，拍了一百多张。完了以后，张芳非要拉乔燕到家里吃饭不可，却被乔燕拒绝了。

　　等张芳离开后，乔燕却没有马上回村办公室，而是又拐上了去贺端阳家的路。到了贺端阳家，仍只有贺波一人在家里，乔燕便道："我估计你就在家里。"贺波道："我爸一早就走了，我妈又打麻将去了！乔书记你又有什么事？"乔燕道："你不要叫书记，叫姐就是！"贺波道："那可不敢！"乔燕道："有什么不敢的？你不叫我姐，那我可就先叫你弟了！"贺波听了这话，才道："既然这样，那我就恭敬不如从命了！姐你有什么事？"乔燕便笑了起来，说："这就对了！我就是有一件事，想求你帮忙！"说完不等他说话，便看着他道，"今上午我到全村走了一遍，村里环境太差了，我拍了许多脏、乱、差的照片，你有电脑吗？"贺波立即答道："有哇，一台笔记本电脑！"乔燕马上叫道："那好，我请你帮我把这些照片，制成幻灯片，能行吗？"贺波道："动动手指头的事，有什么不行的？你拍这些照片有什么用？"乔燕便把昨天下午村上开会的情况和自己想整治村里环境的事对贺波说了。贺波一听，便高兴地说："整治环境，这太好了！我回来看见村里环境这么差，也向我老汉说过，可老汉听了却是冷水烫猪——不来气！"乔燕道："可不是这样！你帮我把这些照片制成幻灯，说不定我今后能派上大用场！"贺波一下明白了，马上道："原来是这样，没问题，乔书记……"乔燕打断他的话道："姐！"贺波立即改正："好，姐！我保证完成任务！"乔燕道："那我就把照片发到你手机里！"说着，便把手机里的照片发给了贺波。发完过后，才对贺波说："村里这么多人闹肚子，我怀疑是自来水受到了污染！我有个高中时的同学叫王东莉，大学时学的是卫生防疫专业，毕业后也考到了县防疫站，下午我想将村里的自来水送给她化验化验！我不在村里，有什么事就给我打电话。"贺波道："行，乔书记……"说到这儿又不好意思地笑了笑，继续道，"姐，你的事就是我的事，放心好了！"乔燕道："那就谢谢你！还有，你昨天上午对我说的事，我一定会想办法帮助你！"

三

吃过午饭，乔燕用塑料瓶接了一瓶自来水，想赶回县城去。可一看那太阳，火辣辣的，仿佛要把大地都烤焦的样子，想等阴凉一些再走，又怕回去时王东莉已经下班，找不着人，一时好不着急，想了一想，给王东莉打了一个电话，叫她下班后在单位等一等她。王东莉问她有什么事，乔燕没直接回答，只说："回来你就知道了，反正你不能重色轻友，这么早就回去陪你那个秀才！"王东莉的男朋友是县委办公室的笔杆子，所以乔燕这么说。

直等到四点多钟的时候，那太阳渐渐收敛了自己的光芒，不那么毒辣了，乔燕这才骑着"小风悦"上了路。回到县城，乔燕也顾不得回家，径直去了防疫站。防疫站已经下了班，大楼空荡荡的，幸好事先打了电话，王东莉果然还在办公室等着她。一见面，乔燕先发制人，道："还是你们安逸，坐在办公室吹空调！"王东莉说："我们哪有你这个第一书记安逸，在自己的一亩三分地上就是山大王，一呼百应！"说完这话，又看着乔燕问，"怎么样，贺家湾好不好要？"乔燕道："好要得很！一座座青山紧相连，一朵朵白云绕山间，一片片梯田一层层绿，风光比什么都美呢！"王东莉高兴了，马上道："那好，抽个星期天，到你那儿来观光观光，你该不会不欢迎吧？"乔燕做出欢喜的样子道："我现在就热烈欢迎！"说完，才对王东莉说，"对不起，让你久等了！"王东莉问："有什么事？电话里又不说，搞得神神秘秘的。"乔燕从包里取出可乐瓶，往王东莉面前一放，道："无事不登三宝殿，就是为这个专门来求老同学的！"王东莉一看，已经有些明白了，却故意道："我又不渴，给我送瓶水来做什么？"乔燕道："你就是想喝，我也不敢让你喝！"说着便把贺家湾的环境卫生和很多人闹肚子的事给王东莉说了一遍，又说，"老同学不看僧面看佛面，一定抓紧时间帮我把这水化验化验！"王东莉又玩笑道："帮你化验了，拿什么谢我？"乔燕道："你不是想到贺家湾观光吗？到时我接你到贺家湾去！"东莉道："这倒还差不多！"

回到家，乔燕打开门，看见奶奶坐在一张小塑料凳子上，爷爷坐在她后面的沙发上，正一下一下地给奶奶梳着头。奶奶虽然比爷爷年轻了十多岁，可头发却比爷爷白得多。此时她坐得端端正正，像个十分听话的小姑娘。乔燕见两个老人恩爱的样子，便"扑哧"一下笑了起来，然后弯了一下腰对爷爷说："模范爷爷！"两个老人也有些不好意思了，奶奶道："死丫头，没大没小的，我头皮痒得很，叫你爷爷给我梳一下呢！"乔燕道："奶奶，我表扬一下爷爷呢！"乔大年听了乔燕这话，便道："谁要你表扬？"说着放下了梳子，把话题转移开了，"怎么这时才回来？"乔燕道："吃过午饭，见太阳太毒了，不敢走……"乔燕话还没完，乔大年便道："昨天我到街上，看见有的摩托上面撑了一把伞，我问他们伞是怎样撑上去的？他们说，所有卖摩托的地方，都有这种伞卖，他们给摩托车焊个套筒，伞就可以插到里面了！"乔燕道："我也看见路上跑的摩托，也有撑了伞的，却不知是这样，明天我也去让他们给我焊个套筒，买把伞插上去！"乔奶奶已经从凳子上站了起来，等乔燕话完以后，才问她："还没吃晚饭吧？你想吃什么，奶奶去给你做！"乔燕道："吃什么不要紧，奶奶，我得先洗个澡，不然一身臭死了！"说罢，便进了自己的屋，从衣橱里取出一条浅橘色的网纱超仙连衣裙和内衣内裤，进了卫生间。

洗完澡出来，乔燕感到一身清爽，乔奶奶给她煮了一碗家常鲜肉馄饨，早已端到了桌上。那馄饨馅不但有五花肉，还拌有五香粉、黄酒、鲍鱼汁、香油、淡虾皮等，汤里也有洋葱、鲜虾仁、生抽、姜末、大葱，一股异香扑鼻。乔燕早已饿了，于是趴到桌上便狼吞虎咽起来。乔老爷子一旁看着孙女儿吃饭，一边对她问："怎么样，旗开得胜了吧？"乔燕正将一只馄饨送进嘴里，猛地一咬，一股汤汁立即顺着嘴角流了出来，便不好意思地从纸盒里抽出一张餐巾纸，将嘴角擦了擦，这才对乔老爷子说："马马虎虎，万里长征开始迈出了第一步！"乔老爷子也无心和她斗嘴，只说道："你老妈昨天晚上打电话给我，问我你在村上的情况怎样？我说你养的女儿你还不知道，她是轻易肯认输的人？还能怎样？好着呢！你老妈叫我不要跟任何人打招呼，让你自己去闯！"乔燕一听这话，马上停了筷子说："我才不要哪个去给我打招呼呢！我就知道，我老妈从来就不心疼我……"话还没完，乔奶奶马上打断了乔燕的话，道："胡说，你老妈怎么不心疼你？"乔燕道："我可不是胡说，工作才是我妈的亲生女，我不是嘛！"说完这话，不再说什么，只顾埋头吃饭。

原来乔燕的母亲吴晓杰，20世纪90年代初大学毕业后分到县扶贫办公室，就在乔大年手下工作。那时候虽然社会上物质主义已经抬头，但年轻人心里理想的光芒也没完全熄灭，加上吴晓杰也是一个从农家奋斗出来的女儿，知道自己端上铁饭碗不易，一心想为父母争光，争取进步，所以工作十分卖力。她是全县第一个学会使用电脑的，所以"八七"脱贫攻坚时期全县争取世界银行贷款项目的所有资料，都是出自她那台386电脑。乔大年是一个务实的领导，也十分喜欢那些埋头苦干的下属，见这个年轻的女大学生工作这么踏实肯干，心里喜欢上了她，就像当年领导喜欢他一样，下乡时都带着她。吴晓杰起初卖力工作只是想引起领导重视，但随着乔大年下过几次乡以后，看到了一些贫困地区的农民比自己家里不知要贫困多少倍，深受震撼，加上乔大年的言传身教，渐渐地爱上了这个扶危济困的工作。后来乔大年的儿子乔峰从部队回来探亲，乔大年创造条件让两个年轻人接触，促成了这对年轻人的婚事。所以一些同事和领导与乔大年开玩笑，都说他的儿媳妇是他亲自选的！但在乔大年在位期间，为了避嫌，和吴晓杰一同参加工作的同学，有的成了单位的中层干部，有的成了副职领导，吴晓杰却仍是一个普通的办事员。但在乔大年退休时，他却大胆地向县委领导推荐了自己的儿媳妇。当时的县委领导并没有马上采纳他的建议，而是在第二年，把吴晓杰上派到了国家扶贫办锻炼。在国家扶贫办锻炼期间，吴晓杰给县上办了两件很重要的事，一是把国家一个扶贫贷款的会议争取到了县上召开，二是牵线搭桥，引荐县委领导和国家扶贫办领导见面，争取到了一个国家重大扶贫项目在县上落地生根。结束在国家扶贫办上挂锻炼回到县上不久，县委便宣布对她破格提拔——担任县扶贫移民局副局长，不久又升为局长。去年国家新一轮精准扶贫工作开展后，又被市委破格提拔为市扶贫移民局一把手。在去年全国扶贫系统先进集体、先进工作者表彰活动中，吴晓杰又被表彰为全国脱贫攻坚奖首批先进工作者。

从乔燕懂事起，就知道妈妈是一个工作狂，所以她听了爷爷的话，会给她这样一个结论。乔大年见孙女不说话，以为她不高兴了，便道："可别胡说，你妈特别提醒我，叫你下去以后少喊口号，也少讲大道理，而要给老百姓多做一些看得见、摸得着的实事……"乔燕马上道："我正是这样做的！"乔大年又道："你妈还叫你在乡下，要学会自己照顾自己……"一听这话，乔燕眼眶立即有些发热起来，便又不吭声了。

吃完饭，乔燕又把自己关进了自己那间卧室里，乔大年知道孙女儿有大事要做，于是也不问她什么，和老婆子一道出去了。

第二天上午，乔燕果然把电动车开到马鞍路，找了一家卖摩托车的门店，买了一副摩托车自动伞的套筒和一把自动伞，并请他们给焊接在自己的"小凤悦"上。那店里的工人花了十多分钟时间，便给焊上了。乔燕将伞撑开，将伞把插进套筒里，拧紧固定伞把的螺钉，试了一试，那伞确实牢固，一下高兴了，现在不但日晒不着、雨淋不着，天气不冷不热的时候，还可以将伞取下折叠好收起来。她付了款，正要骑着往回走，包里的手机突然响了。掏出来一看，正是王东莉打来的，道："你快来！"乔燕一听，便知道水的事有了结果，于是把车头一拐，骑着它往西城防疫站而去。

一跨进门，王东莉便严肃地对她说："你们的自来水，受到严重的病原体污染，特别是大肠杆菌，所以才会引起那么多人腹泻，不能再饮用了！"乔燕一点没感到惊慌，说："这和我的预感完全一样！"说罢便一把拉住了王东莉的手，道："老同学你可要帮忙帮到底，送佛送到西天！"王东莉道："我怎么帮你呢？"乔燕道："下午你和我一同到贺家湾去，我回去说了大家不会相信，你是专家，说话才有分量！"便把自己想整治村里的环境卫生给王东莉说了，说完又笑着对王东莉说，"我这次是专门请你到贺家湾去，你如果不去，下次你想来也没门！"王东莉一听这话，便说："我本来就是搞卫生防疫的，这是我义不容辞的责任，不过要外出，还得给我们领导说一下！"

说完王东莉果然去给单位领导汇报，没一时工夫，便笑吟吟地回来了，对乔燕道："我们领导同意了，还答应派一辆防疫车，让小赵同我一起去！"乔燕问："小赵是谁？"王东莉道："就是检验科的，你们的自来水就是他给做的化验！"乔燕欢喜得打了王东莉一下，道："这太好了，我也沾你们的光，顺便带点米面清油到乡下去！"说罢又问王东莉，"你们单位有没有投影仪？"王东莉道："我们要做防疫宣传，怎么会没投影仪？我让小赵带上就是！"

乔燕喜不自胜，急忙出来给贺端阳打电话，让他如此如此，通知晚上开村民大会。贺端阳在电话里听了，也没说什么，只说："那好吧，你是第一书记，我就按你的话通知吧！"说完挂了电话。乔燕又给张芳打电话，叫她这般这般。完了又给贺波打电话，又是一阵交代。一番遥控指挥后，才和王东莉约定了出发时间，放心地回去了。

四

黄昏时分，乔燕和身着白大褂的王东莉、小赵来到了贺家湾，车子刚开进村口，便被一群人"呼啦"一下给围住子，叫道："来了，来了，城里的医生来了！"一些小孩一边叫，一边又飞快往回跑，嘴里重复着刚才的话。原来，上午乔燕给贺端阳打电话，叫他通知村民晚上开会，但不要说成是环境整治的动员会，只告诉村民说，因为村里闹肚子的人多，她特地从城里请了著名的大夫，晚上在村委会为大家集体义诊，欢迎那些闹过肚子和正在闹肚子的人前来就诊！又说，即使没闹过肚子，只要身体有其他病，也可以来，大夫给大家免费诊断，过了这个村，就没那个店了！这一说，那湾里岂有不沸腾的？于是不管是否闹过肚子，都生怕轮不到给自己诊断，便早早地在村口等着了。

司机看见大伙把车围住了，便按了一下喇叭，那车"呜呜"地拉长声音叫起来，把众人吓了一跳，急忙让开了一条路，然后又跟在面包车屁股上那个鲜红的"十"字后面，向前追去。到了村委会，乔燕让司机停了车，和东莉、小赵从车里下来。小赵是个一米七八的帅小伙子，手里提着装投影仪的箱子，有人一见那箱子，便又兴奋地叫道："连检查的机器都带了！"说罢便往前挤，对乔燕道，"什么时候开始检查？"乔燕见自己的计谋成功了，非常高兴，便对大家道："你们放心，保证每个人都会诊断到的！"说罢带了王东莉和小赵往村委会办公室走，众人又跟在他们屁股后面拥来，乔燕又只好回头道："你们跟来做什么？去去去，都吃了晚饭再来，空肚子检查不准确！"众人虽然不知是真是假，却慢慢散开了。

到了村委会办公室，贺波已在那儿等着了，原来上午时分，乔燕给张芳打电话，说的是让她准备两个客人的晚饭，今晚上她要陪着城里的贵客到她家里。给贺波打电话，问的是他会不会操作投影仪，贺波告诉她，他这人天生不安分，什么都爱弄，连队里放投影电影，都是他鼓捣投影仪。乔燕一听放了心，又告诉他如此如此，嘱咐了一番。乔燕把王东莉、小赵给贺波介绍了，贺波接过小赵手里的投影仪，自去准备不提。这儿三个人稍稍休息了一会儿，乔燕便带着王东莉、小赵往张芳家去了。

这天晚上，乔燕、王东莉、小赵在张芳家吃过晚饭，回到村委会，只见贺家湾那棵老黄葛树下，早已坐了黑压压一大片人，一只500瓦的白炽灯泡，将会场照得亮如白昼，那头顶又密又厚的黄葛树枝叶，显得益发黑亮。贺波已在粗大的黄葛树树干上，挂好了投影仪的幕布，幕布下面，摆了两张从村委会办公室搬出来的办公桌，桌子上摆了一支麦克风和那瓶乔燕带到防疫站化验过的自来水。桌子后面又摆了几把椅子。乔燕一看，便知道这是今晚会议的主席台。主席台前面，又放了一张桌子，放了投影仪和扩音器。

一见乔燕，贺波便跑过来对她说："姐，我见原来开会的那间教室坐不下，也没征得你同意，便和贺文叔商量了一下，把会场搬到外面来了！"乔燕小声道：

"搬得好，你们平时开村民大会也有这么多人吗？"贺波正要回答，贺文走了过来，道："平时开会哪能来这么多人？就是选举，把喉咙喊破了也没来这么多人！"说完又补了一句，"看来人还是怕死！"直到现在，他还真以为是乔燕请了城里医生来给大家看病。乔燕朝会场看了看，便对贺文问："贺主任，村组干部都来了吗？"贺文道："还有贺书记没来！"乔燕便又对贺波道："你爸怎么还没来？"贺波说："你们来的时候，我就给他打了电话，他说他天黑前一定赶回来！"

乔燕听了这话，就退到一边拨通了贺端阳的电话，道："大伙儿都到了，就等你来主持会议呢！"贺端阳说："快了！快了！我马上就要到了！"乔燕听了这话，便说："那就好，我们等你！"说完回到主席台边，和王东莉、小赵拉起话来。可是等了十多分钟，还没见贺端阳的影子，乔燕又打电话："贺书记，你说马上就要到了，怎么还没来？"贺端阳又道："已经快要到村口了！乔书记要不你们先开到，我随后就到！你放心，你是第一书记，你怎么说，我就怎么做，坚决服从你的领导！"乔燕有些不高兴地道："这不是领导不领导的问题，这样的事，具体工作都应当由村支部和村委会来做，你都不在场，谁来具体安排？"贺端阳大概听出了乔燕话里不满的意思，又立即说："乔书记，你尽管发动群众，只要群众没意见了，具体工作我来做，做不好你拿我是问好了！"乔燕听出了贺端阳话里的意思，她坚信自己今晚上一定能把村民发动起来，于是说："那好吧，贺书记，我就等你回来具体安排！"

说完，乔燕便回头对贺文说："贺主任，你来主持今晚上的会……"话还没完，贺文有些愣了，道："我主持会？"乔燕道："你是村支部副书记、村委会副主任，贺书记不在，为什么不可以主持会议？也没什么主持的，许多村民还不认识我，你把我向大家介绍介绍，强调一下会场纪律就是了！"贺文果然过去拿起麦克风，对着话筒吹了两口气，道："大家安静了，我先介绍一下，这是县上派到我们村的第一书记，乔燕乔书记，就是乔书记从县上请了专家来给我们诊病，大家欢迎！"众人一听，果然"噼噼啪啪"地鼓起掌来，有人还喊："乔书记一来就给我们办好事，好样的！"乔燕听见这话，急忙走前一步，对大家鞠了一躬。贺文介绍完，又道："乔书记给我们办了好事，可我们也要守纪律，等会看病的时候一个一个地来，不要打拥堂……"可话音还没落，早有几个人在人堆里叫了起来："我先来，先给我看……"一边说，一边就往前面跑，人群马上就跟着骚动起来。

乔燕急忙接过贺文手里的话筒，大叫一声："都回去，都回去，慌什么？"那跑的人立即站住了。乔燕马上又道："贺书记在通知里不是说明白了吗？今晚上是城里的专家到贺家湾来集体义诊，不接受个人诊断！难道大家得的病不是一样的吗？回去坐好，等会儿听城里的专家怎么说！"那些跑过来的人只好悻悻地退了回去。乔燕等他们重新坐好了，这才对大家说："爷爷奶奶、叔叔婶子们：你们既然得了病，就要知道病是怎么来的。下面先请大家看一组幻灯片，看完以后，再听了专家的话，你们就知道自己的病是怎么得的了！"

说完，对贺波做了一个手势，贺波打开投影仪，关了黄葛树枝丫上的灯，放起幻灯来。贺波将文件夹里的照片打开，于是那些被草叶和秸秆堵塞的沟渠、那些如墨汁一般的黑水潭、那些在水潭里享受着快乐的孑孓和虫子，还有那房前屋后一堆堆发黑的垃圾以及围着垃圾四处飞舞的黑头苍蝇，摊摊遍地横流的生活脏水等，都经过投影仪的放大一一呈现在银幕上。大伙儿最初看见这些图片时，先还没认出这是哪儿的画面，还互相问："这是哪儿，怎么这么脏？"乔燕听见了大家的窃窃私语，便又拿起话筒对大家说："大家仔细认一认，难道认不出吗？"众人又看了一会儿，终于认出了，便道："哎呀，这不就是我们贺家湾吗？"乔燕道："光认出了贺家湾还不行，你们再认认，看哪些画面是你们自己家的？"众人听了这话，便都不吭声了。

正在这时，贺端阳来了，借着幻灯的光走到桌边，挨着乔燕坐下，低声问道："是谁这么没事干，这不是成心想出贺家湾的丑吗？"乔燕立即道："是我拍的！本身就这么脏，难道还怕别人拍吗？"贺端阳马上又改口道："平时没怎么在意，现在把这些画面集中在一起，实在恶心！"乔燕道："更恶心的还在后面呢……"一语未了，幕布上出现了一只躺在水沟里的死耗子，经过投影仪的放大，肿胀得犹如一只褪光了毛的小猪，满身蛆虫乱爬。乔燕正想问贺端阳看了这幅照片恶心不恶心，却突然看见身边王东莉背过身去，朝地下"哇"的一声便呕吐起来。乔燕急忙去拍打王东莉的背，正想安慰，忽听得像是传染似的，人群中又有几个女人"哇哇"地吐了起来。王东莉吐完，急忙抬起头，按着胸口，对乔燕喘着气说："别放了，别放了，恶心死了，我都为你们贺家湾感到难过！"乔燕听了这话，便叫贺波停止了播放。

乔燕等黄葛树枝丫上的灯光重新亮起来后，看见众人脸上都挂着十分凝重的神色，便又拿过话筒说："还有很多照片没有放完，我也不想多说了。下面我们就请专家给大家说说你们的病情！"说罢便把话筒递给了小赵。小赵接过话筒，咳了一下，道："首先我要给贺家湾各位父老乡亲申明一下，我并不是一个治病的医生，我只是县防疫站的化验员！刚才你们看了自己湾里的环境卫生，现在我要向大家宣布……"说着他用另一只手举起瓶子里的自来水，接着道，"你们贺家湾的自来水，受病原体污染，细菌严重超标，其罪魁祸首就是刚才那些垃圾，所以患腹泻的人才这样多……"话还没完，人群里爆发出各种叫声，不知是怀疑还是惊讶。小赵又道："我只是化验员，至于你们自来水还会给你们带来什么危害，下面听我们所里小王说，她是搞卫生防疫的，才是这方面的专家！"说完，又把话筒递给了王东莉。王东莉把话筒拿到手里，半天都没说话，似乎还没有从刚才的呕吐中缓过气来。村民见她不说话，都有些紧张地看着她，过了半天，王东莉终于举起话筒，对大家说话："看了刚才的幻灯片，我感到非常难过，没想到贺家湾卫生这么差！我也不想多说，只想告诉大家，那些垃圾中的细菌，通过地下水传播到了你们的自来水里，我们把它叫作'介水传播'，你们现在得了感染性腹泻，这还是轻的，如果不马上治理，接着还会引发霍乱、病毒性肝炎、脊髓灰质炎、阿米巴痢疾、伤寒和副伤寒、钩端螺旋体病、血吸虫病，等等。"众人还没听完，便纷纷叫道："天啦，那自来水不能喝了，从今往后，我们还是从井里挑水吃吧！"王东莉道："自来水都被污染了，井水难道没被污染？"众人听了这话，沉默了一会儿，然后才七嘴八舌地问："挑水吃也不安全，那怎么办？难道我们不吃水了？"

乔燕将胳膊肘支在桌上，用手撑着下巴颏，静静地看着会场。等众人说完以后，才道："事情明摆着，解铃还须系铃人！我们贺家湾的水源是干净的，只是大家平时不爱卫生，秸秆乱扔，垃圾乱倒，造成细菌繁殖，自来水才被污染的！现在要想吃上干净水，不得病，唯一的办法，将村里的垃圾清理干净，不就得了！你们说是不是？"众人一听，便马上叫了起来："可不是，你们说该怎么清理，就怎么清理吧！刚才贺文主任说得对，啥子都比不过命重要呢！"乔燕听到这里，意味深长地看了贺端阳一眼，却见贺端阳板着脸，紧紧咬着嘴唇，两道长长的皱纹从嘴角往上荡漾开去，顺便把鼻子两边也牵起些纹缕，那神情像是脸上挂了一层霜。

乔燕摸不清楚贺端阳心里究竟在想什么，她本想逼他当场表态，可又怕他没想好，或者说出来村民不买他的账，就会使他在这么多人面前出丑。于是想了想道："其实贺书记早就想整治村里的环境了，只怕大家不齐心，所以才开了今晚上这个会来统一思想！至于具体怎么清理，贺书记也早已心中有数，散会后请村上和组上的干部留下来，听贺书记具体安排！"说完扭头问贺端阳，"贺书记还有什么要说的？"贺端阳脸色这才活泛过来，摇了摇头，瓮声瓮气道："我没什么了。"乔燕便宣布散了会。

第五章

一

贺家湾的环境大整治进行了三天，村庄面貌一新，就像换了一个样似的。乔燕从这件事中，看出贺端阳不仅有魄力，而且在村干部和村民中，威信还是挺高的。

那天晚上村民走了以后，贺端阳也不等乔燕再说什么，就对坐在会议室里的村组干部板起一张雷公脸，像是他们欠了他什么一样，然后就是一顿夹枪带棒地大声训斥："腊月三十天的磨子——你们现在想转了，是不是？早些时候难道我没有对你们说过，叫你们不要把地里的杂草和秸秆扔到水沟里，也不要乱倒垃圾，嘴巴都磨起茧巴了，可你们耳朵里像是毛长多了，哪回听进去了的？现在晓得得了瘟病痨病孬毛病，快保不住小命了，才晓得锅儿是铁铸的了？这叫人牵起不走，鬼牵起走都走不赢……"

一番发泄后，贺端阳才板着脸道："还能怎么清理？刚才乔书记说得对，解铃还须系铃人，你们有手丢，就有手清理，各人自扫门前雪！从明天起，以小组为单位，各组清理各组的，管你们回去想什么办法，我打酒只问提壶人！三天后，村上组织检查！我丑话说到前头，哪个还像过去那样冷水烫猪——不来气，影响了全村人吃水，对不起，我不得去找村民，就找你们！我聪明的办法没有，笨办法却有，我不说把全村人都带到你家里，只把在座的人带到你家里来开现场会。你不是仁义吗？好客吗？那好，你就煮起给大家吃！什么时候你小组的环境卫生搞好了，我们就走人，搞不好，我们就继续在你家里开，我是说得出做得出的……"

那些村组干部只顾低着头，一声也不敢吭，第二天各村民小组都纷纷行动起来了。

但贺端阳很快又给乔燕踢了一个球回来。把全村环境清理完毕以后，贺端阳来对乔燕说："乔书记，全村的环境卫生按照你的要求，彻底清理好了！不过，清理容易巩固难，过去我们也有过这样的教训，怎样巩固治理效果，我没多少辙，还得你拿高招！"其实乔燕早从贺波那天给她讲的故事里受到了启发，想到环境整治后如何巩固这一点，那就是在村里实行垃圾分类和统一清运，只不过具体方案还没想成熟，便没对贺端阳把自己的想法端到桌面上来，只道："你让我再想想吧，啊！"贺端阳道："那你就要早点拿出主意来，免得那几爷子这几天一过，又死灰复燃！"

可是，正当乔燕要在村里实行垃圾分类的时候，乡上忽然通知她和贺端阳去开会。乡上的会议主要是传达县上关于立即开展对贫困户进行摸底识别的工作，这个工作县上要求务必在下个月中旬完成，而乡上则规定月底前一定要把各村贫困户名单和基本资料上报到乡上。乔燕一算时间，离月底虽然还有二十来天，可全村有几百户人，家家都得去调查，还得留下开会评议和讨论的时间，这时间已经不充裕了，只得把在村里实行垃圾分类的事暂时停了下来。

从乡上回来后，她马上又召开一个村干部会，乔燕让贺端阳传达乡上会议精神，贺端阳道："你是第一书记，还是你讲！"乔燕也没推辞。她却首先表扬了村里环境整治的成绩，尤其表扬了贺端阳，道："贺书记在环境整治工作中，认真负责，不愧是一个敢作敢为、有勇有谋的好干部，特别是他在这段时间里，牺牲了自己许多时间，天天都在第一线督促检查，才换来了全村面貌的大改变，这一点是值得我们所有人学习的！大家一定要巩固我们已经取得的好成绩。"说完这话，乔燕才传达了乡上会议精神，然后道，"对贫困户摸底识别，是精准扶贫的第一步，时间紧，任务重，涉及家家户户……"说到这儿，乔燕扫了大家一眼，神色也变得凝重和严肃起来，目光从贺端阳、贺文、贺通良、郑全智和张芳身上一一扫过，最后才道，"从现在起，我们所有村干部，都要把自己的事停下来，深入全村每个家庭，逐家逐户去算账摸底，并按照上级八个比对的要求，把村里的贫困户都精准识别出来，不能落下一家一户！谁要是在这个工作中再把自己的私事放在第一位，或者工作不深入、不仔细，出了问题，后果大家都是知道的，响鼓我就不用重锤！"说完又犀利地扫了大家一眼。贺文便道："你是第一书记，具体怎么分工，你说吧！"乔燕又看了贺端阳一眼，见贺端阳仍不动声色，便道："我是这么想的，加上我，一共六个村干部，全村村民小组也是六个，我们六个村干部分成三个调查小组，每个小组调查两个村民组，大家看怎么样？"大家一听，便去看贺端阳，见贺端阳抿着嘴虽没明确表态，却也没有反对的意思，贺文便道："怎么不行？你就直接分一下吧！"乔燕听了这话又道："那我就分了！我和张主任一个组，调查郑家塝和第一村民组。贺书记和郑全智一个组，调查二、三村民组，贺文主任和贺通良会计一个组，调查四、五村民组，大家看行不行？"众人都道："有什么行不行的，反正都是调查！"乔燕便道："既然没有意见，那就这么定了！"说完才看着贺端阳，道，"贺书记还有什么没有？"贺端阳见乔燕点了他的名，觉得不说点什么也不好，便也对众人道："刚才乔书记都讲了，我完全赞成和服从她的安排！我只补充一点，大伙儿不可能在家里等着你去调查，只能利用早、中、晚他们在家的时候，你去了才找得着人，所以大家不得不辛苦一些！特别是乔书记这个组，郑家塝路最远，还得爬坡上坎的，这更要辛苦你了……"乔燕马上说："你们别管我，我在村里也没什么拖累，倒是你们，这半个多月时间，不但要起早睡晚，还得日晒雨淋的！"贺端阳道："乔书记从城里来，平时也没有这样辛苦过，你都不怕，我们怕什么？"说完又强调了几句，道是既要抓紧，又必须准确，若是谁调查回来的资料不准确，要返工重来，所有损失都由自己负责。乔燕这才知道自己疏忽了最关键的话，不由得不在心里佩服起贺端阳来："到底是姜老才辣，我只强调了时间，他却既强调了时间，也强调了调查的质量，看来我真得好好向他学习！"于是道："贺书记说得对，我们既要按时，也要保质保量完成任务，这事千万出不得一点纰漏！上面要求要做到'六个精准'，即扶持对象精准、项目安排精准、资金使用精准、措施到户精准、因村派人精准、脱贫成效精准。其中扶持对象精准，是这轮精准扶贫的关键所在。如果连真正的贫困户都没有找出来，这贫又怎么扶呢？所以我们要做到百分之百准确，把真正的贫困户找出来！"

可话刚说完，贺文便叫了起来："上面那些人，嘴巴两张皮，说话不费力，他们说得好听，为什么不亲自下来调查？各家门，各家户，要说村里人哪家哪户打了多少粮食，我们大约还能估摸出来，可他家里有多少钱，谁敢保证一分不少地统计出来？"贺文说完，贺通良也道："就是！我们明晓得他家里有人在外面打工挣钱，可他却不告诉你收入情况，或者明明每个月 5000 块钱，却说每个月只有千把块钱，你怎么办？"郑全智也道："是呀，明明银行里有存款，可哪个愿意把银行存款说出来？我们又不是警察，即使我们想去查，还没有那个资格呢！"连张芳也说："就是呀，我们怎么能掌握到他们的收入情况？"听了他们的话，乔燕一下难住了。她不是没有思考过这入户调查中的困难，但没想到大家会提得这样具体，细想想，又都在理，那些打工仔、打工妹在外面的收入和生活情况，农村基层干部又怎么能够全面掌握呢？可是，上面要求对贫困户的识别，必须做到百分之百准确，这便有些为难了。她见村干部都望着她，知道他们在等待她的回答，可她的思维却一下像短了路，不知该说什么好了！正发着窘，忽听得贺端阳大声说道："你们说起就是石狮子的屁股——没有门儿了？电灯点火——其实不然（燃）！乔书记刚才不是说了，以后还有和公安部门、财政部门、工商部门、房管部门等等'八个比对'吗？不是又还有一申请、一评议、两公示、一公告这些吗？哪有把贫困对象摸不出的？你们现在别跟乔书记讲那么多困难，只管给我按规定动作做就是！哪个敢阳奉阴违，拉稀摆带，我就对哪个不客气！"一听这话，几个村干部顿时都不吭声了。

乔燕一听贺端阳这话，心里又是一阵感动，急忙对他投去感激的一瞥，正想宣布散会，突然又记起了一件事，想起贺端阳刚才对自己的支持，就想在这时候趁热打铁，把这事提到议事日程上来，于是又对大家说："还有一件事，这几天忙，我差点忘记了，就是吴芙蓉和贺勤的鸭子纠纷……"可话还没完，贺端阳便道："乔书记，你要说其他什么事，大家该使力的使力，该出钱的出钱，使一把劲也就过去了。可他们这事，就是神仙下凡也没法说清楚！"众人也纷纷附在他后面说："就是，连派出所都动了，也都没法做出决断，我们怎么能做出了断？"乔燕不禁愣了，半晌才又看着贺端阳说："可我们总不能让他们这样无休止地闹下去呀？"贺端阳摊了摊手，仍做了个不想接招的手势，道："他们吃饱了撑的，愿打愿闹，我反正是巫师捉鬼——啥办法都使尽了，他们不听，我也没法！"众人也说："就是，一个要个整坛子，一个要个整南瓜，都不听劝，确实没办法！"乔燕皱着眉，觉得自己有些下不了台，半晌才说："我也没非要大家来个青红皂白，只是想提醒大家一下，你们在逐家逐户识别贫困户时，顺便问问村民，看还能不能发现什么新的线索？雁过留声，她十只鸭子丢了，就没有留下一点线索？要是有了线索，这事情就好办了！"众人听了这话，便说："好嘛，好嘛，我们再问问嘛！"说完便散了。

二

第二天一大早，乔燕去张芳家里，打算约她一起去郑家塝，没想到张芳一见到乔燕，便皱着眉头对乔燕道："乔书记，对不起，上午我只有请假了！"乔燕问："出了什么事？"张芳道："我小丽昨天晚上又发高烧，又咳嗽，还吐了两次，把我吓坏了！我起来用老酸萝卜给她洗了两次额头和胸口，烧只稍稍退了一点，现在还咳嗽和发干呕，我得把她带到乡卫生院打针！"乔燕听说便道："那张姐你去吧，孩子是大事，我一个人先去郑家塝，能走访一户算一户吧……"话还没完，张芳便道："乔书记，你其实不必这么早就去！"乔燕道："为什么？"张芳道："大伙儿都趁早晚天气凉快时干点活儿，你这么早去，找不着人的！不如回去休息半天，等我回来后，我再陪你去！"乔燕想了想道："张姐，你快把小丽送医院吧，我出都出来了，还是先去看看，如果找不着人回来就是！"说完，就告别张芳走了。

贺家湾村的老湾、上湾、下湾以及后面的新湾，都清一色姓贺，唯有对面的郑家塝，是一个杂姓村落，里面郑、王、刘、罗诸姓都有，和贺家湾隔了一条沟，这条沟郑家塝人把它称作"夹皮沟"，贺家湾人却把它称作"和尚坝"，原因是那沟里的田过去是元通寺的庙产。乔燕从张芳家出来，下了一道坡，顺着一条小路走了十多分钟后，又下了十多级石梯子，再顺着一条弯弯曲曲的河堤路又走了十来分钟，便到了被郑家塝人称的"夹皮沟"。那沟两边的山虽说不上崇山峻岭，却也巍巍峨峨，颇有几分气势，沟底也有几十丈宽，尽是良田沃土，一条两丈来宽的小溪，又把那些良田沃土劈为了两半。溪涧上立了一座单孔石拱桥，也不知建于何朝何代，南北走向，桥拱两边的石栏中间，有一浮雕石龙，首尾各向东西方向，上翘伸出桥身之外，昂首奋须，栩栩如生；桥两头又竖石狮二尊，造型美观，雕工精细，线条流畅；桥面的石板也不知经了多少人踩踏，已凸凹不平，桥墩石头，不但布满了青苔，也裂了道道石缝，显出一种沧桑的味道。乔燕走上桥头，手按在那尊浮雕石龙的头上，朝下面一看，只见桥下流水潺潺，波光粼粼，鱼游水中，虾戏浅底，十分清幽。

　　过了小河，乔燕才看见，原来这桥不但是连接贺家湾和郑家塝的纽带，而且还连着两条大路。尽管乔燕到贺家湾的时间不长，还不知道这两条大路通向哪里，但却看出这座小石桥十分重要，怪不得古人把它修得这么漂亮！前边大路边的三岔路口，竟然还有一座四层高的石塔。乔燕见了觉得好奇，急忙奔了过去。只见那塔坐西向东，高约三丈，下面须弥座台基方方正正。塔身平面呈八边形，层层上收，塔顶为六角莲花状，第二层正面刻得有字，但风雨剥蚀，那字有些脱落，已不大认得清了。倒是第三层和第四层上，分别刻有"射斗""文光"四字，还看得清清楚楚。第四层还刻得有人物，左面人物脚踏祥云，神态各异：提篮、拈须、举扇、握棒，正中一老翁端坐仙鹿背，左手持杖，右面人物手持宝瓶、树枝，中间一个菩萨，头戴宝冠，两手平直于胸前，神情端庄肃穆。乔燕看着那菩萨，却发现那菩萨好像也在看着她。乔燕不觉好笑起来，心里道："没想到贺家湾还有这些老古董，可惜藏在深山没人问了！"一面感叹，一边拐上了去郑家塝的小路。

　　从一条缓坡似的土路走上去，乔燕便看见一块坝子，坝子中央散落着零零星星的房屋，如随便摆放在棋盘上的棋子，乔燕便知道这就是郑家塝了。正抬头观望时，忽然看见前面小路上颤颤巍巍地走着一个老太婆，手里拄一根拐杖，背上背一只背篼，也不知背篼里装了什么，那腰几乎弯到地上去了。因为是在后面，乔燕没法看清她的面容，猜不出她有多大年纪，只见满头银发如雪，阳光下更加白得晃眼。乔燕急忙跑了几步，赶上了她，才看见她背篼里装的是半背篼才挖出的新鲜土豆，老太婆七十多岁，满脸尽是皱纹和褶子，眼睛也深深地陷进了眼窝里。乔燕一见，马上道："婆婆，你快歇下来，让我给你背！"那老太婆努力抬起头看了乔燕一眼，问："你是哪个？"乔燕马上道："婆婆，我是村里的第一书记，你不认识我没关系，你这么大的年纪了，还背这么重的土豆，快让我背！"一边说，一边就要去接老太婆背上的背篼，那老太婆忙说："那可不行，姑娘，我一看你就是城里人，别把你衣服给弄脏了……"乔燕没等她说完，又道："衣服脏了可以洗，可你这么大年龄，要是摔倒了怎么办？"一边说，一边去拉住了老太婆的背篼。老太婆见了，只好把背篼靠在路边一块石头上，歇下了，嘴里却感恩不尽，说："好人啦，姑娘，菩萨会保佑你的！"乔燕等老太婆歇好以后，才将肩上那包取下来，递给老太婆，将两只胳膊伸进背系里。乔燕见土豆只有半背篼，以为不太重，可使了一下劲，那背篼只是动了动，却没将它背起来。老太婆一见，马上又说："姑娘，你们城里人，没干过这样的粗活，怎么背得动？还是我来！"说着又要去背，乔燕又把老太婆挡开了，道："婆婆，你这么大的年龄都背得动，我怎么背不动？你看——"说着将双腿张成八字形，脚趾咬着地，咬紧牙关，一用力，终于将背篼背起来了。

可背篼虽然背起来了，但那用竹篾编成的背系却像长了牙齿一般，透过她薄薄的连衣裙，无情地啃咬着她肩膀的肉。她顿时感到一股火燎火烧的疼痛传遍了全身。但她尽管痛得龇牙咧嘴，却没打算放下来。为了减轻肩膀上的疼痛，乔燕一边走，一边便和老太太拉起话来："婆婆，你今年多大年龄了？"那老太婆朝乔燕比画了一下，道："再过三年，就满八十了！"乔燕吃了一惊，道："婆婆，你都快满八十了，这么早就挖了一背篼土豆回来了？"老太婆道："三早当一工，我们庄稼人，不就是趁早晨凉快才好干点活吗？长工活，慢慢磨嘛，自己地里的活儿，自己不干，也没别人帮你干。"乔燕又道："婆婆，你家里还有什么人？"那老太婆道："儿子媳妇在外面打工，屋里还有三个孙子，我一大早起来把饭给他们煮好了。"一听这话，乔燕突然想起了，便问："婆婆，你叫什么名字？"老太婆道："姑娘，我姓罗，叫罗桂珍……"乔燕马上想起了，便道："我知道了，婆婆，你儿子叫刘勇，是贺家湾村唯一姓刘的人家！"罗老太婆一听这话，就像贺世银老头当初一样，又惊又喜，立即对乔燕道："是的，姑娘，我儿子可不是叫刘勇！"

说着话，就到了老人家里，乔燕看见郑家塝的房子，除少数几幢楼房外，其余的都还是过去的穿斗老房子，有三开间的、五开间的，还有七开间加两边厢房，形成一个小三合院的，院子都是用青石板铺成，人字形屋顶，小青瓦，屋檐也有一挑，也有两挑，虽说不上大出檐，但屋檐下还是足够宽敞。阶沿也都用条石砌成的高勒脚，虽说不上有多漂亮，但乔燕却感到了一种朴实自然的美。大约因为才开展了环境大整治活动，院子都扫得非常干净，房前屋后也不见一点垃圾。乔燕和罗老太婆刚进院子，立即从屋子里跑出了高高矮矮的三个孩子来，一齐好奇地看着乔燕。乔燕随着罗老太婆把土豆背到堂屋里，这才发现屋子里已经堆了一堆黄灿灿的、小山似的土豆。乔燕一见，便对罗老太婆问："婆婆，这些土豆都是你一背一背背回来的？"罗老太婆道："姑娘，不是我背回来的，还有哪个给我搭把手？"乔燕不吭声了。罗老太婆把乔燕肩上的背篼接下来，把里面的土豆倒在了土豆堆上。那背系刚离开乔燕肩膀的时候，乔燕仿佛觉得是从她肉里取出来的一样，疼得比压在肩上还要疼。她用手摸了摸肩膀，发现裙子的布都紧紧贴在肩上，便用手扯了出来，然后又揉了揉肩膀，虽然肩膀还有些发烧，但慢慢地不那么疼了。

罗老太婆见三个小子还紧紧看着乔燕，便道："叫你们吃饭，你们还站起看什么？"其中一个道："我们吃了！"罗老太婆道："吃了还不去上学，挨杀场呀？"另一个道："我们放暑假了！"说完又盯着乔燕看。乔燕一看三个孩子满脸的调皮相，便问罗老太婆："婆婆，三个孩子都是刘勇叔叔的？"罗老太婆道："不是他的是哪个的？老大叫刘明，老二叫刘亮，老三叫刘全！我这是前世作了孽，带了虱子带虮子，他们又不听话，怄死我了！我又要给他们带娃儿，又要种地。我说不种吧，可又莫得喂嘴巴的……"说着便抹起眼泪来。

乔燕一见老太婆擦眼泪，心里忽然觉得很难过，好像是自己遇到了不幸的事一般。她想起老太婆刚才走路颤颤巍巍的样子，又朝门口三个半大不小的孩子看了看，突然感到义愤填膺，这刘勇也真不孝顺了，你不在家里照顾年迈的母亲倒也罢了，却为什么还要把三个孩子交给这样一个风烛残年的老人来照顾？要是老人在家里出了个意外怎么办……越想越气愤，只觉得有一股怒气在心里横冲直撞，连脸也憋得有些红了，便对刘明道："你有没有你爸爸的电话？"那小子一听，像是邀功似的，响亮地答应了一声："有！"乔燕便说："你去把你爸爸的电话号码拿来！"那小子没有动，斜眼看着奶奶。罗老太婆却看着乔燕问："姑娘，你要干什么？"乔燕道："婆婆，我要给刘勇叔叔打个电话，告诉他，我们穷归穷，可该尽的孝道和责任却不能不尽，你说是不是？"罗老太婆却说："姑娘，你就别给他打这个电话了吧！"乔燕显得很坚决，道："不，婆婆，今天我一定要打这个电话！"说完又对刘明说："快去给姑姑拿来，好孩子就要听话！"那小子这次不再犹豫了，果然"咚咚咚"跑去拿了一个记在作业本纸上的电话号码来。

乔燕当着罗老太婆和几个孩子的面，拨通了刘勇的电话，还没等对方说什么，便像抑制不住自己的愤怒似的对刘勇数落了起来："你是刘勇叔叔吗？对不起，我是县上派到贺家湾来的第一书记，我叫乔燕！我现在正在你家里，你妈都快八十岁了，还在家里给你带三个小孩，你说说，你应不应该这样做？这是我对你的第一个不满意！第二个不满意，你不应该在三个未成年孩子在成长阶段，就让他们缺少父爱母爱。你要知道，你母亲虽然能管到孩子的吃穿，可管不到孩子的教育，也没法从精神上关心孩子，父母的爱是任何人都不能给予的！缺少父爱母爱的孩子，在性格上多多少少都会有些缺陷！如果哪一天孩子在学校或社会上走上了犯罪的道路，哪个来负责？所以，我以第一书记的名义要求你们，你两口子最起码应该回来一个，尽你们照顾老人和孩子的责任和义务！你好好想想吧！如果你不按我说的办，我以后还要给你打电话，直到你们回来一个为止！"说完也不给刘勇解释的机会，便把电话挂了！

　　乔燕把心里想说的话，一股脑儿地倾诉完以后，突然觉得心里一阵清爽，好受多了。可回头一看罗老太婆，却又开始擦起眼泪来。乔燕一看，忙安慰道："婆婆，你不要怕，如果刘勇叔叔打电话回来说你什么，你告诉我，我再批评他……"话没说完，罗老太婆却一把将眼角的泪花擦净，然后对乔燕道："姑娘，你是好心，说的话也都是真话，可是你不该这样说他！"乔燕一下愣住了，半晌才问："婆婆，我说错了？"罗老太婆道："你们城里人不知道乡下人的难处，他回来了，到哪儿去挣钱？这一包秧秧，见天都要钱花呢！"乔燕一惊，难道自己好心办了坏事？可是如果不叫刘勇回来，老太婆在家里真出了事怎么办？想了半天才对罗老太婆说："婆婆，你别担心，这次精准扶贫，要把产业发展放到首位，我们村也要发展产业，刘勇叔叔回来了，我给他找项目！"罗老太婆听了这话，才像是放了心，一把抓住了乔燕的手，道："姑娘，你要是真能在家门口给他找个挣钱的活儿，我老太婆就给你烧高香了！"

　　说完话后，乔燕才开始了解老太婆家里的收入及开支情况，没想到这老太婆虽然耳聪目明，却是什么也说不清楚，把个乔燕急得手足无措。老太婆见乔燕着急，像是自己欠了乔燕什么一样，越往下越说不清楚了！乔燕只得把话题暂时打住，等张芳一起来和老太婆慢慢算账。

　　乔燕收了本子，刚想和老太婆告别，又想起了吴芙蓉鸭子的事，便问罗老太婆："婆婆，你知道吴芙蓉鸭子的事吗？"罗老太婆想了想才说："倒是听说过，可耳听为虚，隔了一条沟，是不是真的也不知道，可不敢吊起下巴颏乱说！"可说完又对乔燕说，"姑娘，不是我老太婆多管闲事，吴芙蓉可不是省油的灯呢！"乔燕见老太婆说不出什么，只得站起来答道："我知道了，婆婆！"说着离开了老太婆的家。

三

　　晌午时分，张芳顶着太阳到村委会找乔燕来了。一见乔燕，便急匆匆问道："乔书记，上午到郑家塝怎么样？"乔燕便把上午到罗老太婆家里的情况对张芳说了，张芳一听，笑着道："乔书记，这老太婆七老八十的了，她可不是存心想糊弄你，确实是她说不清楚了，这个你也不要怪她！"乔燕道："我没有怪她，不过我心里有些着急，照这样下去，我们怎么能把全村贫困户的情况弄准确？"张芳道："乔书记你放心，吃了晌午饭我和你一起去，保准能把家家户户的情况摸个八九不离十！"乔燕有些狐疑地看着她，张芳看出了乔燕的心思，马上又道："这有什么？俗话说，家中有金银，隔壁有戥秤。我也是种庄稼的，你家里有多少亩地，种的是什么，一年大概能收多少粮食，家里出槽了几头肥猪，卖了几只羊，洋花椒麻外国人，哄得到你这个城里人，哄不到我，我一算就给他算出来了！还有，我原来也在外面打工，我家里那个人现在也还在外面打工，什么样的工种能挣多少钱，虽不敢说一分不差，却也大不过一尺的帽子，想拿洋花椒来麻我，那是灯芯草掉到水里——不成（沉）！"乔燕一听就高兴了，便说："张姐，果然是三生不如一熟，难怪上级要求我们要虚心拜群众为师！时间还早，我们不如现在就去！"张芳见乔燕一副迫不及待的样子，便道："去就去吧，你都不怕热，难道我还怕！"

　　果然如张芳所言，有了她这个熟悉农村内情的行家里手，调查工作便顺利多了。忙了七八天，终于把郑家塝村民组的入户调查工作做完了。

　　这天上午，天气阴凉，转到了上湾村民组。乔燕和张芳一连走了好几家，大门都上了锁，乔燕便道："看来我们只有晚上再来了！"张芳听了这话，想了一想，才道："别着急，有一个人，保准在家里！"乔燕忙问："谁？"张芳说："贺懒！"乔燕听后想了半天，没想起贺懒这个人来，便问张芳："谁是贺懒？"张芳笑着道："你把懒字换成它的反义词，不就知道了？"乔燕恍然大悟，笑了起来：

"是他！那我们去看看他是不是真的在家里？"

到了贺勤家里，只见贺勤穿了一件蓝色迷彩背心和一条麻灰色短裤，像是刚吃过饭的样子，正懒洋洋地躺在堂屋靠墙边的一把竹凉椅上，一边用竹签剔着牙齿，一边轻轻晃着脚。竹椅旁边放着一只银灰色的小型收音机，播音员正用一种甜润、柔和而不失激情的声音，播送着一则扶贫的新闻。只听里面说道："本台消息：为切实加强对贫困户的联系帮扶和责任包保，本月15日，市卫计局张国卫局长带领局干部深入××扶贫联系点，开展入户走访慰问活动，并为贫困户送去慰问金、衣服、米、油等慰问品……"正听得津津有味间，忽见乔燕和张芳跨进门来，急忙将身子坐直了，对乔燕问："乔书记送慰问金来了？"一句话把乔燕问愣了，正想回答，却见张芳过来，拿起收音机就把它关了。贺勤脸上露出不满的神情，对张芳问："你给我关了做什么？"张芳道："说话费精神，弹琴费指甲，难道你听话就不费精神吗？我把它关了，让你好好养精神还不对？"贺勤知道张芳是在讽刺他，便变得正经了，道："你们来找我，不会又是吴芙蓉鸭子的事吧？要又是这事，我没有什么奉告的！"

乔燕便道："大叔，我们来了解一下你的家庭情况，包括你家庭人口、健康状况、经济来源、子女上学、经济开支等，你可要对我说实话！"贺勤听了，便看着乔燕问："你们了解这些做什么？"乔燕正想回答，忽听得张芳又道："你刚才不是在问慰问金吗？了解清楚后好给你送慰问金呀！"贺勤瞪了张芳一眼，显出了不高兴的神色，又对张芳道："我又没和你说话，我和乔书记说话呢！"说完便看着乔燕，带了几分讨好的口气，道，"姑娘，你问吧，你想了解什么，我保证百分之百回答你的问题！"

乔燕果然从背包里取出笔记本和笔，在一条小凳子上坐下，打开笔记本，开始问起来："大叔，你家里几口人？"贺勤道："两个！"乔燕又道："你儿子叫什么名字？"贺勤道："贺峰！"乔燕道："你儿子现在在干什么？"贺勤道："打工！"听到这里，乔燕忽然停下笔，盯着贺勤，把话题岔到了一边，道："大叔，我听湾里的人说，你儿子读书非常用功，从小学到初中，都是乡中心校的第一名。中考时，以将近七百分的高分考入县中尖子班，可刚刚只念完高一，就不读了，是什么原因？"贺勤听了这话，连想也没想便马上说："还有什么原因？没钱呗！"乔燕见他说得这么干脆，也没有一点内疚之心，心里便有些生起气来，便直筒筒地道："可我听说是你不让他读的，要他出去打工挣钱回来让你花……"一语未完，贺勤忽然一下跳了起来，涨红着脸，看着乔燕问："哪个说的？哪个在背后说我坏话，有种的站出来……"乔燕知道自己的话触到了他的痛处，想再批评他几句，又怕他更急起来，让自己下不了台，便求援似的看了张芳一眼。张芳忙道："嘴巴长在别人身上，别人想怎么说，你把别人的嘴巴堵得住？关键是你自己，心中无冷病，就不怕吃西瓜！"贺勤听了这话，又狠狠瞪了张芳一眼，想说什么却没有说出来，又坐下去了。

乔燕连忙改了口，又对贺勤道："好了，大叔，我们先不忙说贺峰的事了，说说你家里的收入情况吧……"话还没完，贺勤像是和乔燕赌气似的，一口便接过去，道："没有收入！"乔燕马上不相信地追问道："一点收入也没有？"贺勤又干脆地道："没有！"乔燕眉头皱了起来，张芳抢在了她前面，道："怎么没有收入，你刚才不是还说贺峰在外面打工，难道打工的工资就不是收入？"贺勤连想也没想一下，便回答张芳道："他打工没有挣到钱！"张芳道："没挣到钱还出去打工做什么？你只告诉我他在什么地方打工，做的什么活儿就行了……"张芳还要说，贺勤却打断了她的话，道："我不知道他在哪儿打工，也不知道他做的什么活儿！"说完又愤愤地说，"这狗日的翅膀硬了，连他老子也不管了！"一听这话，乔燕和张芳都愣住了。半晌，乔燕才又对贺勤问："大叔，你儿子打工的事你不知道，那你今年收了多少粮，你该知道吧……"没等乔燕话完，贺勤又道："没有粮食！"十分干脆有力。旁边张芳生气地说道："没有粮食你吃的是什么呀？"贺勤马上不客气地道："我是上顿吃了凑下顿，凑合一天算一天，你管得着吗？"噎得张芳直翻白眼。

乔燕见他们要顶起来了，忙又把话题岔开了，道："那大叔，你身体有什么病没有……"贺勤又没等乔燕话完，马上道："我全身都是病！"说着似乎要让乔燕相信，立即把手反过去，一边捶打着腰，一边脸上做出一种痛苦的神情，呻吟着说："哎哟，我这腰，我这腰……痛死我了！乔书记，我可是全村最穷的贫困户，哎哟哟……我老婆死的时候，我还欠账……"乔燕一听这话，马上又问："你欠了多少账？"话音刚落，那贺勤腰也不痛了，也不呻吟了，从椅子上一下站起来对乔燕道："欠得可多了，乔书记，不信我去把医药发票拿给你看！"说罢，也不等乔燕说什么，便"咚咚咚"地跑到里面屋子去，端出一只抽屉，将一堆乱糟糟的发票呈献在乔燕面前，嘴里又直说道："你看嘛，看嘛，我可不是哄你的！"

乔燕见他这样，知道今天没法从他这儿了解到真实情况，也没去接他的发票，只是把眉头皱紧了，对他道："大叔，你把发票拿开。我说句不好听的话，我们穷不要紧，关键是人穷志不能穷！我听说你还有一份砖工的特长手艺，为什么我们不能像别人那样，自信自强，树立起克服困难的信心和勇气，来发展产业，增加收入……"刚说到这儿，贺勤立即道："姑娘，我是想发展产业，可这身体……"说着又立即用手撑着腰叫了起来，"哎哟哟……好痛哟！"乔燕没管他，仍看着他道："要想从根本上摆脱贫困，还要靠知识，靠文化，你儿子是块读书的料，得让他重新走进课堂……"贺勤一听这话，马上又不叫唤了，却从牙缝里吐出了两个字："没钱！"乔燕道："只要你答应让他重新回来读书，钱的问题我来帮你解决！"贺勤眼睛马上亮了，立即追着乔燕问："真的?"乔燕道："我说了的话是要算数的！"贺勤想了一会，目光却又暗淡下来，咧开嘴，露出一副讨好的笑脸，对乔燕道："乔书记，你真有那心，还不如把那钱给我打酒喝！"说完竟"嘻嘻"地笑出了声。乔燕一惊，忙问："为什么?"贺勤道："现在遍地都是大学生，读了书还是没用，不如现在给我吃到肚子里了实在！"

乔燕不由得苦笑了一下，接着无可奈何地摇了摇头，再接着便想站起来狠狠地抽他一下，心想："世界上哪还有这样的父亲呢? 俗话说虎毒不食子，贺峰摊上这样一个父亲，也不知他心灵受到了多大伤害。"想了半晌，心情慢慢平静下来，又换了一个话题问贺勤："大叔，求你给我说句实话，贺峰究竟在哪儿打工?"贺勤听了，又看了乔燕半天，仍然说："不知道！"乔燕一见，便换了一种方式对贺勤说："那大叔，你能把贺峰的电话给我吗?"话音刚落，贺勤又看着乔燕警惕地问："你想干什么?"乔燕说："县上出台了一个政策，鼓励本县的企业招收贫困户子女就业，我在县上的朋友多，想给他就在家门口找个既轻松又能挣钱的职业，你说好不好?"贺勤一下高兴了："姑娘，你说的可是当真? 哎呀呀，这当然好！你不晓得那小子在外面，又不能干重活，身体又不好，一个月只挣一两千块，要是你帮他找到一个挣大钱的活儿，那我可倒要给你磕头了！"说完，就忙不迭地把儿子的电话给了乔燕。

乔燕记完贺峰的电话，这才对贺勤严肃地说："大叔，我再问你一件事，你究竟赶吴芙蓉大婶的鸭子没有?"问完不等他答话，马上又说，"人一辈子，可要活得光明磊落……"贺勤听了这话，立即又一下跳了起来，梗着脖子，像是要和乔燕吵架的样子，气咻咻地道："谁说我不光明磊落了? 谁说我不光明磊落了，啊？吴芙蓉是血口喷人，你也相信她的……"乔燕听他这么说，目光犀利地落到他脸上，看着他的眼睛问："真没赶?"贺勤马上道："我只有一个儿子，我拿我儿子来赌咒！我要是真赶了……"乔燕见他脸急成了紫茄子的颜色，又拿出了贺峰来发誓，便打断了他的话道："你的鸭子在哪儿，能不能带我去看看……"贺勤道："你看不见了。"乔燕问："怎么看不见了?"贺勤道："卖了，全卖了!"乔燕大惊："什么……"贺勤道："不卖我还等着她来捉呀!"乔燕一下目瞪口呆了。

从贺勤家里走出来，张芳有点泄气地对乔燕说："真没想到遇到这么个不成器的东西，一上午的时间算白费了!"乔燕现在转而安慰起张芳来了，道："别着急，张姐，一次不行，我们多来几次就是嘛，我不相信就打不开他这把锁!"说完，又突然想起似的问张芳，"张姐，听说他过去并不像这样，你说他是怎么走到现在这个样的?"张芳想了想，也道："实事求是地讲，他过去真的不是这样，从他老婆死后，他才变成这样的。为什么会变成这样，我也不知道了!"乔燕听了这话，便没吭声了。走到分路的地方，张芳要拉乔燕到家里吃饭，又被乔燕拒绝了。

从贺端阳屋后的小路上过时，乔燕看见贺波屋角小庭院四周的围墙已经建起来了，约有一人来高，也全是用本地的青砖建的，最使乔燕惊讶不已的是园子中间，贺波用本地的碎红砖铺了一块方方正正的地，那地的正中，又用碎青砖和从河里淘来的卵石，做成了一个伏羲八卦太极图，那"阴阳鱼"的眼睛，却是用两块簸箕大的磨扇嵌上去，"黑鱼"的眼睛磨齿朝上，"白鱼"的眼睛磨齿朝下，看起来十分别致。其余的地方，不是用砖铺成的甬道，便是经过平整后的泥土，看来万事皆备，只等着天气凉爽以后，往园子里植树和栽花种草了。乔燕想起从环境整治以来，因为忙，她也没去看过贺波了，想下去看看，可马上又想起自己承诺的事，还没给他办，去见了他说什么呢？想了一想，直接回村委会去了。

第六章

一

在入户调查期间，老天爷下了两场雨，雨虽然不大，早晚却凉爽了起来。乔燕没带秋衣下来，这天把贺家湾老湾村民组调查完了以后，乔燕便对张芳说："张姐，贺端阳支书和贺文主任那两个组，大约还有两天才完，明天我回城里一趟，一则要拿两套秋衣秋裤下来，二则还有点事要办，如果贺支书找我，你就给我打电话！"张芳道："他能有什么事？你放心去吧！"乔燕道："我明天一早回去，最迟天黑前就来了。"张芳道："回都回去了，就在家里住一晚上吧，忙着回来做什么？"乔燕道："我就怕村里有事，还是回来的好！"

第二天一早，乔燕果然驾着她的"小风悦"往城里去了。到了县城，还没到上班时间，现在不仅县城，就是乡上，也实行"朝九晚五"的上下班制度，乔燕到下面去干了将近一个月，觉得到了县以下，就不该实行这样的制度，因为越到下面，老百姓越喜欢利用早晚的空闲时间来办事，但这个时间干部却又不上班，反倒给老百姓造成了不方便。她觉得上面不应该一刀切，可她管不了上面的事，只是有时这样想想。看见还没上班，便到旁边一家早餐店吃了一碗米粉，特地叫老板给她多放了一点辣椒。她已经有很久没吃过这样又酸又辣的米粉了，现在吃起来格外香，直吃得鼻梁上冒出了米粒似的汗珠。吃完早饭，才看见单位的职工陆续来上班。她又在店里坐了一会儿，看看差不多了，才推着自己那辆电动车往单位走去。她将电动车推到单位的车棚里停下，也没回一楼自己的办公室，便"咚咚"地朝楼上局长的办公室跑去。

到了三楼，局长大约也刚好来，正拿着一把鸡毛掸子掸办公桌上的灰尘。乔燕庆幸自己来得是时候。乔燕在单位工作了一年多时间，觉得局长似乎比国家领导人还要忙，像她这样一个小办事员，要和局长说上几句话是一件不容易的事。所以现在见局长一个人在办公室里，便不想失去这难得的机会，立即做出一副调皮的样子，对局长喊了一声："局长——"局长三十七八岁，个子不是很高，肚皮微微凸起，过早地显出了福相。听见有人喊，抬头见是乔燕，马上就笑着说道："哦，乔书记回来了？"

乔燕看出了局长今天似乎很高兴，还用了开玩笑的口吻和她说话，顿感十分亲切。以乔燕在单位工作一年多的经验，知道找领导一定得碰到他心情愉快的时候，事情才会顺利。此时一见领导心情好，便又高兴地说道："再不回来给局长汇报工作，局长说不定哪天就要对我兴师问罪了！"局长听了这话，又笑了起来，道："可不是这样，还以为你把单位都忘了呢！"

乔燕急忙在局长对面坐了下来，对局长汇报了将近一个月的工作情况，但却隐瞒了上任那天村民把她当骗子的事。局长一听，高兴道："干得不错呀，看来我们没把你看走眼！好好干，千万别给我们单位丢脸！"乔燕却道："不过还有一件事，领导可要支持我！"局长立即问："什么事？"乔燕便把贺波的事给他说了。局长听了却说："你扶贫便扶贫，一个复员退伍军人在部队犯没犯错误，和我们有什么关系？"乔燕道："可他这个复员退伍军人，与其他的复员退伍军人不一样！"局长问："有什么不一样？"乔燕说："别的军人一退伍，早就出去打工了，而且哪儿钱多便往哪儿去！可他这个复员军人却选择了留在家里。留到家里还不算，在得不到任何人理解和支持的情况下，把家里环境搞得这样好，你说现在能有几个年轻人能做到这点？"

局长听了没吭声，似乎在思考什么的样子。乔燕又道："再说，前几年，我们局不是还开展过美丽乡村的建设吗？"局长道："前几年开展美丽乡村建设，你还在大学读书，知道什么？"乔燕道："前几年的事我是不懂，可眼下发生的事，我多少知道一些……"局长有点不耐烦了，打断了她的话，道："哟，口气还不小！你知道多少？"乔燕也不客气，立即道："我知道扶贫的目的是为了建设小康村，而建成小康村就包括村容村貌和精神文明！贺波做的几件事，代表了今后农村发展的方向，我觉得我们应该支持他！"局长看了乔燕一眼，明显地是在压心头升起的火气，半天才说："我们只是业务部门，复员退伍军人的事又不归我们管，我们能有什么办法支持他？又怎么去证实他在部队犯没犯错误？"乔燕道：

"县上难道就没有管复员军人档案的地方了么?"局长立即道:"当然有,可惜你走错地方了!你要查复员军人档案,县武装部那么大一块牌子,你怎么走到我这儿来了?"乔燕看出领导不高兴了,突然对领导"扑哧"一笑,道:"局长,你道我不晓得县武装部管复员军人档案?你看看我,一个小女孩,想去查档案,又没介绍信,人家会理我吗?"局长明白了,便道:"说了半天,原来你想让我跟你到武装部查一个退伍军人的档案?"乔燕笑嘻嘻地道:"局长,我知道你还是预备役营的副营长呢!今年夏天的时候,省军区首长到我们县检查民兵预备役工作,我看见你穿着预备役军官的衣服接受首长检查,可威武着呢!"局长听了这话,有些哭笑不得,道:"什么副营长,那只是挂名的!好了,我很忙,没时间和你去……"乔燕也马上道:"我也很忙,我是专门为这事跑回来的!"说完没等局长答话,又紧接着说,"我下去的时候,你说过,有什么困难就回来找你,你永远是我的坚强后盾!你这个后盾今天可千万不能倒!"局长听了这话,想笑笑不出来,想恼却又不敢恼,只好苦笑着对乔燕道:"你呀,你呀,真是小孩子,我拿你没法!好了,武装部政工科赵科长和我是哥们,我给他打个电话,你去查就是,这行了吧?"说完,不等乔燕说什么,果然掏出手机便打起电话来。乔燕没法再说什么,等局长打完电话,便站起来朝他鞠了一躬,说了一声"谢谢",出去了。

到了县武装部,找到了政工科赵科长,赵科长将乔燕上下打量了一番,然后道:"你查一个复员退伍军人的档案做什么?"乔燕便又把贺波的事对赵科长讲了一遍。谁知赵科长不听犹可,一听眼睛就熠熠地闪出光彩来,对乔燕道:"你说的可是真的?"乔燕道:"我怎么敢在领导面前说假话?可惜我当时没拍照片,要是拍了照片就好了!"赵科长喜得想抓乔燕的手,可想了想又把手缩了回去,只高兴地道:"小乔同志,你可帮我们大忙了……"乔燕不知赵科长这话是什么意思,眨了眨眼睛道:"我帮你们什么忙了?"赵科长仍是喜滋滋地对着乔燕笑,没有回答,旁边一个军人道:"你不知道,我们正在找复员退伍军人回乡建设社会主义新农村的典型呢!"乔燕一听,也惊讶地叫了起来:"真的?"赵科长道:"可不是!国庆过后,省上要表彰一批复员退伍军人在各条战线建功立业的典型,给我们县分配的是一个扎根家乡、建设社会主义新农村的模范人物指标,可我们找遍了全县,也没找到这样的一个人,如果你说的属实,可不正是一个典型吗?"乔燕高兴地说:"我说的句句是实,不信,你们可以到村上来考察!"赵科长便道："好的，小乔同志，我给首长汇报过后，争取尽快下来调研调研！"说完便对旁边那个军人道，"小黄，去查查贺波同志的档案，看看他在部队的表现如何？"那军人一听，果然转身就去了。

没一时，小黄回来了，对赵科长道："档案查了，这个同志在部队表现不错，还立过一次三等功，没有犯错误的记录！"赵科长听后，道："这就更没问题了！"说完便回头对乔燕说："小乔同志，感谢你给我们送来一个好典型，你先回去吧，过两天我们一准下来！"

二

从县武装部出来后，乔燕匆匆忙忙回到家里，拿了几件衣服就要往村上赶。奶奶看着她问："你忙什么呀，回到家连饭也不吃？"乔燕道："奶奶，我村上有事……"奶奶不等她说完，便不满地打断了她的话："有事你回来做什么？我问你，这段时间，你和张健联系过没有？"乔燕道："奶奶，你问这做什么？"奶奶道："做什么？你们说要在国庆节结婚，这段时间怎么没听到响动了？"乔燕走过去，在奶奶脸上亲了一口，没正经地道："奶奶，你放心，误不了的！"说完，转过身子，便"咚咚咚"地走了。

回到贺家湾，乔燕泡了一桶方便面，囫囵吞到肚子里以后，便赶到贺波家里来。贺端阳没在家，趁这个时候去调查自己组剩下的几户农户去了。乔燕把武装部赵科长的话告诉了贺波，那贺波听了，先是眼睛瞪得很大，咧开大嘴，露出两排洁白的牙齿，像是小孩一样傻笑着，接着仿佛手足无措的样子，将十指紧紧地交叉在一起，然后又用力扯开，看着乔燕道："真的？真的……"乔燕道："你看我会是骗你的吗？他们一来，村里人对你的所有误解，不都解决了吗？"贺波脸上浮现出一层红晕，眼睛里闪着羞赧的光芒，又带着一点不好意思的神情对乔燕道："姐，可我怎么说呢？"乔燕道："什么怎么说？譬如你在部队，首长问你什么话，你直接回答就是了，还能去编瞎话？"贺波道："可我还是有些不放心！"乔燕道："你不用紧张，到时贺支书和我肯定都在场，你答不上来的，还有我们呢！"

晚上，贺端阳突然来了，对乔燕说："乔书记，县武装部真的要来了解贺波？"乔燕道："怎么连你也怀疑起来了？"贺端阳道："可这小子有什么成绩？"乔燕道："把菜地改成荷塘，既养了鱼，扩大了经济效益，又美化了环境。建沼气、污水池，改造厕所和猪圈，废物利用，循环发展，又进一步使环境更卫生，实现了绿色发展。把旁边经济效益和观赏价值都不大的毛竹刨了，换成小花园，把村庄变得更美。这些难道不是成绩吗？"贺端阳道："可在正经庄稼人看来，这些都是瞎折腾，吃饱了撑的……"乔燕没等他说完，便看着他说："贺书记，村里人怎么看我管不着，只要你不这么看就好！"贺端阳道："儿大不由爷，要是像小时候那样，我能管着他，早就不让他这么瞎折腾，让他出去打工了！"乔燕马上笑着对贺端阳道："贺支书，我说句不怕你生气的话，这就是他和你不同的地方！"说完又像怕得罪了贺端阳似的，又紧接着补了一句，"贺支书，你想想，如果贺家湾家家户户都像你们家现在这个环境，你说贺家湾美不美？"贺端阳像是被乔燕问住了，过了一会儿才说："不可能家家户户都像他那样来做呀……"乔燕又笑了，道："正因为这样，所以我们得支持、宣传、推广他的事迹呀！"贺端阳像是再也找不到合适的话回答乔燕了，便道："我没想到你会欣赏这小子，在我眼里，他就是一个不务正业的搞搞神！万一上面领导来看了不满意，不光是打了这小子的耳光，你脸上也不光彩，当然我也会没面子，所以我心里有点像细娃仔唱歌——没有谱儿，才来问你的！"乔燕知道了贺端阳的心思，便也想起了一句歇后语，就笑着对他说："老婆婆吃豆腐——不必担心，贺书记你就一百个放心，出了问题你拿晚辈是问就是！"

果然第二天上午，乡上就给贺端阳打来电话，说明天县武装部高政委要亲自率人到贺家湾来，考察复员退伍军人贺波扎根家乡，建设社会主义新农村的先进事迹。电话是由乡党委专管人武工作的熊委员打来的，说了这个消息以后，又和贺端阳打了一阵哈哈，才道："贺书记，我们两弟兄怎么样？"贺端阳说："好哇，熊委员，有什么事你尽管吩咐！"熊委员道："没想到贺波这小子出息了！当初我坚持要把他送到部队，没看走眼吧？"贺端阳道："没有，熊委员是伯乐，怎么会看走眼？"熊委员又道："贺书记记得就好！明给你说吧，前几天贺波还来找我，说他想发展产业，问我上面有没有帮助复员退伍军人发展产业的扶持资金，我说没有！我又说，发展什么产业，你看农村发展产业有几个成功了的？不如干脆出去打工的好！哎，如果高政委问到这一点，你可告诉他千万别说我没有支持他，啊，照顾点情绪，啊！"贺端阳一下明白了熊委员的意思，马上道："哎呀，领导你说到哪儿去了！放心，不但不会说你没支持他，我们还要说，正是在你的鼓励和帮助下，他才做出这点成绩的呢！"熊委员听了这话，似乎放心了，马上说："那就多谢老哥子，与人方便，与己方便，下个场日到乡上来，我们两兄弟喝一杯！"

贺端阳刚挂了机，还没把电话放进兜里，乡党委罗书记的电话又马上打来了。罗书记在电话里显得十分严肃，道："高常委明天要带人来考察贺波，你知道了吧？"贺端阳忙道："知道了，罗书记……"罗书记不等他说什么，便道："高政委是县委常委，他来就代表了县委，你知道在县委领导面前该怎么汇报吧？你们的汇报材料准备得怎么样了？"贺端阳一听这话，就有些急了，道："罗书记，我们才接到通知，正在考虑从哪些方面汇报呢……"话还没说完，罗书记便说："我不管你们从哪些方面汇报，可有一条，一定要突出乡党委的领导！当然当然，贺波同志能做出这些成绩，首先是他努力的结果，当然你这个做支部书记的老子也有很大功劳，更重要的，也是和乡党委、乡政府正确领导分不开的，你说是不是？"贺端阳又忙说："是，是，罗书记说得很对，我们一定要突出乡党委的领导！"罗书记停了停，说："这样，你和乔燕同志先在一起总结出几条贺波同志的具体事迹和经验，我让党政办的小冯下来帮你们把这些经验和事迹整理一下，这可是向县委的汇报，材料没有说服力怎么行？"说完也不等贺端阳回答，又马上说了一句，"就这么定了！"

贺端阳听了领导的话后，不敢懈怠，便拉了贺波一起来找乔燕。一见面，贺端阳便把熊委员和罗书记的话对她说了。乔燕听了，道："这有什么难的？就像你那天对我讲的，是怎么想的、做的，就怎么说就是……"贺端阳马上打断了乔燕的话，道："这怎么行？你不突出上面领导，是万万要不得的……"话还没完，乔燕的手机也响了，掏出来一看，却是何局长打来的。乔燕马上将电话贴到耳边，道："局长，你亲自给我打电话呀！有什么事？"何局长道："真有你的，小乔，你还真鼓捣出一个典型来了！"乔燕道："局长，不是我鼓捣的，人家本来就是典型嘛！"说完又问，"局长，你也知道这事了？"局长道："屁大一个县城，还有我不知道的？不瞒你说，高常委邀我明天一起下来，偏偏明天县政府开办公会，我没法来！所以我特地给你打个电话，你知道的，贺家湾村是我们的挂包单位，你是我们单位派出去的第一书记，明天给高常委汇报的时候，你可别光顾着把成绩都往个人功劳簿上挂，忘了单位的支持和帮助哟……"乔燕一听，也明白了，立即道："我知道，局长，我即使取得了一点成绩，都是单位和局长你正确领导的结果！"何局长听了这话似乎很高兴，又道："小乔你知道这点我就放心了，好好干，我还是原来那句话，单位和我永远是你的坚强后盾！"

贺端阳和贺波都听见了乔燕和他们单位头儿的对话，等乔燕挂了电话，贺端阳笑着对她道："怎么样？这不又来了一个！"乔燕便笑着对贺端阳说："贺书记真是有先见之明，佩服！"说着双手抱拳，向贺端阳打了一拱，然后才问贺波，"你的意思呢？"贺波红着脸，说："我从来没经历过这样的事，不知道见了领导该怎么说？"乔燕想了想，便对贺端阳道："罗书记不是已经派了党政办的小冯来帮我们整理汇报材料吗？我听说这小冯可是乡上的一支笔！那这样，他怎么写，贺波就怎么说，你看怎么样？"贺端阳立即道："这样最保险！"三个人都同意了，接下来又说了一会儿，贺端阳和贺波便起身回去。乔燕说："我送送你们！"一边说，一边向贺波使了眼色，贺波会意，便故意留在了后面，悄声问乔燕："姐还有什么事？"乔燕亦低声道："记住，一定实事求是地给领导汇报！"贺波道："我知道，姐，不过我还是要给高政委说，姐才是真正的伯乐，我的大恩人……"乔燕忙道："你不提领导也罢了，怎么能提我？千万不要提我，否则领导对我有了看法，今后我想帮你也帮不上了！"贺波犹豫了一会儿，点了点头，像是想通了。

三

翌日上午，乡上罗书记、熊委员果然陪着县武装部高政委来了。跟着高政委来的，还有那天乔燕在县武装部见过的赵科长和小黄，还有扛着摄像机的县电视台记者。高政委是北方人，身材魁梧，一张国字脸盘儿黑里透红，高颧骨，高鼻梁，眼睛炯炯有神，穿一套军官服，迈着军人有力的步伐。虽然没戴大檐帽，却也给人一种威武雄壮和精神气儿十足的感觉。赵科长和小黄都是南方人，个头儿比他们领导低了一大截，但他们似乎知道自己的不足，所以不但戴了大檐帽，连军装上的风纪扣也扣得整整齐齐，显得十分精神。

这天，贺波也把退伍时那套崭新的暗棕色虎纹作训服穿到了身上，将上衣扎进裤子里，脚着一双低帮迷彩作战军靴，红润着面孔，两道浓眉，一双大眼，也显得格外英姿飒爽，似乎换了一个人似的。一见高部长，说了一声："首长好！"双腿并拢，"啪"地行了一个标准的军礼。

高政委一看贺波的打扮和行的军礼，急忙还了礼，又抓住贺波的手摇了摇，说了声："你好！"贺波又给赵科长和小黄也都敬了军礼，乡上罗书记才过来介绍，高政委、赵科长和小黄又过来和贺波再次握手，贺波又还了军礼。然后罗书记又把贺端阳和乔燕给高政委一行介绍了，赵科长和乔燕握过手后，便对高政委说："这就是我给你说过的小乔同志！"高政委又过来抓住了乔燕的手，连说了几声"谢谢"，又道："小乔的扶贫工作做得不错嘛，啊，回去我让县委给你记功！"说得乔燕脸红了起来。

贺家湾偏僻，平时连乡上罗书记也难得下来，现在听说县上来个大官看贺波，一是不知这个官有多大，长得什么模样，二是也不知贺波这小子究竟做了什么惊天动地的大事，连县上的大官也要来看他，因此一得到这个讯儿，便一个传一个，没多久，便拥来了一大群人。

乡上罗书记一见，便对贺端阳道："这是怎么回事，啊？"贺端阳便立即过去假意驱赶那些村民，道："有什么稀奇看的，啊？退开，退开，该干什么干什么去，啊！"心里却巴不得村民来得越多越好，他脸上才有光。一些村民知道贺端阳驱赶是假，便往后面退去，可退到院子边上，便不肯退了。贺端阳还要去赶，高政委道："别赶了，让他们都过来听听也好！"贺端阳一听这话，巴不得似的，便道："过来过来，大家都过来，站那么远缩头缩脑地干什么？"那些村民一听，果然一齐拥到院子里来了。

这儿高政委坐下来，和众人说了几句闲话，便叫贺波带他们去看现场。乡上罗书记却道："高常委，你难得深入到我们这样的地方来，还是先听听小贺汇报一下情况再看现场吧！"贺波一听这话，尽管有乔燕昨天一再提醒，但此时一见电视台记者的摄像机镜头，突然紧张得头上冒出了热汗，急忙从迷彩服口袋里掏出昨天乡党政办小冯给写的材料，准备照着念。高政委马上挥手制止了他，道："小贺别念材料，我们一边看，你一边给我们介绍就是了！"贺波如获大赦，急忙把材料往口袋里一塞，便带了高政委等一行人，先去看了荷塘、猪圈、厕所、沼气池，最后才看后面还没来得及栽花草的小园子，一边看，一边如此这般地对高政委讲解。

高政委看完，十分高兴，便拉了贺波的手，一边往院子里走，一边问他退伍后为什么没出去打工。贺波又把当兵演练时的见闻和退伍回来的打算，也对高政委汇报了。高政委如获宝贝般，喜不自禁，回到院子里便对周围的村民做起演讲来："贺波同志很了不得呀！他不愧是我们光荣的人民解放军培养出来的好战士，不但在部队荣立过三等功，退伍回乡后，还保持部队的本色，立志为社会主义新农村建设做出贡献，这是很了不得的呀！尤其是在这轮精准扶贫、精准脱贫工作中，我们希望有更多的年轻人，特别是经过部队锻炼的复员退伍军人同志，扎根农村，把农村建设得更加美好，在这方面，贺波同志给我们做出了榜样，下一步，我们将号召全县退伍军人都向他学习！"说完又对乡上罗书记说，"罗书记，典型引路，是我们党一贯的工作方法，你们以后也可得多注意培养典型呀！"罗书记忙道："我们一定落实常委的指示！"乔燕等罗书记话完，趁机向高政委说了贺波想办生态养鸡场缺资金的事。高政委听后想了一下，便道："这可是好事呀！如果小贺把生态养鸡场办起来了，这个榜样不就更有说服力了？"说完马上对赵科长道，"记下来，回去想想办法，帮小贺协调一下！"赵科长果然忙不迭地在本子上记了下来。

高政委等走后，乔燕问了一下贺端阳、贺文入户摸底调查的事，知道他们今天下午便可以结束，很高兴，便决定明天上午开一个村、组干部会，汇总一下三个组调查的情况，也算是村两委对全村贫困户的一个初步认定，下一步便是提交村民大会来讨论和投票。商量完以后，乔燕回到村委会，简单地弄了一点饭吃到肚子里，便想睡会儿午觉。自从入户调查开展以来，为了赶时间，特别是利用中午时候好找人的这点机会，半个多月来，乔燕都没在中午时候眯过眼了。她知道不但自己如此，贺端阳、贺文他们也都是这样。可刚刚眯着，忽然响起了一阵拍门的声音，她一下惊得从床上跳了下来，理了理裙子，一边问："谁？"一边过去开了门。

门外站着的却是贺波！小伙子仍穿着上午那件虎纹迷彩服，脸上红扑扑的，眉梢眼角都带着笑，像是遇到了喜事一般。乔燕急忙把他让进了屋子，又给他倒了一杯水，才道："什么事把你乐的？"贺波嘴唇动了动，像是要说什么却没说出来，只是看着乔燕笑。

乔燕以为他是为上午的事高兴，便道："这下村里人再不会怀疑你在部队犯错误了吧？"贺波"嘿嘿"地笑了两声，仍是没说话，脸却更红了。乔燕道："就这么点事，犯得着这么开心吗？二万五千里长征，才刚刚迈出一步呢……"贺波这才打断乔燕的话，说："不是的，姐。"乔燕又忙问："那是为什么？"贺波又停了一会儿，这才道："有人向我提亲了……"乔燕马上叫了起来："真的，姑娘是谁？"贺波道："就是郑家塝郑兴全的女儿，叫郑琳，你没见过，她在外面打工……"乔燕见他高兴的样子，便打断了他的话，道："那好哇，都是一个村的，知根知底，我向你表示热烈的祝贺……"话还没完，贺波却瘪了瘪嘴，道："一点也不好，我不想答应……"乔燕吃了一惊，马上盯着他问："她不漂亮？"贺波摇了摇头。乔燕马上又问："那你为什么看不上人家？"贺波过了半天，才对乔燕说："姐你不知道，他们一家人都是母鸡眼，只看一寸那么远。我退伍回来不久，有人就向我提过这门亲事，可他家嫌我当了几年兵，也没混出个名堂，现在又窝在家里不肯出去，肯定是个没出息的，便没答应，现在又提，我觉得自己有点贱……"乔燕一下明白了，便道："农民都是务实的，加上现在女孩在婚姻市场上占优势，尤其是农村女孩不愁嫁，人家要挑挑拣拣，有什么奇怪的？关键是你心里有没有这个女孩？"贺波又不好意思地笑了笑，半天才又对乔燕说："她和我是小学和初中时的同学，过去上学放学，我都等她一路……"乔燕一听这话，再看小伙子脸上羞赧的神情，心里什么都明白了，便马上道："既然这样，那你还要等什么？还不赶快答应下来！"贺波什么也没说，只含笑对乔燕点了点头。

乔燕以为小伙子只有这件事了，便问："还有什么事没有？"贺波又看着乔燕道："我老汉答应出钱，让我把房子按那天我向你讲的那样改造一下……"乔燕听后又吃了一惊，道："真的？"贺波道："我老汉说：'没想到你小子不务正业，东搞西搞，倒还搞出点名堂来了，给老子脸上长了光！这房子你想怎么改就怎么改，老子大不了贴点钱进去，你总不会把房子给老子扛起走了！'"乔燕也喜不自禁地说："这可是大好事，这房子一改造出来，更是锦上添花了！"小伙子见乔燕夸奖他，两道浓浓的眉毛扬了几下，又道："还有呢！我老汉还说，办养鸡场的事，他也一定帮我……"乔燕更高兴了，道："这可更好了，真是好事连连，你可是大有作为了！"贺波却在这时候又摇了摇头，道："可改造房屋我老汉帮了我后，办养鸡场我可不想让他再帮我了……"乔燕马上问："为什么？"贺波道："我想凭自己的努力干出点事业，才能最大限度地显示自己的价值！"乔燕听贺波这样说，觉得有道理，便道："这样也好，既然武装部首长已经答应帮你想办法，那就等一等，车到山前必有路，你说是不是？"贺波点了点头，这才回去了。

第七章

一

这日，乔燕主持召开着村两委会，凑着三个入户调查组的摸底情况，将全村贫困户按贫困程度排列出来，大伙儿正七嘴八舌地说着，会议室的门忽然"噔"的一声被撞开了。众人急忙回头望去，只见吴芙蓉双手叉腰，脸黑得如雷雨前的天空，进屋来也不说什么，只两眼盯着乔燕，似乎想一口把她吃下去的样子。乔燕知道她是为什么事，便站起来道："大婶……"后面的话还没说出来，吴芙蓉便打断了她的话，没好气地质问道："姓乔的，你是不是耗子吃灰面——只有白嘴一张呀？"乔燕脸倏地一下白了，嘴唇也不由自主地哆嗦了起来——长这么大，还没人这样说过她呢！正不知该怎么回答时，却见贺端阳站了起来，也沉着脸对吴芙蓉不客气地道："你来干什么？"原来为贺波的事，贺端阳对乔燕已经有了几分感激之情，见吴芙蓉一进屋便把矛头对准乔燕，又见她那副气势汹汹的样子，就知道她今天是来者不善，便想助乔燕一臂之力。吴芙蓉哪是善茬，一听贺端阳的话，便马上回敬道："这屋子里你买下的，我就来不得？"贺端阳道："我们正在开会……"贺端阳还要说，吴芙蓉更朝前走了两步，冲贺端阳大声道："开会我就不能来？我来了你敢把我咬两口……"贺端阳一见吴芙蓉这样，也气得煞白了脸，胸脯一起一伏，便指着吴芙蓉道："你出去……"可话音未落，吴芙蓉便一屁股坐在一张椅子上，并双手抱了怀，挑衅地看着贺端阳道："我就不出去，看你怎么样？"

贺端阳脸上的肌肉哆嗦了一阵，将衣袖往上一挽，便要去拉吴芙蓉。乔燕急忙过去拉住了贺端阳，回头对吴芙蓉道："大婶，有什么事说就是，何必要这样……"吴芙蓉一听，马上便又把矛头转移到了乔燕身上，道："有什么事你还不明白？你说了给我解决鸭子的事，过了多长时间了，为什么还不解决？"乔燕一听，果然是为这事，便道："大婶，不是我不给你解决，这半个多月时间里，我们问遍了全村的人，都说没看见贺勤赶你的鸭子，无赃不定罪，一点证据都没有，我们凭什么给你解决？"吴芙蓉一听这话，突然又从椅子上跳了起来，指了乔燕道："没有证据？我看你是得了贺勤这个挨刀杀的好处……"乔燕忽然满脸绯红，一直红到了发根，鼻孔也由于愤怒张大了，她盯着吴芙蓉，半天才哆哆嗦嗦从牙缝里吐出几个字："谁得了好处？"吴芙蓉却像是得理不饶人似的，马上又问乔燕道："没得好处那天你为什么要放走贺勤这个挨刀杀的？没得好处为什么一直不给解决？"说完又一屁股坐在了椅子上，继续道，"反正我们孤儿寡母是墙上挂团鱼——四脚无靠，姓乔的你不解决我就不走了！"

贺端阳一见，又擂了一下桌子，道："太不像话了！你这是秤砣掉进鸡窝里——有意捣蛋！冬瓜藤爬到葫芦架上——胡搅蛮缠！秃子打伞——无法（发）无天！吃柿子捡软的捏……"吴芙蓉道："随你怎么说，反正我知道你们干部穿的都是连裆裤！连这点事都解决不了，还来当什么第一书记，啊？我看就是下来混饭吃的……"贺端阳怕她说出更难听的话，便朝屋子里贺贤明、贺兴平、贺兴伟、郑泽龙等几个村民组长努了努嘴，这几个村民组长虽然都是贺家湾人，却和吴芙蓉不是一个村民组，因此不怕得罪了她，见贺端阳对他们努嘴，心下会意，立即过去抓住她的手，拉的拉，推的推，口里假意劝着"大妹子消消气"的话，把吴芙蓉拉出了会议室，然后"哐当"一声关上大门，任凭那吴芙蓉在外面又踢又打，又哭又闹，只是不管，闹了一阵，她也只得回去了。

这儿乔燕也觉得十分委屈，她本想忍着眼泪不想让它们掉下来，可等吴芙蓉走后，想起她说的那些话，眼泪便不争气了，"扑簌簌"地滚落了下来。众人见了，急忙又劝她："乔书记你别把这事放在心上，她是全村出了名的泼妇，为她哭不值得！"乔燕从包里抽出纸巾，将眼泪擦了一遍又一遍，在桌子下扔了一大堆纸团，这才将眼泪止住了，然后才抽泣着对大家问："她、她究竟想、想干什么？"贺端阳道："还有什么？想钱！"众人也道："可不是，如果贺勤赔她一笔钱，就什么都了了！"乔燕还是不解，又道："村里这么多人，她为什么只说是贺勤赶了她的鸭子，难道她和贺勤有什么冤仇？"众人听了这话，都道："冤仇？我们可没听说过！"乔燕听了，也不便再说什么了。

散会以后，乔燕连午饭也没顾得上吃，便来到吴芙蓉家里。入户调查的时候，是贺文负责的这个组，因此这还是乔燕第一次来吴芙蓉家里。吴芙蓉家虽然是砖房，却只是一层平房，墙体也没粉刷，大约房顶漏雨，那天花板和墙面东一道西一道到处都有雨水流过的痕迹，有的地方发黑了，像是长了苔藓一般。但屋子里却收拾得井井有条，不但地板干干净净，就是锄头箥箕等东西，该挂在墙上的挂在墙上，该放到墙角的放到墙角，一点不像乔燕看过的许多人家那样杂乱无章，给人一种清清爽爽的感觉。一大一小两个女孩，正在桌上写作业，那大的十二三岁，上面穿一件粉色的学生运动 T 恤，下面一条牛仔短裤，额前整齐的刘海，把一张鸭蛋形的脸衬得十分好看；小的十岁左右，模样儿和姐姐差不多，上面穿了一件白色短袖衬衣，下面是一条藏青色的裙子。姐妹俩一见乔燕，便倏地抬起头，从两道弯眉下面的一双大眼里，射出一道既好奇、又热烈活泼同时还有几分早熟的光来。

　　乔燕一看见两个姑娘对她微笑，顿时觉得屋子都明亮了许多。可吴芙蓉却似乎还在生乔燕的气，看见她，既没打招呼，也没让乔燕坐，却对着两个孩子吼道："看啥子看？信不信我把你们眼珠子抠了？"两个女孩一听这话，急忙又把头埋下去了。乔燕没和吴芙蓉计较，仍像从前一样，对她笑着说："大婶，吃饭没？"吴芙蓉鼻子里哼了一声，没回答。乔燕又道："大婶，可不可以参观参观你的屋子？"吴芙蓉听了这话，半天才气呼呼地道："穷家小户，有啥参观的？"乔燕仍然笑着回答："大婶，我下来就是专门看穷家小户的呢！"说完也不等吴芙蓉同意，便几步跨进了里面屋子，一看，不禁让乔燕更惊讶了：那床上的被褥虽旧，却是叠得整整齐齐，床前的柜子，虽然有些泛黄了，却擦得油光锃亮，像是新的一般，屋角的瓦缸和泡菜坛子，也是一尘不染，从窗户照进来的一缕阳光，正好射在瓦缸的大肚子上，那瓷釉便闪闪地放着光。这是乔燕在村子里第一次看见如此整洁和干净的家，深为惊讶，不由得对吴芙蓉升起一种好感，于是退出来便对吴芙蓉说道："大婶，你这个家，都可以和城市里一些家庭媲美了！"吴芙蓉听了这话，虽然仍是板着脸，但话却和蔼了许多，道："人又生得穷，要是再邋遢，更会被人踩到脚下了！"乔燕听了这话，知道吴芙蓉平时一定有什么委屈的事，可今天来，她只是想解决她鸭子的事，其他的事，她想等以后慢慢解决。见吴芙蓉态度和蔼了些，便开门见山地对她说："大婶，前些日子我忙着入户调查，没来得及处理你鸭子的事，我给你赔礼了！"说完不等吴芙蓉回答，又马上接着说，"鸭子丢是丢了，你和贺勤大叔都是乡里乡亲的，这事你们双方都各退一步……"吴芙蓉立即打断了乔燕的话，盯着她问："怎么退法？"乔燕便道："贺勤大叔把家里的鸭子全卖了，他也没法还你鸭子了，我想让他适当赔你一点钱……"吴芙蓉听说钱，马上又道："我那鸭子可贵，每只两百元……"乔燕吃了一惊："大婶……"吴芙蓉似乎知道乔燕要说什么，因此不等她说出来，又立即道："我那可是养了三年的老鸭子，还是土鸭，就值那个价，少一分也不行！"乔燕愣了一会儿，做出了狠心的样子，才对吴芙蓉道："那好，我这就去给贺勤大叔商量商量吧！"

乔燕却没往贺勤家里去，而是回到村委会，又泡了一桶方便面吃。现在，方便面已经成了乔燕的家常便饭，她到乡场上那家小超市买方便面时，一买就是几箱，摞在"小风悦"的后座上拉回来，搁在村委会办公室，什么时候来不及做饭或不想做饭的时候，就来上那么一桶，用开水那么一冲，既方便又快捷。有时她想，有人说方便面是垃圾食品，可她非常感谢这垃圾食品，要没有它，不知自己还要添多少麻烦呢！一桶方便面下了肚，她看了看时间还早，便又在椅子上眯一会儿，刚眯上眼，她就做了一个梦，梦见自己来到一个陌生的地方，她正在前面走，忽然后面跑出一个女人，冲她大叫："女呀，我找了你一辈子，你原来还在这儿！"她看那女人十分陌生，便道："谁是你女儿？你认错人了！"那女人却一边哭，一边说："你就是我女儿……"说着便伸手来抓她，乔燕一下便惊醒了。醒来奇怪怎么做了这样一个梦，揉了揉眼睛，又去洗了一个冷水脸，看看时间差不多了，便掏出自己的钱包，从里面数了二十张一百元的人民币放到一边，又向吴芙蓉家走去。

到了吴芙蓉家，那两个小姑娘吃过饭，已经去睡午觉了，吴芙蓉还在厨房里洗碗。乔燕喊了一声，吴芙蓉走了出来，乔燕便将两千元钱掏出来，对吴芙蓉道："大婶，这是贺勤大叔给你的鸭子钱，你可收好！"说完又补充了两句，"大婶，得饶人处且饶人，以后不要再提这事了，啊！"说完把钱递到吴芙蓉面前。吴芙蓉却并没有伸手来接那钱，却盯着乔燕，脸上带着怒气道："这真是那挨刀的钱？"乔燕道："不是他的钱，还有谁给你的钱？"吴芙蓉仿佛受了侮辱似的，突然大声道："既是他的钱，他为什么不亲自来？"乔燕停了一会儿方才道："大婶，也不是我批评你，他既然答应赔你的钱，就证明他知道错了，你还要怎么样？俗话说，打人不打脸，揭人不揭短，你说是不是？"吴芙蓉却冷笑了两声，道："我吴芙蓉穷归穷，却不是要饭的，不需要人来同情！真要是他的钱，你叫他亲自来给我！"说罢转身进了灶屋，又把厨房门"砰"地给关上了。

乔燕没想到自己一番好心，倒没有得到应有的好报，不觉尴尬起来。她握着钱站了一会儿，见吴芙蓉这副决绝的样子，知道自己再怎么对她说，她也一定不会收这钱的。想到此，乔燕倒觉得吴芙蓉并不是像村干部在会上所说的，是一个"想钱"的人，而是一个有尊严、有志气的女人。她想了想，又转身出了屋子，朝贺勤家里走去。

贺勤正躺在凉椅上呼呼大睡，一丝涎水顺着嘴角流下来，把胸前的衣服都洇湿了一大块，呼出的气中带着一股强烈的酒味。乔燕喊了半天，也没把他喊醒，没办法，只好用手去推他。推了半天，贺勤才醒来，觑着眼睛把乔燕看了半天，方一下坐直了，却对乔燕道："我正和贺老三划拳，我赢了，才说端起酒要喝，你把我推醒了！"乔燕一听这话，有些哭笑不得，便道："你一天三顿都要喝酒呀？"贺勤道："我喝我自己的，别人管不着！"乔燕也不想和他废话，便掏出刚才给吴芙蓉那沓钱来。贺勤眼睛倏忽闪过一道光芒，两手便伸了过来，道："原来你是来给我送钱的，我有眼不识泰山，谢谢，谢谢！"乔燕急忙将手又缩了回来，道："这钱可不是给你的！"贺勤便十分惊诧了，立即瞪圆了小眼睛道："是给谁的？"乔燕道："你和吴芙蓉的事也该了了吧？你跟着我去，就说你赶了她的鸭子，对不起她，可鸭子已经卖了，现在赔她的钱……"可话还没说完，贺勤一下跳了起来，叫道："你这是什么话？我没赶她的鸭子，凭什么赔她的钱……"乔燕道："这钱不要你出，我出……"贺勤却紫涨着脸，脖子上的青筋一跳一跳，圆睁着布满血丝的双眼道："不管哪个出都不行，我这一去，就证明我是贼了！我一辈子都背上贼名声了！"乔燕又没办法了，半天才道："大叔，你和吴芙蓉大婶两个，究竟有什么冤孽解不开？就这么一点小事，你们想闹到什么时候才了结？"贺勤沉吟了一会儿，然后才像咕哝似的说："了结我也不能背个贼名呀！"说着便对乔燕下了逐客令，"你走吧，今天我也是看到你是一片好心的分上，才嘴下留情，要是另一个人来，我的话便不是这些了！"说完又余怒未息地补了一句，"凭什么想给我栽个贼名声？"说完，又一下躺在凉椅上，闭上眼，做出一副再不想理睬乔燕的样子来。

乔燕又站了半晌，只好走出来，走过院子，到了一处僻静没人的地方，才突然像是一个受委屈的小姑娘，两行热泪又倏地从眼眶中滚落出来。

二

正应了好人必有天佑这句古话，就在乔燕珠泪涟涟，拿着两千块钱如俗话所说"端起供品却找不到庙门"，不知该怎么办的时候，就在她眼皮底下，三个不起眼的小东西却帮了她的大忙。这三个小东西是谁？原来是郑家塝罗婆婆家的刘明、刘亮、刘全三个小子！这三个小子一个十二岁，一个十岁，一个八岁，正是捣蛋调皮的年纪。现在放暑假，三个小子在家里，不是上房掏鸟，便是下地摸瓜，要不就是在家里打打闹闹，一会儿是老三撕了老二的作业本，老二把老三打得杀猪般叫，一会儿是老大和老二又打了起来，哪有个安分的时候？早上，住在旁边的郑兴全见茅坑里没多少水了，便铲了一条小沟，想把屋后的一股泉水引到茅坑里，晌午时候却找到了罗婆婆告状，说刘明、刘亮、刘全把屎拉到了他的水沟里，拉了屎不算，还捧了泥巴把屎盖住。刚才他路过时，见三坨新鲜泥巴将水沟堵住了，下去想把泥土捡起来，却抓了满手的黄屎！罗老太婆一听，便问刘明、刘亮、刘全是不是他们干的，三个小子却只顾扯长脸皮嘻嘻地笑。罗老太婆要去打他们，三个小东西一溜烟早跑了，罗老太婆只好干瞪眼。

吃过午饭，罗老太婆怕他们又出去作孽，便令他们上床睡觉，刘明却道："我要做作业！"老二也道："我也要做作业……"还没等老三说什么，罗老太婆便对刘明、刘亮吼道："一大上午都不做作业，这阵做什么作业？睡觉！"说着把他们堵在了屋里。那刘明眼睛一眨，道："好嘛，睡就睡嘛！"说着爬到了床上。老二、老三一见，也跟着爬到床上，眯上了眼睛。不一时，刘明故意从鼻子里发出扯噗鼾的"哼哼"声，紧接着，老二、老三也有样学样，都一齐从鼻子里发出假装睡着了的鼾声。罗老太婆知道三个小子想诈她，便拉了一条板凳在大门口，又从瓦缸里倒出一簸箕做种用的胡豆，坐在板凳上将那些有虫眼的种子择出来。你三个小子纵然有三头六臂，难道还能从我身边飞过去不成？没承想大约只过了一袋烟工夫，老太婆肚子一阵叫唤，想上茅厕，又见这三个小子此时已没了鼾声，以为睡着了，放了心，便放下簸箕，往茅厕跑去。可等她蹲完茅厕，回来一看，床上哪还有三个小子的身影？

却说刘明、刘亮、刘全三个小子，在床上假装睡着，听见婆婆上茅厕去后，刘明一骨碌坐起来，用脚蹬了蹬刘亮和刘全，这两个家伙也立即像听到号令一般，也腾地坐了起来。紧接着，三个家伙便跳下床，连鞋子也顾不得穿，赤脚便往外跑。出了大门，顺着墙边往外面溜去。到了旁边竹林里，刘亮才对刘明问："哥，干啥去？"刘明道："捉螃蟹！"刘亮又紧接着问："到哪儿捉螃蟹？"刘明道："昨天下午放学回来，我看见石拱桥旁边有道这么长的石罅，里面有只这么大的螃蟹，大脚脚都有这么粗，背壳壳上的毛都有这么厚，我估计它一定是只螃蟹精了！它在那石罅边对我吐泡泡，我一去它就跑到石罅里面去了！"刘全一听，眼睛顿时亮得像是一对灯笼，张着嘴巴，像是惊住了。刘亮则说："哥，怎么捉得出来？"刘明道："我们去想办法嘛！"说完转身就走，那刘亮、刘全把裤子往上一提，也便跟了过去。

到了石拱桥边，三个家伙像做贼似的放慢了脚步，过了桥，悄悄蹲下来一看，果然见离石拱桥桥墩不远，有一道石壁，石壁靠近水面不远的地方，有一道石罅，那石罅虽然有两三尺宽，却只有一个人的手掌那么厚，石罅缝里，果然有一只背壳金黄的大螃蟹，此时也正在石罅缝边，往外翘着两只眼睛，嘴里不断吐着泡泡，似乎在逗弄他们一样。三个家伙喜不自禁，刘亮就要马上往下跳，被刘明一下拦住了。刘明自己在前，踮着脚尖不声不响地走了过去，刘亮、刘全也学着他的样，走过离石罅两丈远的地方，他们才停住脚，从那儿下了河，又悄无声息地顺着河堤往回走。到了石罅跟前，那螃蟹还在那儿吐泡泡，三个家伙高兴极了，可等他们正在过去时，螃蟹的八只爪子一动，迅速地退到石罅里边去了。

刘明一见，便对刘全道："你手掌薄些，伸进里面去摸！"刘全一听，急忙往后退，道："我不去摸，我怕夹！"刘明又对刘亮道："你去摸！"刘亮也道："你整治我，我晓得，把我手指夹到了你才高兴，要摸你去摸！"刘明道："你以为我不敢去摸？你们都是怕死鬼，看我的！"说罢，果然挽起衣袖，要去石罅里摸，可刚把手伸到石罅边，又改了主意，对刘亮、刘全道："你们哪个去折根树枝来，我们把它赶出来！"刘亮便自告奋勇地道："我去！"说罢往四周一看，只见离拱桥两丈远小河拐弯的地方，那儿又有一道石壁，石壁离水面一米高的地方，有一个筛子那么大的石洞，石洞的上面有一棵朝河道斜长着的油桐树，便几步跑过去，想从油桐树上折下枝条来。可正要踩着洞口往上爬的时候，忽然听见从洞里传出了"嘎嘎"的鸭子的叫声。刘亮也忘了往上面爬，把耳朵贴进洞口再认真一听，便又惊又喜地叫了起来："鸭子，鸭子，洞里有野鸭子!"刘明和刘全马上跑过去，头碰着头地把耳朵贴到洞口，果然是鸭子叫声无疑。三个小子也顾不上那只螃蟹了，刘明立即道："我们回去拿东西来捉!"说罢，三个小子便跳上岸，一齐往家里飞跑而去。

原来那贺家湾的石洞，分阳洞和阴洞。阳洞就是地面上的洞，又称明洞，阴洞就是地下的洞，又称暗洞。这暗洞又分两种，一种是与阴河相连的洞，贺家湾人又把它称作"活洞"，那洞里的水是可以流走的。有人试过，往这种洞里倒一背秕壳，过了两天，秕壳流在了三十里外的圆渡沱。还有一种暗洞，没和阴河相连，这种洞贺家湾人又把它叫作"死洞"。一个月前，吴芙蓉家那群鸭子正"嘎嘎"叫着，在贺家湾小河沟的清水潭内觅食，刚才老天爷还是一副笑嘻嘻的脸，却突然间黑了下来，天地间像张开了一层厚厚的帐幔，顿时昏蒙蒙一片，紧接着便是狂风大作，电闪雷鸣，瞬间便下起了暴雨来。没一时，山洪裹挟着泥土和垃圾滚滚而下。那在河里觅食的鸭子来不及上岸，被洪水冲到石拱桥前边的洞水沱里，那里水势平缓了些，一些鸭子爬上了岸，可还有十只鸭子被洪水冲进了那个暗洞里。那洞虽是活洞，却又和其他活洞不同，和阴河没有直接的洞口，只是洞壁和洞底有或宽或窄的罅隙。鸭子被冲进洞里以后，见外面不断有水往洞里涌，便纷纷朝里面挤。没一会儿，雨停风止，鸭子又不知道及时出来，还呆头呆脑地挤在洞壁边，随着那洞里的水往下降。没一时，满洞的水便没了，只留下遍地的小鱼小虾在洞里活蹦乱跳，喜得鸭子们"嘎嘎"地饱餐了一顿，但从此却没法出来了。好在那洞随着阴河的潮汐，不断有水从罅隙漫进来，每漫一次水，那洞里便留下一些小鱼小虾，鸭们倒生活得无忧无虑。

却说刘明、刘亮、刘全三个小子，像后面有人追赶一样，跑得气喘吁吁，满头大汗，回到了屋子里，罗婆婆正手持了一把笊篱，怒气冲冲地站在门口，正等他们回来。一见他们，举手便要打去，刘明急忙抓了罗婆婆手里的笊篱，带着兴奋而又有几分神秘的语气对老太婆道："婆婆，有鸭子……"那老太婆道："哪儿来的鸭子？我打你们这些不听话的三脚猫，我一转眼你们就不见了!"说完一笊篱就将下来，几个小子一跳，早跳开了。刘明又急赤白脸地对老太婆道："真的，婆婆，在石拱桥下面的洞里，不信你问刘亮和刘全!"刘亮和刘全也忙说："真的，婆婆，我们去给你捉回来!"说着，三个小子进了屋，刘明找了几根绳子，刘亮将一支手电筒拿在手里，刘明将一只背篼叫刘全背上，刘全不背，刘明只好叫刘亮把手电筒交给刘全，让刘亮背背篼。

三个小子正要跑，罗老太婆回过了神，一把拦住了他们道："真的有鸭子？"三个小子道："可不是真的，我们听到鸭子'嘎嘎'叫！"罗婆婆道："一定是吴芙蓉丢了的鸭子，那是别人家的，你们去捉什么？给我就在屋里……"刘明不等婆婆说完，便道："不啦！是我们发现的，就是我们的，我们就要去捡回来！"说完，从婆婆身边一溜烟跑了出去。

三个小子跑到洞边，刘亮先爬进洞口，用手电筒一照，果然看见了鸭子，便朝洞外高声叫道："真的有鸭子！"刘明急忙将带来的绳子接上，一头拴在腰上，一头拴在洞口上面的油桐树上，让刘全在外面等着接鸭子。叮嘱完毕，爬进洞口，只见那洞壁上到处都是赭黑色的石头和一道道巴掌厚的石缝，洞底果然紧紧地挤着一群鸭子。刘明一见，哪有不高兴的？便叫刘亮不要息了电筒，用手攀着绳子，脚蹬着石缝，一步一步下到了洞底。那洞大约只有一丈来深，却是冷飕飕的，像是四壁都在向中间吹凉气。刘明只顾着抓鸭子，哪顾得凉气不凉气？鸭子见有人来，立即"嘎嘎"地叫着向四面扑去，早被刘明捉住一只，却没法递给刘亮。便解了一段绳子拆开，用细麻缚了鸭子的脚，再绑到绳子上，让刘亮提了上去，再解开递给了外面的刘全。

三个小子忙活了大半天，终于将洞里十只鸭子全捉住了，刘明和刘亮从洞里爬出来，背了鸭子便要走，却不防一伙人拥来，把三个小子拦住了。原来，贺家湾不大，那刘家三个小子发现鸭子的消息，早就不胫而走。别人听了犹可，吴芙蓉一听，急急忙忙朝石拱桥跑了来，一看刘家三个小子背了鸭子要走，便一把抓住刘明肩上的背篼，道："这是我的鸭子，哪里走？"那三个小子也不示弱，刘亮、刘全一边一个，急忙去抱住了吴芙蓉的两只胳膊，道："是我们看见的，捡的就当是银子钱买的！"吴芙蓉两只胳膊被刘亮、刘全紧紧吊住，动弹不得，刘明乘机挣脱，背起背篼又向前跑去，急得吴芙蓉直骂："短命鬼儿，你是哪里捡的？你再去捡几只来给我看看！"说罢一用力，将刘亮、刘全甩在地上，又跑过去抓住刘明的背篼。刘亮、刘全见自己不是吴芙蓉的对手，便在地上"哇哇"大哭起来，一面哭，一面大叫："吴芙蓉打人了！吴芙蓉打人了——"一时闹得个鸡飞狗跳。

正在这时，乔燕赶了过来，一见这场面，便先去把刘亮和刘全扶了起来，把他们哄住不哭了，接着又过来叫吴芙蓉放开手，然后对刘明说："你们都是好孩子，先把背篓放下，让姑姑来解决！"刘明果然把背篓放下了。乔燕看了看背篓里的鸭子，对吴芙蓉问："大婶，你可看清楚了，这真是你家的鸭子吗？"吴芙蓉说："化成灰我都认得，不信你数数，不多不少十只！"乔燕听了，又对刘明道："你是少先队员，捡到东西要归还失主，才是好孩子，知不知道？"刘明虽然红了脸，却道："不啦，我就不还她，她一凶二恶的！"吴芙蓉听了这话，又道："短命鬼儿，我哪儿一凶二恶了？你捡到东西不还，明天我就告你老师去！"刘明仍道："你去告，我才不怕呢！"吴芙蓉还要说什么，却被乔燕又拦了，回头对刘明道："我知道刘明是好孩子，刘亮和刘全也是好孩子，这样，你们把鸭子还给吴大婶，姑姑给你们五百块钱，作为对你们的奖励，你们看怎么样？"一边说，一边掏出刚才那两千块钱，从中数了五张，递到了刘明面前。那刘明眼里闪着迟疑的光彩，犹豫了一阵，正想伸手来接，吴芙蓉却一把按住了乔燕的手，道："给他这么多做什么？我这鸭子卖还卖不到五百块钱呢！"乔燕看了吴芙蓉一眼，想说什么却没说出来，半晌才对吴芙蓉说："大婶，你不要管，鸭子找回来就好了！"说完又把钱递到刘明面前，道："这是姑姑奖励你们拾金不昧的钱，不是鸭子钱！"那刘明这才"呼"地一下接过钱，转身要把背篓里的鸭子倒出来，乔燕又忙道："背篓就借给吴大婶用一用，明天她就给你们还过来，行不行？"三个孩子听了，果然转身跑了。

吴芙蓉背起背篓正要走，却忽然又过来一个人，一把抓住吴芙蓉的背篓道："想就这样走，没那么容易，先给我搁下哟！"众人回头一看，不是别人，正是贺勤。那贺勤此时涨红了脸，一双发红的眼睛紧紧盯着吴芙蓉。吴芙蓉便道："你想怎么样？"贺勤道："不怎么样，先给我把贼名声洗干净了，我便放你走……"吴芙蓉一听这话，也立起了眉毛，对贺勤没好气地问："我要是不给你洗干净呢？"贺勤正要答，乔燕见他们又要针尖对麦芒地吵起来，忙横在他们中间，对贺勤道："大叔，天天开门都相见，你这是何必呢？"贺勤道："我背了一个多月的贼名声，就这样白背了？"乔燕道："事情不是都弄清楚了，清者自清，谁还会认为你是贼了？"一句话说得贺勤找不着话回答，吴芙蓉趁机背着鸭子离开了。

三

　　乔燕又一连开了两天村、组干部会，将三个入户调查组调查来的数据，一一摆到桌面上来，逐户逐户地进行评议。几个村民小组长嫌耽误了活儿，有点不高兴，便对乔燕道："乔书记，这贫困户又不是拿戥子秤称，针过得、线过得就算了，哪里评得那么准！"乔燕听了，便对他们道："不能仅仅满足针过得、线过得，上级一再强调必须得精准呢！"组长们道："怎么个精准法？你家里人均可支配收入2736元，便是贫困户，我家里人均可支配收入2738元，就不是贫困户，你说我们两家有多大区别？拿戥子秤也称不到那么准！"乔燕仍旧道："正因为这样，我们才要谨慎又谨慎，不能出任何差错！"组长们更不满了，道："你们谨慎十天八天都没关系，反正国家给你们拿了钱的，我们可是椒（焦）盐板鸭——干绷，干绷一天半天可以，长期干绷可不行，老婆孩子还要吃饭呢！"乔燕明白了，原来国家转移支付，村上只补助了村支书、村主任和村文书三个主要干部的工资，其余都没工资。贺家湾村支书和村主任是贺端阳"一肩挑"，可工作可以"一肩挑"，工资不能也"一肩挑"了，贺端阳便把村主任这份工资拿出来，一分为二，补助了村综合干部郑全智和妇女主任张芳，至于几个村民组长，则什么都没有，全凭他们的觉悟在干工作。乔燕明白这点后，便笑着对几位组长说："各位大爷，我知道你们辛苦了，等这个事情过后，我请客，慰劳慰劳几位！"几个组长便不说什么了。

　　把全村的贫困户按贫困程度排出来后，乔燕还不放心，她又召开了一个村民大会，发给每个参会人员一张纸，让大家在纸上写上自己心目中的贫困户，自己不会写的，找人代写也行。结果写出来的名字让乔燕啼笑皆非——除了身体有残疾、家庭确实非常贫困的几户外，大多数写的都是自己的名字或与自己沾亲带故的人，有人甚至把贺家湾在外的房地产大老板贺世海、贺兴仁的名字也写上了。

　　村两委会把全村贫困户的名单初步确定出来后，按照上面的要求，建档立卡的贫困户必须要经过村民大会评议和投票，才算有效。第二天下午，乔燕便正式召开村民大会。因为牵涉自己的利益，这天开会的人到得很齐整。在正式投票以前，乔燕对大家说："各位爷爷奶奶、叔叔婶婶们，按照上级对贫困户认定的要求，我们经过半个多月的调查走访和算账比对，提出了一份贺家湾村建档立卡贫困户的初步名单，现在要请各位爷爷奶奶、叔叔婶婶们对初步候选人进行评议和投票表决。在评议和画票之前，我再强调一遍上级文件中'六个不纳入建档立卡贫困户'的规定！"接着便把上面的规定对大家读了一遍。诸如家庭成员中有在国家机关或企事业单位工作且有稳定工资收入的；家庭成员中有任村支部书记或村委会主任的；家庭有在城里购买商品房、门市房并在国土部门有不动产登记的；家庭成员中拥有小轿车的；家庭成员中有作为企业法人或股东的；举家长年在外一年以上，不在当地居住、生产和生活失联的，均不能纳入贫困户，等等。

乔燕还没讲完，底下便有人叫道："你念一下贫困户的名单吧，看你们摸得准不准？"乔燕便叫贺通良将村两委初步确定的名单念了一遍。念完，一些没念到名字的人便站起来怒气冲冲地道："你们评得不准！反正莫得我们，我们在这里陪什么杀场？"说罢便纷纷往会场外面走。乔燕一见，忙唤住众人道："各位大叔大爷，请你们听我一句话……"那些人站住了，乔燕便急忙道："评得不准，大家可以提意见，不是专门叫大家来评议的么？可要是一句意见也不提便要走，说轻点，这叫无政府主义，说严重点，这叫胡搅蛮缠！我听说贺家湾人都是一个祖宗下来的，难道是这个样子的？再说，这贫困户也不是今日被评为贫困户，就一辈子都是贫困户，都要享受国家的优惠和照顾。而是动态的，明年脱了贫，就不是贫困户了！而各位要走的大叔大爷，你们今天不是贫困户，可人一辈子，谁能保证不遇到个天灾人祸？真的遇到了什么不幸，你们还要不要别人给你们捧个场？"那些人一听这话，知道自己不在理，便又在人群里坐下了。有人便叫："知道了，人凭良心斗凭梁，三人对六面，谁也不好说什么，就不评议了，把票发给我们画吧！"这话一完，一些人也跟着叫："就是，家中有金银，隔壁有戥秤，乔书记你放心！"

乔燕听后，看了贺端阳和贺文一眼，果然就叫大家推选监票员和计票员，众人又叫："又不是选村主任，要啥监票员和计票员？"乔燕道："虽然不是选村主任，可这事并不亚于选村主任！"众人便推了李红、贺长明、梅英、贺老三做监票员和计票员，他们四个人都不在村上确定的贫困户名单之内。李红和贺长明把票发给了大家，梅英和贺老三则站在会场两边，看大家埋头画票。画完票的，把票叠好，投到前面的票箱里。等众人投完票后，李红、贺长明、梅英和贺老三便抱着票箱，到一旁清理票去了。

没一时，那贺长明便过来报告，道："其他人都通过了，只有贺勤和吴芙蓉，一个只有 30 票，一个只有 45 票，没有通过！"说着将一份名单递给乔燕。乔燕一听这话，有点像是不相信，便对贺长明道："没统计错吧？"贺长明道："百分之百正确，错了我负责……"乔燕正要答话，忽听得吴芙蓉在人群中，忽然呼天抢地地大叫起来："天啦，这是一笼鸡啄我一个人，欺负我孤儿寡母，叫我怎么活呀……"一边叫喊，一边拍打着大腿，一屁股坐在地上大哭了起来。那贺勤也面红筋涨地冲到前面来，挥舞着拳头对乔燕大叫："这不公平，不公平！为什么他们都有，我没有？我当不成贫困户，我要到上面去告状……"众人一听这话，忽然"哄"地一下，全散了。

第八章

一

村民离开以后，村干部也想走，但乔燕把他们喊住了："村两委干部和村民组长还留一留。"村、组干部听了这话，便住村委会办公室走。那时吴芙蓉还坐在地上号啕，脚蹭着地上的泥土，头发和衣服上都蒙上了厚厚一层灰尘。乔燕等村、组干部都进屋子以后，才过去拉她，对她道："大婶，你这样更会被人看不起！你放心，你的事我不会不管！"吴芙蓉从地上爬了起来，拉了乔燕的手，一边流泪一边对乔燕道："姑娘，你可要给我做主呀！"乔燕忙又道："大婶，我这个第一书记到村上来，就是专门做扶贫这件事的，如果把真正的贫困户漏掉了，我这个第一书记就不称职，所以你放心，不管出自什么原因，我们都不会漏掉一个贫困户！"吴芙蓉向乔燕投来感激的一瞥，想说什么却没说出来，拍打拍打衣服上的灰，回去了。

乔燕回到村委会办公室，大伙儿都向她投来询问的目光，乔燕便严肃了面孔，对大家说："把你们留下来，主要是为吴芙蓉和贺勤没评上建档立卡贫困户的事。他两个排序都在前面，怎么都没评上……"话还没说完，贺文便道："这有什么不好理解的？你都和他们都打过交道了，又不是不知道他们的性格？一个是泼妇，就像俗话所说的，张三恨一湾，一湾恨张三！一个好吃懒做，身强力壮的却不爱劳动，只想天上掉馅饼。这样的人，正经庄稼人最看不起！你再怎么扶，也把他扶不起……"

话说到这儿，众人就急忙附和说："是呀，是呀，这怪不得我们，群众不给他们打勾，我们能有什么办法？"乔燕拿眼看着贺端阳，道："贺书记你的意见呢?"贺端阳沉默了半晌,这才慢慢说道:"我能有什么意见?该做的工作我们也做了,群众不买账,我实在想不出还有什么高明的办法了!要不,我们把他们两个的名字添到后面,给报上去吧!"乔燕道:"上级明明规定建档立卡贫困户必须要经过群众投票,我们就这样报上去,以后追责下来,谁负责任?"贺端阳便看着乔燕问:"那你说怎么办?"乔燕的目光从大家身上扫了一遍,突然道:"我想再开一次村民大会补评……"话没说完,众人一下像炸了锅,村民小组长贺庆道:"再补评也是瞎子打灯笼——白费蜡!"综合干部郑全智道:"一个是一湾人都被她得罪光了,一个是臭名远扬,谁会投他们的票?"村民小组长兴伟道:"要投早就投了,还等你开二次会来补评!你再开几次会,也是三加二减五——等于一个圈圈!"乔燕听着大家七嘴八舌的议论,抿着嘴唇没吭声,等众人说完了,才正了颜色道:"无论等于多少圈圈,这个会我都认为必须要开,不然要我们这些人做什么?"

众人见乔燕态度坚决,都住了嘴,这时天已经黑了下来,屋子里一片昏暗,张芳便过去拉开了灯。灯一亮,乔燕的目光又朝大家掠了过去,见贺通良点了一支烟,狠狠地吸了一口,然后又吐出一口浓重的烟雾。烟雾在贺文和贺庆的头顶翻腾着,像是不肯离去的样子,过了好一阵,才慢慢飘散了。贺端阳抿着嘴唇,将双手抱在胸前,像是肚子有些不舒服一样。郑全智嘟着嘴,似乎在生闷气,长长地从胸腔里嘘出一口长气来。其余的人则都把头靠在椅背上,眼睛落到灯管上,也不说话,闷闷的样子。

乔燕知道自己刚才的话说得重了些,便放轻了语气,又对大家道:"我知道吴芙蓉大婶脾气不好,我也感谢各位在村两委讨论时,把她纳入了贫困户的提名中。其实吴芙蓉该不该纳入建档立卡的贫困户,村民心里一清二楚,可现在是因为她脾气不好,得罪了人,众人就把她排斥在了贫困户之外!至于贺勤,确实如大家所说,他有好吃懒做的脾性,可在这好吃懒做的表面背后,确实也有一些客观原因使他丧失了生活的信心。比如他女人的去世对他打击很大,还有,他女人生病和去世使他欠了信用社十多万元贷款,这些贷款我和张主任都到信用社一笔一笔查过。再说,我已跟他儿子贺峰联系了,下学期他便要回来复学,不把他纳入贫困户,贺峰今后的学费怎么办?所以,这两个人都是因个人成见,村民没投他们的票,而不是他们本身不够条件的问题!大家说是不是?"

大家听了这话,又沉默了一阵,贺文才道:"如果不是,我们当初就不会同意把他们纳到名单中来了哟!"贺通良扔了烟,也道:"秃子头上的虱子——明摆着的,可群众就是不投他们的票,你说怎么办?"乔燕没回答贺通良的话,只顾顺着自己的思路说下去:"上面一再强调在这轮精准扶贫中,不能落下一人一户!退一步说,因为吴芙蓉和贺勤两个家庭脱不了贫而影响整个贺家湾、整个黄石岭乡甚至全县,不光是我这个第一书记向上级交不了账,就是在座各位,也不好向组织交账,大家想一想是不是这样?"众人一听这话都低下了头。乔燕继续说:"再说,这也是一次教育他们的机会。我和他们虽然接触不多,可通过几次接触,发觉他们两个人身上,都还有着一种可贵的品质,那就是做人的尊严和自尊的思想并没有消失,要是通过这件事,他们都改了自己的脾气,回归到贺家湾的主流生活中来,不是更好吗?"

乔燕说得很动情,见大家都默默地看着她,还想继续说,贺文看着她突然问:"要是他们不改呢?"乔燕说:"人心都是肉做的,你怎么知道他们不改?"贺通良听了这话就问:"补选还是通不过怎么办?"乔燕看了一眼贺端阳,便说:"我想了一想,现在只有靠我们去做群众工作!从明天起,我们组成几个群众工作小组,组长由村两委干部担任,各村民小组长配合,到全村六个村民组挨家挨户做村民的工作!我相信给村民讲清道理了,大家还是会通情达理的!你们说这样行不行?"大家却没吭声,乔燕便又看着贺端阳。贺端阳见乔燕看他,突然一巴掌拍在了桌上,道:"就这样干!"说完才对众人道,"你们都清楚乔书记的话了吧?是骡子是马,我们得到道上遛一遛!喊明叫现说,刚才我没吭声,不吭声不等于我不重视这个工作。乔书记刚才说了,别看是两户人,却关系到全村、全乡甚至全县的大局,我有言在先,不管你们心里怎么想,下去一定要给我把工作做通,做不通的我就拿你们是问。"听了这话,几个村民小组长才说:"做就做嘛,反正变了鳅鱼,还有怕糊眼睛的?"于是乔燕分了工,会便散了。乔燕十分感谢贺端阳在关键时刻支持她,临走的时候,特地和贺端阳握了握手,说了声:"谢谢!"

可是一波未平,一波又起,这天晚上,乔燕因为落实了吴芙蓉和贺勤的事,心里高兴,睡到床上,没多久便沉沉入睡了。正做着梦,放到枕边的手机铃声把她从睡梦中一下惊醒。她抓起手机,从床上坐了起来,又摁亮床头的电灯,见屏幕上是一个不熟悉的号码,便把手机贴到耳边问:"喂,你是谁?"对方隔了一会儿,才压低声音道:"乔书记,你别管我是谁,现在我要给你反映一个情况!"说完也不等乔燕问，便说了起来，"贺世银的儿子贺兴坤在县城锦尚苑买了一套房子，还是电梯房……"还没听完，乔燕就惊得叫了起来："你说的可是真的？"那人道："我拿性命担保，房子都装修得差不多了！"乔燕过了一会儿才问："贺兴坤前几年做核桃生意，听说亏了本，还欠了很多账，怎么还能在城里买得起楼房？"匿名人道："他做核桃生意亏了本倒不假，可他后来改做了小包工头，多少也赚了些钱！你要不相信，我还可以告诉你：房子买成 56 万，锦尚苑三单元 15楼 1 号……"乔燕马上又问："下午会议上你怎么不说？"匿名人道："当着贺世银和那么多人说，我傻呀？信不信由你，反正我给你说了，你看着办吧！"话中带着一股威胁的语气。乔燕还想问点什么，那人已挂了电话。

过了一会儿，乔燕才像被人打了一闷棍似的，慢慢将手放下来。她有些惶恐不安起来，握电话的手还微微颤抖着，睁着大眼一动不动地望着对面墙壁，好像那墙壁上有什么东西似的。看了一阵，果然发现屋顶的灯光洇在墙壁上像水波似的在一圈儿一圈儿往外漫，可细一看又没洇漫了。在没开村民会前，她还以为自己的工作做得很细，组织也十分严密，一定不会出什么娄子。没想到，刚出了两个漏评的事，现在又出一个错评的事，这农村的事也真够复杂的！

这么想着，一眼看见床那头睡着的贺小婷。这小姑娘天天晚上来给她打伴，现在，差不多都把这间小小的屋子当作她的第二个家了。乔燕看见小姑娘睡得很沉，两扇鼻孔微微翕动，嘴角向上，似乎在微笑的样子，便想："也不知小姑娘知不知道她爸爸在城里买房子的事？按说，虽然她年纪不大，可毕竟是一家人，多多少少也应该知道一些，待我把她喊起来问一问！"这样想着，便去摇小女孩，嘴里喊着："小婷醒醒！小婷醒醒！"摇了半天，才把她摇醒。小姑娘一骨碌坐起来，揉了半天眼睛，才睡眼惺忪地看着乔燕问："姑姑你还没有睡？"乔燕正要问，一眼看见小女孩眼里明澈的目光，是那么单纯，对自己充满信任和尊敬，突然又觉得不好开口了。她觉得自己如果问她，就是给小女孩出了一道很不好回答的难题。因为不管小女孩回答知道或不知道，这对她来说都是一件很残忍的事，牵涉忠诚和背叛的问题，自己去问随便一个人都可以，而不该让一个小女孩过早地承担这样的人生难题。想到这里，她又将话咽了回去。可小女孩还望着她，等待她的回答。她心里一急，突然冒出了一个主意，便笑着对小女孩问："小婷，村里有多少学生在乡中心校读书？"小女孩歪着头想了想，道："可多呢，有二三十个！"乔燕道："太好了，小婷！我想把村里的学生组织起来，成立一个环保小卫士队，你们不管是放学回来还是平时在村里，看见有人乱扔垃圾，你们就上去劝告，你看好不好？"小姑娘说："怎么不好，可他们要是不听怎么办？"乔燕说："他们要是不听劝告，你们就回来告诉我们！"小女孩说："行，姑姑你怎么说，我们就怎么做！"乔燕道："你来做这个环保小卫士队的队长，谁表现得好，我们还给谁奖励……"小姑娘忙说："刘明不会让我做队长，他一定要做队长！"乔燕又想了想，道："那就分成两个队，刘明做郑家塝那个队的队长，你做贺家湾这个队的队长，你们两个队互相比赛，看谁做得好！"小姑娘大声答应了一声："好！"乔燕也高兴了，急忙抱了小姑娘一下，道："那就这样定了，明天下午放了学，你就把大家召集到村委会，我给你们开个会，好不好！"小姑娘又答应了一声："好！"

　　小姑娘没一时便又睡过去了，可乔燕却没睡着，想起贺兴坤买房子的事虽然还没落实，可这事无疑让她左右为难。她在心里暗暗责怪这个匿名举报人，真是的，你举报什么人不好，怎么偏偏就举报到贺世银爷爷家？她第一次到贺家湾来，虽然贺世银爷爷把她当作骗子，可是她并不怪他，这只不过是一个上当受骗太多的老人的一种本能的反应，他没有坏心眼。但从她第二次进村开始，贺世银爷爷和田秀娥奶奶就把她当亲人一样。乔燕的眼睛盯着屋顶，眼前一会儿浮现出了那碗香喷喷、甜蜜蜜的"醪糟开水"，一会儿又晃动起老人双腿上那些歪歪扭扭的动脉瘤，一会儿那些像小蛇似的动脉瘤忽然又幻化成他们那座低矮房屋墙壁上的裂缝……乔燕被这些不断出现的幻象弄得心烦意乱。她猛地翻了一个身，试图摆脱脑海里这些乱七八糟的画面。这一招竟然还很奏效，脑海里那些幻象被她用力地驱赶到爪哇国去了。可是耳畔又响起了贺世银爷爷有些苍老和哀求的声音，像是从很远的地方传过来的一样："这房子住了几十年，也破了旧了，到处都是缝儿，要不是我又挑了稀泥巴来糊住，冬天便不能住人了！""我这腿儿呀，都变了形，别说干重活，就是干点家务活，也是硬撑着！小婷她婆婆，也是一副损坛子、破缸子样，不是这儿疼，就是那儿疼……""姑娘你可要多看承呀！"

　　乔燕忽然叹了一口气，又将身子翻了过去。最后她在心里下决心地说："不想了，不想了，明天把贺端阳叫来问问，如果他说没有，就算没有，反正是匿名举报！"这样想着，便慢慢睡着了。

二

第二天一早，乔燕便给贺端阳打电话，叫他吃过早饭到村办公室来一趟。

早饭后，贺端阳果然来了，一进门就问："乔书记，有什么事？"乔燕故意把语气放松，显出没什么要紧的样子，道："也不是什么大事，昨晚上有人向我反映，说贺世银的儿子贺兴坤在城里买得有商品房……"一边说，一边看着贺端阳，心里竟有些盼着他断然否认。

可贺端阳却没这样说，只盯着乔燕问："什么人反映的？"乔燕又有些紧张地说："匿名电话，我也不知道是谁！我叫你来，就是想问问有没有这事？"说完，乔燕再次眼巴巴盯着贺端阳看。

可贺端阳又没有立即回答乔燕，过了半天，才说了一句模棱两可的话："我们晓得啥？只听说他两口子做核桃生意欠了一屁股债，在外面躲债连家都不敢回来，没想到竟悄悄地把房子买上了！"乔燕听了这话，知道贺端阳在耍滑头，又径直问："贺书记，你就打开窗子说亮话，他家里究竟买房没有？"此时，她好期望能从贺端阳嘴里说出"没有"两个字呀！可是贺端阳却又说："他买他的房子，也没向我们报告，我们怎么知道？"乔燕见贺端阳没有直接否认贺兴坤买房的事，况且他说话的底气也有些不足，便明白了八九分，心里不由得为贺世银爷爷叹息一声，说："既然你们也不知道，举报人又是匿名，那这事就等等再看吧！"说完，便让贺端阳回去了。

乔燕想把这事拖一拖，如果再没人举报，说不定就过去了。可这个匿名举报人像是和贺世银有仇似的，第二天晚上又打电话了，而且还带着恐吓的口气："乔书记，昨晚上我说的事你们查了没有？你们不查，我可要向上面举报了！"乔燕听了这话，知道这事是无法拖过去的，便说："我们正要查，你放心，如果他确实在城里买了房，贫困户的资格该取消就一定取消！"说完放下电话，又坐在床上发起呆来。过了一会儿，才在心里默默地道："世银爷爷，秀娥奶奶，请你们原谅，我本想帮助你们一下，可政策在这里摆着，我只有让你们失望了！"说毕，又给贺端阳打了一个电话。

第二天吃过早饭，贺端阳又来了，乔燕把昨天晚上匿名举报人再次举报的事告诉了他。然后像是为贺端阳开脱似的说："你昨天说得也是，隔了这么远，他只要不说，村干部又没长千里眼，不知道也是正常的！"贺端阳听后，看着乔燕问："那你说怎么办？"过了半天，乔燕才像是商量似的对贺端阳说："我们一起到贺世银老大爷家里问一问，你看怎么样？"乔燕自己都觉得这话说得很没力气，这不符合她平时的工作作风，可现在而今眼目下，她只能这样了。贺端阳听了这话，露出了迟疑的样子，道："这样不好吧？我们又没有什么证据，要是他不承认，我们又怎么办？"乔燕知道贺端阳的顾虑是什么，便大包大揽地道："我知道你们都是一个祖宗下来的，打不下来这个黑脸，我是外人，过两年就走，你放心，今天这个黑脸我来唱！"说完就往外走，贺端阳只好跟了上来。

走出来，阳光遍地，微风轻拂，老黄葛树上的树叶"簌簌"有声，似乎在诉说什么。乔燕为了缓和气氛，也为了让自己平静下来，便问贺端阳："听贺波说，你同意他改造你们家房子了？"贺端阳一听这话，来了兴趣，立即道："这小子等不及，已经进城买材料去了！"乔燕做出了惊讶的表情，道："好哇，贺书记！我可要提前祝贺你，你那房子改造出来，一定会非常漂亮！"贺端阳道："这小子东搞西搞，我只以为他是不务正业，没想到他还有点狗屎运！昨天晚上乡上熊委员给我打电话，说县武装部通知他，让写贺波的先进材料，他们要推荐这小子参加省上的退伍军人建功立业表彰大会呢！"乔燕一听，真的高兴起来："这是好事呀，贺书记！"你可不要小看了贺波，他是乌龟有肉在肚子里，以后你可要多培养他！"贺端阳道："我是他老子，怎么培养？你是上面派下来的第一书记，不怕别人说闲话，有机会了，还要你多关心他呢！"乔燕忙道："没问题！我正想让他参与一些村上的事呢，你不会有什么意见吧？"贺端阳道："我的儿子，我会有什么意见？"乔燕便道："既然这样，我们就这样定了！"又问道，"听说有人把郑兴全的女儿郑琳介绍给他，定下来没有？"贺端阳道："那女娃儿没在家里，郑兴全两口子倒是答应了，可一切还得等女娃儿回来了才定得下来！"乔燕便道："那好，喝定亲酒那天，贺书记可别忘了告诉我！"贺端阳道："我能忘了任何人，也不敢忘了你，你是贺波这小子的大恩人嘛！"

说着话，就到了贺世银院子里，贺世银正在大门口的阶沿上编着一只背篓，院子里到处都是凌乱的黄篾片和竹丝。看见乔燕和贺端阳来了，贺世银急忙道："两位书记慢点，我把黄篾条挽一挽你们再过来！"说着便站起来，一拐一拐地要过来收拾院子里的竹丝。乔燕忙几步跨过去按住了他，道："爷爷，你别动，一点黄篾条和竹丝，怎么会把我们绊倒？"贺世银老头又要去给乔燕和贺端阳端凳子，也被乔燕制止了，自己从屋子里端出一根板凳，和贺端阳坐了。乔燕看着贺世银，好半天，才像下定决心似的，开口对贺世银道："爷爷，你这背篓编得可真好！"贺世银忙道："好啥？老了，手艺不在了……"还要说什么，乔燕马上转移了话题，突然问贺世银道："爷爷，兴坤叔最近可给你打过电话？"贺世银两只眼睛露出了警觉的神情，看了乔燕一眼，半天才道："打啥电话？都是白眼狼，娶了婆娘忘了娘……"乔燕又没等他说下去，紧接着又说："爷爷，你把叔的电话告诉我，我要了解了解村里在外务工人员的情况！"贺世银听了这话，又看了看乔燕，见乔燕脸上十分平静，似乎放心了，便说："那可好，我给你说，你记电话号码吧！"乔燕急忙拿出手机，贺世银老头说了儿子的电话，乔燕立即就拨通了贺兴坤的电话，并按下了免提键。电话响了几声，贺兴坤接电话了，刚"喂"了一声，乔燕便说："兴坤叔吗？我是贺家湾村第一书记，姓乔……"还没自我介绍完毕，那边贺兴坤便在电话里高兴地叫了起来："我知道，我知道，乔书记，我爸爸妈妈一直念叨你是好人……"乔燕也没等他说完，就道："可是你和刘玉婶子一直没回过村里，什么时候也该回来看看呀！"那贺兴坤道："人虽然没回来，可心里一直记着的！感谢你一上任就来看望我爸，昨晚上我爸又给我打电话说，村里也把他们纳入到贫困户里……"听到这儿，乔燕立即打断了他的话，突然猝不及防地问："叔，房子装得怎么样了？"那边贺兴坤大约没有防备，突然脱口而出："装得差不多了……"可一句话还没说完，像是意识到了什么，马上又将话改过来了，道："什么房子？乔书记，你可千万别听人胡说，没有的事，根本就没有的事！"听到这里，乔燕放缓了语气，道："叔，你怎么这么糊涂？我不是批评你，你有十万八万块钱，想藏倒藏得住，一套房子，明明摆在那里，你怎么隐藏得住？把房子装漂亮一些，过几天我回城了，不管你欢迎不欢迎，我都要专门来看看你的新房，啊！"

　　乔燕挂了电话，发现贺世银老人的脸像是僵住了，目瞪口呆地望着她，仿佛不认识她了似的。过了很久，他脸上的皱纹才像蚯蚓似的动了一下，又动了一下，眼里露出了一点光来，接着嘴唇动了动，像是要跟乔燕说什么，却又讲不出来的样子。

乔燕立即过去坐在了老人身边，把他满是青筋的手拉了起来，一面在他手背上摩挲，一边像是赔罪似的说："爷爷，实在对不起，你这么大的年龄了，我不该撒谎诈你！但政策规定有房有车的不能进贫困户名单，我想帮你，全村又有这么多双眼睛盯着，你可要原谅我……"老人嘴唇哆嗦着，还是没有发出声音。乔燕有些心疼起来，又对他说："爷爷，我十分理解你和奶奶的心情，这么大的年纪了，兴坤叔做生意又曾经亏过本，怕老来没依靠，希望政府能给你兜一些底，并且还想把这土坯房给改造了。请你放心，你虽然享受不了易地扶贫搬迁政策，但我们正在想法引进业主，将村委会周围的土地流转出来发展产业。土坯房改造县上要给一定的补助，你的房屋如果愿意拆迁，还可以享受农地整理项目补助！你和奶奶要是有什么困难，我们一定不会不管！"

贺世银老汉嘴唇颤抖了半天，终于说出一句话了："你说的可是真的？"乔燕道："如果爷爷信不过我，贺支书在这儿，你可以相信他吧！"说完就拿眼看着贺端阳。贺端阳于是接口道："老叔，乔书记说的都是真的！扶贫的优惠政策很多，不一定非要贫困户才能享受！"

乔燕见老人仍有顾虑的样子，便又说："爷爷，我听贺支书和村里干部说，你和奶奶年轻的时候，可都是勤劳人，也是有志气的人！那时干一天农活只有几分钱，生活那么困难，你们又要抚养孩子，又要缴纳农业税，都没有叫过一声苦。人穷志不穷，值得现在很多人学习！现在虽然穷一点，再怎么说也比过去好，农有农保，医有医保，国家惠农政策这么多，相信我们，一定会让你晚年生活得很幸福！"贺端阳听了乔燕后面这句话，又道："你放心，我和乔书记商量了好几个晚上，一个地方要发展起来，一定要有产业支撑，村委会周围的土地，迟早要集中流转！你最好不要在这儿建房子了，只要你愿意搬出去，我们一定帮你把新房子盖起来！"

过了半晌，贺世银终于瓮声瓮气地说了一句："那我听你们的，这个贫困户，我不当了！"随后才把实情告诉乔燕，"我们也不想瞒你的，姑娘，可你兴坤叔说，上面的文件说了，家庭有在城市购买商品房、门市房并在国土部门有不动产登记的，才不能纳入贫困户。我们那房，虽然在装修了，可最起码也要等一两年才拿得到产权证，即使有人举报，你们去房产部门查不到房产证，打个囫囵眼就过去了，没想到姑娘你一句话就把这事诈出来了。"乔燕听了这话，想笑却没有笑出声，最后才说："兴坤叔想得太天真了，虽然房产部门还没发不动产证，可买房明明有购房合同，怎么会查不到证据呢！"说完又反复安慰了老人一通，这才离去。

从贺世银家走出来，贺端阳十分真诚地对乔燕道："乔书记，我以前把你小看了，没想到你才是乌龟有肉在肚子里，短短几句话，便把事情弄清楚了！"乔燕却低着头只顾走路，一句话也没有说。贺端阳见了又道："乔书记，这里没有多的人，我给你说句实话吧，我们早就知道贺兴坤在城里买了房子……"乔燕这才猛地抬起头问贺端阳："那你们为什么不早说？"贺端阳诡秘地笑了笑，半晌才说："明给你说吧，大家都知道你在贺世银老头家吃了十多天饭，贺小婷又天天晚上给你打伴，就是要看看你是不是会徇私情……"乔燕一听这话，突然觉得一股冷风从背脊"飕飕"地窜了上来。她怔怔地看着贺端阳，仿佛傻了一般，半晌才回过神，然后什么也没说，只顾大步大步地往前走了。事后乔燕才想："幸好经住了这场考验，那个打电话的匿名人，说不定就是村里的干部呢！"

三

过了两天，乔燕又召开村、组干部会，问大家工作做得怎么样了。贺文道："该做的我们都做了！"村民小组长也说："就是，该跑的路我们都跑了，该说的话我们都说了！"乔燕听他们说的都是模棱两可的话，又问："说具体一点，你们是怎样做的工作？"几个村干部不吭声了，组长们过了一会儿才道："还能怎样做？求爹爹告奶奶，磕头作揖说好话呗！"乔燕听了"扑哧"一笑，说："辛苦大家了，真要这样也不错！"又对他们道，"该跑的路都跑了，该说的话都说了，可关键是要看效果！你们觉得再开村民大会，大家是不是都愿意投吴芙蓉和贺勤的票了？"这一说，会场立即沉默。过了半天，贺文才道："这很难说，人心隔肚皮，我们怎么知道他们心里是怎样想的？"小组长们也说："就是，反正他们当到我们的面，说愿意投他们两个的票，那就不知道他们嘴上说的和心里想的是不是一个样！"乔燕听了这话，有些作难了，便看着贺端阳，贺端阳抿着两片厚嘴唇，像是深思熟虑的样子，过了半天，才突然说道："娃娃们下棋——见一步走一步，你们的工作做没做到家，今下午再开一个村民大会，不行又重新来！"

于是下午又开了一个村民大会，乔燕还是有些不放心，投票以前，她又尽量用通俗易懂的语言，对村民发表了一通演讲，道："爷爷奶奶、大叔大婶们，吴芙蓉大婶脾气是不好，但都是乡里乡亲的，低头不见抬头见，千万不能就把个人恩怨带到这次扶贫中来。贺勤大叔虽然也有很多毛病，可看人看本质，我听说他过去可不错，有份手艺，四邻八里有个什么事，也爱帮忙，因为家里大婶没了后，又欠了很多账，才变得这样的！我年轻，也不懂什么大道理，但从小爷爷和爸爸妈妈就告诉我，人不管做什么事，都要公平、公正！这公平、公正，都是城里人爱说的话，我们农村人常说的，就是要讲天理良心。我到贺家湾来，还学到了一句俗语，叫'人凭良心斗凭梁！'大家想一想吧，啊……"有人听见这话，便对乔燕喊道："行，行，我们投他们一票就是，可他们两个人，今后也得把坏脾气改一改！"乔燕去看吴芙蓉和贺勤，发现他们一边角落里坐一个，都把头埋在胸前，像是不好意思见人的样子。乔燕想叫他们起来给众人表个态，可一想，人活一张脸，都这把年龄了，何必要他们像小孩子一样，在众目睽睽下来承认错误呢？便大包大揽地替他们回答了："你们放心，他们一定会改正自己身上的错误和缺点的！"众人就喊："那就投票吧，别为他们两个人的事，老耽搁活儿哟！"

可投票结果，还是出乎乔燕意料之外——虽然他们两个的票数都比上次增加了，可离上级要求的最低得有超过半数以上的村民通过才能有效的规定，每个人都还各差几十票。一句话，吴芙蓉和贺勤还是没法纳入建档立卡的贫困户。

散会以后，乔燕又把村上干部和小组长都留了下来。她也不说话，也像贺端阳一样，只抿着嘴看着大家。村上干部和小组长都知道乔燕的心思，没等她说话，贺通良便道："乔书记，这可不能怪我们了！"贺庆道："就是，我们就像巫师捉鬼，该使的办法都使了，群众还是不投他们的票，我们再也没办法了！"郑全智道："要叫我说，这政策定得就有些不合理，为什么非要半数以上村民通过才行？这村民素质低，有吃不到葡萄喊酸的，什么样的都有，他一味不投票，你拿他有什么办法？"贺文听了这话，便看着乔燕，有点小心翼翼地道："乔书记，全智说的都是实在话，你也算尽力了，实在不行，我看这事就算了……"还想说下去，却见乔燕脸色不对，便住了嘴。

乔燕等大家说完，这才说："不行！只要他们够得上贫困户的标准，就一定得想办法纳进去！再说，你们今天看到吴芙蓉的表情没有？那天大伙儿没画她的票，是又哭又闹，今天却不吵不闹，散了会埋着头就走了，这说明她思想上真的受到触动，我们不能就这样让她边缘化，贺勤也是一样！"又看了贺端阳一眼，才接着道，"从明天起，我和贺书记亲自到各个组来，一个组一个组地开会，白天不行就晚上开，晚上不行就到他们田边地头开，直到把他们思想工作做通了才走！你们小组长的任务，就是负责把每个村民都通知到，缺一个人也不行！"说完便看着贺端阳，问，"贺书记的意见呢？"贺端阳见乔燕点他名了，突然对乔燕微微一笑，做出十分关怀和体贴的样子，道："乔书记，你一个女娃儿，这样一个组一个组地走，一个家一个家地做工作，要做到什么时候？"突然脸色一变，手掌在桌子上拍了一下，目光盯着几个小组长，严肃地道，"什么大不了的事，非得要乔书记一个组一个组地来跑？本来你们几个村民组长，年龄都比我大，有的我该叫哥，有的我该叫叔，可现在我一根眉毛扯下来也要把眼睛盖住了！喊明叫现说，这点小事，我不得到你们组上来，乔书记我也不会让她到组上来，更不会让她一家一户去跑，村上任何一个干部，都不参与这件事，我打酒只问提壶人，责任就全在你们身上！不管你们这两天做了什么工作，现在我再给你们一天时间，后天我再和乔书记到你们组上来，直接召开村民小组会画票，哪个小组投票超不过 70％，说明你没有能力当小组长，下面的话你们就各人去想！"说完也不征求乔燕意见，便大声宣布，"散会！"众人什么也没说，"呼啦"一声就出去了。

众人走后，贺端阳却主动留了下来，对乔燕道："对不起，乔书记，我没征得你的同意，就这样决定了。"乔燕心中正对贺端阳的决定疑惑不已，听了这话便道："贺书记，我们真的不到组上去做工作了？"贺端阳道："你去干什么？如果事事都要你去，你就是有三头六臂，也做不完！再说，他们几爷子不使劲，即使是你亲自去做工作，同样会费力不讨好……"听到这里，乔燕有些不明白了，又问："这是怎么说？"贺端阳笑了一笑，道："我现在给你说不清楚，以后你自己就会明白的！这农村的事，看似复杂，却又简单，看似简单，却又复杂！"乔燕更加糊涂了，但不答话，只用疑惑的眼睛看着他，等他继续说下去。贺端阳却不说了，只问乔燕："你是不是觉得我的工作方法太简单粗暴了？"乔燕听他这话，正中她的心意，便点了点头。贺端阳又笑了笑，道："你放心，这次肯定能成！"乔燕见他说得这么坚定，更纳闷了，便问："为什么肯定能行？"贺端阳道：

"你别小看了那几个村民组长，都是老名堂颗颗了！要说他们这两天没做工作，那是冤枉了他们，要说他们做了工作，可又没有尽心尽力给你做，反正就是那种表表皮皮给你说一下……"听到这里，乔燕马上问："你怎么知道他们没认认真真做工作？"贺端阳道："你不知道，这些人能够做村民组长，都是各组的大社员，家族里三兄四弟，不然做不了组长！三兄四弟下面，又像树发枝丫一样，下面侄儿侄孙一大帮！那三兄四弟和侄儿侄孙又各有一帮人，这样牵扯起来，几乎就占了这个组的一半人以上。他们不去做别的人的工作，只把他们这帮'内伙子'的工作做通了，那吴芙蓉和贺勤的事还有通不过的？现在我给他们加了楔子，说到组里去开会，要是他们再像这次只做点蜻蜓点水的工作，就要现篾篓子。所以你放心，过两天你再开会，保证没问题了！"乔燕恍然大悟，道："原来是这样！"贺端阳脸上露出了得意的表情，道："所以我说农村的事，说复杂就复杂，说简单就简单！"又道，"我还告诉你，如果他们不和你一条心，要整你的冤枉，也是容易得很的！"

乔燕一听这话，不由得背脊上"飕飕"地往上冒起了一股寒气，觉得真不能小看了这些农民。过了一会儿又问贺端阳："可他们又没报酬，真要撂担子怎么办？"贺端阳道："你以为他们真会撂担子是不是？上回我不是给你说了，他们这个年纪的人，撂了担子想出去打工，还有哪个会要他们？在家里只守着那点土地，几天农活儿一完，又没事干了。反正闲着也是闲着，不如找点事儿干。别看这小组长，多少也有点实惠的……"乔燕马上问道："有些什么实惠？"贺端阳说："你才下来，我还没给你汇报，就是到了年底，村上都要想方设法，给每个组长补助那么两千来块钱，这是第一。第二，组上总还要做些事的，只要做事，组长多少可以占点便宜。这哄得到别人，哄不到我！当然，更重要的是当组长有面子，村民家有个红白喜事，不是把组长请去做支客师，就是把他安排坐上席，庄稼人稀罕的就是这个面子！"乔燕听完贺端阳一席话，心里明白了，便对贺端阳说："谢谢你，贺书记，我又从你的话里学到了从书本里学不到的知识！"

又过了两天，乔燕再召开村民大会投票，果然那吴芙蓉和贺勤两个建档立卡贫困户的资格，不但顺利通过，而且票数特高。乔燕十分高兴，晚上，她便去看吴芙蓉和贺勤。先去了吴芙蓉家里，吴芙蓉正在厨房做饭，一大一小两个姑娘趴在桌子上做作业，一见乔燕，便喊了起来："妈妈，乔姑姑来了！"躺在门后的黄狗也认出了乔燕，现在，这条大黄狗和乔燕也不陌生了，马上跳起来一边在她身边跳，一边嗅着她脚。乔燕径直去了灶房，喊了一声："大婶！"吴芙蓉马上从灶膛前的板凳上站起来，在围裙上擦了擦手，一把抓住了乔燕，道："姑娘，谢谢你，要不是你……"说着便拉乔燕在灶膛前的凳子上坐下来。乔燕知道她要说什么，拍着她的手背说："婶，你应该感谢村民，是他们投的你的票……"话还没完，吴芙蓉红了脸，然后才吞吞吐吐地道："姑娘，我、我过去得罪了你，你不记仇，还这样帮我，你是个好人，我一辈子都不会忘记你！姑娘，其实我这个人，就是个炮仗脾气，刀子嘴，豆腐心……"乔燕道："我知道，婶，你其实是个十分善良的人！"可说完过后却又说，"不过通过这件事，大婶，你真的应该好好想一想，为什么大家先前不投你的票……"说到这里，乔燕便把话及时打住了，却拿眼看着吴芙蓉。只见吴芙蓉脸上露出了羞愧的神色，口里吞吞吐吐道："我……"乔燕不知她想说什么，但看见她难为情的样子，也便没有追问下去，只对她安慰道："婶，大叔去世以后，我知道你带着两个孩子不容易，所以时时处处都想给人强硬的形象，以免被人欺负，可这样恰恰适得其反，反给人留下一个不讲道理、处处耍赖的印象。现在好了，贫困户评上了，国家有很多政策来兜底。这房子，以后你想在原地改造也行，想易地搬迁也行，都是国家给钱，自己只负担很少很少一部分，两个妹妹读书，在乡上学校寄宿，到了高中国家还给补助！如果生病，先住院，后结账，国家承担90％的医药费，你看多好哇！过不了几年，两个妹妹长大了，你的苦日子就出头了……"话没说完，吴芙蓉突然用双手掩了面，伤伤心心地哭了起来。乔燕还以为自己哪句话说错了，惹得她伤了心，急忙去拍打她的背，一边拍，一边说："婶，你怎么了？即使我说错了，你也不必这么伤心呀！"吴芙蓉哭了一阵，才止住泪，然后抽抽搭搭地说："姑娘，这么多年来，我从没有听到你这样暖心窝子的话了……"乔燕这才明白了，又安慰了她一阵，才往贺勤家去了。

第九章

一

　　建档立卡贫困户评选出来以后，乔燕松了一口气。这些日子，她一边忙着做建档立卡贫困户的工作，一边在脑子里不断思考实行垃圾分类和统一清运这件事，现在基本思考成熟，觉得可以端到桌面上来和贺端阳商量了，于是便去找贺端阳。二十四个秋老虎一过，天气变得一天比一天凉爽，太阳虽仍然照在头顶，但阳光已不再那么炙人皮肤了。树上的叶片虽然还绿着，可细细一看，那叶片的边缘已经有些鹅黄的颜色点缀在绿色之间，使色彩显得比夏日丰富了些。乔燕也换下了前段日子经常穿在身上的连衣裙，上面穿了一件翠绿色的立领拉链短袖 T 恤，下面是一条精致锁边的青色超大弹力抽带松紧裤，显得既随意大方又活力迸现。

　　来到贺端阳家里，贺端阳却又不在。贺波的房屋改造工程正在抓紧施工，院子里到处堆着砖块、水泥和木料，砖工师傅们正在砌山墙两边的砖垛，准备在上面搁放跑马转角楼的水泥板。房顶上原来的人字形屋架也已经取了下来，两个木工师傅正在院子里重新做加长的撑拱长檐形的屋架，斧斫声、木锯声响成一片。

　　贺波见乔燕来了，急忙顶着满头的灰从屋子里出来，笑着说道："姐，不好意思，到处都是灰包尘天，连坐的地方也没有！"乔燕道："现在灰包尘天，等改造好了，就是全村最漂亮的房子了！"贺波露出了不好意思的样子，道："谢谢姐的夸奖，我想是这么想的，可光是我们一家，再漂亮也没多大意思，要是全村的房屋都这样，贺家湾就是神像背后的窟窿——妙（庙）透了！"乔燕听了贺波这句俏皮话，笑了起来，道："慢慢来嘛，你别着急！你爸爸到哪儿去了？"贺波说："不知道，一早就出去了，不过他说吃晌午饭的时候要回来！"乔燕便对贺波道："那好，你爸回来过后，让他到村委会来一趟。"贺波说："行，姐，回来我就告诉他！"乔燕听了这话，转身要走，却又想起了什么，回过头对贺波问："你和郑琳的事，进行得怎么样了？"贺波立即红了脸，半晌才说："她也没在家里，我们只是在 QQ 上聊了几次天，还不知道她心里是怎么想的呢！"乔燕听说，便对贺波叮嘱了一句："你可要抓紧！"说完才走了。

吃过午饭，乔燕正想休息一下，贺端阳果然来了，一见面，便对乔燕问："乔书记，听说你找我？"乔燕给贺端阳倒了一杯开水，然后坐到他对面，这才说："可不是！"也不等贺端阳问，便把自己的想法和盘端了出来，"前次村里环境整治过后，我就想在村里实行垃圾分类和统一清运，这样才能从根本上巩固环境治理的成果，可由于当时没考虑成熟，加上后来又对全村贫困户进行入户摸底调查，这事就搁下来了。现在全村建档立卡贫困户也评选出来了，我脑袋里的一些思路也清晰了起来，想听听你的意见，看行不行？"贺端阳看着乔燕道："怎么个分类法？"乔燕道："分类其实很简单，就是像城里一样，将垃圾分为有机垃圾和无机垃圾，由村里给每家发两个塑料垃圾桶，让他们把两种垃圾放在不同的桶里……"乔燕正想接着往下讲，贺端阳打断了她的话，问："然后呢？"乔燕道："垃圾分类以后，当然得往外清运，这清运工作当然也不能靠各家各户自己往外运，不然又会造成有的运，有的不运，最后的结果又还了原！所以我也想像城里那样，从村民中选一个责任心强的人，专门往外清运垃圾，每天清运一次，绝不能让垃圾留存在垃圾桶里……"说到这儿，贺端阳又看着她问："清运垃圾的人工资从哪儿出？"乔燕道："这个我也想好了，每家两个垃圾桶的钱，由村里统一买，免费发给大家，清运垃圾的钱，可从村民中收，每户每月八元，全年九十六元，全村三百多户人家，每年可收三万元左右，用于支付一个清运工的工资，完全够了……"可是贺端阳没等她说完，便道："乔书记，你的想法很好，要是在城里，这些都一点问题都没有！可是你别忘了，我们这儿是农村，垃圾分类，从盘古王开天辟地以来，都没听说过。农村人不管什么汤汤水水、烂纸烂布烂蔬菜叶子、死猪死猫死耗子、废铜废铁废电池，都习惯于往阳沟里一倒，哪管什么有机无机！还有，你说垃圾桶由村上统一买，我们村上又没有个企业，村上的钱都是上面发一分，我们用一分，村上哪有钱去给村民买几百个塑料桶？更重要的是，农民都养成了依赖国家和上级的习惯，你给他发几七几八，他高兴得嘴巴都笑岔了，但你想从他们口袋里掏出几七几八，会当要了他们的命，不信你试试看吧！"

乔燕一听这话，心立即凉了半截，看着贺端阳道："怎么会是这样？环境干净了，每个人都受益，每户交八元垃圾清运费，是给工人的工资，这叫环境赎买服务费，城里都是这样的！再说，现在几乎家家都有人在外面打工，每家每月八元钱环保服务费，并不是拿不出来，怎么就会行不通呢？"贺端阳道："乔书记，我知道你是为贺家湾好，为大家好，其实我何尝不想把村里的环境从根本上治理好？但我说的也是真话……"乔燕望着他，打断了他的话："既然这样，贺书记你还有没有更好的办法，能让我们把村里环境整治的成果给巩固下来？"贺端阳道："乔书记，说句心里话，再也没有什么办法比你的办法更好的了！如果真能按你的想法做，村里的环境卫生便会一劳永逸！"想了想又说，"不过我也说不准，如果大家不像我刚才说的那样，是鸡目眼——只看一寸那么远，而是腊月三十天的磨子——想转了，愿意交每个月八块钱的垃圾清运费，也说不定。那这样吧，上级要求凡是涉及向村民收钱的事，必须通过村民代表大会'一事一议'，我今晚上把全村的村民代表都召集拢来，你给大家讲一讲，先征求一下他们的意见，你看怎么样？"乔燕道："行，就按你的意见办吧！"

到了晚上，贺端阳果然召集了二十多个人来，乔燕一看，又全都是六十到七十多岁的老头。乔燕便又对贺端阳问："怎么又全是老头？"贺端阳反问乔燕道："你在村里一个多月了，除了我家里那个小子外，看见了几个年轻人？"乔燕道："可村里不是还有比这些老头年轻得多的妇女么……"贺端阳没等乔燕说完，便不以为然地说："女人能顶什么事？湾里的规矩，当家的都是男人！"乔燕却说："不过我听说，现在不管哪个家里，都是女人管钱管物，是不是？"贺端阳说："是倒是这样，可女人能办成什么大事？不是有句话，叫'男主外，女主内'吗？办大事还得要男人！"又对乔燕解释说，"这些村民代表，都是上届村委会换届后，由各村民小组选出来的，尽管年纪大了，但我们也只能这样！"

于是开会。贺端阳首先讲了会议的目的，便请乔燕给大家讲。乔燕便把上午给贺端阳说的话，又详细地给到会的村民代表讲了一遍。乔燕还没讲完，一个老头便像性急似的说开了，道："从没听说过垃圾还要分类，这不是像脱了裤子打屁——多一道麻烦吗？"另一老头也马上说："就是，既然叫垃圾，又不能吃，又不能用，分出来有什么用？"这边话还没完，那边又有人道："哪家哪户没两个烂盆子、烂筲箕，还买什么垃圾桶？有那钱不如拿来打酒喝了！"又有人道："找人专门清运，这事更不成！要是清运不好，大伙儿钱出了，找鬼大爷去呀……"那人话还没完，立即又有人接了腔："就是，自己家里的垃圾，难道没有长手，不晓得提出去倒，要别人来清运呀？"这话一完，更多的声音便响起来了，道："不成，这事不成，钱虽然不多，可事情道理不合！"乔燕便问："怎么道理不合？"一人道："人人都有手有脚，何必每个月还要掏钱来请人倒垃圾？如果连垃圾都请人来倒，那他家里擦窗户抹桌子扫地的事，还请不请人做？"乔燕对大家解释，说从村民中选一个人来专门清运垃圾，他才会有责任心，才能长期保持村里的干净，如果真像大家所说的，各人把各人家里的垃圾提出去倒，那不又很快就回到原来的脏乱差去了么？可老头们无论乔燕怎么说，只一口咬定从古到今，农村人都没听说过要请人来倒垃圾！乔燕见说了半天没有结果，只得宣布散会。

可乔燕还是不死心，她觉得自己提出的办法，虽然是从城市学来的，却没有超越农村的实际，首先是经济上，每月几块钱，并不会增加农民负担，而垃圾分类，只是举手之劳的事，每个人都可以做到，却彻底解决了村里环境卫生的根本问题，本是件大好事，为什么这些村民代表就反对呢？想了半宿，觉得问题并不是出在钱身上，而是出在村民的观念和习惯上。包括贺端阳在内，她从他们口口声声都称"自古以来，都没有对垃圾进行过分类""自古以来，都没找人专门搬运过垃圾"的话里，便清楚地意识到问题的症结在于这是从来没有过的事。看来，改变人们陈旧的观念和重新培养村民爱美的意识，似乎比垃圾分类和清运更加重要。可是，怎样才能做到这一点呢？她在床上翻来覆去地摊了半天煎饼，终于又有了主意。

第二天一早，乔燕便去了张芳家里，张芳头发还蓬松着，一见乔燕，便喊了起来："乔书记，这么早，什么风把你吹到我家里来了？"乔燕便一把拉了张芳的手，道："张姐，有件事，我想请你帮我拿拿主意……"张芳忙道："你还有什么事让我拿主意的？"乔燕道："我真的有事，张姐！"说完，便把自己想在村里实行垃圾分类和统一清运的事，详详细细告诉了张芳。张芳一听，马上叫了起来："乔书记，你这办法好呀！村里环境虽然整治了，可要不实行你这办法，很快又会回到从前！你现在把村里的孩子都动员起来监督那些人别乱扔垃圾，可这也只是一个治标不治本的办法，你说那些孩子能坚持多久？要从根本上解决问题，就得按你这个办法办！"乔燕却道："可现在不是所有人都像你这样想，反觉得我这办法不成呢！"说完，又把昨天晚上开村民代表会的情况给张芳说了。

张芳还没听完，便有些生气地道："这些人，他们知道什么？"乔燕立即道："所以张姐，我才来找你商量，我想换一种思路来解决这个问题！"张芳急忙问：

"什么思路?"乔燕道:"你还记得上次我给你说过的,我们女人比男人爱干净,女人是一个家庭的灵魂这话吗?"张芳道:"怎么不记得?回来我越想越觉得你这话句句是真,句句都说到我心坎上了!"乔燕便道:"我想从村里的女人们入手,发动她们来实行垃圾分类,再由她们来影响男人,最后实现垃圾统一清运。一则,女人爱干净,这是她们的天性;二则,家里的清洁卫生,大多是女人做,垃圾分类只是举手之劳的事,她们容易做到;三则,女人最懂得女人的心思,不像男人那样钻牛角尖,工作容易做!更重要的,村里留守的女人比男人多,虽然她们表面没有当家,可实际上她们都是管家婆,既管着家里的钱财物,又管着男人,她们通了,男人没有不通的,你说是不是这样?"那张芳一听,便拉着乔燕的手叫了起来,道:"天啦,你怎么有这么大的学问?这些话真像老太婆纳鞋底——千也真(针)万也真(针),没一句不在理,我算服你了!"乔燕道:"你是村上的妇女主任,要做女人的工作,少不了你这个大主任,所以你要多帮我……"话没完,张芳便道:"怎么说帮你?这话你没说对,你又是为谁?乔书记,你看得起我,需要我做什么,我就做什么,你直接说就是!你说吧,下一步我们该怎么办?"乔燕为张芳的爽快感到非常高兴,便道:"现在上面要求每个村都要把农民夜校办起来,我想趁这个机会,先把女人们集中起来学习学习,把她们的观念转变过来后,才说垃圾分类的事,等她们同意垃圾分类了,才说统一清运的事,一步一步来,你看怎么样?"张芳道:"没问题,我保证要不了两个晚上,女人们都会同意的,不过这事情,还是得给贺书记说说!"乔燕道:"这是自然的!我来找你,就是想约你一起去找贺书记,因为毕竟你是妇女主任,办妇女夜校的事由你提出来最好!"张芳道:"没问题,我现在就和你一起去找他!"说罢,进屋梳了一下头,便随乔燕去了。

二

正当乔燕和张芳紧锣密鼓地筹办贺家湾村妇女夜校的时候,贺波忽然兴冲冲地跑了来,对乔燕道:"姐,我到处找你,原来你还在张芳嫂子这里!"乔燕见小伙子白白的四方脸上泛着红晕，眉梢和眼角因为含着掩饰不住的喜悦，而露出了许多平时难以察觉的非常细小的纹路，便看着他问："是不是郑琳回来了？"小伙子羞涩地笑了一下，急忙说："不是！"乔燕又问："那什么事把你高兴得这样？"小伙子故意卖关子地说："你猜！"乔燕道："我怎么猜得着？"张芳便和他开玩笑："除了猪八戒梦里娶媳妇，你还有啥子高兴的事？要不就是有人重新给你介绍对象了，说的是甩得圆的女，瓜子脸，梅花脚，一表人才……"张芳话还完，贺波却正经地道："都不是，我告诉你们吧，县武装部赵科长刚才给我打来电话，说他们帮忙给我联系到了县上一位女企业家，这位女企业家十分热心于扶危济困，答应给我无偿提供鸡苗和塑料网子，帮我办生态养鸡场！这还不说，县武装部首长也答应给我提供两万元生态养鸡场的启动资金，叫我尽快到县上去，一是去和女企业家对接，二是到武装部办理资金手续……"贺波还没说完，乔燕也高兴地拍了一下手，道："这太好了，那你就到县上去呀！"话刚说完，贺波却望着她，有些迟疑的样子，道："姐，我……你能不能和我一起去？"乔燕有点不明白："我去做什么？"贺波红着脸："我、我没和企业家打过交道，何况她又是个女的……"乔燕一下明白了，想了想，便道："行，你这是大事，姐陪你走一趟！"说完便对张芳道，"张姐，夜校的事，就麻烦你在姐妹们中间，先给她们通通气了！"张芳道："通气没问题，但平时村里开个村民会什么的，只要男人在家，都是男人参加，女人很少抛头露面，所以我担心晚上召集她们开会，人到不到得齐？如果人来得七零八落，也达不到我们预想的效果！"乔燕想了一想，才道："别着急，先走一步看一步再说吧！"说完便和贺波一起去了。

到了县城，他们径直去了县武装部，赵科长一见他们，便拉了贺波的手，连声道："祝贺！祝贺！"说完又过来和乔燕握手，也同样这样说。乔燕便道："祝贺我什么？"赵科长道："当然要祝贺你！你想，如果贺波同志的生态养鸡场成功了，对他来说，当然是如虎添翼，对村上来说，不是多了一项产业吗，怎么不该祝贺？"乔燕道："所有这一切，都得归功于武装部首长！"赵科长道："首先得归功于你这个第一书记，要是没有你，我们怎么知道还有这样一个典型呢？"说完又对贺波道，"首长非常重视你办生态养鸡场的事，说如果你再办起生态养鸡场，推荐你参加全省复员退伍军人建功立业表彰大会，就更有说服力了，说不定还会被树立为全省的一个典型呢！这事还是首长亲自出面联系的呢！"说着便对贺波和乔燕讲了女企业家的故事。

原来这女企业家叫陈仁凤，是全国道德模范和"三八"红旗手。过去和丈夫都是县玻璃厂的工人，在20世纪90年代初，工厂破产了，夫妻俩双双下了岗。两口子没法，便拉着板车在城里收破烂。那时女企业家刚生了小孩不久，收好一车破烂后，丈夫在前面拉，女企业家便一手抱孩子，一手在后面推。城里那时的路到处都是坑坑洼洼，遇到爬坡上坎的时候，板车推不动了，一些过路的好心人帮着推一把，她都感动得想掉泪，就这样在心里播下了感恩的种子。收了几年破烂，他们发现收啤酒瓶比收破烂赚钱，便专门收啤酒瓶。后来又发现把啤酒瓶直接卖给啤酒厂，又比卖给回收啤酒瓶的门市强，便把收来的啤酒瓶用麻袋打包，乘坐火车直接扛到啤酒厂卖。卖了两年啤酒瓶，啤酒厂领导见两口子勤劳肯干，人又忠厚老实，便把县城的啤酒批发业务给他们干。他们就从啤酒批发业务中赚到第一桶金，在城里买了房子，开了旅馆，像滚雪球一样一步步地将生意做大。现在光是她手下的公司、商场、酒店、幼儿园，就有几十家，资产已经过亿。可她富了不忘回报社会，先后拿出了一千多万的资金，在贫困地区建学校，建图书室，资助贫困户发展产业。赵科长讲完，贺波和乔燕都惊讶不已，急忙道："哎呀，真是了不得，那我们快去拜访拜访她吧！"赵科长却说："别忙，别忙，先填了这张表再说！"说着从抽屉里拿出一张，递给贺波。贺波接过来一看，正是一份《复员退伍军人创业扶持申请表》。贺波急忙填了，赵科长收了表，又给女企业家打了一个电话，这才带着两人走了出来，坐了武装部的车，赵科长亲自驾驶，便往外开去了。

　　过了两条街，汽车开上了跨江大桥，原来这城分作东西两半，东城是这些年随着城市化才建起来的新城，到处都是高楼大厦，城市规划设计很合理，所以并不拥挤嘈杂。而西城则是过去的老城，街道狭窄，人口稠密，比东城杂乱了许多。过了大桥，汽车又在水泥森林中开了一会儿，才在一所建筑前停下来。乔燕下车一看，却是一幢七八层楼的建筑，在两边高楼的映衬下，显得十分别致。门口挂着许多铭牌，有一二十个之多，乔燕正想细看，却见赵科长也已经下了车，对他们道："这就是陈总的公司！"说完便带了贺波和乔燕往里面走去。

　　赵科长带着贺波和乔燕来到三楼一间办公室门前。乔燕见那门上也没挂什么牌子。门是虚掩着的，赵科长轻轻一推，门便开了，接着喊了一声："陈总！"乔燕和贺波也立即跟了过去。进去一看，原来是个套间，十分宽敞，但屋子里布置得十分简陋，外间只有两张沙发，一个茶几，一个饮水机。他们还没在沙发上坐下，从里间屋子便走出一个四十六七岁的中年女人来，蓄着短发，上穿一件咖啡色的印花衬衣，下着一条白色的阔腿休闲裤，面色红润，脸庞上已爬上了几条不深不浅的皱纹，耳朵、脖子、手指和手腕上，没有一样能表示她是亿万富婆的标志。乔燕一看，只觉得她和贺家湾任何一个中年女人都没有区别，只是她脸上的笑容，比贺家湾女人更有魅力。

赵科长急忙过去和她握了手，又把贺波和乔燕向她介绍了，她又过来和贺波、乔燕握了手，招呼他们在沙发上坐下，自己坐在他们对面，这才对贺波问："小伙子，你为什么要办生态养鸡场?"贺波愣了一下，便把自己对乔燕和赵科长说过的话，对女企业家说了一遍。那陈总一听，十分高兴，便道："你有想在农村创业的决心，我非常高兴！现在的年轻人，都想往城里跑，可城里的钱也不是那么好挣的！再说，大家都往城里跑，农村怎么办？农村总得有人建设呀！所以我决定支持你办生态养鸡场……"贺波急忙站起来对陈总鞠了一躬，道："谢谢陈总……"可女人没等他说完，挥了挥手让他重新坐下，"你先别谢我，我话还没说完！我支持你办生态养鸡场，还是有条件的……"一听这话，贺波和乔燕都有些紧张了，忙看着她问："什么条件，陈总?"陈总说："这条件很简单，我支持你把养鸡场办起来了，但你成功以后，对周围的贫困群众，你该帮助的就要帮助，该扶持的就要扶持，让爱心一个一个地传递开来，扩大开去，这样我的支持才有意义！你能不能做到这一点?"贺波又立即站起来答应了一句："陈总放心，我一定能做到这一点！"说罢，怕陈总还不相信，又道，"我让乔书记给我作证！"陈总听了这话，才不慌不忙地说："既然这样，我也就开门见山了，因为你还没有养过鸡，我还不敢把鸡苗给你多了，这一次，我只能给你三千只鸡苗，二十筒塑料网子，先把鸡场建起来，等积累了经验，再慢慢扩大，我再根据情况支持你……"贺波听到这儿，又想站起来对陈总表示感谢，但陈总又挥手制止住了他，继续说了下去，"因为你是第一次养鸡，又是在林中自然环境中饲养，所以我不准备给你出壳鸡苗，而全给脱温鸡苗……"听到这儿，乔燕急忙问："陈总，什么叫脱温鸡苗?"陈总道："脱温鸡苗就是指小鸡从蛋壳中出来后，又在保温室中度过了至少半个月到一个月的鸡苗，有的甚至达到了三个月，每只体重差不多都在半斤到一斤左右了。为了保证你饲养成功，我尽量给你买脱温最长的鸡苗！这种鸡苗不但成活率高，而且拿回去，不需要保温，把它们放到自然环境中，它们便可以自由生长，会省了很多事，成长也快！当然这种鸡苗比才出壳的鸡苗，价钱要贵了许多!"一听这话,贺波更高兴了,也不顾陈总同意不同意,站起来就对她行了一个礼,又一连说了好几声"谢谢"。

陈总等贺波说完并又在沙发上坐好以后,又才接着说:"过两天我便会安排人,先把二十筒塑料网子拉来,并派技术人员来协助你把养殖场建起来,你回去抓紧做好准备吧!以后有什么事,就给我打电话!"然后又再三叮嘱了贺波,"小伙子,一定不要忘了自己的话,成功后可要帮助你身边还没脱贫的人,啊!"一边说,一边给贺波递过一张名片来。贺波急忙站起来,一边毕恭毕敬地接了名片,一边又接连对陈总说了几个"是"!

旁边赵科长见陈总把话说到这个份上,也便站起来对贺波说:"陈总是个一诺千金的人,既然她已经表了态,就一定会实现自己的诺言的!你也不要辜负了陈总的希望!"又道,"陈总很忙,我们不再打搅陈总了!"说罢一边和陈总握手告别,一边也对她说了一番感谢对武装部工作支持的话。乔燕和贺波虽然还有些恋恋不舍,但也只得告别,随赵科长下楼。

三

从武装部出来,贺波便对乔燕说:"姐,你回家去吧,我一个人先回去!"乔燕一听,忙道:"我回家做什么?"贺波道:"你都回到县城了,难道不回家看看?"乔燕道:"我们走的时候,你难道没看见我和张主任正在研究办夜校的事吗?"贺波道:"夜校早一天办,迟一天办,不碍事的,可你都回到家门口了,可不能学古人三过家门而不入呀!"乔燕道:"哪儿那么多废话,走!"贺波道:"你真的不回去?"乔燕道:"我发觉你有点婆婆妈妈的了!"贺波道:"你要不回家,那你就在这儿等等我,我去去就来!"乔燕问:"你干什么去?"贺波道:"我去买本书就回来!"说罢便朝前边跑去了。

原来离县武装部不远,就有一家新华书店,贺波跑进去不久,果然抱了两本书回来。乔燕接过一看,一本书是《怎样养鸡》,另一本是《鸡病防治手册》。乔燕便道:"好哇,这才像是建功立业的架势嘛!等你成了养鸡专业户后,也好指

125

导全村人养鸡，到时贺家湾，就成个养鸡专业村好了！"贺波道："我真成功了，那没问题！"说着把书放进了电动车后座的工具箱里，然后才对乔燕说，"姐，你想吃点什么？我请客！"乔燕一听这话，这才感到肚子真的饿了，掏出手机看了看时间，原来已经过了中午12点，便说道："怎么要你请客？回到城里我就是东道主，你说，想吃什么？"贺波道："姐，你今天是专门为我的事来的，这个客我请定了！"乔燕道："真是废话多，好像你现在就成了大款似的！"

在大街上绕了好几个圈子，都没有找到停放摩托车的位置，最后乔燕突然想起一个地方，便让贺波把车开到县政府旁边，找了一个地方停了下来。

县政府离步行街只有几十步的距离，停好车，两人便朝步行街走来。走到街口，贺波朝两边一看，果然全是食店，上面挂着各种不同的招牌。贺波一见，便对乔燕问："姐，你说吃点什么？"乔燕道："随便！"贺波抬头一看，对面就有一家店，招牌上写着什么"野鱼庄"，玻璃橱窗里，霓虹灯映着画在玻璃上的几条鱼，像是活的一般。贺波便道："姐，你看那上面写的是'野鱼庄'，要不我们就吃鱼好了！"乔燕本想说："现在哪儿还有野鱼？不过是挂羊头卖狗肉罢了！"但又不想扫贺波的兴，便道："行，你说吃什么就吃什么。"两个人便走进店去。

店里此时人不多，店老板立即安排他们在一个火车座的小桌子上坐了，拿了菜谱过来道："两位吃点什么？"贺波问："有些什么鱼？"店老板道："红烧鱼、黄焖鱼、粉蒸鱼、酸菜鱼、水煮鱼、糖醋鱼、番茄鱼、酥炸小黄花鱼……"老板还要往下说，贺波道："姐，你喜欢吃辣的还是清淡一点的？"乔燕道："你喜欢吃什么我就吃什么。"贺波便道："那就来一份粉蒸鱼，一份水煮鱼，一份糖醋鱼，一份番茄鱼……"贺波还要说，乔燕道："你想胀死猪呀？"贺波一听，忙道："那就这样，先吃了再说吧！"老板听了这话，转身要走，乔燕马上喊住他道："将水煮鱼去掉，有三个鱼完全够了！"那店主"嗯"了一声，这才去了。

店主走后，乔燕朝店里打量起来。原来这店面虽然不大，只有七八张桌子，却布置得很雅致。墙壁上的匾牌上，记着许多古代名人食鱼的典故。一张匾牌上记道："齐人冯谖为孟尝君门客，弹铗而歌：'长铗归来乎！食无鱼！'孟尝君曰：'食之，比门下之客。'冯谖每顿饭都有鱼吃之后，便不再发牢骚。"下面有一句批注，道："今天已经有鱼吃了，你为什么还要拿起筷子吃鱼，放下筷子骂娘？"另一匾牌上记着："孔子喜得贵子后，一国之君的鲁昭公送给他鲤鱼一尾，以表示祝贺。孔子不敢怠慢，便给儿子起名为'孔鲤'。"下面也有一句批注，道：

"原来圣人也拍马屁"！再一张匾牌上记着："孟子道：'鱼我所欲也，熊掌亦我所欲也。'叫人难以取舍，给后人出了一道著名的选择题。"下面批注是："诸位能解开这道千古难题么？"再一匾牌上又写着："有次庄子感叹鱼的快乐，一个人就和他抬杠，道：'你又不是鱼，怎知鱼之乐？'庄子说：'你又不是我，怎么知道我不知鱼之乐？'"下面批注是："在这个世界上，人与人之间是最难沟通了解的。"

乔燕看到这里，突然"扑哧"一笑，贺波见了，急忙问："姐，你笑什么？"乔燕便指了指那些匾牌，道："这店小是小，还有点文化氛围，你看匾牌上那些话，是不是很有点意思？"贺波果然朝那些匾牌看了一遍，却道："姐，我看没意思呀，不就是说古人吃鱼的故事吗？"乔燕道："你没看出来就算了，慢慢去想，就会品出意思了！"又问他，"你家里的房屋还没改造出来，现在又要忙办养鸡场，你怎么忙得过来？"贺波道："这有什么？房屋改造我把总的思路给工人说了，工人知道怎么做。再说，我老汉知道县武装部和女企业家都在无偿支援我办养鸡场，他还有不支持的？他对我说，这段日子他就留在家里，帮我把养鸡场建起来！"乔燕听了这话，才道："这还差不多，我还担心只有你一个人呢！"贺波道："怎么会只有我一个人？如果我遇到困难，我还会来找你，难道你不支持我吗？"

说到这里，贺波像是突然想起了什么似的，两只眼睛落到乔燕身上，看着她问："姐，我想问你一个问题，却不知道该问不该问。"乔燕道："什么问题？"贺波道："姐，你有男朋友了吗？"听了这话，乔燕忽然又"扑哧"一笑，道："我以为是什么问题呢，原来是问这话！"便看着贺波反问，"你看呢？"贺波道："我看不出！若说像你这样优秀的姐姐，现在还没男朋友，别说别人不相信，就是我也不相信！可要说有呢，为什么回到城里，也不去约会呢？"乔燕听了，便笑着道："没去约会就没男朋友了？要是我男朋友离我很远呢？"贺波一听这话，便认真地道："你们真的隔得很远？"乔燕这才道："我是和你开玩笑的，我男朋友就在城里，我们国庆节就要结婚了……"话还没说完，贺波就又惊又喜地叫了起来："真的，姐？那我可一定要来庆贺庆贺！姐，你男朋友一定非常帅，是不是？"乔燕又笑着道："你看我都这样丑，男朋友有什么帅的？一般吧！"贺波却道："姐你还丑呀？在我眼里，你就是天下最漂亮的了！"一句话把乔燕说红了脸，贺波也似乎觉察出了自己的话有些唐突，便故意把话题岔了开去，道："姐，你们是怎么认识的呢？"乔燕本不想再回答这个问题了，可一看贺波认真的样子，便道："我们的认识没有一点传奇性，也一点不浪漫。那年大学放了寒假回家，火车票紧张，我只买到了一张站票，挤上车后，站在过道里。火车开出一个多小时后，旁边座位上一个小伙子突然拍了我一下，我还以为他耍流氓呢！我问：'你想干什么？'"他站了起来，指了指自己的座位，对我说：'同学，你来坐！'我问：'你怎么知道我是学生？'他说：'你戴着校徽呀！'我开初还很矜持，不愿过去坐，他说：'你放心，我也是学生！'我问：'你是哪个学校的？'他回答了，我才知道我们都在一个城市上学，他上的是警校，巧合的是，我们都是一个县的人。于是我们就换着坐，聊着天，回到了县城。这样我们就认识了。他比我早毕业两年，毕业后就考到了我们县公安局。我每年寒、暑假回来，都要去看他，在一起聊天。我发觉他很善良，乐于助人，说话也投机，就慢慢好上了！"贺波又道："他父母一定都是当官的吧？"乔燕道："恰恰相反，他父母都是老实巴交的农民，他是家里唯一靠读书读出来的一个！"说完这话又问贺波，"你怎么关心起他父母是不是当官的来了……"

正说着，菜上来了，乔燕便打住了话，说："好了好了，我们不说这些了，快吃饭，吃了我们好早点回去！"贺波这才闭了嘴，两个人吃起饭来。吃完饭，贺波要去结账，被乔燕一把拉开了，道："今天算我请客，祝贺你生态养鸡场终于要开办了！等你成了陈总这样的大款后，你不请客，到时我就来兴师问罪！"贺波只好让她去结了账，然后出来，骑上各自的"电马儿"，往城外去了。

两个人穿过西门十字岗隧道，来到后溪路，那后溪路是县城的小商品批发一条街，两边尽是大大小小的门市，货都摆到人行道上来了。走了没多远，乔燕像想起什么了似的，突然对贺波喊道："停下！停下！"贺波果然踩住刹车，回头对乔燕道："怎么了，姐？"乔燕追了上来，对贺波说："我想买点东西。"贺波道："姐要买点什么东西？"乔燕朝两边门市指了指，道："买点庄稼人用得着的东西。"贺波忙道："那姐去买吧，我在这儿等你！"乔燕道："我要买很多！"贺波有点糊涂了，道："什么东西姐需要那么多？"乔燕道："不是我用，我想买回去给村里的人！"见贺波不明白，乔燕又道，"我们今早上走的时候，你没听张主任说吗？她最担心的是晚上夜校人到不齐，东来西不来，达不到我们预期的效果。但假如我们搞点物质刺激，凡是晚上到夜校来听课的人，我们都给她们发个礼物，你说她们是不是就有热情了？"贺波一听，原来是这么回事？便马上道："那还有什么说的？村民都爱贪点小便宜，听说开会还发礼物，哪有不来的？"

　　贺波就把电动车停在路边，和乔燕一起进了旁边一家较大的批发店。进去一看，除了吃的以外，那居家用的商品，果然是应有尽有。乔燕便问贺波："你说买什么？"贺波朝堆在地上的商品看了一眼，便道："给每人买包洗衣粉吧，一包才两块钱，家家又用得着……"话没说完，乔燕便道："家家倒用得着，可才两块钱的东西，也不好拿出手吧？"贺波说："一包虽然才两块钱，可你不是买一点点，加起来也是上百块的了！"乔燕没回答他，眼睛却落在了几摞不锈钢洗脸盆上，问老板价钱，老板回说十五元一个。贺波一听，马上叫了起来，道："姐，你买那样贵的盆子做什么？要不你买塑料盆子也行，几块钱一个，也就差不多了！"乔燕道："塑料盆子容易老化，要买就给大家买好的，她们的积极性也容易调动起来！"贺波道："积极性倒是容易调动起来，可你半个月工资就没了！"乔燕道："只要大家都能来听课，半个月工资没了也值！"说罢像是坚定了信心一样，对老板说，"老板，我买得多，能不能便宜一点？"老板问："你买好多？"乔燕便又回头问贺波："你说买多少够了？"贺波反问乔燕："只是村里的女人，是不是？"乔燕说："暂时只算女人吧！"贺波便道："一户算一个来开会，大概有七八十个吧！"乔燕道："还得留一点余地！"便对老板道，"一百个吧！"那老板马上道："一百个？我每个少你两块钱！"乔燕一听，又问："还能不能少点？"老板道："一口价，再少我就裤儿都要卖掉了！"乔燕问老板他们只有两辆车，一百个盆子怎么运得回去？老板说："你放心，我给你们捆好，绑到车两边，保证运回去！"这老板做成了一个大买卖，心里高兴，一边说，一边便颠儿颠儿地找东西来捆盆子了。

四

　　回到村里，乔燕让贺波帮她把盆子搬到村委会办公室，然后对他说："你回去的时候，看见村里的女人就对她们说，晚上到村委会来开会，来了的有奖励！"贺波说："这有什么难的，我喉咙大，到各个村民小组去帮你吼一声，保证聋子都能知道！"说完就要走，乔燕又急忙喊住他："别忙，我还有一件事求你！"贺波立即转过身子问："什么事，姐？"乔燕道："明天晚上，你能不能也来给村里的女人讲一课？"贺波的脸一下红了："姐，你知道我读书时成绩就不好，嘴又笨，我能讲什么呢？"乔燕道："这跟读书成绩好不好没多大关系，你就给大家讲一讲当兵演练时，看见那个村子实行垃圾分类使环境变得干净整洁，最后引来游客参观富起来的事就行了！"贺波道："我怕讲不好。"乔燕道："这有什么难的？你看见什么就讲什么，我又不要你讲大道理。"贺波想了想，这才道："那行，姐！今晚上我也来听一听，看你是怎么讲的，行不行？"乔燕道："怎么不行？正好散会时帮我和张芳主任发发盆子！"

贺波走后，乔燕又去找张芳，想和她商量一下晚上夜校的事。张芳一听她掏钱买了一百个不锈钢盆子回来，准备发给晚上来参加会议的人，便道："你闯祸了！"乔燕吃了一惊，问道："我闯什么祸了？"张芳道："那晚上来的人还不把学校那间教室挤爆？"乔燕道："来的人越多，越是好事呀！"张芳道："好事是好事，可你今天晚上发了，明天晚上怎么办？明天晚上发了，后天晚上又怎么办？这人啦，就有这么一个坏德行，你发得到两次，他就会认为开会发东西是天经地义，一旦你不发了，他反倒会觉得你就对不住他们了！"乔燕一听这话，有些明白了，便道："哎呀，当时我只想到怎么把人吸引来，没想到这一层，可买都买回来了，你说怎么办？"张芳道："你喊都喊出去了，还能怎么办？只此一次，下不为例，要不然，你那点工资，也搞不到两次物质刺激，到最后反倒得罪了人！"又对乔燕说，"我私底下已经把你的意思给王娟姐妹、程素静、朱琴、孙碧芳、任朝杰，还有吴芙蓉、梅娟说了，可她们也好像信心不足，说我们女人能办成什么事？再说，什么垃圾分类，我们也不懂！"乔燕听后，便说："别着急，慢慢来，只要她们能到夜校来，事情就好办！"说完，商量了一些具体事情，两人便散了。

到了晚上，果然如张芳所说，村里的女人一听说晚上开会，要给每个人发个不锈钢盆子，还不到天黑，便早早地往村委会赶来了，有的家里来了两个，还有的家里连正在上学的小姑娘，也被大人拉着来了，那情景让乔燕想起了"扶老携幼"这句成语。每个人一来便对她问："乔书记，真的要给大家发一个盆子呀？"张芳听见人们这样问，便在一旁道："你们信不过别人，还信不过乔书记？"众人听见这话，便又道："什么样的盆子，能不能让我们先看看？"乔燕笑着道："别急，到时发下来，你们便知道了，先找位置坐下吧！"众人果真就去找座位坐下了。没一时，那会议室便坐得密密匝匝，许多人没有座位，便只有靠着墙壁站着或蹲着。张芳一见，便对乔燕悄悄道："村上开会，从来没有来这么多人呢！"乔燕道："人多好，大家都来听一听，多少总要受点教育！"张芳道："人多好是好，我担心你盆子不够呢！"乔燕想了想道："不要紧，如果不够，明天再找人到城里买些回来补发就是！"张芳便轻轻叫了起来："你还要买呀？"乔燕道："不买怎么办？总不能让人说我厚此薄彼吧？"张芳道："要不然你等会儿宣布一下，一家只能领一个盆子，这就完全够了！"乔燕道："可下午通知的时候，没说一家只能来一个人，既然来了，怎么能够不一视同仁？"又说，"算了，张姐，如果不够，还是明天安排人到城里买……"

正说着，突然听见外面一个男人喊："往里挤一下，往里挤一下，让我也进来！"一听这话，人群果然动了动，一个男人便侧着身子挤到了屋子里。众人回头一看，却是贺勤。王娟、程素静、朱琴、孙碧芳等几个嘴有些尖酸的女人立即道："开妇女会，你来做什么？"贺勤道："这儿又不是女儿国，我为什么不能来？"王娟道："你来，你就先变成女人吧！"贺勤道："我下辈子就变女人！"说罢一眼看见了贺波，又道，"你们说只有女人才能来，可贺波为什么又来了？"贺波听了这话，也有些不好意思了，便道："我是来为会议服务的！"贺勤也马上道："我也是来服务的……"话还没说完，众女人便道："你怕是为那个盆子服务的吧？"

贺勤一听红了脸，想说什么却没说出来。乔燕急忙道："来了好，不管什么人来听，我们都欢迎！"便说，"各位奶奶、婶婶、大嫂大姐们，我们开会了！"众人一听这话，便都安静下来。乔燕朝会场扫了一眼，转过身子，用粉笔在原来学生上课的黑板上，写了一个"安"字，然后指着黑板对众人说："大家认一认，这是个什么字？"话音才落，下面便有人大声叫了起来："安！"乔燕笑了一笑，说："对了，这是一个安字！我为什么要写这个字让大家认？因为今晚上参加会议的，除了贺波和贺勤大叔外，全是女人！你们看这个安，上面一个宝盖头，代表房屋，下面这个女字，便代表我们女人。这是什么意思呢？便是说家中有女为安，这说明我们女人的重要！没有比方不说话，在这里我给大家举个例子，比如说吴芙蓉大婶……"说到这里，乔燕朝吴芙蓉看了看，继续道，"贺大叔去世好几年了，家里虽然困难了一点，但我第一次到她家里去，却发现她家里收拾得干干净净，东西摆放得井井有条，连床上的被褥也叠得有棱有角，两个孩子也穿得整整洁洁，一看就给人一种整洁和美观的感觉。可一个家庭要是没了女人，情况就会不一样了，不仅家里搞得邋里邋遢的，还说不定会破罐子破摔，搞得不成样子，这样的人，我就不举例了！"虽然没指名道姓，却也故意向贺勤瞥了一眼。众女人一见，便都像兴奋起来了的样子，怂恿乔燕道："乔书记，你就举个例子我们听听，怕什么？"说着便把目光投到贺勤身上，贺勤的脸立即红得像是喝了酒似的。乔燕一见贺勤尴尬得低了头，立即道："其实这也不能怪他们，因为女人就是一个家庭的灵魂，如果一个家里连灵魂都没有了，还会像一个家么？"

说到这里，乔燕又向会场扫了一眼，见大家听得十分认真，略微停了一下，才接着说："为什么说我们女人是一个家庭的魂？上次我还和张芳主任说，我们在学校读书的时候，我们女生的寝室总比男生干净、漂亮，因为我们女人天生就有对美的热爱和追求。大家想一想，在家里是不是我们女人最爱干净……"说到这里，她故意看着王娟问，"王娟大婶，你说是不是？"王娟听到乔燕点到她的名字，先是愣了一愣，然后道："怎么不是！我家里那个人，屋龌龊了不叫他扫，他不得扫，连他身上的衣服不叫他换，他都不得换！"众女人一听，也七嘴八舌地说了起来："男人都一样，我们家里那个还不是那样！""是呀，家里的地我不扫，也没人扫……"乔燕笑了一笑，不等大家说完，又道："远的不说，就说今晚上大家来开会，我看起码有一半的人，是在家里梳了头、换了衣服才来的，不信，你们举手让我看看有多少人是在家里梳过头、换过衣服的？"话音刚落，众女人便像不甘落后地齐刷刷地将手举了起来。乔燕一看，又笑了，道："这正说明我们女人是爱美的！"紧接着说道，"我们女人不光爱美，还有更重要的天职，那就是养育后代！我们有句俗话，叫作有什么样的娘，就有什么样的女儿！为什么这么说？因为人一出生，首先是从母亲那儿传承文化，传承家族修养，如果母亲不行，那子女得到的传承也就不行！所以一个母亲的健康、对美的追求和热爱，不但对母亲自身重要，对子女更重要，因此各位奶奶婶婶、大嫂大姐，你们千万不要小看了自己……"

正说到这里，忽听得贺勤在人群里叫道："女人重要，难道男人就不重要了？"乔燕一听，便道："男人也重要！如果说女人是一个家庭的灵魂，男人则是一个家庭的脊梁！但男人要做好脊梁，首先必须勤劳，必须勇于承担责任，才能挺起脊梁做人！"贺勤听了这话，还想说什么，女人们却一齐叫了起来："莫打岔，听乔书记继续给我们说！"贺勤只好闭了口。

乔燕见大家兴致这么高，便又把话题引到村庄环境整治上来了。她首先表扬了在环境整治中，女人们做出的贡献，譬如打扫房前屋后的卫生，没再乱扔垃圾了等。再接着说："各位奶奶婶婶、大嫂大姐，我们虽然是农村女人，但我们住的地方，你们发现没有，多美呀！不但有山有水，有鸟儿叫，有蝴蝶飞，空气新鲜，处处有花香，家家户户差不多都有独立的小院，城里人做梦都想得到我们这样的环境。可这样的环境，如果我们不爱护，垃圾随便扔，东西随便丢，不是就给糟蹋了吗？"说着停了一下，目光又从大家身上掠过，才接着有力地说道，"前面我说了，我们女人是家庭的灵魂，对一个村庄来说，又何尝不是这样？现在我们每家的院子虽然干净了，但还算不上美，我们要保持全村持续的干净整洁才能算是美！而要保持整个村子的干净、整洁和美丽，重担就在我们女人身上！我们在座的各位奶奶婶婶、大嫂大姐，没有谁愿意做邋遢的女人，那我们的村庄，也绝不能让她成为邋遢的村庄！等我们贺家湾小河变清了，塘水变绿了，山上鸟多了，小燕子回家了，大家不随地吐痰了，村庄干净美丽了，不知那些城里人该怎样眼红我们呢！"

听到这里，女人们不由得都笑了起来，笑着笑着，张芳带头鼓起掌来，众人一见，也便跟着鼓起来。乔燕急忙朝大家鞠了一躬，见众人热情这样高，便想趁机把垃圾分类和统一清运的事说出来，但想了想，让大家先消化消化她的话，还是留到明晚上再说吧，于是打住，叫张芳和贺波去村委会办公室把盆子抱来。众女人又沸腾了起来，王娟、朱琴、孙碧芳都问："要不要我们帮忙？"贺波道："不用了！"说罢便和张芳往外面挤去。可张芳挤到贺勤身边，却突然说："你不是说也是来服务的吗？还不快来搭把手！"那贺勤一听，仿佛得宠似的，高兴地便跟着张芳和贺波去了。

没一时，三人各抱着高高的一摞面盆来了，会场立即乱了起来，乔燕一见，急忙喊："大家别挤，每人都会有的，出去一个领一个！"众女人这才安静下来，依次往外面走。真应了张芳的话，盆子发完了，却还剩下十多个人没领到，乔燕便对大家说："你们放心，明天晚上再给大家补上！"没领着的人听了这话，这才走了。大家都走后，乔燕见吴芙蓉还没走，便对她道："大婶，我看到你走在前面的，怎么也没领到盆子？"吴芙蓉说："姑娘，你讲得太好了，明天晚上你就是不补盆子，我也继续要来听！"又说，"姑娘，我听张芳说了，说你想在村里实行垃圾分类，你放心，我一定照你说的办！"乔燕听了这话，心里十分感动，便拉着她的手一同往外面走去，走到分路的地方，才松开手。

五

第二天一早，乔燕又亲自跑到城里，买了十多个和昨天一模一样的面盆回来。乔燕以为这天晚上来开会的女人，会比昨天晚上少，可吃过晚饭到会议室里一看，又坐了满满一屋子人，乔燕看见贺勤又坐在人群中了，便笑着对他道："大叔，你又来了呀？"贺勤还没答话，旁边便有人说："他昨晚上没领到盆子……"乔燕一听这话，有点惊讶，便问道："大叔，你怎么也没领到盆子呀？"贺勤听了这话，便红了脸，对乔燕道："你别信她的话，以为我今晚上还要领一个盆子，我才没那么不要脸呢！我就是想来听听，你讲得好！"乔燕听他这么说，便朝他身上看了一眼，见贺勤今晚上穿了一件驼色的翻领衬衣，纽扣扣得整整齐齐，头发也没像往常那样乱糟糟的了，便又笑着道："昨晚上我说女人才爱美，看来我这话说错了，大叔今天也爱起美来了！"一句话说得贺勤不好意思起来。众女人更是乐了，便纷纷拿贺勤开玩笑，道："是不是昨晚上七仙女下凡，帮你打扮了一下？"又有人道："莫不是你悄悄又找了个女人在家里，没让我们知道？"贺勤一听，便站起来道："你们再拿我取笑，我就走了！"说完，果真做出要走的样子。可众女人却齐对他说："你走吧，走了我们才好说悄悄话！"贺勤听完，却一屁股又坐了下去，道："你们倒想我走，我偏要留下来听乔书记讲话！"众人便发出一阵快乐的笑声。

众人乐了一阵，会就开始了，乔燕首先让贺波讲，那小伙子果然有些笨嘴拙舌，用了不到五分钟时间，三言两语便把当兵演练时看见那个村子建设美丽乡村的事，给大家讲完了，还不如那天给乔燕讲得生动。乔燕希望他再讲得具体一些，小伙子红着脸，却不知该讲什么了。

众女人见小伙子一脸窘相的样子，便道："算了，意思我们都明白了，不就是个垃圾分类吗？"乔燕一听这话，马上便把话题引到会议的主题上来，道："人家为什么要实行分类？这个问题我得说说！比如我们村里经过环境整治，大家再不随便扔垃圾了，而是将家里所有垃圾，或者装在一只烂筐子里，或者装在一个烂盆子里，或者装在一个烂篾箕里，多了再端出去往山坡上、竹林里一倒，久而久之，大家说说，不是又还原了吗？大家说是不是这样？"众女人想都没想，便齐声道："可不是这样！倒在林巴里，鸡一刨，又到处都是垃圾了！"乔燕道："更严重的是，如果遇到下大雨，那些垃圾被雨水一冲，又冲到水沟里，或渗进泥土里，然后又进入我们的自来水里，继续危害我们和下一代的健康，我们不是没有这样的教训……"说到这里，王娟、程素静、朱琴、董秀莲、孙碧芳等女人立即叫了起来："好不容易才没闹肚子了，可不能再让自来水受污染了！"说完又问乔燕："乔书记你说该怎么办？"乔燕趁机把自己的想法说了出来。众女人听了过后，沉默了半响，像是在思考什么似的，没一时，便纷纷说了起来："乔书记，我们听你的，你说怎么分类吧？"乔燕看着众人，见大家热情这么高，便道："分类其实很简单，城里人爱说有机垃圾、无机垃圾，上次我对贺书记也这样说，贺书记说他不懂什么是有机，什么是无机，其实我也不懂……"说到这里，乔燕不好意思地笑了笑，才继续道，"我认真想了想，管他什么有机、无机，就按我们乡下人容易做到的办！我把我们乡下的垃圾分成了三大类：第一类，城里人叫'可回收垃圾'，或者'可再生垃圾'，我们不那么文绉绉的，就叫干垃圾好了，大家也容易记！比如废书废纸呀、塑料呀、玻璃瓶子呀、烂布头呀、可乐罐罐呀、木头等，这些垃圾都可以由清运垃圾的人，拿去卖给垃圾回收中心，多少还能变点钱！第二类，有干垃圾便有湿垃圾，什么是湿垃圾呢？比如菜叶子、果皮子、剩饭、剩菜、剩汤、剩水等，这些垃圾当然不能拉到垃圾回收中心去卖，却可以采用堆肥和饲喂畜禽的方法进行有机处理，或者还田做肥料，实现循环利用，这种垃圾看似无用，实际上用处很大！最后一种垃圾，才是有害垃圾，需要填埋或焚烧，比如农药瓶子、废电池等，这种垃圾在我们农村，除了农药瓶以外，电池这些，我们现在都是用充电电池了，并不是很多。每户统一用两个垃圾桶，一个桶装干垃圾，一个桶装湿垃圾，至于有害垃圾，大家有了，或用塑料袋，或用一个塑料盆子，单独装在一边就是！这些只是举手之劳，又不花很大力气，有什么不可以的……"

正说到这里，朱琴朝贺勤看了看，突然说："贺勤出去！"乔燕和众女人都突然愣了，"唰"地将目光集中到了他们两个人身上。贺勤正听得津津有味，忽然听见朱琴叫他出去，便有些不高兴地叫了起来："为什么要我出去？"朱琴道："我有一个问题要问乔书记……"贺勤道："你问你的，关我什么事？"朱琴道："这个问题男人不能听！"贺勤仍红着脸说："什么问题男人听不得？"朱琴说："有些话男人就是不能听！"众女人一听这话，也纷纷对贺勤道："就是，你出去！"贺勤仍不想出去，便去看乔燕，乔燕看朱琴认真的样子，想了想，便也道："那好，你们就先回避一下吧！"说完也瞥了贺波一眼。贺波和贺勤只好出去了。

两人一走出教室，朱琴便对乔燕问："乔书记，还有一种东西，你说算干垃圾还是算湿垃圾，还是算有害垃圾？"乔燕问："你说的是什么垃圾？"朱琴红了一下脸，才道："我们女人每月用的那个……"女人们一听，都明白过来了，也纷纷叫着说："是呀是呀，那个东西该算什么垃圾？"乔燕竟然也被问住了，她可没想到这个，但她灵机一动，道："你们说的那个，我看就把它归为有害垃圾一类，或者填埋，或者焚烧吧！"众女人听了这话，才不说什么了。

这儿刚做出决定，贺勤便把脑袋伸进门来问："能不能进来了？"乔燕道："进来吧！"于是贺勤和贺波又进来。贺勤刚坐下，便问乔燕道："垃圾分了类，统一清运了，真的能像贺波说的那个村子那样，大家都能发财吗？"乔燕说："单靠一个垃圾分类和统一清运，当然不可能致富！你没听见贺波刚才说吗？人家还在村里开挖了荷塘，又栽花种树种草，又改造了房屋，把村庄建设得像画里一般，人家才富起来的！如果村庄还像原来那么脏，害得大家都患慢性腹泻，就一定不可能致富！"贺勤还要说什么，众人又对他道："你又打什么岔？还是听乔书记说！"乔燕便又大家说："各位奶奶婶婶、大嫂大姐，我们虽然是女人，可我们却管着家里的钱财，男人在外面打工，管不了家里和村里的事，即使在家里，也把钱财交给我们在管，自己当甩手掌柜，所以村庄美不美，全看我们在座的女人……"

话还没完，孙碧芳便叫了起来："别说了，乔书记，我们乡下女人，没你有见识，你怎么说，我们怎么做就是！"孙碧芳话刚说完，更多的女人也跟在她话后面叫："就是，乔书记，统一清运了，免得我们再天天去倒垃圾，为什么不行？"乔燕听众人这么说，便又提出了购买垃圾桶和垃圾清运费的事，话刚说完，王娟便道："一个垃圾桶才多少钱？买就买吧，在麻将桌子上少放两炮就得了！"一句话说得大家哄地笑了起来。王娟叫大家笑她，便又红了脸说："我说的是实话，一个垃圾桶大不了一二十块钱，谁买不起？再说，每个月八块钱的垃圾清运费，一年还不到一百块钱，如果麻将打得大点，是不是只相当于放两炮？"众女人见王娟认了真，便笑着对乔燕道："乔书记，王娟话丑理端，没问题，就按你说的，该出多少钱我们都出！"乔燕一听这话，便道："既然这样，我们还是来个举手表决！"众人一听，便齐刷刷地举起了手。王娟、程素静、朱琴、董秀莲、孙碧芳等几个女人，举了手还不算，生怕乔燕不相信似的，当即掏了钱出来，往乔燕面前一放，道："说交就交，大竹到渠县——县（现）过县（现)!"一些身上带了钱的女人也马上围了上来，张芳忙道："大家别忙，明天我们统一下来收!"一些女人道："反正我们身上带了钱，该交就交了吧，明天又麻烦乔书记和你们跑一趟!"乔燕一见，便让张芳收钱，贺波记账，将众人的钱先收了起来。

第十章

一

时间过得很快，转眼就到了9月下旬，张健每天都要打几个电话来，催乔燕回去拍婚纱照，说他已经和婚纱影楼联系好了，再不拍，国庆节举行婚礼那天，便没法给他们把照片制作出来了。

这段日子，乔燕已经忙完了村里几件大事，一是将全村购买垃圾桶和垃圾清运的钱收起来了，交给了村文书兼会计的贺通良。贺端阳现在除了对乔燕表示佩服外，再没什么说的了，马上安排了人到城里买垃圾桶。那商家见一次就买几百个，喜不自禁，不但价格优惠，还派了车把垃圾桶送到了村里。村里贺中元本来在外面当快递小哥，听说家里要找一个人清运垃圾，便急忙给乔燕打电话，说他想回来做。乔燕道："回来做可以，可工资不高，是从家家户户收来的，每月保底工资一千五百元，绩效工资五百元，另外可回收垃圾拉到废品回收中心卖了，可以有点收入，但这个不多，我们没有计算在工资内，你可要想好，就两千块钱一个月，你愿不愿意干？"贺中元说："我愿意干，乔书记！你不知道，在外面当快递小哥虽然挣钱多一点，却好辛苦，忙得吃饭也顾不上！家里虽然钱少一点，可我不用出房租费、生活费，把垃圾运完了，我还可以做点地里的活，也照顾到家了！"乔燕便说："行，我和贺书记商量一下！"说完便去问贺端阳贺中元这人怎样。贺端阳道："朱琴你知道吧？就是朱琴的老公，人倒是个老实人，又吃得苦，就是怕老婆！"乔燕听了便笑道："怕老婆算什么缺点？贺家湾要不是女人当家，这垃圾分类和统一清运的事，还没这么顺利呢！"贺端阳听了这话，便有些不自然起来，道："你说行就行，我没什么意见！"乔燕又去征询朱琴的意见，朱琴道："乔书记，不瞒你说，就是我叫他回来的！回来钱虽然少些，可一家人在一起，有什么不好？"又说，"乔书记，你放心，他要不好好干，你来找我！"说得乔燕又笑了起来。

晚上，乔燕召开了一个村干部会，通过了贺中元担任村里垃圾清运工的事。贺中元便立即回来和村里签了协议，用自己在外面挣的钱到城里买了一辆三轮垃圾清运车，找人在车厢后面焊了一个铁架子，买了一只大塑料桶固定在架子上，专门用于盛那些汤汤水水的湿垃圾。现在，贺家湾家家户户的墙脚下，都摆了两只绿色的塑料垃圾桶，一只桶里装着干垃圾，一只桶里装着湿垃圾。每天早晨，贺中元便穿着一身涤棉面料的深灰色工作服，衣袖上戴着一双花袖套，胸前拴着一条蓝色长围裙，来把桶里的垃圾倒走运出去，于是村里再也见不到一点垃圾了。

第二件事便是贺波的生态养鸡场终于办起来了。那陈总果然说话算话，在乔燕和贺波去见了她的第二天，便派人拉来了二十筒塑料尼龙网，随同塑料网子而来的还有提供鸡苗的养殖专业合作社的一名技术员。贺波一见陈总把网子给送来了，忙不迭地来找乔燕，乔燕却又进城买盆子去了。等乔燕回到村里听说后，急忙赶到贺波家里，贺端阳、王娇和贺波早带了技术员到尖子山去了。乔燕又往尖子山赶去，到了那儿一看，那技术员正指挥贺端阳、贺庆、贺兴平、贺安国、贺宝文、贺中华等一伙男人，找了一块避风向阳、地形干燥、树木稍稀疏的地方架设塑料网子。技术员说，因为还是雏鸡，先不要把鸡场建大了，只圈了七八亩大一块地方，便于管理。随着鸡的成长，再慢慢把场地扩大，鸡的活动场地越大，以后鸡的品质便越好！人多力量大，没一时便把网子架好了。下山来，技术员对贺波、贺端阳、李娇又讲了一通雏鸡的饲养管理技术，然后说了一声："等送鸡苗的时候，我再来！"说完便回去了。

那山上原有一间看林员的工棚，还是大集体时候修建的，正好在网好的鸡场内，石墙石顶，不过这么多年没住人了，屋顶已开了裂，墙上的门、窗也早已被人拿走。技术员一走，贺端阳便忙不迭地找了人，重新在屋顶上敷了水泥，又安了门窗，从山下贺国宪家里，拉了两根电线上去，又在林子里建了好几个大鸡舍，上面苫了厚厚的麦秸秆。刚把这些做好，陈总便把三千只鸡苗给拉来了。那鸡苗每只比成人的拳头还要大，身上的扁毛和筒毛都长齐了，看起来便已是半大鸡了。可它们却十分胆小的样子，把它们从笼子里放到林地上，不但不跑，反而小眼睛里露出惊惶的神色，"叽叽叽"地叫着往一处挤去。贺波喜得眉开眼笑，在一旁拍着手想把它们轰赶开，可贺波越轰，它们挤得越紧，仿佛怕冷一样。送鸡苗来的技术员便道："别赶，它们在饲养场的屋子里生活惯了，才放到大自然里，还不习惯呢！"说完又从车上拉下几麻袋饲料，对贺波道，"这几天就喂这口袋里的饲料，等它们的胃慢慢适应了，再喂你们的苞谷、小麦、稻谷什么的。"又从车厢里抱出两捆塑料彩条布，继续对贺波道，"按说这样的鸡，现在的气温晚上已经用不着担心了，但为了保险起见，陈总还是让带来两捆彩条布，你可以接上绳子捆在树上，晚上给它们挡挡露水！"说完又交代了一番怎么喂食、怎么饮水，直到贺波完全懂了，才告辞回去了。

当天晚上，贺波就住在山上。后来贺波对乔燕说，那天晚上，他几乎一点也没睡，他把那些彩条布绑在树干上，就坐在那些鸡的旁边，一边听着"飒飒"的风声，一边听着那些小鸡发出的"叽叽喳喳"的絮语，似乎比听世界上最美的乐曲还让人惬意。吃过早饭，他母亲王娇来把他替换了回去。从此王娇也不打麻将了，和儿子轮流当起鸡倌来，贺波晚上在山上值守，白天王娇来把他换回去，因为家里房屋改造还没完工。

过了几天，那些小鸡果然慢慢适应了野外的环境，开始在林子里乱跑。于是整个林子里面，成天便响着鸡们快乐的叫声，给整个尖子山带来一种生机与活力。乔燕也多了一件事，就是没事的时候，便骑了自己的"小风悦"往尖子山上跑。和贺波一样，她也喜欢看那些小生灵们遍地奔跑的样子，听它们那"叽叽喳喳"的声音，觉得是在听世界上最动听的音乐。有时她还会情不自禁地捉起一只鸡来，用它们柔软的羽毛来摩挲自己的脸，有时那羽毛还会触动她内心某根神经，使自己不由自主地产生出一种说不出的柔情，好似自己也会变成一根羽毛随风飘去的样子。有时和王娇说上一阵话往回走的时候，她会在僻静的地方突然站住，听着从树林传来的风声和鸡们隐隐约约的叫声发呆。她觉得古人说得真对，这时间如流水，过得真快。她来的时候，太阳还像毒针一样，刺得身上火辣火烤地难受，可现在照在裸露的皮肤上，却像丝绸一般的温暖和柔和。那时满山的树木一派葱翠，绿得像是化不开的染料，可现在却是该黄的黄，该红的红，该绿的仍绿，用五彩缤纷来形容一点也不过分！接下来，除了那些挺霜傲雪的松柏以外，大自然还将褪去所有的颜色。又想起自己来的时候，贺世银大爷把自己当作骗子，可才短短的两个多月，她现在不管走到哪家，贺家湾人都会亲切地拉着她

140

的手，要么喊她"乔书记"，要么喊她"姑娘"，不让她走。她其实更喜欢"姑娘"的称呼，觉得更有一种亲人的味道。她想，这也是时间给自己带来的吧！

还有一件使她更高兴的事，那就是贺端阳家的房屋按贺波的设计改造出来后，比他和乔燕见面那天所讲的还要漂亮。底屋的十多根柱子，贺波设计成了圆形，在接近梁的地方，才慢慢起弧，最后形成一朵莲花状托住水泥梁。梁上铺了三张水泥板，那楼上便形成了将近两米宽的走马廊，楼下自然也和楼上一样，形成了可以摆上一张大桌子吃饭的宽阶檐。走马廊的栏杆和所有的门窗，贺波最初想用木头请木匠师傅按照过去的老样子做，木匠师傅在城里为文庙做过装修的，说自己做不好，现在外面有专门的仿古门窗和仿古铁艺栏杆卖，又漂亮又省事工艺又好。贺波听了，到城里卖装修材料的商家问，果然有，拿出图册给贺波看，于是贺波选了样式，商家给订回来，安上果然好看。外墙那既俗气质量又差的白瓷墙砖，贺波让工人给铲了，原想露出青砖的天然颜色，比那白色的墙砖好看。但铲掉一看，才知道那青砖是本地砖匠烧的，颜色深浅不一，反不如原来的墙美观了。贺波一不做，二不休，又去城里买了深灰色的仿古墙面砖来贴上，这样一来，倒和那些仿古门窗和铁艺栏杆结合得天衣无缝，浑然一体。加上房顶上的小青瓦和屋脊上二龙戏珠的小饰件，整个建筑古色古香，再配上周围的环境，仿佛是进了另一个天地。乔燕最喜欢的就是这种灰色，她觉得灰色不但古朴、凝重，而且是天地的原色，万色都由它而生。每次从这里走过，她都不由得对贺波生起几分钦佩之情，又不由得想，要是贺家湾家家户户的房屋，都改造成这个样子，那整个村庄岂不都在画里了？

两个多月连轴转，要不是那天贺波在城里问她，几乎忘记了结婚的事，现在张健又不断催她，她本想再推一推，比如放到明年五一。因为贺家湾的工作虽然取得了一定成绩，但毕竟才开头，还有很多事要做。可觉得又不好开口，因为张健等了自己好几年，国庆结婚，又是自己提出来的，怎么好再反悔呢？乔燕想了想，趁这段日子村里的几件大事基本忙完了，便回城去了。

二

回到城里，乔燕没有回家，而是给张健打了一个电话后，径直去了公安局张健的办公室。办公室是一间大屋子，里面坐了七八个和张健年龄差不多的年轻干警，都知道张健要在国庆举行婚礼，一见乔燕，便和她开起玩笑来。一个说："新娘子回来了，快买喜糖我们吃！"一个看了乔燕一阵，道："新娘子瘦了，更好看了！"说话的人本身就是一个瘦子，旁边一个警察便故意瞪了他一眼，道："你也瘦（野兽）呀！"惹得一屋子人都忍不住笑了起来。张健坐在后面，一见，急忙走了过来，于是又有人对他和乔燕道："拥抱一下，拥抱一下！"还有人喊："你们俩亲一个！"乔燕才不惧这些场合，便瞪着他们做了个鬼脸，道："美得你们！"一边说，一边和张健出去了。

到了外面走廊，两人才站住，张健也仔细看了乔燕一阵，才含着无限心疼的口气道："你真的瘦了，也比过去黑多了，这是怎么搞的？"乔燕急忙把话岔开，道："照片什么时候拍？"张健道："我原定明天拍，可影楼的王经理说，明天早有人定下了，只能等后天！"又道，"后天就后天吧，我查了一下天气预报，后天也是个大晴天！"乔燕便道："早知道是后天，我明天再回来嘛！"张健道："多耽误一天有什么关系？再说，你还得去选选婚纱呀！"乔燕道："选什么婚纱呀，随便就得了……"话还没完，张健道："什么都能随便，这可是人生最大的事，怎么能随便？"

乔燕见张健那认真的样子，看看周围无人，禁不住在他脸上点了一下，道："看你平时像木头人，还知道这是人生最大的事呀？"张健道："你说我连这点都不懂？我和王经理说好了，我们到龙潭景区去拍，我看了他们在那儿拍的照片，真的美极了！各种风格的都有，什么中国传统风格的，日韩风格的，学院派风格的，青春童话风格的，清新自然风格的，个性搞怪风格的，浪漫海滩风格的，简约时尚风格的……可以说应有尽有，明天你也去选一选。这是一辈子的大事，得为我们老了的时候，留下一点纪念！"乔燕道："好了好了，尊敬的先生，最好的纪念，是你今下午请两个小时的假，陪我去办点事！"张健便问："什么事？"乔燕道："本姑娘既然回来了，也顺便要办点事，下午陪我到县中去一趟……"张健道："到县中做什么？"乔燕道："到县中还能有什么事？读书呗！"说着便把贺峰辍学、现在想重新回学校复读的事，对张健说了一遍。说完又道："原准备开学就让他回来的，可他却说身份证被老板扣住了，拿不出来，还得一个多月，等满了半年，老板才会把身份证交给他。前天给我打电话，说身份证他拿到了。我想，开学还不久，让他现在插班进来读，总比又拖半年强！"说完便看着张健。张健像是有些不明白，过了一会儿才道："那我去做什么？"乔燕道："我问了一下贺峰，他的班主任是陈绍礼老师，这陈老师不是你以前的班主任吗？"张健露出了有些迟疑的样子，半晌没有回答。乔燕便盯着他问："怎么，不愿意？"张健这才道："我和陈老师好多年都没联系了，再说，我过去在他班上读书时，也不是出类拔萃的人物，毕业后也就是个小人物，说不定他早已不记得我了……"乔燕没等他说完，便道："再不记得，毕竟在他班上读了三年书，你一说他不就知道了？"又道，"你放心，买礼物的钱本姑娘出！"张健不由得笑了，道："你以为我是吝啬那点买礼物的钱？那好吧，下午就陪夫人走一趟吧！"乔燕听了这话，对张健做了一个鬼脸，道："美死你了！"说完才回去了。

回到家里，乔大年正拿着一把喷壶在阳台上浇花。乔大年退休之后，便喜欢上了种花，不但阳台上用花钵种了各种花，因为住在底楼，后阳台下面有一块几尺见方的地，他也翻出来种上了花草。乔燕一见爷爷阳台上的几盆悬崖菊、大丽菊、凤毛菊、小红菊、紫莞正在竞相开放，红的红，白的白，黄的黄，紫的紫，真所谓姹紫嫣红，美不胜收的样子，便叫道："爷爷，好香！"说完还故意皱了皱鼻子。乔大年急忙放下喷壶，过来道："回来了，怎么这么早？"乔燕过去双手搂着爷爷的脖子，在他脸上亲了一下，方道："想爷爷了嘛！"乔大年听了这话，满脸的皱纹直颤，也像是一朵金菊开了似的，却道："假话，你怎么会想爷爷！"乔燕道："真的，爷爷，我不哄你！"乔大年没接乔燕的话，眼光却落在乔燕身上上下看了一遍，才道："你怎么瘦了？"在沙发上坐下来，对乔燕道，"这么久没回来了，给爷爷说说，村上的情况怎么样了？"乔燕挨着乔大年坐下来，把村上的几件事给他说了。乔大年一听，又乐得满脸皱纹直颤，道："我孙女比你母亲当年还要能干呢！"乔燕听爷爷这样说，有些不好意思了，便道："爷爷，你可别夸我，我也是油黑人——不受粉！我还拿不准这整治村里环境、垃圾分类和统一清运，和扶贫是不是沾边呢！要是不沾边，我是不是也算不务正业？"乔大年道："管他沾边不沾边，只要是对老百姓有益，你就尽量去干，没人会说你不对！"听了这话，乔燕马上又问乔大年："爷爷，我老妈这段时间，又给你下达指示没有？"乔大年道："她敢给我下达指示，那还嫩了点！不过她对我说，要我少管你，让你自己去闯，闯对了，发扬成绩，失败了，总结经验，就是这样！"乔燕道："我老妈这话，可以放之四海而皆准！还有呢？"乔大年想了想，又道："还有就是让我告诉你，不要打她的旗号要求工作上得到特殊照顾……"一听这话，乔燕马上说："我才不会打她的旗号呢！实话告诉你吧，爷爷，截至现在，村上和乡上还没有一个人知道我是堂堂吴大局长的女儿呢！我打算一直不让人知道……"乔大年听了忙道："这样好，这样好，这才像我的孙女！"乔燕等爷爷的话说完，突然搂着乔大年的脖子，附在他耳边轻声说："爷爷，我真的比我妈当年还能干吗？"乔大年愣了一下，这才看着乔燕笑着道："是呀！青出于蓝而胜于蓝，你要不比你妈强，我乔大年就白疼孙女了！"乔燕听了这话，突然攥起拳头，高兴地在空中挥了一下，又大声地"嗨"了一声，这才问乔大年："爷爷，除了菊花，秋天还有什么花？"乔大年道："秋天的花可多了呢！比如美人蕉、百日草、醉蝶花、孔雀草、茑萝、曼陀罗、长春花、矮牵牛、酢浆草、晚香玉、唐菖蒲、千日红、一串红、紫茉莉等，这是草本类。还有木本类，比如桂花、凌霄、月季、夹竹桃、木芙蓉、凤尾兰、木槿等。"说到这里，乔大年像是突然想起了什么，问乔燕，"你打听这些做什么？"乔燕道："爷爷，贺家湾现在是变干净了，可还算不上美丽。下一步，我想动员他们在院子里和房前屋后都种花种草，将贺家湾真正变成一个美丽乡村！"一听这话，乔大年一下从沙发上站了起来，说道："好哇，我孙女这是干大事！到时我来给你做顾问，欢迎不欢迎？"乔燕马上说："爷爷，我一百个欢迎！"说着又在乔大年脸上亲了一口。

刚吃过午饭，张健便来叫乔燕了，道："我和陈老师联系上了，他说，要去现在就去，下午他有课！"乔燕马上又和乔大年简单说了贺峰的事，便和张健一起出去了。出了小区门口，乔燕到一家水果店买了苹果、梨子和柑橘，装在一只大塑料袋里让张健提着，两人叫了一辆出租车，直奔陈老师住的地方。到了楼前，乔燕一看，这也是一幢20世纪留下的老式建筑，没有电梯，房屋很旧，梯道又陡又窄，更使人难堪的是，楼道里贴着各种各样的小广告，什么开锁的、通下水道的、贷款的、修煤气灶的……到了八楼，张健敲了敲门，没一时，陈老师亲自来开门。乔燕一看，陈老师五十多岁年纪，头发白了一半，身子微微有些发福，脸色白里带红，说是健康吧，可那白里又有点带青的颜色，但眼神却不乏慈祥温和。张健和乔燕走进屋去，换了鞋，在沙发上坐下，陈老师要去给他们倒水，乔燕一见，忙道："陈老师，我们自己来，哪有老师给学生倒水的道理？"说着抢过了陈老师手里的纸杯，去饮水机上接了两杯水放到茶几上，又去取了一只纸杯，要给陈老师接，陈老师却说："我刚吃过饭，不喝。"乔燕只得作罢，又去沙发上坐了。

陈老师便说："你们来看我，我很高兴，这年代还有几个学生记得老师的？"张健忙说："老师，我本来很早就想来看你，可想到自己不像刘俊、毕玉玲他们，念完硕士又念博士，给你争了光。我只混了一个小警察，所以不好意思来见你！"陈老师道："警察怎么的？坏人见了警察躲都躲不赢呢！都想坐轿子，没有抬轿子的，怎么行？"说完又看着乔燕对张健问，"这位是……"张健急忙把乔燕给陈老师介绍了。乔燕等张健介绍完以后，才对陈老师道："陈老师，我也是这个学校的学生，比张健低两级，我的班主任是万莉老师！"陈老师立即"哦"了一声，乔燕接着道："我记得我们读书时，陈老师的头发还是乌黑一片，现在就白这么多了！"陈老师立即叹了一口气，把手举到头顶理了一下头发，才道："是呀，老了，老了，世界终究是你们的了！"说完，才看着他们问，"你们找我有什么事？"乔燕便急忙把贺峰的事说了出来。

陈老师听完，半晌没吭声，皱着眉头，像是在深思的样子，神色越来越凝重。半天，忽然叹了一声，才对乔燕和张健侃侃谈了起来："要说这个学生，辍学了真是可惜！可惜！他是从黄石岭乡初级中学以689分的成绩考到我班上来的！一个乡镇初级中学，尤其是像黄石岭乡这样偏僻的乡级中学，能以这样高的分考到我们全国重点中学来，过去从没有过。我曾经问过他，父母是不是干部或教师，结果什么都不是，就是出身于一个农民家庭，母亲在他12岁时，生病死了，家里欠了很多债，他父亲又有些不成材，所以这孩子非常自卑，也不爱和同学交流，连吃饭都是悄悄端到一边吃，性格很内向。我从没见他笑过，像是精神负担很重的样子，身体又不是很好。以他那样的成绩，考个重点本科完全没有问题。可今年上半年一开学，他就突然离开了学校。我见他一个多星期都没到学校，四处打听，才听说他出去打工了。我带信给他父亲，让他来上学，可他没有来，后来就不知到哪儿去了……"陈老师说到这儿，不再说了，只是不断摇头叹息。乔燕听完以后，便把贺峰想重新回来上学的事，给陈老师说了。陈老师听了，还有些不相信，看着乔燕问："你们是他什么亲戚？"乔燕这才道："陈老师，我们和他什么亲戚都不是，我是村上的第一书记，是他家里的帮扶人！我觉得他家里要从根本上脱贫，必须要贺峰把书念出来才行，知识改变命运嘛！所以我们想动员他重回课堂，他也同意了！"乔燕又看着陈老师问，"陈老师，如果贺峰重新回到学校，仍在你班上读，没什么问题吧？"陈老师忙道："他本身就是我班上的学生，回到班上读有什么问题？他虽然缺了一个学期的课程，但我相信凭他的底子，他一定能赶上来的！再说，我对热爱学习的孩子，一直是喜欢的，到时我再给他开点小灶不就得了！"乔燕一听，马上站起来握住了陈老师的手，道："那太好了，陈老师，我代表他父亲，代表村上感谢你！"说完，又和陈老师说了一会儿闲话，便和张健一起告别出来了。可走出陈老师的屋子，乔燕就一直眉头紧锁，像是心事重重一般，张健问她话，她竟然答得牛头不对马嘴，张健见了，也不说什么，便去上班了。

三

　　张健见乔燕从陈老师家出来后，便一直闷闷不乐，像心里藏着事，但因为要忙着回去上班，便没有问她。下了班以后，便给乔燕打电话，约她出来吃饭，然后到滨河公园散散步。这次乔燕倒没推辞，很快就出来了。在街边一家小店随便吃了点什么后，华灯初上，小城笼罩在一派祥和温馨的气氛中，两人便挽了手，朝滨河公园走去。

　　过几天便是中秋了，一轮明月将圆未圆，十分皎洁，柔和的清辉和灯光一起照耀着大地，使整个城市像是披上了一层朦胧的面纱。滨河公园是几年前县上才打造的一个供市民休闲娱乐的场所，修成以后，深受市民的欢迎，尤其是情侣们，更喜欢来这儿谈情说爱。面对一江缓缓流动的江水和习习河风，觉得格外甜蜜和浪漫。遗憾的是这几年环境污染严重，原先的一江碧水，早已变成了一江黑水，偶尔还闻得到一股淡淡的异味。但不管怎么说，两岸五颜六色的灯光和城市斑驳的倒影，以及天上朦胧的星月，总还在江水中时而拉长了身影摇摆不定，时而一动不动又像是盯着游人深情凝望，给处在生命最浪漫和美好时期的年轻人，带来甜蜜的想象和幸福的憧憬。乔燕也一样，小城没有其他地方可去，她过去没少和张健来这儿互述衷肠和勾画未来美好蓝图。虽然才相隔两个多月，可当她挽着张健的手往这儿走的时候，却突然觉得像是隔了很久，甚至有种恍若隔世的感觉。她心里一边这样想，一边将张健的手臂挽得更紧了，心里涌上了一种依恋和幸福的暖流。可是等他们走到公园里一看，却是大煞风景！原来公园早被东一群、西一伙跳广场舞的大妈给占领了，满河边都是从各种音箱的大喇叭里传出的刺耳的音乐声。乔燕忙问："怎么突然冒出了这么多跳舞的大妈？"张健道："天气凉爽了，大妈们哪还在家里待得住？"乔燕道："吵得人心慌，要不我们回去吧！"张健道："才出来回去干什么？"说完往前边看了看，又道，"那边湿地公园人少些，我们去那儿吧！"原来在滨河路北头靠近县中的位置，县政府去年刚打造了一个湿地公园，因为还没完全建成，加上路远，去的人少。乔燕一听张健这话，没说什么，两个人急急忙忙从一群群跳舞的大妈身边跑过，去了湿地公园。

到了那儿，乔燕和张健像是走累了，便找了一把临江的铁椅子坐了下来。这儿果然清静，即使偶尔有一对恋人经过，也是把脚步放得很轻，把嘁嘁的话语儿压得如耳语一般，生怕打扰了别人似的。乔燕和张健看着江里摇晃的灯光，谁也没说话，过了一会儿，乔燕才把头靠在张健的肩膀上，张健则把乔燕的一只手握在自己的宽大的手掌中，他觉得乔燕的手有些凉。过了一阵，张健终于鼓起勇气对乔燕问道："上午从陈老师那儿出来，我看你心里像是有什么事，到底是什么事？"乔燕像是吃了一惊，急忙从张健肩上抬起了头，然后看着他。月光下，她忽然觉得张健的脸比白天更清秀。过了一会儿，她见张健还看着她，似乎在等待她的回答，也终于说道："你认不认识县上一些企业家？"张健一听这话，便感到有些奇怪，立即又对乔燕道："认倒是认识几个，你有什么事？"乔燕道："中午我对陈老师说的那个学生，我想找个企业家资助他上学的费用……"

张健一听，马上打断了乔燕的话："原来是这么回事！这可不行，我认识的几个企业家，包括两个房地产老板，只不过是因为工作关系和他们有点交往，想让他们掏钱出来做公益事业，我这个小警察可没那么大的面子！"乔燕听张健这么说，便不吭声了，瞧着河面，只觉得倒映在河水中的几颗星星在对她眨眼睛。

又过了很久，她突然又回过头看着张健的眼睛，道："没办法了，我和你商量一下，我想资助那个贫困学生完成高中甚至大学的学业……"话没说完，乔燕发现张健的两只眼睛瞪得圆圆的，也仿佛变成了两颗明亮的星星惊讶地望着她。乔燕知道他想什么，便打住了自己的话，可过了半天，只从张健嘴里吐出了"什么"两个字，便再没说出话来。乔燕见了，只对张健解释了一句："中午我在陈老师家里就说了，我是他们家的帮扶人！"说完也不再说什么，两个人只是四目相望，像是有些不认识了一样。几对牵着手的情侣从他们身边走过，以为他们吵了架，都一边走，一边不住地回过头朝他们投来诧异的目光。

这样过了十多分钟，乔燕终于像是忍不住了，才对张健说道："你都听见陈老师说了，我只是觉得这个学生太可惜了，一个重点大学的材料，一个国家栋梁，就因为老子不大成器，就因为家里穷，一辈子就这样完了……"说到这里，她的声音突然有些嘶哑和哽咽起来，立即将目光又移到江中摇晃的灯光上，平息着自己的情绪。张健仍然没有吭声，像是自己不存在了一样，但他的手仍紧紧抓着乔燕的手没有松开。乔燕没管他，过了一会儿，也没回头，目光仍看着水中的灯光，像是把自己满腔的情感都告诉江水似的，声音幽幽地继续说道："并且他才17岁，陈老师中午也说他身体不是很好，我在村里也听说他瘦得像是干柴……"她说得很慢，一边说一边看着张健，但张健还是没说话。乔燕停了一下，只得又自言自语继续说了下去，"虽说我们的工资也不是很高，可我们节约一点，每月省出几百块到千把块钱来，也是做得到的……"张健仍沉默。乔燕又说，"再说，他家脱不了贫，我这个第一书记……"说到这里回头见张健仍像哑巴一样，突然火了，一下从张健手中抽出手来，然后冲他大叫了一声，"行不行，你吭声气呀？"

张健一惊，仿佛从深思中回过了神，他朝乔燕匆匆瞥了一眼，没看见乔燕眼里已噙满了晶莹的泪花，突然从椅子上站起来，像有人追赶似的，迈开步子就朝前走了。乔燕一见，本想去赶他，却一时觉得身子很软，迈不动步，便坐在椅子上没动，看着张健很快便消失在人群中，眼泪这才"哗哗"地流下来。但她怕别人看见笑话，便从肩上取下挎包，从里面掏出一包纸巾，迅速地将脸上的泪水擦了。可刚擦完，眼泪又不争气地涌了出来，直到一包纸巾都擦光了，那眼泪才慢慢止住。

乔燕也不知在河边坐了多久，公园里游人渐渐稀少，最后只剩下很少几对情侣，趁着这人少的时候，躲在树下拥抱和接吻。河风吹在脸上和脖子上，也有些寒意了，乔燕这才起身，一个人往家里走去。一边走，一边想着张健刚才怒气冲冲、不辞而别的样子，心里不断问自己："他连招呼都不打一个就跑了，是什么意思？难道想和我分手，还是一时的赌气？如果真想和我一刀两断……"一想到这里，她心里忽然有些疼起来，觉得刚才提的问题确实有些唐突了！仔细想一想，他们都是参加工作不久的年轻人，没有任何积蓄，工资又不高，张健现在还在租房住，以后还得买房和供孩子读书，更重要的，张健的父母都是农村人，他是家里的独子，父母得靠他赡养，所有这些比山还大的压力，都压在他的肩上。自己竟然糊里糊涂地提出了资助贺峰读书的事，而且还说得颇为容易，什么每月省出几百块到千把块钱来，也是做得到的，真是不当家不知道柴米贵呀，如果自己换做张健，难道不会生气吗？这么一想，乔燕十分懊悔地拍了拍脑袋，不再生张健的气了。可是她马上又想起贺峰，如果没有人资助，他上学的事不但又会成为泡影，更要紧的是，他刚刚树立起来的对生活、对社会和人生的信心，将因为她的承诺无法实现而再次瓦解，这对一个才17岁的少年来说，将会是多大的打击呀！何况这也不符合她认准了的事一定要干到底的性格。她一边走，一边在心里打着架，最后决定放弃自己资助贺峰上学的想法，而回去和爷爷商量。她觉得，爷爷知道了自己的难处，一定会帮助自己。

这样想着，慢慢走到了自己住的小区，刚到自己单元的门洞前，突然从一棵银杏树下冲过来一个人，一把将她抱住了。乔燕吓了一跳，正想喊叫，却见是张健，便用双手撑开他，生气地道："你不是跑了吗，在这里干什么？"说着，鼻子一酸，眼泪突然掉了下来。张健一见，将乔燕抱得更紧了，十分内疚地道："对不起，我错了，我错了……我怕你生气，特地在这儿等你！"说完又连说了几个"对不起"，又掏出纸巾去给乔燕擦眼泪。

乔燕一边无声地流泪，一边也像道歉似的对张健说："刚才说的那事，就算我没说，行了吧……"乔燕还想对张健也说两句"对不起"的话，可张健却打断了她，看着她问："那贺峰……你不打算帮他了？"乔燕说："我回去找爷爷……"没等乔燕说完，张健又捂住了乔燕的嘴，然后说道："爷爷奶奶那几个保命钱，你也忍得下心让他们掏出来？"见乔燕的眼泪怎么也擦不干净，便不等她说话，接着说道，"资助的事我认了！"乔燕一听这话，突然抬起头，像是不相信地看着她。张健立即露出一副讨好的笑容，对乔燕说："谁叫我找了个第一书记做老婆呢?"接着又学起乔燕当初曾对他说过的一句话,"贺家湾村一天不脱贫,本姑娘就一天不嫁人!"之后还补了一句,"本公子可不想打一辈子光棍呢!"乔燕一听,一边流泪一边却"扑哧"笑出了声,然后举起两只小拳头,在张健肩上打了起来。打着打着,头却一下靠在了张健肩头,泪水流得更凶了。张健朝小区里看了一下,夜已经很深,小区静无一人,张健突然扳过乔燕的头,疯了般狂吻起来。

第二天上午,乔燕去婚纱影楼选择婚纱和打算拍摄的照片风格,还没进到影楼里面,只站在影楼外面的橱窗前,看见里面的婚纱样品和那些披着婚纱的新娘新郎照片,便不由得心旌摇动,那里面的女人是多么漂亮呀!怪不得人们都说,女人穿上婚纱那一刻,是最幸福、最美丽,也是最神圣的时候,也怪不得女人们在走进婚姻殿堂时,一定得披上婚纱,留下永恒的纪念。当芳华逝去,记忆也随着时间的流逝而模糊的时候,这美丽的婚纱照便是自己和自己的另一半满满的回忆!这才是新人们拍摄婚纱照的真正意义。这么想着,她脑海里又浮现出了昨天晚上张健抱着她热吻的情景,一种幸福和甜蜜的感觉不禁又油然而生,便大步走了进去。

在影楼里,她花了整整半天时间,才定下婚纱的款式和颜色,以及打算拍摄的几种照片风格。她选择得之认真,询问得之详细,都是过去生活和工作中没有过的,问得陪同她的影楼经理都有点不耐烦了。最后经理告诉她明天一早来影楼化妆,然后乘坐他们的摄影车到景区去。乔燕道:"还要化妆?"经理道:"这可不是一般的拍个照,一辈子就拍一次婚纱照,当然都希望这个照片能给你们留下永恒的纪念,为了使照片上的新娘更漂亮更光彩照人,每个来影楼拍婚纱照的,都在拍照前要化化妆!"又说,"如果到野外拍,化妆师还要跟着,好随时补妆呢!"

四

回到家里,乔燕对爷爷奶奶说了明天到龙潭风景区拍婚纱照的事。乔大年和乔奶奶都很高兴,乔大年说:"好哇好哇,我孙女到龙潭风景区去拍一个披婚纱的小龙女照片回来!"乔燕说:"我可不稀罕什么小龙女!"乔大年故意大惊小怪起来："你还不稀罕小龙女？你知道小龙女的故事吗？"乔燕这才来了兴趣："什么故事？"乔大年这时却故意卖起了关子："你不知道算了，爷爷以后讲给你听！"乔燕正想缠着爷爷讲，却听到奶奶在那边问："你结婚的事，告诉你妈了吗？"乔燕听了忙说："我妈是个大忙人，她怎么顾得上我结婚……"话还没完，乔奶奶立即说："说什么话！她再有什么大事，还能比得上你结婚的事大？快去给你妈打电话，不然我可不依你……"乔燕看见奶奶着急的样子，突然过去搂着奶奶，在她脸上亲了一口，说："奶奶，我和你说着玩的，我怎么不给妈打电话呢？我这就告诉她去！"说罢，果然走进自己的屋子里，给母亲打起电话来。

吴晓杰听完女儿的话，像是没想到似的，突然冒了一句："你都要结婚了？"乔燕觉得母亲这话非常好笑，便调皮地问了一句："妈，你知道我今年多大年纪了？"吴晓杰这才像猛然清醒过来，立即说："我怎么会不知道你的年龄？"可说完这话却又仿佛喃喃自语地说了一句，"在我心里，你还是个孩子呢……"乔燕听母亲这话似乎有些伤感，便立即说："我本来就是你的孩子嘛，难道我不是你的孩子了？"吴晓杰一听乔燕这话，一改过去干练的作风，半天没有答话。乔燕有些等不住了，便问："妈，你怎么不说话了？"又过了一会儿，才听见吴晓杰问："具体在哪一天办婚礼，定下来没有？"乔燕道："还没有！我们明天去龙潭风景区拍婚纱照，等拍完婚纱照回来后，我们再定日子！"吴晓杰这才变得干脆了起来："那好，把日子定下来后，就告诉妈，啊！"乔燕答应了一声，又和母亲说了几句闲话，才挂了电话。

第二天一早，乔燕和张健果然便往婚纱影楼去，为了赶时间，他们也没到店里吃早饭，只一人买了一根油条，一杯豆浆，边走边吃，走到婚纱影楼前，刚好也把油条和豆浆吃完了，两人掏出纸巾擦了擦嘴，便走了进去。

化妆师已经等着了，是个二十多岁的小女孩，一张十分好看的瓜子脸，两道又弯又长的眉毛，十指纤纤，指甲染成红色。她让乔燕面对一张大镜子坐下，把她额前的刘海用尖尖的食指撩到耳际后面，将乔燕一张鸭蛋形的脸完全露了出来，然后拿过一个十分精致的小瓶子，用食指挖出少量散发着香气的像是乳膏一类的东西，抹在乔燕脸上，又用手指将乳膏从脸颊向两边均匀地推开。接着，化妆师又拿过一只十分漂亮的盒子，打开，一股香气立即向乔燕扑来。只见女孩取过一支大号的化妆刷，从盒子里沾上厚厚的粉，轻轻打在乔燕的脸颊和发际处，然后沿着颧骨向上下一拉，拉出一条纵向的阴影，接着又换过一支小号粉刷，在粉盒里稍微点了一下，落在乔燕眉尾的地方，不断地在这儿那儿做一些修饰，镜子里那张脸上的棱角，便比过去分明多了，不但如此，还更玲珑精致。接下来，化妆师重点修饰了乔燕的眼部下方以及 T 字部位，一边修饰，一边对乔燕说这是化妆中必不可少的一道工序，眼部下方及 T 字部位修饰好了，才能让整个人看起来精神焕发，没有疲倦之感。修饰了好几次，化妆师才感到满意，接着化妆师便在乔燕颧骨最高的位置打上一种也像是膏状的腮红，又叠加涂上一种粉状的腮红，用粉刷仔细地将两种腮红向眉尾拉伸并轻轻地在乔燕脸上揉搓。慢慢地，镜子里乔燕那张脸，变得漂亮和甜美起来。

可就在这时，乔燕背包里的电话忽然尖锐地叫了起来，铃声把化妆师和乔燕都吓了一跳。化妆师急忙把挎包递给乔燕，乔燕掏出电话一看，见是贺端阳打来的，便对化妆师说了一句："我接个电话!"一边说一边便往外跑。化妆师一见，便在她后面喊道："快点，下面画眉毛线条和眼影是最复杂的!"乔燕头也没回，一边把电话贴到耳边一边回答："我马上来!"说完出去了。

没一时，乔燕便回来了，可那刚刚经过修饰的眉毛却像怕冷似的往眉心皱了拢来，脸上也明显地挂上了着急的神色，一进屋便对张健和化妆师说："对不起，我得立即赶回村上……"话还没完，众人都呆住了。在刚才化妆时，婚纱影楼的老板已经把他们那辆加长敞篷野外摄影车开到了影楼门口，摄影师和助理摄影师也来了。摄影师是一个蓄着披肩长发，留着小胡子，一副艺术家派头的中年男人，助理摄影师则是一个穿短裙的性感姑娘。此时都全在影楼里等着乔燕。一听说她要立即赶回村上，过了半响老板才问："出了什么事?"乔燕没理他，只看着一旁惊得目瞪口呆的张健解释道："村上贺书记通知我，市里规定，全市所有贫困户的信息，必须在国庆之前，录入到省上的系统里! 村上干部都不会使用电脑，更不会使用这个系统，而且全省只有一个网站，叫我立即回去，乡上扶贫办的马主任已经在村上等着了……"张健没等乔燕说完，回过了神，马上道："婚纱照不拍了?"乔燕一边去拿椅子上的背包，一边对张健说："等我录完信息回来再说吧!"一边说，一边便匆匆忙忙地往外走。影楼老板急了，在后面叫道："姑娘，妆都化得差不多了，我车子也开来了，摄影师也请了，损失怎么办?"乔燕听了这话，才回头说了一声："老板，他还在那儿，不会亏待你的!"说完便匆匆跑了。那张健过了半天才回过神，又追了出去，对乔燕喊道："你算算还有多少时间?"乔燕像是没有听见，招手拦住了一辆出租车，在司机打开车门，她往车里钻的时候，才对张健叫喊着说："村上贺书记说是很急，我录完信息就马上回来！"说完钻进车里，司机一踩油门，车子便往前开去了。

可乔燕一走，就像是泥牛入海，一连三天都没给张健打电话，张健给乔燕打电话，乔燕的手机又关了机。离国庆婚期还只有几天了，张健着急了，别说婚纱照，就是一些准备工作也来不及了。更使张健不放心的是，他联系不上乔燕，不知她出了什么事情。这在他们两个人的交往史上，从没发生过这样失联的事。这几天，他的左眼皮一直"突突突"地跳，他记得小时候父母曾经说过，左眼跳灾，右眼跳财，都是不好的兆头，因此眼皮越跳，他越不放心。这天，他终于向领导请了半天假，骑上摩托，急匆匆地赶到贺家湾来了。

这是张健第一次到贺家湾，一边走，一边问，终于到了村委会办公室。村委会办公室静悄悄的，大门却是虚掩着，等张健推开办公室大门一看，一下惊住了。只见乔燕伏在电脑前面的桌子上，歪着头睡着了，桌上的电脑还开着，不断闪着蓝光。旁边还有几个人，有的和乔燕一样，东倒西歪地趴在办公桌上，有的干脆就坐在椅子上，仰着头，张着大嘴，也睡着了，从嘴角不断往下巴流着一丝涎水，睡相十分难看。

张健看了一会儿，见乔燕还穿着那天到婚纱影楼化妆时的中蓝色牛仔长袖小外套，急忙脱下自己的风衣，走过去轻轻给她披上。张健觉得自己的动作很轻，没想到乔燕却突然惊醒过来，睁开眼睛后，像是要赶走什么似的，重重地拍打了一下脑袋，嘴里说道："我怎么睡着了？"一边说，一边又去抓桌上的鼠标。一低头，猛地看见了身上的衣服，回头一看，这才看见了站在身后的张健。顿时，乔燕瞪大了眼睛，从椅子上往上一站，脚在下面打了一个趔趄，差点又坐了下去，幸好手撑在了桌子上，嘴里道："你怎么来了？"张健的目光紧紧落在乔燕两只充血的眼睛上，嘴唇哆嗦着想说什么却没发出声音。两个人就这样怔怔地看着，半响，张健忽然紧紧地将乔燕抱住，声音颤抖地道："你、你们怎么这样了……"乔燕急忙"嘘"了一声，用手指了指那些趴在桌子上和坐在椅子里的村干部，低声道："轻点，他们也一样熬了几个通宵了……"可话音未落，那几个人也醒来了，一见张健，都红着眼睛望着乔燕。乔燕急忙从张健怀里挣脱出来，理了理耳边蓬乱的头发，对他们说道："这就是我男朋友张健！"说罢把贺端阳、贺文、贺通良、郑全智、张芳等几个村干部给张健也介绍了，最后剩下一个年轻人，乔燕对张健说他叫贺波，是贺支书的儿子，这几天全靠他帮了自己大忙。几个人都过来和张健握了手，贺端阳在和张健握手的时候，像是自己做错了事一样，对张健道："张同志，实在对不起，都怪我们这些土包子墨水喝少了，不会使用什么系统、网络这些洋玩意儿，才把乔书记累得这样子的！"那几位村干部听了这话，也都愧疚地说："就是，就是！"一边说，一边互相使眼色，都退出去。张芳走在最后，出去时还把办公室的门给拉上了。

众人一走，乔燕便像一个受了委屈的小孩似的，突然伏在张健怀里，眼角沁出了晶莹的泪花，张健又心疼地捧起乔燕的脸，轻轻地擦去了她脸上的泪水，这才又问："你们这究竟是怎么回事？"乔燕停了一会儿，这才告诉张健：原来全市所有村这几天都在往省上的系统里录贫困户资料，赶着要在国庆节前录完，而一个贫困户的信息，就有几十条之多，大家都进一个网站，都去点击，就像成百成千的人，都同时争着往一个小门里挤一样，有些时候录一条信息，就要一个多小时，眼看着就要录完了，一点击保存，电脑屏幕上却现出"保存失败"的字样，气得人恨不得把电脑抱出去砸了！原来挤的人太多，服务器罢工了。没办法，白天根本录不进去，晚上还稍微好一些，她便只有在晚上录，村干部见她连夜加班，过意不去，便也来陪着她，陪着她熬夜。后来她让贺端阳把贺波叫了来，贺波懂电脑，却不懂贫困户的软件资料，更不懂得这个录入的系统，录的质量很差，但好歹给她把那个坑占住了，后期她修改起来至少有了基础数据。

张健听完，急忙心疼地问："你有几个晚上没睡觉了？"乔燕道："我没睡觉不要紧，你帮我去给村上几位干部道个歉，他们陪着我熬夜，我录不进去信息，心里烦躁，他们一会儿给我递水，一会儿又泡了方便面给我吃，我却把他们的好心当成了驴心肝，甚至把他们递来的水给甩到了地上，还冲他们发火，对不起他们……"张健一听这话，眼眶突然湿润了，又将乔燕抱到怀里，抚摸着她的头发说："对不起，我不知道是这样，你受苦了！"又道，"打你电话也不通，我还以为你出什么事了！"乔燕道："我把电话关了机，免得有人打扰我！"又对张健说，"我恐怕没时间拍婚纱照了，你会不会生气？"张健想了想，道："都这几天时间了，还说什么婚纱照？看见你没有什么事，我心里一下就踏实了！"怕乔燕不相信似的，又说了一句，"有没有婚纱照，你在我心中都是一样的！"乔燕不想让张健失望，便说："你放心，等今后空了，我一定去补几张婚纱照回来！你不要，我还想要呢！刚才迷糊时，我还梦见正披着婚纱拍照片呢……"说到这儿，她的脸立即泛上一层红晕，比那天化妆师往她脸上抹的腮红还要容光焕发！

第十一章

一

乔燕还不知道，往省上系统里录入贫困户的信息，只是她整个扶贫过程中软件资料建设迈出的第一步。后来贫困户软件资料之多，手续之繁复，牵涉部门之广，以及付出的艰辛和努力，都远远超出了她的想象，使她大部分时间都陷在了做这些软件资料上。有时一套资料刚按照 A 部门的要求做好，B 部门却马上又来一个文件，说按 A 部门做的资料不全面，得重新做，然而再过两天，C 部门又来了一个文件，又得将所有的资料按 C 部门的口径重新做。乔燕算了一下，她一个小小的第一书记，直接管她的上级部门有十多个，县上有组织部、直工委、扶贫局、发改委、农业、水利、林业、国土、教育、卫生等部门。因为这些部门各有各的扶贫任务，而他们的工作和成绩，最终都得靠他们这些第一书记们从软件资料上给反映出来，甚至连银行的金融扶贫、小额贷款都是这样。以至于经常有些小道消息传来，说××村打印贫困户资料，已经打坏了几台打印机；××村光往贫困户资料上盖章，就盖坏了几个公章；××村打印贫困户资料用的纸，就码了几人高，甚至还传出了第一书记累昏在做资料的现场。乔燕一着急，虽然没有累昏，但烦琐和重复做的资料，使她觉得他们这些第一书记们下来，说起来是扶贫，实际就是来给这些部门填各种各样表格和制造五花八门的资料的。她弄不明白上级为什么会弄出这么多形式主义的资料来？为什么不能让他们少填些表格，多抽出些时间到田间地头去帮贫困户做些实实在在的工作？

有一次，她斗胆给县扶贫移民局张局长打了一个电话，对他说了心中的苦恼和疑惑。大约因为她母亲的关系，张局长对她十分客气，笑着说："小乔，实在没办法，我也是在执行你妈妈的指示呀！当然，你妈妈也是在执行上面的指示，是不是？"不等乔燕答话，又马上在电话里给乔燕上起政治课来，"不过，小乔，这轮精准扶贫可是前无古人的事业，没有现成的经验，上面也是在摸着石头过河，所以这个政策有个不断完善的过程，希望你们能充分理解！"乔燕听了这话，觉得也有道理，世界上没有一蹴而就的事情，加上这其中又牵涉自己的母亲，她还有什么说的呢？不过这个"不断完善的过程"却苦了他们这些在基层工作的人。

却说乔燕往省上系统里录入贫困户信息的工作，终于赶在国庆前三天完成了。当她在电脑里录完最后一个数字，点击"保存"成功后，从胸腔里长长地呼出了一口气，然后什么也没说，站起来扶着楼梯栏杆，趔趔趄趄地走到楼上自己房里，连衣服也没脱，倒头便睡。这一觉好睡，仿佛死去一般，从凌晨直睡到天黑，连身也没翻一个。要不是贺小婷在外面打门，她还不知要睡到什么时候。惊醒后，她一个鲤鱼打挺地从床上坐起来，一看外面，天已黑尽，屋子里更是黑魆魆一片，她急忙拉开灯，这才过去拉开了门。

小姑娘手里提了一只饭盒，进来道："我敲了好久的门，以为你出了什么事，再敲不开，我就要回去喊人了！"一边说，一边把饭盒放到桌子上，又道，"刚才张芳婶婶送饭来，敲了半天门没敲开，便把饭盒给我了，说等我来睡觉时，让我顺便给你送来！你吃饭吧，姑！"原来从开始往系统里录入信息起，贺端阳便让张芳负责乔燕的一日三餐，张芳每次做好饭后，用一只不锈钢的保温饭盒给乔燕送来。

一听小姑娘的话，乔燕肚子里便传出一阵"咕咕"的响声，就胡乱地去洗了洗脸，捧起饭盒便吃了起来。吃完饭，还像没睡醒似的，脱了衣服，和小姑娘往床上一躺，头一挨枕又睡过去了。

第二天一早醒来，乔燕才觉得精气神又重新回到了身上，这才去精心梳洗了一番，换了衣服，又给张芳打了一个电话，告诉她自己要回城去，早饭就不用送来了。说完话，收拾东西正要下楼，贺波却来了，见乔燕要走的样子，便笑嘻嘻地对她问："姐，你这就要走呀？"乔燕见贺波目不转睛地看着她，便道："这么早，你有什么事？"贺波道："姐，你忘了对我说过的话？国庆节，不是你要办喜事吗？我还等着你请我呢！"说着，红着脸将手从背后拿过来，将一个精致的小礼盒递到乔燕面前，道，"姐，我也没什么东西送你，这个小礼物，送你做个纪念吧!"乔燕方才想起曾告诉过贺波自己国庆结婚的消息,急忙问道:"什么礼物呀?"贺波便将盒盖打开,乔燕一看,原来是一条四叶草的奢华镶钻项链,旁边还有一张小纸条,写着:"祝姐永远如星星般闪耀动人!"下面署名"贺波"。乔燕一见,心里不由得涌上一股温暖的感觉,便轻轻地将项链提起来,凑到眼前仔细看了看,凭着她的判断,项链是纯银制成的,上面镶嵌着多颗水钻,银辉闪闪,怪不得贺波在纸上要写那么一句话。看了一阵,她又把项链小心地装进盒子里,这才对贺波说:"你怎么买这么贵的东西?"贺波仍红着脸,显得不好意思似的,道:"我也不知道买什么好?在网上搜了半天,才决定买的……"乔燕没等他说完,便道:"我可不能收你的礼物……"贺波一听急了,立即道:"姐,你看不起我呀?这可是我用自己当兵的钱买的……"乔燕说:"我怎么会看不起你?实话告诉你吧,我们把婚期推迟了……"贺波一听,露出了一丝不解和紧张的样子,道:"怎么推迟了?"乔燕道:"来不及了!"说完便把拍婚纱照的事告诉了贺波。贺波信以为真,便道:"原来是这样!那姐还是把我这点小心意先收下吧,反正迟早喜事都要办的……"乔燕又打断了他的话,说:"这礼我先不忙收,等到时候再说吧!这项链很漂亮,郑琳一定会非常喜欢,你还是给郑琳留着吧!"说着,见贺波又想答话,又马上问,"你现在和郑琳谈得怎么样了?"贺波显出了一丝扭捏的样子,道:"她爸爸农历十月初十六十大寿,她父母说,等郑琳回来给她爸爸办生,我们就顺便订婚呢!"乔燕一听便高兴起来,道:"那好哇,这项链正好做订婚礼物呢!"贺波还有些犹豫,乔燕又紧接着道:"你放心,姐结婚时一定告诉你,你再送礼物不迟,啊!"又问,"我原来说国庆结婚的事,你没告诉别人吧?"贺波道:"没有。"乔燕道:"没有便好,姐谢谢你的好意了,我也祝愿你和郑琳早日结成良缘!"乔燕又问了他鸡的生长情况,贺波高兴地回答说:"很好,才半个多月时间,每只都长到一斤多重了!"一听这话,乔燕也高兴了,便说:"太好了,等过了这段时间,我再上山来看看!"说完又劝贺波把礼物拿回去给郑琳留着,贺波迟疑了半天,终于回去了。

二

　　乔燕一回到城里，便和张健商量起结婚的事来，因为婚纱照的耽误，他们一直没把举行婚礼的具体日期定下来，现在才去请主持婚礼的婚庆策划公司和定酒店，没想到年轻人都扎堆地在国庆期间举办婚礼，县城几家婚庆策划公司，早把日子排满了，稍好一点的酒店也一样，半个多月前就被人预定了。张健想了半天，突然道："既然这样，我们干脆什么婚礼都不举行了，国庆不是有好几天假期吗，我们旅游结婚，既游览了大好河山，又办了喜事！"乔燕一听这话，高兴起来，便道："那好呀，我也正好换换心情，你说到哪儿？"张健道："我们要去就去国内最美的地方，要么云南丽江，要么广西桂林，要么海南三亚……"张健还要说，乔燕道："行，是我耽误了照婚纱照，我都听你的，你快去旅行社联系，看他们什么时候有发这些地方的旅行团？"张健果然乐颠颠地去了。可没过多久，却垂头丧气地回来，对乔燕说："不但发往这些地方的团人家早就组好了，就是一般的景区，也没有了！"乔燕一听，有些着急起来，道："那怎么办？"过了半晌，张健突然叫起来，道："有了！我们为什么一定要在城里办婚礼？我爸妈只有我一个儿子，家里七姑八姨又多，他们老早就希望能在老家为我们举办婚礼，只是考虑到我们城里同学、朋友、同事吃不惯农村的九大碗，才同意我们在城里办的。现在我们既然也没有拍上婚纱照，也没有请上婚庆公司和定上酒店，不如干脆回老家简单举行一个婚礼，也不通知我们的同学、同事和朋友，过了买点喜糖或再请他们吃顿饭就是了，你看怎么样？"乔燕心头一亮，也高兴了，便道："为什么不行呢？正合我的意思，这样既简单，事也办了，爸妈也觉得给了他们面子，还会节约很多钱！再说，这只不过是一个仪式，只要两个人相亲相爱，在哪儿办不一样？"张健见乔燕同意了，欢喜得手舞足蹈，便马上打电话，如此这般给父母交代了一番。

　　没想到张健的父亲张天锡接到电话，便约了张健的姐姐张芬连夜赶到城里来了。张天锡还不到六十岁，身体硬朗，头发白了一半，一张方脸膛，两道眉毛又浓又黑，和张健的相貌一模一样，只不过腿和手上的骨骼比张健大得多。张芬三十出头，却很秀气，一张鸭梨似的脸，十分白净，眼睛不大，但很明媚，眉毛又弯又长，眉尾微微上翘，给人一种和蔼可亲和热情爽快的印象。张健曾经给乔燕说过，他像他爸，姐像他妈，乔燕随张健到乡下去看过他爸妈多次，见他姐弟的长相确实是这样。

张健见爸和姐来了，急忙给乔燕打电话，没一时乔燕便赶了过来，看见张健的爸和姐，便道："爸，姐，你们这么晚了还来干什么？"张健的爸看着乔燕，只是咧着嘴笑，没顾得上答话，张芬却过来一把将乔燕拉到了自己身边坐下，才道："爸妈听说你们要把婚事放到老家办，欢喜得什么似的，便叫了我来，要和你们商量究竟怎么办？商量清楚了，明天我们回去就抓紧准备！"

乔燕听说是这事，十分感动，便道："具体怎么办，我们也不知道，反正简单一点就是……"乔燕话音还没落，张芬便道："爸就是听张健在电话里说了要简单一点的话，才不放心，硬要来城里当面和你们商量呢！"张健听了，便问父亲："爸，你们有什么不放心的？"张健的爸沉默了半晌，这才瓮声瓮气地道："既然要在家里办，就得入乡随俗，别人怎么办的，我们就怎么办。太简单了，你丢得起面子，老子还丢不起那个人呢！"张健忙问："爸，那你说说具体怎么办？"张天锡道："让你姐姐给你们说！"张芬便道："你们不知道，上个月村里张绍福大爷的儿子张述文结婚，从村口到他们家里，一共竖了二十道拱门……"听到这里，乔燕忙问："什么拱门？"张芬道："拱门你都不知道？就是你们城里搞什么庆祝活动，竖的那种用鼓风机往里面吹气，两边有柱子，中间像是塑料彩虹的东西……"乔燕一下明白了，急忙又问："竖那么多拱门做什么？"张芬道："热闹呀！喜庆呀！再说，农村现在时兴，他们家有那么多亲戚，七大姑、八大姨，一家送一个两个，拱门上拉着横幅，上面写着：'恭祝张述文、王兰喜结良缘'的字，条幅下面就是七大姑、八大姨的名字，你不让他们送，他们还觉得你没给他们面子……"乔燕又忙问："哪儿来的那么多拱门？买的……"张芬又忙说："都是到城里租的，一个拱门一天一百五十元，损坏了要照价赔偿！"又接着说，"除了拱门，还有鞭炮，那天从绍福大爷的家门口一直往外，鞭炮摆了有两百多米长，隔一段距离又摆了一颗又大又笨重的烟花爆竹！我给你们说，那天光鞭炮都响了大半天呢……"

乔燕听到这里，忙问："姐，他们为什么要这样做？"张芬道："为什么要这样做，我也说不清楚，不过大家都兴起了！再说，农村现在男多女少，找个媳妇不容易，所以才尽量热闹一些嘛！"然后对张健和乔燕说，"张述文只在外面打点小工，人家办喜事都能竖起二十道拱门，我们家的亲戚比他们家还多，何况你们又都在城里工作。小时候，大舅、二舅、三舅、大姨、二姨、小姨待张健那么好，读书也没少帮你，现在你们办喜事，他们每人就是给你送个一千两千的，可揣在口袋里谁看得见？他们要的还不是一个面子！所以我们在家里就计算好了，大舅、二舅、三舅和大姨、二姨、小姨每家给你们竖三个拱门，表哥、表姐们每个给你们竖两个，就是二十个，姐这辈子，就娶一次弟媳妇，就是倾家荡产，也要挣这个面子，姐一个人，给你竖十个！张述文家的鞭炮摆了两百米长，我们家至少摆半里路长，他们家的烟花爆竹放了一百个，我们家少说也要放一百五十个……"

乔燕还没听完，就像是被吓住了一般，怔怔地望着张芬，半天说不出话来，拿眼去看张健，却见张健也正看着她，同样像是呆了似的。张芬一看，以为他们是舍不得花钱，便又对乔燕道："你们放心，爸说了，他和妈这辈子能娶上你这样的儿媳妇，是祖上在保佑我们一家，他们就是砸锅卖铁，也要给你们把婚事办好，不要你们花一分钱……"一听这话，乔燕回过了神，立即对张健的父亲和姐说道："爸，姐，你们真要这样，这婚，我们不敢结了……"话还没说完，张天锡和张芬马上瞪大了眼睛，吃惊地看着她问道："为什么不敢结了？"乔燕顿了一下，才认真地说道："爸，姐，你们真这样办，不是在为我们办喜事，而是在推我们下火坑……"一语未了，张芬便道："你怎么把爸妈的一片心说成是害你们？"乔燕见张芬生了气，便道："姐，你听我说，绍福大爷家可以这样办，可我们不能！我和张健都是国家干部，公务员，国家有八项规定，我们这样办了就会犯错误……"

话还没说完，张芬便道："你可别骗我，我知道上面有这样的规定，可人家指的是领导干部，你们算什么领导？"乔燕没想到张芬还知道这些，一时被问住了，过了一会儿，脑筋突然一下转过了弯来，便对张健的父亲和姐吓唬道："爸、姐，你们还不知道，我只在这里悄悄给你们说，组织上正在考察张健，马上就要提拔他了，你们在这样关键的时候如此大操大办他的婚事，不正是害了他吗？"一听这话，张天锡和张芬马上瞪大了眼睛盯着张健，张健却看着乔燕，半晌没说出话来。张芬见了，又忙过去拉住了张健的手问："弟娃，真的吗，组织上要提你当什么官？"张健的脸突然红了，嚅了嚅嘴唇，看着乔燕不知说什么。乔燕忙道："可不是真的，治安支队副队长，前天他们局长才找他谈过话呢，这个时候，哪怕就是芝麻那样大的错，也是不能出的！"一边说，一边给张健眨眼睛。张芬听了乔燕的话，又追着张健问："是不是这样，弟娃？"张健见乔燕给他眨眼，过了一会儿才道："姐，这是秘密，你们千万不要出去讲！还有，乔燕说得对，你们也一定不能摆那样的排场，这事要是领导知道了，我就没希望了！"

张天锡和张芬互相看看，都愣住了。乔燕又乘势诚恳地说："还有，爸、姐，我虽然只是一个小小的第一书记，但大小也是领导，组织也在考验我，稍一不慎，也会给我带来不好的影响。更重要的，我妈是市扶贫移民局局长，知道的，是你们要那么办，不知道的，还以为是我妈在为女儿大操大办！所以我刚才说，你们真要那么办，这婚我们都不敢结了！"一听这话，两人更表现出了茫然无措的神色。过了半天，张芬才看着张天锡问："爸，你看怎么办？"张天锡闷头想了半天，像是没有想出好的主意来，便抬起头看着张健问："那你们说怎么办？"张健说："你们听乔燕的！"张天锡把目光投到乔燕身上，乔燕便道："爸、姐，我知道我们家亲戚多，你们把七姑八姨和村里的老辈子都请来，也不收他们的礼，我们招待他们一顿就是，你们看行不行？"张天锡和张芬听了乔燕这话，又互相看了一眼，过了一会儿，张芬才说："这样也太简单了一点，哪有办喜事的样子？"乔燕马上道："姐，有没有办喜事的样子，不在形式上！姐刚才说要为我们竖十个拱门，你要真有这个意，你隔爸妈近，不如帮我们多照看一下爸和妈，我和张健会永远记住姐的情！"张芬一听这话，便道："你说得也有道理，竖再多的拱门也只当时热闹一下，过了就过了！不过只是吃顿饭，加上这年月，年轻人都出去了，连个洞房也闹不起来，真的太冷清了一点！要不，我们把二大娘请来，按老规矩给你放放子孙桶，铺铺床，撒撒帐，煮两个红蛋，说点四言八句的吉利话，也增加点喜庆气氛，你看怎么样？"乔燕一听脸就红了，便道："姐，你知道的，我一点不知道这些，到时出了洋相怎么办？"张芬大包大揽地道："怕什么，有我呢！到时候你跟着我，我叫你怎么做就怎么做就是！"乔燕放心了，立即道："行，姐，我听你的！"张芬不再说什么了，却看着父亲问："爸，你看怎么样？"张天锡老半天才有点愤愤不平地说："政府不允许办，我能有什么办法？政府现在什么都好，就是办个酒席也要管，这点不好！庄稼人一辈子娶个儿媳妇都不能大办一下，脸上还有什么面子？"

乔燕听老人这么说，便过去拉着他的手，附在他耳边轻声说："爸，等你儿子当了官，湾里的人一个个都会称你张老太爷，你的面子就会比三张纸画个人脑壳还要大！"一句话说得张天锡忍不住咧开大嘴，一边"嘿嘿"地笑，一边说："当他妈个啄木倌（啄木鸟）！"乔燕不知道"啄木倌"是什么意思，想问张健的爸，但一看夜已经这么深了，便忍住没问，只对张健说："这么大一晚上了，爸也累了，你们睡吧。姐到我们家里，和我一起睡！"说完便带着张芬走了。

回到家里，乔燕想给母亲打个电话，可一看时间，知道母亲早该睡了，便不忍打扰她。第二天早上张芬走了以后，她才打电话告诉了母亲她国庆节这天办婚礼的事。吴晓杰听完，便问她为什么要跑到乡下去举行婚礼。乔燕这才把因为录入贫困户信息资料，如何耽误了拍婚纱照，又如何没有订到筵席和请到婚庆公司等事，对母亲说了一遍。吴晓杰听了乔燕的话，半天没吭声，过了一会儿，像是声音有些沙哑地说："那好吧，30 号下午市上还有一个会，散会后我就赶回来！"说完，乔燕以为母亲就要挂电话了，可是却没有，电话里响着"沙沙"的电流声，似乎在等着乔燕说话或自己准备还说点什么，可是不知怎么回事，两人都没有再说话。

三

9 月 30 日晚上将近 9 点钟的时候，吴晓杰果然从市上回来了。这是个四十七八岁的中年妇女，个子不太高，不但身材瘦削，连面庞也有些清瘦，眼窝周围带着一圈暗黑的、疲惫的颜色。似乎有意遮掩自己的倦容，她将头发盘了起来，露着高高的、白皙的额头，给人一种干练和强劲的感觉。她上身穿了一件深灰色的低领衬衫，外面罩了一件米色外套，洁白的脖子上挂了一条蓝宝石坠子的项链，下面是一条深蓝色长裤。她的身后跟着一个三十来岁的司机，手里抱着一只纸箱子，也不知里面装的什么，看样子并不重。司机把箱子放到茶几上后，吴晓杰对他低声说了两句什么，他便出去了。这时，吴晓杰才有些疲倦地在沙发上坐了下来，目光从乔大年、乔奶奶和乔燕身上掠了一遍，突然露出洁白整齐的牙齿笑了一笑。只有当她脸上露出这副灿烂的笑容的时候，才看得出她不仅漂亮，还有几分可爱。

乔奶奶看见儿媳妇这么晚才赶回来，忙问："你还没吃饭吧？我去给你做！"吴晓杰忙说："妈，我早吃过了，只想休息休息！"乔燕很少看见母亲笑，刚才见她笑得那么开心，便问："妈，你刚才笑什么？"吴晓杰道："终于可以和女儿在一起说说话了，你说我不该笑吗？"乔燕听了，心里突然有扑过去撒撒娇的想法。这时，却听得吴晓杰提高声音对她说："过来，挨到我坐！"乔燕听了这话，不自觉地收起了刚刚那一点冲动，乖乖地走过去，挨在母亲身边坐下。

刚坐下，吴晓杰便伸过一只手，把乔燕揽到了怀里，并轻轻地在她身上摩挲起来，也没说话。乔燕心里却一阵一阵地涌起一种被温暖的湖水包裹了的感觉。她闻到了母亲身上散发出来的一股淡淡的香味，这味道不知是从母亲衣服上发出的，还是头上洗发水的香味。总之长这么大，她很少有机会闻到母亲身上这种气味，现在只觉得十分香甜和亲切。她把身子靠在母亲身上没有动，母女俩都仿佛雕塑一般，又似乎在无声地交流着一种只有亲人间才能听懂和理解的暗语。这样过了很久，吴晓杰忽然停止了对女儿的摩挲，问她："准备得怎么样了？"乔燕知道母亲问的什么，便抬起头对吴晓杰说道："有什么准备的？张健找了一辆车，明天一早，到门口来接我们就是！"吴晓杰听了这话，突然松开了乔燕，对她说："你看看，这是什么？"说着，拉过茶几上的纸箱，撕开上面的封带，像变戏法似的，从里面取出一件洁白的婚纱来。

乔燕惊得从沙发上跳了起来，像是不敢相信地"哇"了一声，这才道："妈，你是借的还是租的？"吴晓杰说："借什么，妈特地给你买的……"乔燕眼睛便瞪得铜铃似的，盯着吴晓杰问："买的……"吴晓杰说："妈一辈子都没有奢侈过，这次就为你奢侈一回！那天你给我打电话，说没有拍上婚纱照，也没找到婚庆公司，我一想，不拍就不拍吧，那些婚纱不知被多少新娘穿过，不如妈单独给你买一件，明天穿了，还能成为一辈子的纪念品。你觉得妈的想法怎么样？"说完，并不等乔燕回答，又说，"这婚纱是我专门托市上一家婚纱店，找厂家连夜按着你的身材尺寸定做的，你快去穿上试试合身不合身？"乔燕听母亲这么说，不由得又露出了几分怀疑的神色，说道："妈，你怎么知道我的身高体重是多少？"吴晓杰说道："废话！我都不知道，还有谁知道？你以为妈是一个马大哈吗，连女儿的身高体重都不知道了?"乔燕这才不吭声了,果然捧了婚纱进屋去。

乔燕今天穿的是一条单肩的浅橙色新潮连衣裙,面料很薄,十分性感,胸前打着蝴蝶结,腰上还有一根可以收放的腰带。这条裙子是张健不久前给她买的,可是到了贺家湾,她没勇气穿,只有回到县城里时,她才偶尔穿一下。她走到自己屋子里,脱下裙子,里面还有一件粉色的真丝内衣,像水面般光滑、柔软,恰到好处地衬托出富有弹性、温暖而撩人的凸凹有致的身子。仿佛有什么东西像一股细小的电流一样爬过了全身,她端详了自己的身子一会儿,这才将婚纱穿上,用手提着拖到地板上的下摆,款款地走了出去。

来到客厅里,屋子里顿时一亮,身着洁白婚纱的姑娘在头顶璀璨灯光的照耀下,显得那么美丽、高贵和圣洁,就连平时一向不喜欢开玩笑的乔奶奶,也忍不住对乔燕说了一句:"我孙女真像天仙下凡了!"乔大年也说:"我说叫你去拍一个小龙女的照片回来,你还不相信?"

乔燕被爷爷奶奶说得红了脸,正想对他们说点什么,这时吴晓杰走了过来,围着乔燕身子前后左右地看了看,不时又用手帮女儿捋捋领口、腰身,最后她眼睛落在女儿胸前。这是一件抹胸式婚纱,说实话,乔燕的胸部并不像别的女孩子那样发达,但这款很能凸显女性魅力的经典款式的婚纱,却透露出了女儿的性感,使她身上的女人味儿倍增。

吴晓杰满意地笑了,又拉起女儿的手,回到沙发上坐下,又拿过放到茶几上自己那只紫灰色金属铆钉饰边的大皮包,拉开拉链,从里面取出了一只蓝色的小礼盒。她将礼盒打开,呈现在乔燕眼前的,竟是一条"蒂芙尼"牌心形吊坠银珠项链。吴晓杰双手从盒子里取出项链,抖开,对乔燕说:"这是你爸爸给你买的礼物,他说国庆期间单位有重要任务,不能回来,特地托我把礼物带给你!把头低一点,我给你戴上!"乔燕听说,像孩子一样乖乖地将头向母亲俯了过来,让吴晓杰将项链戴在了她的脖子上。戴好后,吴晓杰又偏着头看了半晌,才笑着说:"你爸的眼力不错,这条项链闪出的银色光辉,使你锁骨看起来也不那么突出了!"乔燕朝脖子上的项链看了看,突然用手握住了那块心形吊坠,猛地站起来,用手掩住颤抖的嘴唇,泪眼蒙眬地跑进自己屋子去了。

第二天早晨,乔燕起得很早,出来一看,母亲、爷爷和奶奶早就起床了,客厅里的气氛好像和平时有些不一样。吴晓杰今天穿了一件粉红色的锦缎旗袍,色彩艳丽,质地光滑。她的身材偏瘦,旗袍穿在她身上,把她身上那些优美线条都给展露了出来，顿时给人一种婀娜多姿的感觉，倒比昨天那身职业装美了许多。头发也没像昨天那样盘在脑后，而是梳成了一个中长的直发造型，将两侧的发丝梳到耳后，倾斜的刘海盖住了部分光洁的额头，虽然仍是干练自信的样子，却又多了几分温婉的感觉。她坐在沙发上，目光盯着对面墙壁似乎在想着什么。奶奶在厨房里做饭，爷爷在屋子里不断走动，仿佛心里很烦乱似的。

乔燕便问乔老爷子："爷爷，你怎么没出去锻炼身体？"乔大年猛地停住了脚步，回头对乔燕说："我孙女今天就要离开爷爷了，我还有心思去锻炼身体？"乔燕听了这话，突然"扑哧"一笑，说："爷爷，我怎么会离开你呀？即使结了婚，这里还是我的家呀！"可乔大年却说："那可不一样，不一样！"接着又突然看着乔燕问，"你说爷爷今天穿什么好？"乔燕说："爷爷，你平常穿的什么衣服，今天也穿什么衣服呀……"话还没说完，乔大年立即说："那可不行，今天我送孙女出嫁，可不能随便穿衣服……"乔燕一听这话，心头一热，眼泪直往上涌，正想说话，忽听得母亲又对她说道："快去洗了脸来，妈给你梳头……"乔燕一惊，像是听错了似的猛地又回头看着吴晓杰，半晌才说："妈……"吴晓杰没等她说什么，又说："你怕妈给你梳不好？"乔燕听母亲这么说，急忙说："不是的，妈……"吴晓杰还是没等乔燕话说完，便又催促道："既然不是，还不快去洗漱了来？"

乔燕只得去洗漱了，出来端了一只小塑料方凳，在吴晓杰面前乖乖地坐下了。一看，母亲早把一只牛角梳子放在她身边沙发上。她等乔燕坐好后，先取下了女儿头上的发箍，再解开后面的皮筋，乔燕一头美丽的秀发便披散下来。这头浓密乌黑的头发就仿佛一道瀑布，有了这头秀发的衬托，她那张有些清瘦的面孔便立即变得生动了起来。吴晓杰拿起梳子，开始给女儿梳头。乔燕的头发在她手里，柔软得像是丝绸，乌黑得仿佛染过墨汁，又油亮得又像刚刚打过蜡。她先梳理左边，当她用手握住女儿的半边头发时，头皮上现出一道白虹似的发际线，从前额一直延伸到后脑勺。顺着这道发际线的中缝看下去，是乔燕白皙光亮的脖子。再往两边看，女儿一只耳尖被披散的头发遮住了，另一只耳尖不但有些苍白，还显得很薄。吴晓杰听人说过，耳尖薄的女人命一般都不好，乔燕的命难道会不好吗？一想到这里，吴晓杰拿梳子的手不由得哆嗦了一下，然后停住了，眼睛呆呆地看着女儿的头顶，似乎忘记了要做什么。过了片刻，两行热泪忽然冲出了眼眶。她没去擦，像是没感觉到。

乔燕感觉到母亲没动静了，扭过头一看，却看见了吴晓杰脸上的泪水，心里一惊，忙问："妈，你这是怎么了？"吴晓杰哆嗦了一下，回过了神，立即破涕为笑，说："没什么，想起了你小时候……"乔燕没等她说完，又追问了下去："妈，你想起了我小时候的什么？"吴晓杰说："想起你小时候，尽是奶奶给你梳头，妈给你梳头的次数，少得可怜！"停了一会儿才又幽幽地问，"妈不是个好母亲，欠你的太多，你该不会生妈的气吧？"一听这话，乔燕实在忍不住了，突然，眼泪涌出了眼眶。她正想反过身去抱住母亲，可吴晓杰却用力把她按住了，一边流着泪一边说："别动，别动，让妈好好给你梳一梳！"说罢又梳了起来，眼泪却"吧嗒吧嗒"地掉在了乔燕的头发上。

　　梳了一阵，吴晓杰像是有意转移话题，突然对乔燕道："你的头发怎么掉得这么厉害？"乔燕说："不知道，我每次梳头，都要掉很多头发！"吴晓杰道："一直都是这样吗？"乔燕道："不，就是从我到贺家湾后，头发就掉得厉害了！"吴晓杰心里有些明白了，先叹了一口气，然后才说："我听爷爷说，你比我当年还要拼命，努力工作是好的，可也要注意自己的身体，压力不要太大！"乔燕说："我知道了，妈！"说完，母女俩再没有说话。

　　没一时，吴晓杰给乔燕梳好了头，又将女儿的一头青丝盘成了一个丸子头发型。这种发型不太复杂，只需把头发全梳上去，用乔燕原来那只发箍给箍住，发髻后面再别上一只漂亮的发夹就行，显得既简洁又大方。盘好，吴晓杰才对乔燕说："好，去化妆吧！"乔燕这才站起来，回过身在吴晓杰脸上亲了一下，然后跑开了。

　　乔燕在自己房间里薄施粉黛后，出来又像换了一个人。

　　现在一切准备就绪，只等着张健来接她时，套上婚纱就行。这时，乔大年也穿好了衣服，是一套早年的藏青色西装，自从他退休后，这套西装就放进衣橱里一直没穿过。幸好他的身材和早年没什么大的变化，现在穿在身上还很合适。一看见乔燕出来，他便一边捋着衣服一边问："孙女，你看看爷爷像不像一个送亲客？"乔燕一听爷爷这话，再看看他一身西装革履的打扮，便笑道："爷爷，你这是要出去接见外宾呀？"乔大年道："接见外宾算什么？爷爷这辈子，只当一回送亲客，可不能给孙女丢脸！"一听这话，乔燕心头又是一阵感动，她害怕眼泪又掉下来，忙转移了话题问："奶奶今天穿什么？"乔奶奶正从屋子里往外面端菜，听了这话忙说："奶奶这个黄桶身子，还能穿什么？等会儿再说吧！"乔燕看了看母亲，忙说："妈不是给你也买过一件旗袍吗？要不，你也像妈一样穿旗袍吧！"乔奶奶说："奶奶这身子穿旗袍，别人不笑话死了？等会儿再说吧！"说完又端菜去了。

一家人吃完饭，吴晓杰收拾碗筷，让乔奶奶进屋换衣服。没一时，乔奶奶出来了，上面穿了一件浅灰色的低领绒衫，里面是一件白色衬衣，衬衣的白领衬着外面的低领绒衫，也倒十分素净和大方；下面是一条深蓝色的棉布裤子，这裤子裁剪得很好，臀部和下摆都很宽松，一看便知道是专为老年人设计的。她出来就问乔燕和吴晓杰："好看不好看？"吴晓杰说了一声："好看！"乔燕也马上说："不但好看，还十分好看！"乔奶奶一听这话，就灿烂地笑了起来。正在这时，门外响起一阵小轿车的喇叭声，乔燕知道是张健来了，急忙进去穿上婚纱，出来一看，果然见张健已站在轿车旁边，于是一家人便簇拥着她朝汽车走去。

张健一身新郎官的打扮，见他们过来，急忙打开车门，让乔燕坐在副驾驶座上，乔大年、乔奶奶和吴晓杰坐在后排。汽车缓缓开出小区，朝张健老家驶去。

四

办完喜事，乔老爷子、乔奶奶和吴晓杰便回县城去了，张健和乔燕按照乡下风俗，在张健父母家里住满了三天。在这三天里，他们哪儿也不能去，只能在屋子里，而且要做什么，也必须两个人在一起，始终寸步不离，这叫作"三天不离房"，象征着以后夫妻恩爱、幸福美满、白头偕老。三天满后，该新娘子"回门"，他们便回到了城里。

刚把张健那间租来的房门打开，走进去，张健便急忙过去将窗帘拉上，然后过来一把将乔燕抱住。乔燕在张健的手上打了一巴掌，嗔怪地道："猴急急的，干什么呀？"张健道："这才是入洞房呢！"乔燕道："你还没入洞房，前两天晚上在干什么？"张健涎着脸皮道："我说的是我们真正的洞房！我可要在第一时间，在自己的窝里享受爱情的甜蜜呢！"乔燕红着脸，先还假意往外推着张健，可没一时，便完全瘫在了张健怀里，张健便一把抱起她，轻轻地放到了床上……

许久之后，两个人靠床头坐着，回味着刚才的幸福和甜蜜。

　　过了很长时间，张健突然想到了什么，禁不住"扑哧"一笑，看着乔燕道："你信口胡说，把我提拔为治安支队副队长，不但我老爸和姐信以为真，连我七姑八姨也相信了……"乔燕听到这儿，也禁不住笑了，道："我不那样说，你爸你姐会改主意呀？真要竖几十个拱门，说实话，有什么意思？"张健道："前天我小姨走的时候，把我拉到一边说悄悄话，你道她说什么？她说：'你都要当副队长了，就在城里给你小表姐找个好点的工作，你小时候我们可没少疼你，你小表姐也不是外人！'你看怎么办？"乔燕突然在张健额头上戳了一下，道："有什么不好办的？不想当将军的士兵不是好士兵，这辈子你难道连个副队长也混不上？"张健说："还不知猴年马月呢！"乔燕突然含情脉脉地瞥了张健一眼，道："你拿出刚才的劲头，保证就容易得很！"话音刚落，那张健的劲头果然又上来了，又要翻到乔燕身上来。乔燕急忙把他推开，道："还有完没完？我们还不快去商场买几袋喜糖，下午看见了朋友和同事，我们告诉人家结婚了的消息，人家向我们要喜糖，拿什么给人家？"张健一听，觉得在理，于是不再胡闹，马上和乔燕起了床。

　　二人穿好衣服，刚要出门，却发现天气起了变化，先是几朵像是烂布片一样的暗褐色的乌云，不知什么时候爬上了天空，仿佛一座帐篷似的，遮住了有些发暗的太阳。接着，那云层由蓬松变得紧密，由稀薄变得厚实，先前还能看见从云缝中露出来的微微发白的太阳的脸，现在却严严实实地遮住了，大地随即变得灰蒙蒙一片起来。随着天地像被一只大锅底扣住，人们觉得胸闷气短，好像空气突然稀薄了一样。先是没有一点风，人们便盼望老天能吹来一阵风，把身边的闷热赶走。果然就来了风，那风也来得很突然，在大街上行走的人还没弄清是怎么回事，就只见街道两边人行道上的树，树枝剧烈地摇晃起来，树叶发出"哗哗"的响声，街道上的灰尘和垃圾被风刮了起来，一团团一柱柱，在大街上又蹦又跳，然后散开，随风飞舞。一家商店门口兜售打折商品的广告牌，被风刮到街道中间，又像皮球一样在街上来回翻滚。众人纷纷跑进两边的商店里躲避，一边"噗噗噗"地吐着被风刮进嘴里的灰尘，一边揉着眼睛。等他们睁开被揉得红红的眼睛再看时，那狂风真像一个魔鬼，一面将地上的灰尘和垃圾刮得不知去向，一面却将天空的乌云变得像是一匹匹狂怒的黑马，在上空冲撞着、涌动着，那奔涌的样子不禁令人有些心惊胆战。然后，所有的"黑马"渐渐地凑在一起，将大白天变成了黑夜。突然之间，长空一闪，一道明亮的电光将由"黑马"组成的幔帐撕开了一个口子。可倏忽之间，幔又合拢，但紧接着，一声霹雳，犹如山崩地裂，人们不但感到房屋在抖，就连大地也颤动了起来。隆隆的雷霆声如千军万马还未完全碾过大地的时候，那追逐着霹雳赶来的雨点，如子弹一般便在街道上、屋顶上、雨棚上……纵横驰骋，仿佛一条条鞭子，从天空猛烈地抽打下来。

乔燕和张健刚想出去，一看老天这个样子，乔燕急忙去关了所有的窗户，没一时，那狂风暴雨便来了。初时，乔燕还能透过窗户玻璃看见外面灰蒙蒙的建筑，可慢慢地，那些建筑便只能大致看见一个朦朦胧胧的轮廓了。再后来，便是暴雨打在房顶上、雨棚上"哗哗剥剥"如炒豆一般的声音，接着窗户玻璃上便挂上了一道道瀑布一样的水帘直往下流。乔燕看了一会儿，才回头对张健说道："奇怪了，国庆都过了，还下这样大的暴雨！"张健道："有什么奇怪的？现在秋天还没过，我们这儿的暴雨，不都喜欢在秋天下吗？"乔燕道："那年9·18大洪水，我正在读高中最后一年，大半个县城都淹了，也是在9月嘛！"张健道："今天才10月4号，和9·18比不过只迟了十几天嘛。再说，今年夏天老天爷下了几场大雨？现在怕是想把积蓄的雨水都一下倒完呢！"说话时，乔燕见外面的雨小了些，便打开窗户想看看街上的积水，刚把窗户打开一条缝，外面巨大的雨声、风声和轰隆隆的雷声便一齐涌进屋子里来，乔燕又急忙将窗户关上了。大约又过了十多分钟，大雨终于慢慢停息，乔燕这才打开窗户，往外一看，只见街道积水已经较深，轿车驶过，两边车轮溅起的水花，犹如轮船在海洋里乘风破浪划出的浪花一样。

没一时，雨止风停，天空一下又明亮起来。乔燕从窗户看出去，只见街道两旁刚才还剧烈摇晃的行道树，现在纹丝不动，树叶比先前更加鲜绿，不时从叶片上掉下一粒粒晶莹的水珠。阳光也仿佛用水洗过一般，格外明亮，空气中有一种凉爽和潮湿的味儿。先前躲在两边商店里的行人，现在又出现在大街上，虽然脚步匆匆，却显得气定神闲，像是什么也没发生过似的。

乔燕见天已放晴，大街上的水也退得一干二净，城市又恢复了往常的模样，这才挎上自己的单肩包，让张健拿了一只购物袋，刚要走，乔燕包里的手机响了起来。乔燕掏出来一看，见是贺波打来的，急忙将手机贴在耳边，先"喂"了一声，道："贺波呀，有什么事？"贺波却没说话，但乔燕却听见了话筒里贺波粗重的呼吸声。乔燕等了一会儿，见对方仍没声音，便又问了一句："贺波，你怎么不说话？"贺波的喘息声没有了，但乔燕却听到了一阵风声，但还是没有贺波的声音，乔燕便有些生起气来，大声道："贺波，出了什么事，你打了电话又不说话……"话还没完，贺波突然在电话里用带着哭腔的声音大声地说了一句："姐，我的鸡……全死了……"一语未了，乔燕的脸色一下变了，急忙叫了起来："死了？怎么死的……"贺波用颤抖的声音道："被雨淋死的……"乔燕呆了，握着电话的手在微微颤抖，惊得半晌说不出话来。过了好一阵，才又对着话筒大声叫道："雨怎么能把鸡淋死，啊，你说说到底是怎么回事？"但话筒里只传来了贺波的抽泣声，像是十分伤心。乔燕听见贺波的哭声，心里更着急了，正想再安慰他几句，贺波却挂了电话。乔燕不放心，又把电话打过去，可只听见"嘟嘟"的响铃声，电话没人接。乔燕又打了两次，贺波仍没接乔燕的电话。乔燕愣了半晌，突然对张健说："我得立即回贺家湾一趟！"张健一听，便看着乔燕问："现在？"乔燕说："贺家湾出事了！"张健又追问她出了什么事，乔燕便把贺波养鸡的事简单地对张健说了一遍，说完又道："那可是三千只鸡，怎么就被雨淋死了呢？"张健一听这话，便说："我和你一起去……"乔燕没等张健说完，便道："你去做什么？我去看看究竟是怎么死的？还有，我还得提防小伙子想不开，出意外呢！"说完这话，也不等张健说什么，便急急忙忙下楼，从小区车棚里推出自己的"小风悦"，跨上去，便朝外驶去。

到了贺家湾，已过晌午，乔燕连村委会办公室也没进，径直将电动车往尖子山开去。这边的雨，似乎下得比县城还要大，雨停了都两三个小时了，乔燕一路上来，不但能看到山洪猛涨的痕迹，而且从一道道的石缝里，像是螃蟹吐泡似的，还在往外"咕噜咕噜"地冒着一股股从土里渗漏下来的泥水，这些泥水汇合在一起，又形成了很大的水流，继续在沟里翻着浪花奔腾向前。到了山上，乔燕果然看见了东一堆、西一堆的死鸡，有的甚至陷在了泥里，看上去惨不忍睹。乔燕惊得说不出话来，她急忙往贺波那个用看林人留下的石屋改造成的工棚走去，到了那儿一看，门开着，里面床褥还在，但没见贺波。乔燕急忙对着树林喊了几声，树叶像是被她惊动了，"簌簌"地抖落下一串水珠，却没有贺波的回声。乔燕又喊了两声，贺波还是没有回答，于是她又骑上电动车往山下赶去，径直去了贺波家里。院子里冷冷清清的，乔燕喊了两声，贺波没有出来，却从屋子里走出了王娇。王娇此时也像是被霜打了的样子，一见乔燕，只说了一声："乔书记，你来了？"便什么话也没有了，眼皮耷拉下来，眉毛往眉心皱着，脸上却挂着明显的悲哀的神情。乔燕问:"贺波呢?"王娇朝楼上努了努嘴,道:"在他屋子里呢,把门关到,任怎么喊他也不出来!"乔燕便上楼去,在门外又是敲门又是喊,贺波只当没有听见,既不答应也不开门。乔燕只好走下来,对王娇道:"贺书记呢?"王娇道:"到乡上汇报灾情,还没回来!"乔燕便道:"贺波心里痛苦,让他清静一会儿。等他心里好受一些后,我再来看他!"说完就回村委会去了。

五

还没等乔燕再去看贺波,半下午时,贺波却垂头丧气地到村委会找乔燕来了。他脸上带着一种哭泣的怪相,眼泡鼓着,嘴角向下撇去,乔燕觉得他的脸比平时长了,也难看了,便笑着对他说道:"脸绷那么紧做什么?笑一笑,别成小老头了!"贺波一听,嘴唇竟然又哆嗦起来,立即又要哭的样子,乔燕马上又道:"男子汉,还当过兵,哪那么多眼泪?"一听这话,贺波便突然回过头,两只手在脸上搓了两把,像是真要把脸上的肌肉搓松似的。搓完,他才回过头,对乔燕咧了一下嘴角,像是要笑,却又在中途戛然而止,然后才道:"对不起,姐,让你见笑了……"乔燕忙说:"我笑你什么?我听说当过兵的人,都是铁打的汉子,怎么会轻易流泪?"贺波显得有些不好意思了,半天才道:"我主要是想起辜负了武装部首长的期望和陈总的一片爱心,心里就觉得难过!另外,我太喜欢那些鸡仔了,现在脑子里还满是它们漫山奔跑的影子和'咯咯'的叫声。"乔燕又马上道:"可死都死了,有什么办法?"又看着贺波道,"到底是怎么死的,你给我讲讲。"贺波低下头,像是仍然难过的样子,过了一会儿,才对乔燕说了。

原来,这些鸡苗一代一代都是从温室里孵化出来,在鸡场里生长,野外生存能力特别是抗恶劣自然灾害的能力,已严重退化。平时农家散养的鸡,遇到暴雨的时候,它们知道怎么跑回家或找地方避雨。在这将近二十天的日子里,贺波和王娇为了鸡的安全,已经在山上用石头垒了好几个鸡舍,每个鸡舍虽然不大,却也有十多平方米,一人多高,里面用山上那些弯曲的小树和粗树枝支了许多鸡架,顶上架着椽子,盖了茅草和麦秸秆,又铺上了陈总给送来的彩条布,上面用石头压住，本来是十分牢固的。当暴雨来临时，贺波拿了树枝，试图把那些鸡仔赶到鸡舍里去，可那些鸡仔却像是被雷雨吓蒙了，豕突狼奔，像没头苍蝇一样乱跑，哪儿还听贺波指挥！跑着跑着，它们便惊慌失措地聚在一起，先是紧紧地挤做一团，接着后来的鸡仔就爬到先前的鸡仔上面叠起罗汉来，然后一层一层往上叠，雷声越大，叠得越高。就这样，等暴雨结束过后，贺波过去一看，上面的鸡仔要么已经被暴雨淋死，要么奄奄一息，下面的鸡仔却被上面的鸡仔踩死、闷死了。

　　贺波说完，绞着双手，脸上又露出了十分痛苦的神色，对乔燕道："姐，你说这些蠢鸡，怎么都不会找地方避雨呀？"乔燕听了贺波这话，又忙安慰他道："原来是这样！这些鸡就像我们平时说的是温室里的花朵，只适合在鸡场饲养，这算自然灾害，谁也估计不到，怪不得你，不要再伤心了！"乔燕话刚完，贺波抬起了头来，看着她似乎想说什么，却又不好启齿似的。过了一会儿，才像下定了决心，对乔燕道："姐，我来找你，不是为这事……"乔燕一惊，忙问："还有什么事？"贺波又顿了顿，才道："我老爸到乡上汇报灾情，熊委员对我老爸说，乡上刚把我发挥部队优良传统、回乡创业的先进材料报到县上，其中办生态养鸡场是重点。熊委员还在材料上算了一笔账，说三千只鸡养到年底，市场上每只土鸡最低也要卖一百元，我的生态鸡不说每只卖一百元，就算每只卖八十元，三千只鸡也要卖二十多万元！熊委员叫我老爸和我们都不要对外说鸡死了，等我到省上开了表彰会回来，再说也不迟……"听到这里，乔燕马上打断了他的话，问："为什么要先瞒住？"贺波道："熊委员说，我们乡好不容易发现一个典型，尤其是复员退伍军人的典型，这关系到全乡的形象，如果现在向上面汇报了我养鸡失败的事，这个典型就有可能轮不到我了，所以叫我们先不要把鸡死了的事告诉武装部和陈总，也不要对社会上说……"乔燕又道："纸包不住火，三千只鸡，不是能够藏着掖着的事！要是上面领导要来鸡场，你怎么办？"贺波又道："这一点熊委员也给我们想好了，说如果领导真的要来鸡场视察，我们村两三百户人家，哪家没养七八只、十来只鸡？到时把湾里所有的鸡都集中到山上去，鸡身上又没刻字，领导能认出哪些鸡不是我的？总之一句话，熊委员说，这不仅关系到我的荣誉，也关系到全村、全乡的荣誉……"乔燕看着贺波道，"那你是怎么想的呢？"贺波皱起了眉头，道："我拿不定主意，姐，就是来听一听你的意见呢！"

　　乔燕抿起嘴唇，半晌没吭声，过了一会儿，神色严峻起来，一边审视贺波，一边对他道："我问你，你的鸡死了以后，湾里人看见了，是什么样的态度？"贺波马上道："大家跑到山上来看了，都非常同情我，说真是划不来，那么多活蹦乱跳的鸡，说死就死了，有人还帮我骂老天爷呢！"乔燕听了就道："这就对了！因为什么？因为这鸡死了怪不得你！即使这鸡是因为你经验不足、饲养不当死的，大家也不会责怪你，因为失败是成功之母，没有失败哪来的成功？如果你是这样弄虚作假、沽名钓誉，即使当上了典型，也受到了上级的表彰，你再想一想，村里人对你又会是什么态度……"一句话还没说完，贺波便红着脸从椅子上一下站了起来，道："姐，我明白了！"乔燕盯着他，还像不放心地追问了一句："你明白了什么？"贺波道："人要光明磊落，我宁肯不当这个典型，也不能让贺家湾人今后在我背后指指戳戳！"乔燕突然笑了，道："这可是你自己说的！"不等他插话，又接着说，"回去叫你老爸，安排人把那些死鸡挖坑埋了，不要污染了环境！"贺波道："我老爸已经安排人埋去了！"说完要走，乔燕又叫住他："别忙，明天跟我一起到城里去……"乔燕话还没完，贺波便道："姐，你还是不放心，要我亲自去武装部和陈总那儿，当面汇报死鸡的事吗？姐，用不着了，我这儿给武装部首长和陈总，分别写了一封信，我拜托你拿回去交给他们！"说着，果然从口袋里掏出两封信来，双手捧着递给了乔燕。信没有封口，乔燕便问："可以看看吗？"贺波说："完全可以！"乔燕于是先抽出给武装部首长那封看了起来。

尊敬的首长：

你们好！

我是贺家湾复员退伍军人贺波，承蒙首长帮我联系爱心企业家陈总和给予资金资助，帮我建起了生态养鸡场。鸡苗生长良好，眼看成功在望，可没想到在这场特大暴雨中，这些在温室里生长的鸡苗不堪一击……

乔燕的目光迅速跳过了叙述鸡苗被淋死经过的文字，落到了最后面的一段话上：

鸡苗被淋死了，我辜负了首长对我的厚爱和关心，辜负了陈总的一片爱心，我在这里对首长发自肺腑地说声："对不起！"我虽然失败了，但我扎根乡村、建设家乡的决心没有变，我将继续努力，从失败中吸取教训，找到一条乡村振兴的路子！

再次感谢首长对我的帮助和支持！

此致

敬礼

贺波

×年×月×日

随后，乔燕又抽出另一封信来看，信的内容大同小异。

读毕，乔燕把两封信都装进了自己的挎包里，对贺波说："我一定把信亲自交给武装部首长和陈总！不过，你还是要和我进城一趟……"话没说完，贺波便问："为什么？"乔燕说："我想请你吃饭……"贺波马上问："为什么要请我吃饭，是因为我的鸡死了吗？"乔燕红了脸，半晌才道："不哄你说，姐结婚了……"

话还没完，贺波瞪大了眼睛，盯着乔燕问："什么，姐，你不是说不忙结婚吗？你为什么骗我？"乔燕见贺波着急的样子，便道："我没有骗你！起初我们确实没打算在这个国庆结婚，后来是临时决定的办婚礼，所以没来得及通知你！"说完，便把回张健老家办婚礼的事，给贺波说了一遍。贺波一听，便道："那不行，姐，我回去得把礼物拿来补上……"话音没落，乔燕便一下正了面孔，对贺波道："你傻呀？我婚都结了，你补什么礼物？我听说乡下都有这样的风俗，有些红白喜事，过了就不能补礼物，尤其这结婚，是不是这样？"贺波一听这话，马上红了脸，忙说："对不起，对不起，姐！可我……"乔燕道："什么你呀我的！我正说要去买喜糖补你们，就接到了你的电话，马上赶下来了，所以现在姐也没法补你喜糖！明天到城里，我请你吃顿饭，权当姐给你补一次喜酒。你呢，趁这国庆期间，姐还有两天时间，就陪我逛逛街，散散步，也就当表达了你的心意，你说好不好？"贺波一听这话，半天才感动地说："姐，我知道你这是害怕我想起鸡的事伤心，想让我换一换心情，姐，谢你了，我都听你的……"说完仿佛害怕似的，急忙跑了出去。

第十二章

一

国庆后上班第一天，乔燕便从县城回来了，她的"小风悦"后座上，绑着两床崭新的棉被、毯子和一对枕头，一进贺家湾，便碰着了扛着锄头、提着一只竹篮的吴芙蓉。吴芙蓉道："乔书记，买的新被子呀？天气凉了，晚上睡觉可是要多加被子了！"乔燕道："婶，你平时都叫我'姑娘'，怎么喊起书记来了？"吴芙蓉道："该喊书记就喊书记，以后我可不能没大没小的了！"乔燕道："什么没大没小，大婶？你的年龄和我妈差不多，你喊我'姑娘'，我觉得亲呢！"吴芙蓉马上乐颠颠地说："那好，我以后就喊你'姑娘'了！"乔燕道："好的！"又问，"婶，你这是干什么去？"吴芙蓉道："不是寒露快要来了吗？胡豆点在寒露口，一升打一斗，我点胡豆去。"乔燕便笑着说："胡豆点在寒露口，一升打一斗。婶，我又学到一句庄稼话了，谢谢你！"说完正要走，却突然想起了什么，又对吴芙蓉说，"婶，你过来，我给你点东西！"吴芙蓉果然过来了，道："给我什么，姑娘？"乔燕没有回答，把背上的双肩旅行包取了下来，从里面取出一包大红纸包的喜糖，递给吴芙蓉说："婶，我国庆结婚了，给你喜糖！"吴芙蓉一听这话，喜得眉梢眼角都堆满了笑意，惊喜地叫道："什么，你结婚了？怎么不给我们说一声，嫌我们农村人肚子大呀？"乔燕忙道："婶，不是那个意思，我们不想大操大办，所以没声张，连我们的同学、朋友和同事都没请！"吴芙蓉听了这话，才道："哦，原来是这样！不过姑娘，不是婶说你，这可是人生的一件大事，怎么能不声张呢？谢谢姑娘的喜糖了！"乔燕道："不谢，婶。"一边说，一边对吴芙蓉挥了挥手，走了。

乔燕没有去村委会，而是直接将车骑到了贺勤的院子里，看见大门开着，便在院子外边架好车，从后座上解下被子、毯子等，抱在怀里朝屋子里走去。走到大门口才叫："贺勤大叔！贺勤大叔……"屋子里没有应声，正想再叫时，却从里面走出一个小伙子，一张狭长脸，身材干瘦，黑红黑红的皮肤，鼻梁上架着一副眼镜，镜片后的眼睛不大，看人时流露出一种害羞的神情。乔燕一看，便知道他是谁了，马上叫了起来："贺峰？"贺峰好像也认出了她，镜片后面的目光闪了闪，又嚅了嚅两张厚厚的嘴唇，道："你是……乔书记？"乔燕道："对，我就是乔燕！"贺峰的嘴唇又嚅动了两下，似乎想说什么却没发出声来，随即又低下了头。乔燕也没说什么，径直将怀里的被子等抱到屋子里，一看，桌上摆着两本书和一本作业本，便知道贺峰刚才是在温习功课。她把被子放到桌子另一边，这才对贺峰说："我知道你原来在学校用的那些被子什么的，再拿到学校去，会被一些同学看不起，所以我全部给你买了新的……"话还没说完，贺峰突然咬了嘴唇，并把头低了下去，像是犯了错误似的。过了半天，才抬起头来，眼睛里噙着泪花，对乔燕说了一句："谢谢你，乔书记……"话没说完，又把头低下去了。

　　乔燕一见贺峰这副腼腆文弱的样子，心里已疼了一半，再一看那瘦骨嶙峋的身架，像是有什么触到了她心里最柔软的部位，也有了一种想哭的感觉，便过去拉了他的手，道："不要喊我乔书记，我比你大不了几岁，你就喊我姐，好不好？"贺峰没吭声，也没去看乔燕，只低着头看着自己的鞋尖。乔燕又说了一遍，贺峰还是没回答，乔燕便不再说了，去凳子上坐下，仍拉着他的手问："在外面打工苦不苦？"贺峰没答。乔燕又问："生活怎么样？"贺峰仍没出声。乔燕停了一会儿，又对他说："你昨天回来我没来接你，对不起呀！"贺峰这时嘴唇动了动，像是要说话了，但乔燕却没让他说，马上接着道，"今天是国庆大假上班的第一天，村上还有些事，我得先料理料理，明天我们就去学校，我和陈老师联系好了，你看怎么样？"

　　贺峰抬起了头，嘴唇却急剧哆嗦着，一副要哭的样子。乔燕马上拉了他一下，说："你什么都不要说了，只管到学校好好念书，听见没有？"贺波虽然泪眼蒙眬，却始终忍住了没让眼泪掉下来。乔燕看了看桌上的课本和作业本，又问道："丢了大半年，感觉功课能不能跟上？"贺峰先是咬着牙点了点头，过了一会儿终于说了一句："我会努力的！"乔燕一听，把他的手拉得更紧了，道："知道努力就好，陈老师因为你不上学一直感到遗憾呢！响鼓不用重锤，你也知道你的家庭，一切希望都寄托在你的身上呢……"乔燕还要说，贺峰又说了一句："我知道！"乔燕不再说什么，却问："你在外面办银行卡没有？"贺峰道："办了，农业银行的。"乔燕道："办了就好，明天你把卡号给我，你的学杂费、生活费什么的，会按时给你打到卡上……"

说到这儿，贺峰突然抬起头，将目光落在乔燕脸上，问："乔书记，我想知道，究竟是……谁在帮助我……"乔燕道："这个我不能告诉你！但我可以告诉你的是，帮助你的人并不是大款，他们也不富裕，但他们愿意为你提供帮助，是听说你念书的成绩好，是个读书的料，希望你将书念出来，彻底改变家庭和自己的命运，你只要不辜负他们这片好心，他们就会高兴……"刚说到这儿，贺峰再无法忍住，嘴唇一阵哆嗦，热泪"簌簌"地流了下来。乔燕一见，马上又说："怎么又哭了呢？"说着，从口袋里掏出一张纸巾，递给贺峰。

乔燕等贺峰擦了泪，怕再惹起他伤心，朝屋子里看了看，将话题转移开了，问："哎，你爸爸到哪儿去了，我今天怎么没见到他？"贺峰突然说："我老爸干活去了。"乔燕一听这话，便感到有些惊讶，便问："真的干活去了？"贺峰见乔燕不相信的样子，过了一会儿才对乔燕轻声说："我这次回来，发现我老爸变了……"乔燕更是一惊，道："怎么变了？"贺峰道："过去他从不管我，可这次知道我要回来上学，竟在前几天给我把被单、毯子都洗了，把我过去的棉絮也拿出来晒了！"说着，似乎怕乔燕不相信，突然跑到里面屋子，将一床折叠得整整齐齐的床单拿出来，放到乔燕面前的桌子上。乔燕一看，那床单虽然很旧，但确实洗得干干净净。乔燕便高兴道："真的？说明你老爸还是一个有责任心的父亲！"贺波说："昨天我回来，就看见他在地里干活，今天吃了早饭又出去了！"乔燕更加高兴了，便对贺峰说："你老爸转变了，这是一件大好事，你就一心一意念书，书念出来了，你爸会更高兴！"贺峰又点了点头。乔燕见了又道："我刚才让你喊我'姐'，你为什么不答应？"贺峰红了半天脸，终于低低地喊出了一声："姐……"乔燕一听，像是十分幸福的样子，真像一个大姐那样在贺峰头上摸了摸，道："这就对了，以后就这样叫！就这样吧，明天一早你带上学习、生活用品，到村委会办公室来喊我，我送你到学校去！"贺峰又一边点头，一边红着脸"嗯"了一声。乔燕叮嘱完毕，才向外面走去。贺峰把她送到院子外边的电动车旁，乔燕跨上车，叫贺波回去，自己骑着车走了。可走了很远回头望去，发现贺峰还站在刚才的地方望着她，乔燕禁不住眼眶湿了。

第二天一早，贺峰果然背着一只鼓鼓囊囊的黑色双肩包，胳肢窝下夹着乔燕昨天给他买的新被子、毯子来了。乔燕早在村委会办公室等着他，一见急忙把他的被子、毯子接过来，捆在电动车后面的车架上，又问贺峰肩上的包放下来不。贺峰说背包里除了学习用品，都是衣服，不重，他可以背着。乔燕便不说什么了，发动了电动车，让贺峰坐在她后面，往城里驶去。快到城里时，乔燕看见路边有家卖早餐的饮食店，便对贺峰问："你吃早饭没有？"贺峰在她身后答："吃了。"乔燕回头看了他一眼，露出了不相信的颜色，又追问了一句："真吃没有？"贺峰不吭声了。乔燕便在公路边停下来，然后拉了贺峰进去，给贺峰买了两个包子、两根油条、一只鸡蛋、一碗粥，自己则叫老板煮了一碗酸辣米粉。老板把包子、油条、鸡蛋和粥端到桌上，贺峰立即风卷残云，没一时便把端上来的东西吃光了。乔燕见了，便笑道："以后可不准对姐说假话，说假话吃亏的是自己，知道不？"贺峰不好意思地笑了笑，扯过一张餐巾纸擦了擦嘴，然后就在旁边看着乔燕一边嘟起嘴吹米粉，一边往嘴里送，不时辣得龇牙咧嘴，觉得十分好笑，便笑了。乔燕见贺峰的模样儿有点像自己笑的样子，便道："你笑什么？"贺峰却道："姐喜欢吃辣的？"乔燕说："是呀，怎么了？"贺峰道："其实我也喜欢吃辣的，我老爸也喜欢吃辣的，平时他没什么下饭，就用辣酱下饭……"乔燕没等他说完，便叫了起来："那你怎么不早说？我还以为你喜欢清淡的呢！"又问，"要不叫老板再给你煮一碗酸辣粉？"贺峰忙说："不了，姐，我已经吃饱了！人家说喜欢吃辣的人性格暴躁，可姐的性格却一点也不暴躁嘛！"乔燕道："任何事情都有例外，陈老师说你不爱和同学交流，性格有些孤僻，可现在，我一点也看不出你孤僻的样子嘛！"贺峰一听这话，脸立即红了，乔燕见了又道："那是你没有看见我暴躁嘛！告诉你，我暴躁起来了可是天王老子都不认的！所以你要记住，以后千万不要对我说假话，你说假话把我惹冒火了，我可会是电闪雷鸣的！"贺峰一听这话，只定定地看着乔燕，什么也不说了。

二

到了学校大门口，乔燕停了车，从车架上解下贺峰的被子和毯子，贺峰要来抱，却被乔燕推开了。进得校门，只见校园里绿树葱茏，芳草如茵，给人一种十分幽静怡人的感觉。原来这是一处临江的建筑，已有百年历史，从后大门出去不远便是滨河路和政府新近打造的湿地公园，湿地公园里鸟语花香，旁边又有几处古迹，一处古迹据说是三国时张飞和张郃打仗的地方，政府也正在雄心勃勃地规划在那儿建一座古遗址公园。乔燕和贺峰拾级而上，沿着林荫道进去，迎面一座广场，正面竖着一堵墙，墙上刻着校训，道是："敬业爱岗，无私奉献，爱国立学，求实创新。"再看看四周，也有许多宣传学校的巨大成就的广告牌，像是刚刚举办过什么重大活动。有个标语牌上写的口号倒是十分振奋人心："爱在这里升华，成功在这里酝酿，理想在这里绽放！"乔燕忙指给贺峰看，贺峰正看时，忽然一阵铃声响动，周围教室里立即沸腾了起来。没一时，像鸟儿出林似的，从一间间教室里，"扑棱棱"地飞出了一群群雏燕似的少男少女。贺峰看见同学们都朝广场拥来，急忙拉了乔燕一把，示意她快走，又把头低下了。乔燕明白了他的意思，便道："怕什么，辍学也不是你的错，把头抬起来！"贺峰却把头埋得更低了。乔燕只得带着他匆匆离开了广场，一边走，一边却说："真想回到读书的时代呀，可惜回不去了！"

趁着下课的工夫，乔燕很轻易地找到了陈老师。陈老师一见，马上亲切地说："回来了就好，回来了就好。回来了就好好学习，争取迎头赶上！"说罢又对他们说，"我带你们去找孙主任注册吧！"乔燕感激地道："陈老师，谢谢你了！"说罢就要走。陈老师看见她还抱着贺峰的被子、毯子，便道："先把被子放到我办公室吧！"乔燕随陈老师一道去放了被子、毯子，然后才跟在陈老师后面去了行政楼。

没一时，来到一间办公室门前。进屋一看，只见办公桌后面坐了一个四十五六岁的中年女人，一头整齐的短发，一张白白胖胖的微微下垂的脸，鼻梁两边有几点淡淡的雀斑，单眼皮，小眼睛，两瓣嘴唇十分性感，手指纤细，洁白娇嫩，右手的手指上戴了一只硕大的黄玉戒指，脖子上又挂了一串红色玛瑙，正在看手机。乔燕正疑惑陈老师是不是走错了地方，来到了一个富婆的房间，却听见陈老师对那女人道："孙主任，我有个学生现在来注册……"话还没完，乔燕明白过来，这就是他们要找的人。那孙主任听了陈主任的话，目光从手机上移到陈老师脸上，问："都什么时候了，怎么现在才来注册？"陈老师看了看贺峰，又看了看乔燕，正准备说话时，乔燕抢到了前头，忙对孙主任说："是这样的，他去年下学期开学的时候出去打工了，现在才回来……"刚说到这儿，女人将贺峰上下打量了一遍，马上打断了乔燕的话，问道："去年下学期就没来上学了？"不等乔燕回答，又道，"办停学证没有？"一听这话，乔燕愣住了，忙去看贺峰。贺峰低了头，过了半天才道："没办……"女人马上道："没办，那就是自动离学哟？去年下学期就没来上学，也没参加期末考试，你的学籍早没有了，现在怎么还能来重新读书……"一听这话，不但乔燕和贺峰，就是连陈老师也像听到一个晴天霹雳似的，全都蒙了。

半晌，陈老师才像醒悟过来，拍着自己的头道："你看我，你看我，怎么没想到这一点，怎么没想到这一点……"一副十分痛悔不已的样子。乔燕也着急了，忙对那女人说："孙主任，是这样的，他家里穷，不得已才辍学出去打工的……"便把贺峰家庭情况对那女人说了一遍，又道，"他读书的成绩非常好，是以 689 的高分，从我们乡上初中考到县中来的，现在唯一的希望就是能够把书读出来……"可那女人仍像是无动于衷的样子，没等乔燕说完，便说："成绩再好，那也不行！你知道学籍是怎么回事吗？学籍是由省上统一管理的，他去年一个学期都没来上课，期末也没来考试，学籍管理系统便自动给他注销了！不信，你们问问陈老师吧！"乔燕又朝陈老师看去，却见陈老师又像牙痛似的，一脸苦相，一副无计可施的样子。

乔燕见了，仍回头对女人说："孙主任，这学生重新回来读书不容易，还是社会好心人士给他提供的帮助，求求你了，看还有没有其他办法……"女人露出了不耐烦的神色，道："我能有什么办法？我又不是政策制定者……"正说着，忽见一个着西装、打领带，年纪在五十岁左右的瘦高个男人，从巷道朝这儿走了过来。女人在办公室一见，便道："好了，校长来了，你们问他吧！"说完便朝男人喊了起来，"校长，这儿有人找！"男人迈着四方步，果然走了过来，道："什么人找？"女人便指了指乔燕和贺峰，乔燕一见，便急忙过去朝校长行了一个鞠躬礼，然后像刚才一样，把贺峰的事说了一遍。校长一听，便没好气地对乔燕说："你们这些家长也不太负责了，成绩好为什么又要辍学呢？学校又不是农贸市场，想来就来，想走就走……"乔燕见校长把她当成了学生家长，便急忙道："校长，我不是他的家长，我是他们村的第一书记，他们家只是我的帮扶对象，他是因为家庭贫困才辍学的！"校长的口气这才和蔼下来，说："原来是这样，你只是一个扶贫干部，却亲自来给他跑复学的事，难为你了，可敬，可敬！"又说，"按说，扶贫不是哪一个人的事，我们也有义不容辞的责任。可是他的学籍确实已被注销，要恢复，得去省招办，也不一定恢复得了，至于我们学校，更没办法恢复他的学籍……"校长话还没完，贺峰突然往地上一蹲，抱着头就"呜呜"地哭了起来。乔燕见贺峰哭起来，像是有人把她心脏揪了一把，一种酸楚的感觉立即涌了上来，立即俯下身把他拉了起来，劝道："别哭，别哭，这里不行，我们去教育局看看能不能有什么办法？"女人听了这话，便道："别说去教育局，就是去教育厅、教育部也是这样……"校长听女人这么说，便拿目光去制止她，女人才把话打住了。乔燕没管他们，真的拉了贺峰便走，陈老师一见，也跟着走了出来。

乔燕道："陈老师，我从这个学校毕业只不过几年时间，现在回来一看，真有种物是人非的感觉。好多认识的老师都不见了，连校训也变了！原来我们读书时的校训是'专心志，忧天下，做真人，求真理'，我觉得这校训比现在的校训好！"陈老师马上道："可不是，老师也这样说。可现在的领导走马灯似的换，来一个领导就提出一个新口号，还美其名曰与时俱进，实际上是拍上级领导的马屁，哪还像在办学？更说不上做真人、求真理了！"说到这里，陈老师显出了愤愤然的神情来，又对乔燕道，"你不知道，现在的学校已不是过去的学校了！好老师走的走，退的退，好学生也是一样，都到更好的学校去读了，教学质量下降得非常厉害！我为什么要贺峰回来读书，就因为他是一个读书的苗子！不过我也教不到两年了，你们不知道，我有糖尿病、血脂血压也高，准备把这届学生送毕业，我便要申请退休。因此我想在有生之年，再教一个好学生出来！"乔燕十分感动，想起那天晚上她和张健去他家时，看见他的脸色就觉得他是处在一种亚健康状态，原来还真是患有这多病，便道："陈老师，糖尿病不严重吧？你可要注意保重，学生还离不开你们这些忠心耿耿的老师呢！"又对贺峰说，"你听见陈老师的话了吗？遇到这样的老师，是你一辈子的荣幸，就看你努力不努力了！"贺峰半天才道："姐，我知道！"说完再不说什么。

来到楼下，学生又上课了，整个校园又是一片沉寂，只有微风摇着树叶在浅吟低唱。陈老师问他们："你们真的要去教育局？"乔燕道："好不容易才让他回来重新上学，万事皆备，只欠东风，哪怕有一线希望我们也不放弃！"陈老师道："你们也不要去找教育局了。刚才孙主任说得对，你就是找到教育部，他们也是这样答复你，因为文件就是他们制定的！县招办王主任是我的学生，你们去找找他，就说是我让你们去找他的，看他有没有什么办法！"乔燕一听这话，马上道："你说的可是王伟主任？"陈老师道："可不是！你认识他？"乔燕道："我那年高考，不是他给办的准考证吗？还是我们考场的监考主任呢！"陈老师道："认识就好，死马当作活马医，你们去试一试吧！"

没一时，乔燕和贺峰便在县招办找到了王主任，乔燕把贺峰辍学和打算重新到学校读书的事，对王主任说了一遍。那王主任大约是看在陈老师面上，对乔燕倒是十分热情，听完乔燕的话，稍稍想了一想，便道："现在要给他恢复学籍，确实有些困难，不过还有一种办法，可以解决他入学的事……"乔燕听到这里，精神为之一振，忙盯着王主任问："什么办法？"王主任说："他完全可以以旁听生的身份进入学校学习，读满过后学校和教育局出一个证明，他就可以以相当于同类普通高中学历的身份参加高考……"乔燕一听，猛然想起过去曾经听说过以同等学力参加高考的事，但还是有些不放心，便又问："没区别吗？"王主任说："你没看见电视里，六十岁老人通过这种办法同样圆了大学梦呢！你放心，有志者，事竟成！"乔燕一听这话，眼前云开日出，便看着贺峰问："你看怎么样……"话完没完，贺峰便迫不及待地道："姐，只要能读书，怎么样都行！"乔燕马上站起来，抓住王主任的手摇了摇，又道："谢谢你，王主任，你可帮助我们解决了大问题！"说罢又和贺峰回校去。在路上，乔燕仿佛大功告成似的，对贺峰道："现在事情终于解决了，你一定要安心学习！"贺峰也像是沉浸在喜悦中，乔燕说一句，他乖乖地答一句。乔燕道："有什么困难就给姐说！"贺峰道："嗯！"乔燕道："你是旁听生，千万不要有二等公民的想法！"贺峰又道："嗯！"乔燕又道："我只要有空，就会经常来看你的！"贺峰又"嗯"了一声，乔燕听了贺峰这一声"嗯"，不觉笑了起来，不再说什么了。到了学校，乔燕将王主任的话告诉了陈老师，那陈老师一听，又忙不迭地拍着自己的头说："哎呀，我怎么没有想到旁听生这个办法呢？"便又带了他们去找校长。

三

落实了贺峰读书的事，乔燕觉得自己完成了一件大事，不由得松了一口气，沿着林荫道往外走时，她有意放慢了脚步，细细地端详起母校的变化来。她觉得自己刚才和陈老师说话时，用的"物是人非"四个字，并不准确，应当是物也不是原来的物了。短短几年，学校里矗起了一幢幢漂亮的房子，校园也比过去美了，语音室、实验室、微机室、多媒体厅、学术厅、室内体育馆、标准田径运动场、标准游泳池、标准篮球场等，应有尽有。可是一个学校，光有这些就够了吗？她想起陈老师刚才感叹的"好老师走了，好学生也走了"的话，心情不由得沉重了起来。路过广场时，她又看了看刻在墙上的校训，左看右看，还是觉得现在这几句话，真的没过去的好。在她心里，始终记着"专心志，忧天下，做真人，求真理"这十二个字，也许这一辈子，都没法把这短短的几句话从心头给抹去了。

走出校门，乔燕给张健打了一个电话，告诉他中午去看看爷爷奶奶，就不回家了。回到爷爷奶奶家里，已是中午时分，乔奶奶正在厨房里做饭，乔老爷子仍坐在沙发上翻着报纸。一见乔燕回来了，乔老爷子立即放下报纸，对她道："你昨天才到村上去，今天怎么又回来了？"乔燕正想答话，忽然从厨房里传来一阵炝炒小白菜的味道，乔燕便大声问："奶奶，你怎么没开抽油烟机？"乔奶奶听见乔燕问，便急忙走了出来，道："抽油烟机坏了……"话还没完，乔燕立即又问："什么时候坏的，怎么没找人修？"乔奶奶道："我和你爷爷也不认识人，还没找着人呢！"乔燕马上道："你们给张健打电话没有……"还没说完，乔奶奶便道："年轻人也忙，这点小事，怎么也去麻烦他……"乔燕道："这可是你们不对了，奶奶！这事对你们老年人来说，是大事，可对年轻人来说，只是举手之劳，叫他跑跑路，也是应该的，今后你们有了什么事，直接给他打电话就是！"一边说，一边就掏出手机给张健打了电话。张健一听，便在电话里忙不迭地说下午他便联系人来修。

这儿乔燕将抽油烟机的事落实后，便去挨乔老爷子坐下，对他道："爷爷，你说怪不怪，我发现贺家湾有一个人，和我长得非常像……"话还没完，乔老爷子身子抖了一下，像是被乔燕这话吓住了，两眼怔怔地看着乔燕，没有说出话来。那乔奶奶和乔燕说完话，正准备回厨房去，听见乔燕这话，也猛地转过身来，道："胡说些什么？十里不隔五里的，怎么会有人和你长得像？"乔燕道："真的，不信你们看！"说罢掏出手机，翻出一张贺峰的照片，对他们说："就是这个人，你们看和我像不像？"乔老爷子立即戴上眼镜，从乔燕手里接过手机，凑到眼镜片下面认真端详起来。乔奶奶一见，也忘了炒菜，跟着凑了过来，目光落到了手机上。乔燕看见爷爷的嘴唇动了动，以为他要说什么，却没发出声音，目光只是在乔燕和手机上转移着。乔奶奶却对乔燕道："哪里像？这小伙子比你瘦得多，又是一个冬瓜脸，你的脸比他团得多！还有，你一双大眼睛，他这眼睛小得多！再说，他是个男娃，你是个姑娘，哪儿有一点相像的，别胡说了！"过了一会儿，乔老爷子也像是回过了神，道："就是，世界这么大，即使长得有点像，也不奇怪，以后不要胡说了！"

乔燕听了爷爷的话，便有些动摇了，道："我只是从他笑的模样儿上，看出和我有点相像的，其实有点相像也没什么！"说完这话，便从乔老爷子手里拿过手机，撒娇似的靠在乔老爷子身上，道："爷爷，秋天可不可以栽花？"乔老爷子道："怎么不可以，现在这个季节，气温不高不低，正是栽花种草的好季节呢！"又问："你问这个做什么？"乔燕故意努起嘴，做出不高兴的样子，道："爷爷，你好忘事，我不是说过的要在贺家湾栽花种草吗？"乔老爷子一下明白过来，道："没忘，没忘，爷爷别的事可以忘，但孙女的事，我怎么敢忘？你说，要爷爷做什么？"乔燕道："爷爷，你能不能把后面小园子和阳台上的花草，移一部分给我……"话还没完，乔老爷子便做出一副嗔怪的样子，道："你真没良心，那些花草都是爷爷的命根子，怎么打起爷爷的主意来了！"乔燕便又摇晃着他道："我不打爷爷的主意，还有谁疼我？爷爷，你说，你同意不同意呀？"乔老爷子这才道："即使爷爷答应你，可那么点花草，怎么够全村人栽？"乔燕忙道："爷爷，我不是给全村人栽，我是想典型引路，成功了，我再发动全村人栽！"乔老爷子一听是给那个典型贺波的，这才笑道："这还差不多！我孙女来求，我还有什么不答应的？你就是想吃爷爷身上的肉，爷爷也割给你！不过你要给那叫什么……贺波的说，千万别给我种死了，要是种死了，我可不依！"乔燕高兴得急忙在乔老爷子脸上亲了一下，站起来道："爷爷，你放心，我向你保证！"说罢才进厨房，帮乔奶奶往外面端饭。

吃过午饭，乔燕便急忙往村里赶去，她想把这个消息尽快告诉贺波。那天贺波和她一起到城里来了以后，乔燕把张健介绍给了他，也把他的事告诉了张健。三个人一起去看了一场电影，中午一起吃了饭，下午又逛了半天街。乔燕和张健都想留他在城里住一晚上，可贺波坚持要回去，乔燕只得依了他。第二天尽管还在假期里，乔燕还是跟武装部赵科长和女企业家陈总联系了，把贺波给他们的信亲自送了去。不但如此，她还当面给赵科长和陈总讲了这场暴雨的厉害以及鸡死后贺波痛不欲生的样子。陈总听了，当即给贺波写了回信。第二天，赵科长又给乔燕打电话，通知她到武装部去一趟。乔燕赶过去，赵科长将一封高政委给贺波的亲笔信和武装部发放的一千元慰问金交给了乔燕，让她转交给贺波。高政委的信同样没有封口，乔燕回到家里，也抽出来看了。首长的信写得很简短，只有几句话：

贺波同志：

　　得知你的鸡苗被暴雨淋死一事，我们也感到非常难过，同时我们也为你建设家乡的决心感到高兴！失败乃成功之母，希望你发扬部队的优良传统，就像你说的那样，从失败中吸取教训，继续努力前进，为建设社会主义新农村出力！

　　致

礼！

乔燕那天从贺峰家里出来，就把两封信和武装部的 1000 元慰问金交给了贺波。贺波读了高政委和陈总的信，显得很高兴，似乎从鸡苗突然死亡的打击中恢复了过来。但乔燕知道，高政委和陈总的安慰虽然有效，但他不可能这么快就从几千只鸡的死亡中振作起来。

贺波是一个喜欢干事的人，只有找一件他喜欢做的事让他干，才能慢慢转移他的情绪，把他尽快地从失败的阴影中拉出来，因此她想到了栽花的事。她想，贺波听说了这事，一定会高兴。

可是，等她回到村里，还没来得及往贺端阳家去，便被贺世银拦住了。一看到她，贺世银便问："你今上午到哪儿去了？我可等了你一上午……"乔燕便对贺世银说："我一大早就到城里办点急事！"贺世银道："我说嘛，昨天我看见你下来的，今天怎么就没见了呢？还以为你到乡上开会去了。"乔燕便问："你找我有什么事，爷爷？"贺世银说："姑娘，到家里去说吧！"乔燕道："不用了，爷爷，就在办公室说吧，办公室没人，和到你们家里一样的！"一边说，一边便开了村委会办公室的门，让贺世银进去了。

贺世银坐下后，这才看着乔燕问："姑娘，上次你说过，如果我把房屋搬到村里其他地方修，上面要给什么补助，这话还算不算数？"乔燕马上道："怎么不算数？有两项补助，一个叫土坯房改造费，一个叫土地整理费！我们村上土地流转的基本方案，已经报到乡上了，村委会周边这一片土地，肯定是要流转的，现在正在联系老板来发展产业。实在没老板来，我们自己也要发展。你要搬出去，这两项补助你都是可以得到的！"贺世银便高兴起来，道："那就好，姑娘，我知道你不会说假话！我们打算把房子搬到鹰嘴崖下面那个三角坪里……"乔燕立即道："怎么想到在那儿建房，是兴坤叔叔的主意吗？"老头道："正是他们年轻人的主意呢！你兴坤叔说，那儿不是一个三岔路口吗？离公路只有两三丈远，来往的人多，房子建好以后，拉点化肥什么的回来卖，不仅方便了我们村，还要方便那边张家湾、徐家坡、伍家坝几个村的人。再不济，到公路边摆个小摊，多的钱不赚，挣点称盐打油的钱是不成问题的！"一听这话，乔燕明白了，便道："兴坤叔到底是做过生意的人，眼光看得远！并且那儿还有一块荒坪，占的耕地少，既然你们决定了，村上给你们开绿灯！明天我就叫贺文书记和你们一起，到乡上办相关的手续！"又问，"你们打算什么时候动工？"贺世银说："你兴坤叔说，村上答应了，他就准备钢筋、水泥、砖啥的，还请人画图纸……"乔燕便道："那好，你给兴坤叔说，目光放远一点，要建就建漂亮一些，最好让他回来看一看贺波改造后的房屋。以后我们村里如果发展旅游，你那个地方是三岔路口，说不定会有大用场呢！"又说，"如果兴坤叔找不到人设计，我回去找人帮忙，保证设计出最好的房子！"贺世银立即喜得眉开眼笑，一边乐颠颠地说："那好哇！那好呀！"一边拐着腿走了。

这儿乔燕正要锁门，忽见王娇急匆匆地跑了来，还在老远就叫："乔书记，你可回来了……"乔燕停住锁门的手，看着她跑近了，这才看清她脸上挂着像是被暴风雨吹打过的表情，平时好看的睫毛这时一上一下地抖动，仿佛眼睛进了沙子，脸色也呈现出一副土灰色的苦相。乔燕急忙问："婶，出了什么事？"王娇双手拍了一下膝盖，道："唉，真是屋漏又遭连阴雨，祸不单行，连我都不好意思开口！你去劝劝贺波吧，他都三顿没吃饭了，我们谁劝他都不听，只有你的话他还听得进去，就去劝劝他吧……"一听这话，乔燕脑袋里又"轰"的一声，像是有什么爆炸了，问道："究竟是怎么回事？"王娇停了一会儿，这才说："还不是为郑琳的事……"乔燕没等她说完，便打断了她的话："郑琳怎么了？"王娇道："郑家又不答应这门亲事了！"乔燕明白了，忙问："真的，郑家明说了？"王娇道："怎么没明说？那郑家说得好好的，等郑全兴六十大寿那天，郑琳和贺波就正式订婚。可昨天下午贺兴菊来转告郑全兴两口子的话，说郑全兴六十大寿郑琳不会回来了，叫贺波不要等，有合适的就各人去订婚，免得耽误了他！还说，他们女儿不会找老家的'土包子'！你听听，这话还要怎么明说？贺波一听这话，就把自己又关在屋子里，从昨天晚上到现在都没出门，也没吃饭！你看，鸡死了他还没有回过神来，又遇到这事，他怎么受得了？"乔燕一听，马上道："婶，正好我有事找贺波，你要不来，我也过去了，那我们走吧！"说罢锁上门，就和王娇一起去了。

到了贺端阳家里，乔燕以为贺波又会像上次一样闭门不见，她已经打定了主意，如果贺波拒绝开门，她便在门外等他，一直等到他开门为止。没想到她刚一叫门，贺波便把门开了。乔燕一看，才一天的工夫，贺波眼睛比平时大了一圈，目光呆呆的，像是傻了。乔燕刚要说话，他却突然咧嘴一笑，道："姐，你什么都别说了，我想通了，这或者是命……"乔燕忙道："你怎么知道这是命？"贺波道："这不是命还是什么？我想不通的是人的眼窝子怎么会这么浅？他们见县上武装部和乡上的领导都来看我了，以为我以后一定会有大出息，所以主动找人来向我提亲！现在一看我的鸡死了，上面一定不会再栽培我了，所以又马上要退亲，你说这是不是人的眼窝子浅？"乔燕道："这有什么奇怪的？这说明他们爱的是一个有事业心的小伙子，如果你今后还想赢得其他姑娘的芳心，你就应该振作起来，干出一番事业，不愁没姑娘爱你！"贺波一听这话，便道："姐，你放心，我倒要干出一番事业来，让那些眼窝子浅的人瞧一瞧！"乔燕立即拍掌道："你有这样的决心就好，也不用我说什么了，我只告诉你一个好消息。你先下去吃饭，吃了我就告诉你！"贺波却道："姐，你真有好消息，先告诉我了，我再下去吃饭！"乔燕便把栽花的事对贺波说了，又道："如果你同意，明天我们就到城里去，找辆车把爷爷的花拉些来，先栽到你的园子里。爷爷那里还有养花的书，我叫他也给你，不懂的地方你再向我爷爷请教！等你掌握了技术，成功了，明年春天的时候，你就负责全村庭院美化的工作，你看怎么样？"贺波听了这话，脸上终于露出了笑容，就"咚咚咚"地朝楼下跑去，一边跑一边回头对乔燕道："我下去吃饭了！"

四

人世间有些事情，上天像是十分眷顾人类，人怎么想，它便怎么来。而另外一些事情，它却不按人的意志出牌，其结果便是事与愿违，出人意料。却说这日乔燕正在村委会办公室里写一份材料，节令已进入了初冬，乔燕里面穿了一件紫色的羊毛衫，外面是一件蓝色短外套，下面是一条修身牛仔裤，她的大腿本身就不粗壮，上松下紧的搭配使她显得比平时更高更瘦，同时也更增加了一种干练和帅气的风度。外面有一股一股的风吹过，她便关严了窗子，只把门留着。正写着，发现屋子里光线突然暗淡了下来，她以为外面变天了，抬头一看，原来门口亭亭玉立地站着一个姑娘，挡住了从外面射进来的熹微的阳光。只见这姑娘二十三四岁年纪，一条短马尾辫，宽脸颊，小下巴，一只小巧的鼻子，两边有几颗不大的痤疮。单眼皮，眼睛虽然不大，却闪动着诚实善意的光芒，两瓣果冻一样晶亮肉感的嘴唇，带着一股活泼的气息，给人一种特别可爱的感觉。再细细一看，原来那姑娘一张脸，包括那上面的眉毛线条、眼影以及眼部下方，都是经过精心修饰过的。脸上不但抹了打底霜，也打过腮红，可这一切，包括唇膏，都做得不留一点痕迹，像是浑然天成的一样。乔燕不得不在心里赞叹起这个化妆师高超的本领来。再看她的穿着，上面是一件有内衬的翻领毛绒牛仔衣，领和内衬搭配十分协调，将她白皙的脖子和脸衬托得恰到好处。给人整个的印象是这姑娘虽说不上特别漂亮，却有一种说不出的魅力。她一见乔燕抬头看她，便立即对着她鞠了一躬，然后露出两排洁白整齐的牙齿微微一笑，才彬彬有礼地说道："你是乔书记吧？"乔燕两道眉毛立即闪了闪，道："是呀！"又马上问，"你是……"姑娘道："我是郑琳……"

一听"郑琳"两个字，乔燕立即惊叫了起来："啊，你就是郑琳？"她虽然没见过郑琳的面，可这两个字对她来说太熟悉了，于是一边叫，一边站起来，准备过去拉她。郑琳却落落大方地走了进来，把一个装着东西的纸袋放到桌子上，然后过来主动拉了乔燕的手道："乔书记，大家都说你又年轻，又漂亮，才二十来岁就从城里下来当第一书记，还当得很好，大伙儿都服你，我还不相信，现在一见，果然是这样！"乔燕一听这话，不由得红了脸，道："哪儿，我下来是向村民学习的！你这件衣服真漂亮，穿在身上显得既随意，又奔放，还很有时尚感……"话还没说完，郑琳便道："乔书记，你别夸我，我是随便穿的！"乔燕笑了起来，道："随便穿都有这么好看，要是认真穿，那还不成模特儿了？"说完才正经问，"回来给你爸做生了？"郑琳道："可不是，老爸大生嘛，做女儿的都不回来，那不是不孝了？"听到这里，乔燕便想起了郑全兴派贺兴菊去告诉贺波说她父亲六十大寿她也不会回来的话，想问她，可话到嘴边却没说出来，只道："回来了好，六十大寿，当然该回来！"郑琳听到这里，又问："乔书记，你怎么知道我老爸是六十大寿呢？"乔燕道："我怎么不知道？"刚想把贺波告诉她的话说出来，又觉得有些造次，便道："我前天到郑家塝，还听见有人和你老爸开玩笑，就是这天要来吃你老爸的牛……"刚说到这儿，猛然又把话停住了，道，"对不起，我差点把粗话说出来了！"郑琳见了，十分大度地笑了，说："不要紧，乔书记，他们每年都差不多要和我老爸开这样的玩笑！"又说，"我老爸的生日不好，偏偏在立冬这几天，今年还好，立冬已经过了，有一年正好碰到立冬这个日子，所以大家都拿牛来和他开玩笑！"

原来贺家湾的风俗，说立冬这个日子是牛的生日，过去到了这一天，家家户户都要给牛梳毛，还要熬粥给牛吃。恰好那农历十月初十，就是立冬前后，郑兴全的生日，弄不好便是那一天，即使不是一天，也不过前后一两天，因此大家便拿他开玩笑。乔燕前天听郑家塝的人说到了初十这天，要去郑全兴家里给牛"打火炮"，纳闷了半天，最后才听说了这么回事，想着过去一直以为乡下人生活单调无趣，没想到却是这么丰富多彩，什么事都可以转化为乐子，便忍不住笑了。现在听郑琳这么说，便道："把你老爸称为牛好！只有那些任劳任怨、踏实肯干又本分老实的人，在那些文人笔下才能成为'老黄牛'呢！"说完这话才问郑琳，"准备办多少桌呀？"郑琳道："也不怎么大办，不过所有内亲内戚和村里我们过去随过礼的人，怎么也得招待一下，才过得去的！"

说完这话，郑琳停了停，才看着乔燕问："乔书记，我来是想求你一件事，不知你答应不答应？"乔燕立即道："只要我能办的事，一定不会拒绝！"郑琳便道："我爸想请你当支客师，不知你肯不肯给面子？"乔燕吓了一跳，立即道：

"哎呀，别的什么都行，可这支客师，我什么都不懂的，不行，不行！"郑琳忙道："不要紧的，乔书记，我们什么都做好了的，你只要到个场，做做样子就行！"乔燕仍是一边摇手，一边说："不行，绝对不行！没吃过猪肉，却见过猪跑的，下来这几个月，也看到村民办了几次红白喜事，支客师不但要德高望重，能说会道，还要精通几种礼仪，我怎么能行？你叫我来吃饭差不多，当支客师绝对不行！"郑琳见乔燕态度如此坚决，眼里便露出了几丝绝望的神情，嘴里道："那、那怎么办……"乔燕见郑琳沮丧的样子，便道："前几次贺国辉、贺广全、贺清明家办事，都是请贺端阳书记做的支客师，他又是村主任，又是支部书记，请他做支客师你们又有面子，他又熟悉红白喜事那一套，接人待物礼数也周到，你们怎么不请他……"一语未完，郑琳的脸倏地红了，道："我们也是想请他的，就怕请不来……"

乔燕心里一下明白了，郑家是担心自己曾经拒绝贺波的婚事，怕贺端阳不给面子，便道："只要你们真心请，怎么会请不来呢？"郑琳犹豫了一阵，便抬头看着乔燕，眼睛里露出了乞求的神色，过了一会儿才道："乔书记，你能不能给贺书记说说，他肯定听你的……"话没说完，乔燕便道："这些事情，你怎么好委托第三人去说呢？我去说，倒显得你们不真诚了！"一听这话，郑琳又显得有些为难了，乔燕立即说："要不，我们一同去贺书记家里，你亲自对他说，我在旁边给你敲敲边鼓，他不会不答应的！"郑琳想了半天，果然答应了一声："行！"正要出门，乔燕忽然瞥见了郑琳放到桌子上的纸袋子，便道："你的东西……"话没说完，郑琳红了脸，急忙道："乔书记，那是我打工那地方的一点土特产，专门带给你的！"乔燕马上道："这怎么行？你到贺书记家里去，总不能空手去呀！"说罢，便把袋子提了起来。郑琳一见，忙过来把袋子拿过去，从里面拿出一只小盒子放到桌子上，然后对乔燕说："乔书记，这下行了吧？"乔燕一看那盒子，里面上面写着："原味蛋酥，手工制作，不添加防腐剂，福建传统特色糕点鸡蛋酥。"这才作罢。

没一时，两人便来到贺端阳的院子里，乔燕正想喊，郑琳却突然站住了，将贺波的房子和周围的环境打量了一阵，突然对乔燕问："乔书记，他们家的房子，什么时候重新修了？"乔燕道："你仔细看看，是重新修的吗？"郑琳又看了看，仍大惑不解地说："不是新修的，怎么完全变了样？我上次回来还看见过的，全不是这个样子……"乔燕哈哈大笑了起来，道："是不是重新修的，你问问贺波就知道了!"话音刚落,贺波忽然从屋子里走了出来,道:"姐,我在屋子里就听见你的笑声了……"话还没完,忽然看见了旁边的郑琳,先是像没认出来,接着眼皮急剧地眨了起来,一张脸顿时又红了起来,张着嘴半天没说出话来。乔燕朝郑琳瞥了一眼,见她也是怔怔的,脸变成了一块红布。乔燕见他们两个都互相望着,也没说话,便道:"怎么,不认识了,要不要介绍一下?"一句话说得郑琳回过了神,道:"怎么不认识,我们还是小学和初中的同学,不过自从他出去当兵后,我就没见过他了!"乔燕道:"哦,还是老同学,贺波你怎么也不招呼老同学坐?"贺波这才红着脸道:"进屋坐吧!"乔燕便带郑琳到了贺波的客厅里。等坐下后,乔燕又对贺波道:"贺波你怎么支一下才动一下,老同学这么多年没见面了,也不倒杯茶来?"贺波又答应了一声:"是,姐!"说完又手忙脚乱地拿着杯子,进厨房泡茶了。

郑琳仍显得非常局促,像是手脚都没处放的样子,却无话找话地对乔燕道:"我好多年没见他了!"乔燕听了这话也道:"你好多年没见他了,他也好多年没见你了,是不是?"郑琳道:"可不是。"说完又问:"他怎么喊你姐?"乔燕道:"我刚才没纠正你,从现在起,你也该喊我姐了!"郑琳一听,脸更红得像是要淌血。正在这时,贺波端了两杯茶出来,放到郑琳和乔燕面前,然后傻傻地退到一边去了,却咧着嘴唇暗暗发笑。乔燕一见,便道:"郑琳的爸爸后天六十大寿,特地来请你爸爸去做支客师!"一听这话,贺波这才像是找到了话题,"嘿嘿"地笑了笑说:"我爸出去了,回来我给他说吧……"乔燕又问:"你妈呢?"贺波道:"我妈没事,又打麻将去了……"乔燕没等他说完,便道:"刚才郑琳问我,你这房子是不是新修的,怎么又会这么好看?姐现在交给你一个任务,带你老同学参观参观一下你的荷塘、八戒公寓、沼气池、后面花园什么的,一边参观一边给她好好介绍一下……"贺波一听,马上说:"姐,你不看看?园子里面的蜡梅、一串红都开花了,可好看呢!"乔燕立即道:"我爷爷的花,我还没看过?我还有一份材料要赶,就不陪你们了,你好好给老同学介绍一下。"说罢站起来就要走。贺波还想留他,乔燕却对他使了一个眼色,便往外走。郑琳见了,也站了起来,乔燕以为她也要走,便对她说:"你请支客师的事,还没亲自对贺书记说,走了干什么?"郑琳却道:"姐,我不走,我送你!"于是贺波和郑琳把她送到院子外边,才回去了。

乔燕等贺波和郑琳回去以后,却悄悄走到贺波房屋上面的小路上,躲在一块山石后面看着下面，果然没过多久，便看见贺波和郑琳从屋子里出来，一面并肩地往前面荷塘走，一边亲热地说着什么，不由得笑了。

　　果然天黑的时候，贺波乐颠颠地来了。乔燕装作什么也不知道的样子，一见面就问："今下午你这个导游当得怎么样？"贺波立即红了脸，笑着说道："姐，郑琳想等她父亲生日过后，把家里的房子也像我们家的房子一样改造一下，叫我去帮忙设计和施工……"乔燕一听，便兴奋地叫了起来："好哇！她还说了些什么？"贺波又红了一阵脸，才继续道："她说，订婚的事她一点也不知道，回来才听她父母说。她还说，她从来没有说过不在本地找对象的话……"乔燕没等他说完，便在他肩上打了一下，笑着道："这下就看你的了！你今下午那身衣服，我还为你捏了一把汗呢！你的身材，穿西装和长款防风保暖外套最好看，怎么还穿那么一套迷彩服？"贺波急忙道："姐，我以后注意了！"说罢手舞足蹈地回去了。

第十三章

一

贺家湾这个冬天，明显洋溢着一种与往年不同的气氛，一是村里没人吵架了，二是垃圾分类在村里普及起来，成了村民自觉的行动。尽管这样，乔燕还是有些不放心，因为转眼已到了腊月里，打工的人像候鸟一样，都从外面回到了家乡，另一方面，村里杀猪宰羊、请客摆酒的人也多了，乔燕害怕外面回来的人一多，鱼龙混杂，有的没有养成爱干净的习惯；请客摆酒的一多，产生的垃圾也自然要增多。这天下午，乔燕给贺端阳打电话，叫他明天和自己一起，到村里检查和督促一下环境卫生情况，另外，贺世银家在鹰嘴崖下面的新房也已经动工了，他们再顺便去工地看看。贺端阳一进入冬天，便把主要精力花在了在外面揽活挣钱上，因为冬天庄稼人空闲的时间多，这时无论是村里统一给贫困户建集中安置点，还是村民自己建房，活儿都很多。但贺端阳又不敢不听乔燕的话，他觉得在这个小女子身上，有一种让人不得不服从的魔力。另一方面，他毕竟还是贺家湾村的支部书记和村主任，就像俗话所说，当一天和尚就得撞一天钟，而且还得把钟撞响，这样才对得住自己的良心，于是便答应了。

第二天吃过早饭，贺端阳果然来到村委会，约了乔燕，一起往外面走去。虽然节令已到三九天气，树木褪去了它们身上披了大半年令人心旷神怡、芬芳馥郁的绿袍，但这个被大巴山紧紧包裹在中间的川东北小村庄，气温并说不上寒冷。一些高大的乔木上，甚至还挂着一些黑褐色的叶片没有掉下来，只是遇到突然袭来的一阵风时，它们才十分不情愿地从树枝上猝然脱离，如惊飞的鸟儿慌慌张张地先在空中翩翩起舞一阵，然后才栖落在大地上。

他们出门时，太阳像个喝醉的汉子，涨着一张紫红色的面孔早爬上了天空，虽失去了夏日和秋日的威力，却仍将大地照得红彤彤的。他们走过十多户人家，看到垃圾桶都摆得整整齐齐，每家院子里里外外都像水洗过一般，比城里街道还干净。贺端阳便对乔燕道："怪了，过去村里也整治过环境卫生，甚至还把世普老叔请回来帮我们整治，为什么成效都不大？"

乔燕看见村里的环境卫生没有一点反弹，心里也十分高兴。听了这话，便道："贺书记，其实要做到这一点很容易，你只要知道人的天性就行了……"贺端阳没等乔燕话完，便又问道："什么天性？"乔燕道："小时候走亲戚，是不是你都要换上一件漂亮的衣服，把手和脸洗干净才去？"贺端阳道："这是自然的！"乔燕道："这就是天性！"然后慢慢道，"世界上无论哪个国家，哪个民族，也不论穷人还是富人，是上过大学还是目不识丁，每个人生来就具备了爱美之心，只不过有的因为条件好，表现得强烈一些，有的因为生活条件不好，表现受限一些，但永远不会消失！尤其是女人，这种爱美之心的天性更重，只是长期以来被生活和环境给压抑住了。现在我们把她们心里这种压抑住的天性给唤醒激活，生活就是另一种景象！"贺端阳一听乔燕这话，不得不心悦诚服，却道："可是我们当初也想唤醒他们，他们为什么就不听我们的，这一点你到底使用了什么绝招？"乔燕笑了笑，说："我能有什么绝招？你是老农村了，还不知道是怎么回事？"贺端阳道："你别谦虚了，我真还要向你讨教！"乔燕想了半天，说："我给你举个例子。我读高中时，班上有个同学，平时学习有些不认真，但他确实非常聪明，政治老师找他谈话，对他说了很多理想、信念、为中华民族崛起而努力读书的话，说得也十分恳切，可他的成绩就是上不去。后来他家里和村上别人家发生矛盾，别人打了他父亲一耳光，他受到了很大刺激。班主任老师知道这件事后，找他谈话，对他说：'如果你不想今后也像你父亲一样再挨别人的耳光，你就好好学习！'他就写了一条座右铭贴到桌子上：'为父亲那记耳光而读书！'从此成绩扶摇直上，毕业时考上了重点大学！政治老师的话并没有错，都很励志，可是离他太远了，而班主任老师的话，却可以实实在在成为他学习的动力。我从这个例子中就悟出一个道理：面对普通老百姓，你的大道理讲得再好听，如果和他们的衣食住行没有关系，再怎么说也是不行的！"说完看着贺端阳问，"我这种想法不知对不对，贺书记你可要多批评哟！"

贺端阳没回答乔燕，却突然站住了，看着乔燕说："乔书记，你到村里来这么久了，有一件事情，我一直想问你，却又不好开口……"乔燕没等他说完，便道："贺书记有什么事尽管问！"贺端阳这才鼓起勇气道："我想问问乔书记，你的父母是干什么的？"乔燕一听这话，像是惊了一下，过了一会儿才做出一副调皮的样子，看着贺端阳道："贺书记你猜一猜？"贺端阳真的皱着眉头想了半天，这才道："说你是个官二代吧，你又一点不像官二代那么娇气和盛气凌人！说你是个富二代吧，可你不但朴实，还十分吃得苦，也没见过你穿金戴银！说你的父母是普通做工的吧，可不论是你的言谈举止还是为人处世，都像一个大家闺秀！"说完又想了一会儿，才突然说，"我想，你父母一定都是老师吧……"一听这话，乔燕立即笑了起来，道："贺书记，还真让你说准了，我爸妈都是教书的！"贺端阳一听，便得意起来，道："我说吧，要不是出身知识分子家庭，你怎么会懂得这么多。"乔燕道："我父母忙，顾不上管我，所以我从小自理能力就很强。初中毕业那年，我一个人买张火车票，跑到北京去看天安门广场升旗，然后在北京满城跑。考上大学后，别的同学都是父母陪着去，可我不要父母送，就一个人去。所以不管到哪儿，我很快就能适应环境。"贺端阳听了又道："真是人与人不同，我听向家桥村向书记说，他们村那个第一书记，也是个女孩子，却什么也不会做，村上还得拿钱雇人给她做饭、洗衣服，这哪儿是下来扶贫，是让村里服侍她了……"说到这儿，突然发觉话有些不对，便又急忙转移了话题道，"乔书记，我是个土包子，虽然年龄比你大，却是山大无柴，白大了，你今后可要多帮助我！"乔燕听了这话，忙说："贺书记你太客气了，我从你身上学到了很多东西呢！"

　　走着走着，贺端阳又回过头对乔燕道："乔书记，说句心里话，你才下来的时候，我是没瞧上你的！觉得你这么年轻，又是个女娃娃，当什么第一书记？干不上两个月，各人就哭兮兮地回去吧！"说到这里有些不好意思地笑出了声。乔燕也笑了，说："我真哭过两次，贺书记难道忘记了？"贺端阳道："算了，我们不说这些了，乔书记，现在我算是真服你了，尤其是你帮助贺波，我是从心里感激你的！"乔燕听完，才知道贺端阳今天对她推心置腹的原因，便道："贺书记，不要这么说，首先是贺波本身就十分优秀，我帮他是应该的！"说完想把话题岔开，却听见贺端阳又道："乔书记，我不知道你对我是不是有些看法？我们从来没有交流过思想，今天也没其他人，我们就开诚布公地谈一下，你看怎么样？"

　　乔燕一听这话，吓了一跳，急忙说："贺书记，交流一下思想是可以的，可是我对你并没有什么其他看法呀……"话还没完，贺端阳便笑着说："乔书记，真佛面前不烧假香，不瞒你说，我确实和人买了挖掘机和推土机，原来是新农村建设，现在又变成了易地扶贫集中安置点，用自己的关系在外面承包一点工程做，所以用到工作上的精力就少了许多。你是个聪明人，怎么没有看出来呢？不过你宰相肚里能撑船，从不表现出来，这一点也是让我佩服的原因之一！"不等乔燕答话，又接着说了下去，"这也怪不得人，乔书记还不知道我们这些村干部的难处！说官又不是官，国家现在给我们的工资每月就是一千多块钱，我兼职又不能兼薪，像我们这个年龄，说老不老，说小不小，正属于所谓精壮阶段，出去打工，随便干点什么，每个月挣个三五千块钱，都是轻而易举的事，你说这千把块钱，我们拿来能做什么？现在这个年代，村支书如果没有足够的收入，家里穷了，说话连放屁都不如，还别说当下去！所以我们这些村支书，想方设法都要去搞点外快，有的像我一样在外面包工程，有的承包了村里的山林，有的联合办了小企业，反正是各显神通。如果单纯只靠那一千多块便把村干部当下去了，只有一种情况，那就是子女十分有出息，在外面打工挣了很多钱或者当了老板，他们不需要老家伙挺起肋巴来挣钱，只需要在村里有面子，否则没有谁能把村干部当下去……我这个人，也曾经立过雄心壮志的，可干着干着，就觉得没多大意思了！"

乔燕听到这里，忽然明白了，见贺端阳能够以诚相待，把心窝子的话给她掏了出来，十分感动，便说："贺书记，你既然把话说到这里，我也说句心里话。其实我刚下来的时候，便听说了你在外面包工程的事。我当时还想给你指出来，但又怕才来，影响了我们之间的关系，便忍住了没说。现在听你一说，我才突然明白，你们这样做也是不得已。光靠空洞的说教是不解决问题的！你说得很对，农村干部如果没有稳定的收入，谁会安心干？"又问贺端阳，"贺书记，乡上知不知道这种情况？"贺端阳说："哪有不知道的？几爷子都睁一只眼闭一只眼，因为什么呢？假如不让村干部去搞点二职业，他们到村上来，别说喝二两小酒，连开水都讨不到一口！"乔燕听完，沉思了半晌，才道："贺书记，感谢你今天的肺腑之言，让我更深刻地认识了村干部。以后村上的工作，我多做一点就是……"一听这话，贺端阳立即感动地道："多谢你了，乔书记！今后如果有人故意刁难你，你就告诉我。我是男人，你姑娘家不好说的话，让我来，看我怎么收拾他们！"乔燕见贺端阳如此仗义和两肋插刀的样子，也十分感动，立即道："好的，贺书记，有你的帮助和支持，我信心更大了……"还准备说下去，忽然听得后面有人喊，两个人急忙站住了。

二

　　来人是贺勤，上面穿了一件青色羽绒服，下面是一条蓝色牛仔裤，脚上一双耐克运动鞋，大约是贺峰在外面打工时穿的。见贺端阳和乔燕站着等他，便几步跑了过来，笑着对乔燕道："乔书记，我到村委会找你，喊了半天，都没听见你答应，后来才听贺广全说，你和贺书记一起出来检查卫生了！"乔燕忙问："你有什么事，大叔？"贺勤有些不好意思地笑了一笑，看了看贺端阳，然后才有些迟疑地开了口："乔书记，我想请你帮个忙！"说完生怕乔燕会拒绝似的，也不等她回答，便一口气说了下去，"冬天地里的活儿不多，我闲着也是闲着，贺世银老辈子家里盖新房，你知道的，我过去是泥瓦匠，手艺还没丢，你去给他们家说说，我去给他们砌几天墙，也挣点零花钱！"一听这话，乔燕两眼立即放出明亮的光来，看着他说："好哇，大叔，你终于不再等着政府来救济了！这是好事，大叔，身强力壮的，自己能挣钱，凭什么老想着让国家来扶持？即使国家扶持你了，别人也会看不起你！没问题，我去给贺世银大爷说，你等着去干活就是……"话没说完，贺端阳忽然道："你要诚心诚意想凭自己两只手挣钱，哪儿还会找不着活儿做？现在各个地方都在修易地扶贫搬迁集中安置点，好的砖工尾巴都翘到天上了，包工头抢都抢不赢，你还担心没活干？"贺勤立即露出了惊讶的神色，道："真的？哎呀，我这么多年没做手艺了，还不知道砖工俏起来了！那贺书记帮我打听打听，什么地方需要人……"话还没完，贺端阳便道："不用打听，你到我那儿来就是，保证有你活儿干！"一听这话，贺勤急忙道："那我们就这样一言为定，多谢贺书记了！"可乔燕听了这话，却对贺端阳道："我觉得还是先让他到贺世银大爷家里干段时间最好，一是他手艺毕竟丢了这么多年，先练一练，二是离家近，方便些。"贺端阳听了，便对贺勤说："乔书记说得也有道理，你看怎么办？"贺勤想了想，突然说："我听乔书记的！"

说完，贺勤便要走，乔燕却又喊住了他，说："大叔今天这身打扮，不但精神，还有些时尚呢！"贺勤听后，脸有些红了起来，道："姑娘莫夸我，我知道什么时尚不时尚？不过是青蓝二布……"乔燕马上打断了他的话，说："青蓝二布怎么了？青蓝二色是世界上最基本的颜色，青蓝二色就最好看嘛！"说完停了停，才看着贺勤的头发，笑着说，"要是大叔把头发再理一理，就更精神了……"贺勤立即不好意思起来，朝头上摸了一把，才道："不好意思，这头发早就该理了！不怕姑娘笑话，我好久都没上街了！"乔燕道："原来是这样，那下个场日去街上，叫理发师傅给你一个袁隆平那样的发式……"还没说完，贺勤立即问道："袁隆平是谁，是不是袁家沟的？"一听这话，贺端阳就笑了起来，马上道："说这个人你也不晓得，袁家沟倒可能是袁家沟的，却不是我们这里那个袁家沟……"贺勤还要问，乔燕却道："你不知道袁隆平就算了，你只叫理发师傅给你理个小平头就行，以后头发即使长了一点，也不会这样乱糟糟的了！"贺勤听了，立即对乔燕点了点头，道："好，我听乔书记你的！"说完喜滋滋走了。

贺勤走后，乔燕才想起忘了问问贺峰在学校里的情况。自从贺峰重新走回课堂以后，她一直没抽出时间去看他，只在电话上和陈老师聊了一次，但刚聊不久，陈老师因为有事又把电话挂了。想到这里，便懊悔地说："你看我，忘了问他一件事？"贺端阳忙问："什么事？"乔燕却把话打住了。贺端阳见她不愿说，也没追问，只道："没想到贺勤贺勤，真的变勤了！"乔燕道："人都是会变的！"贺端阳道："这又是你的功劳，你是怎么让他变了的？"乔燕突然哈哈大笑了起来，道："贺书记，你真把我当成是三头六臂的神仙了！我哪有什么办法让他变？不过一个人，觉得有人还在关心着他，尊重着他，他自然就会变。反过来说，如果一个人觉得他被众人抛弃了，被边缘化了，他也会变，不过是朝着相反的方向变！"贺端阳像是明白什么了，便道："你说得确实有道理！你看他，对你真可以说得上是言听计从，一口一个听你的！可我和他还是本家，大小也是个支部书记，可他就从没说过这样的话！"乔燕马上道："哪儿没有呢？你说给他找活儿，他不马上就感谢你了？"贺端阳道："感谢归感谢，听话归听话，这一点我又要不如你呢！"

说着话，两人来到了贺世银建房的工地。这儿因为山嘴上有块石头像一只雄鹰的脑袋，故叫了"鹰嘴崖"。贺世银的新房在离鹰嘴崖六七丈的地方，那儿原先是两块梯地，加上一块乱石坪。乔燕和贺端阳到达那儿时，贺兴坤指挥着从城里雇来的两台推土机，正在将上面台地上的泥土"轰隆隆"地往下面的地里和乱石坪上推，贺兴坤的女人刘玉也在那儿。乔燕已经见过贺兴坤一面，上次他穿的是一件藏青色的七匹狼户外运动保暖外套，今天却穿了一件深灰色的商务休闲中长大衣，打着领带，下面是一条深卡其色的英伦风格的休闲裤，脚着一双棕色皮鞋，头发向后面梳得油光水亮，一副老板的打扮。刘玉却朴素得多，上面穿的是一件深湖绿轻便连帽棉外套，显得身上有点臃肿，下面是一条蓝灰色铅笔牛仔裤，一张苹果脸，不知她在城里干的什么，脸上还有许多皲裂了的纹路，显得皮肤有些粗糙，所以她尽管比贺兴坤要年轻好几岁，可看上去面容却比丈夫要苍老得多。

贺兴坤一见乔燕和贺端阳来了，立即从一块石头上跳下来，热情地说："两位大书记，你们来了！"刘玉一听贺兴坤喊"书记"，也急忙过来拉住了乔燕的手，说道："哎呀，你就是乔书记？我一回来，小婷就不断在我耳边提起你，说你给她买新衣服，又怎样辅导她做作业！小婷前一次考试，语文得了85分，数学得了92分，全靠了你！"乔燕忙说："小婷其实是很聪明的，又很听话，只是平时做作业没人辅导！"刘玉说："可不是这样，谢谢你，乔书记！她现在对你，比对我还要亲呢！我回来后，叫她跟我睡两晚上，可她硬要来跟你睡，这鬼丫头，有了你，连妈也不要了！"说完就大声笑了起来，乔燕也跟着笑了。

笑完过后，乔燕才对贺兴坤问："叔，材料都准备好了吧？"贺兴坤忙说："早准备好了，只要地基一平出来，我们就动工！"乔燕又道："设计还满意吧？"贺兴坤又忙道："满意，满意，这么好的设计我们怎么能不满意……"话还没完，贺端阳便看着乔燕问："你还会设计？"乔燕忙说："不是我设计的，是我找人设计的。"话音刚落，贺兴坤也说："可不是，最初我想自己找个人设计，可别人开口就要几千设计费，乔书记知道后，找他们单位的人设计，只要了三百块钱的设计费，不但设计好，造价也低……"贺端阳立即道："图纸在哪儿，拿来我看看！"贺兴坤一听，果然从大衣口袋里掏出了一卷图纸，递给了贺端阳。贺端阳接过一看，不但有平面图，还有一张房屋的效果图。贺端阳看不懂平面图，目光便落在了房屋效果图上。只见图上是一个中式小院，四周带有围墙，围墙正中开了一道大门，大门里边的院子里又有一道屏风，遮住了后面屋子客厅的大门，形成了一个民间所说的藏风闭气的空间。房屋上下两层，既没有传统的大阶檐，也没有跑马廊，只是下面客厅这间房凹进去了几米，这凹进去的几米，既可以做大阶檐用，又可以当一间敞房用，更重要的是从这儿进入两边凸出的屋子，使这两间屋子与里面屋子相连，成为一个独立、封闭的空间，极大地增强了两间屋子的私密性。更巧夺天工的是在楼上，整个房屋都凹进去了几米，形成一个巨大的露台，上面支了篷，不仅人可以在上面休闲聊天，还可以做成花台栽花种草。贺端阳一见，便急忙叫道："好，这房子太漂亮了！"乔燕一见贺端阳如此高兴，便和他开玩笑道："贺书记现在也知道什么是美了哟？当初贺波要改造你们家那火柴盒房子，你还不同意呢！"又道，"这房子不仅漂亮，造价还很低，设计的高工对我说，整个房屋造下来，加上装修，十万块钱就能打住了！"贺端阳一听这话，便又道："造价这么低呀？那今后贺家湾修房子，都照这样修！"乔燕道："那也不一定，都照这样，那又不成千篇一律了？"

说了一会儿话，乔燕才把贺勤做工的事对贺兴坤说了，贺兴坤道："叫他来吧，我还正愁人手不够呢！"乔燕代贺勤谢了他，便要走。贺兴坤道："实在对不起，连个坐的地方都没有，我也就不留你们了！"说着便和刘玉一起把乔燕和贺端阳送到公路上。刘玉还像恋恋不舍似的，又把乔燕送了老长一段路，才站住对乔燕说："乔书记，有空了到家里坐坐，可不要客气！"乔燕道："我客什么气？你们家里旮旮旯旯我都熟悉了！"说完才和刘玉分了手。

刘玉离开后，贺端阳问乔燕："现在我们又往哪儿去？"乔燕想了想，突然说："我们去看看贺波帮郑琳家改造房屋进行得怎么样了？"贺端阳却露出了犹像的样子，道："现在去呀？"乔燕说："那你准备什么时候去？"贺端阳红了红脸，过了一会儿才迟迟疑疑地道："乔书记，要不你一个人去看看吧！"乔燕一听，觉得这话中有原因，便追着贺端阳问："为什么你不去？"贺端阳又红了一会儿脸，才道："乔书记，实话给你说吧，那小子有好几天都没回家睡觉了……"乔燕像开玩笑地问："他在哪儿睡呢？"贺端阳道："还能在哪儿睡？"说完便笑起来，乔燕见了，也跟着笑。笑完，贺端阳才道："现在的年轻人，真没办法跟他们说清楚！前次他们两个进城去买材料，三四天才回来，回来对我们扯谎说材料不好买，后来他妈给他洗衣服，从口袋里掏出了住宾馆的发票，他妈对他说：'你们还有钱住宾馆呀？那宾馆那么贵，你们一人一间，要花多少钱？'那小子红了半天脸，才跟他妈说：'我们住的一间房……'"乔燕听到这里，立即也红着脸笑了起来，道："怪不得你这个未来的老公公不好意思去见自己的儿媳哟！"又说，"就依你的吧，现在暂时不去打扰他们，不过什么时候办喜事，可得告诉我一声哟!"贺端阳忙说:"那是一定的,到时候还要劳驾你来当支客师呢!"

三

　　第二天一大早,乔燕起床稍稍梳洗了一下,连早饭也没吃,穿上自己那件长过膝盖的羽绒服,又在膝盖上加上一双连到脚腕的护膝,戴上滑雪手套和一只红色的带有围脖的安全头盔,把自己武装得像是动画片里的蜘蛛侠似的,才骑着车往县城赶。这身装束,是她特意为冬天骑车准备的,其中护膝还是爷爷给她买的。爷爷还给她买了一双厚厚的棉鞋,可她嫌难看,便一直没穿。尽管这样,等她回到城里,还是觉得自己的身子成了一截木桩。她径直骑到自己和张健蜗居的小区里,把车停到车棚里,上了楼。张健早上班去了,她在屋子里跳了一阵,等身子暖和过来后,才褪去满身的"盔甲",找出平时穿的衣服换上,挎上包,下楼往县医院去了。

　　乔燕的身体一直很好,尤其是"大姨妈",每个月都是准时来,即使有时提前或挪后一点,也从来没有超过两三天。可这一次,平时的"月月红"都将近五十天了,还没来报到。上个星期她回来,去药店买了一包早孕试纸,回到家里自己做了一个测试,其结果呈现的是"阴性",她高兴了几天,以为"大姨妈"也会像天气一样,时不时闹点小脾气,有时迟来几天也是正常的。可是又过了这么几天,她老人家却仍是这么沉得住气,乔燕便有些慌了,这可不是闹着玩的!这次,她不敢再自作主张去买试纸来自我检测了,决定去医院做一次检查。

　　到了医院,正是病人就诊的高峰期,乔燕去挂了号,来到妇产科,对医生讲了自己的情况。医生二话没说,便开了一把检查单,什么尿常规检查、血常规检查、B超……要命的是,她知道抽血要空腹,所以早上起来不但没吃饭,连水也没有喝一口,却不知道做尿常规检查时,要早上起来第一次排出的尿液最好。抽完血后,等了半天,终于有了一点尿意,急忙去窗口取了一只玻璃杯子,去厕所取了尿液交给了负责检验的医生,以为完成了一件大事,便又往B超室去。可刚到那儿,医生便问她:"膀胱胀了没有?"乔燕道:"我才上了厕所小解了!"医生急忙不耐烦地挥手道："出去，出去，等膀胱胀了才来！"乔燕正想问医生为什么要等膀胱胀了才能检查，医生却早已转身走开。旁边一个和她年龄差不多的女孩，正捧着一瓶矿泉水"咕咚咕咚"地往肚子里灌，一见她大惑不解的样子，便从嘴上取下矿泉水瓶，对她说："这你都不知道？做子宫 B 超检查得在膀胱充盈的情况下才能进行，所以到医院之前都准备好矿泉水，我这已经是第二瓶了！"乔燕便道："哎呀，我从没听说，可这么冷的天气，你喝了两瓶矿泉水，不觉得凉吗？"女孩道："那有什么办法？我总不能背个开水瓶在身上吧！"乔燕没法，也只得出去买了两瓶矿泉水，"咕咚咕咚"地喝了下去。如此这般，直到中午快下班时，乔燕才拿了一把检查报告，到了医生那儿。医生只朝那些检查报告上匆匆瞥了一眼，便急忙道："祝贺你，就要当妈妈了……"一语未了，乔燕脑子里立即"嗡"的一声，像闯进了一只蜜蜂，心脏也"扑通扑通"地加速了跳动，半晌才有些不相信地对医生问道："真的？"医生却道："回去注意营养，多吃低卡路里和高蛋白的食物，定期到医院来做孕期检查。"说完便不再理乔燕了，乔燕只好走了出来。

来到楼下，乔燕心里还在"扑通扑通"地跳，好像做了贼一般，却又没有做了贼后的惶恐与不安，只是一种既有点慌乱又有一种喜悦相互交叉的说不清楚的感觉。她想起医生的话，也禁不住在心里说："真的，我真的就要当妈妈了？真奇怪，我怎么就要当妈妈了呢？"想到这里，她禁不住把手放到肚子上，隔着衣服摸了一下，真的感觉肚子里有东西跳动了一下，她当然知道这是不真实的，还是一个胚胎，怎么能跳动呢？但她相信这是真实的，她的肚子里有了一个宝贵的生命，这个生命从现在起，就和她血肉相连了。她突然从内心涌出一种骄傲的感觉，看着医院里出出进进的人，真想把自己快要当母亲的消息告诉他们。可是没过一会儿，她又犯愁了，觉得这个小东西来得真不是时候，他怎么能这时候来呢？她要三年时间才能结束贺家湾的扶贫工作，今年才是打基础，明年是最最关键的一年，一开春，又是易地扶贫搬迁集中安置点的修建，又是产业发展，还有号召家家户户栽花种草，都是啃硬骨头的事，挺着个大肚子怎么工作？更重要的，还要分娩，还要哺育，起码有大半年时间不能上班，那贺家湾的事情怎么办？正因为想到这点，他们结婚以后，她就对张健说了自己的想法，一定要等到贺家湾脱贫、她三年扶贫期满后，他们才能要小孩，因此每次，都要张健戴套。可张健总是涎着脸对她说他会注意。现在担心的事还是发生了，怎么办？她在医院大厅的椅子上坐了一会儿，突然想趁张健还不知道，悄悄去做了……但脑袋里刚浮现出这样一个念头，她的心便"咚"地跳了一下，不，并不是心跳，而是子宫里像被人掐了一下似的，她心里急忙又道："不，不，这太残忍了，一个好端端的生命，既然来到了我的肚子里，和我的生命连在了一起，我怎么能只顾自己，而不顾他呢？"想到这里，她突然看见前面一个花一样的小姑娘，张着胖乎乎的小手，嘴里叫着"妈妈"，朝她跑了过来。她仿佛看见是小婷，可一眨眼却不是，是一个陌生的小女孩，朝她不远处另一个年轻女人跑去。

回到家里，张健还没有回来，乔燕打电话问，才知道张健下乡办一个案子去了。乔燕想到爷爷奶奶家里去，可一看时间，估计爷爷奶奶早吃过午饭了，去了，又得麻烦奶奶重新给她做饭，想了想，便打开炉灶，做了一碗面条匆匆倒进肚子里，嘴一抹，连碗也来不及洗，便下楼骑上车朝县中学去了。

到了学校，离上课时间还有半个小时，乔燕这才放了心。一进校园，看见学校塑胶跑道和篮球场上，到处都是生龙活虎的学生，也有一些女生，手挽着手，在林荫小路上一边散步，一边窃窃私语，时而爆发出快乐清脆的笑声。还有一些同学坐在阳光下轻声地读着课文。这情景不由得又勾起了乔燕对自己高中时代的回忆。她想："这才几年工夫，自己就快做母亲了，又要不了多少年，自己的孩子又会像他们一样，在校园里运动、散步或读书！一眨眼，人一辈子就过去了，真是光阴似箭呀！"这么一想，便更有了一种想抓紧时间干点事的紧迫感。

因为还没上课，乔燕很快便找到了陈老师。陈老师一见，便知道了她的来意，把她喊到办公室，开门见山对她说："小乔，你是来问贺峰的学习情况的吧？贺峰这个学生非常不错，学习特别努力！他入学后，我搞了一个测验，不是只针对他一个人的测验，而是全班的测验，但我主要还是想看看他的成绩情况。测验的结果和我想象的一样，毕竟他的功课丢了大半年，名次是全班倒数第一。但过了一个多月中期考试时，他的成绩提升了十多位，前不久我又搞了一次测验，他的成绩已跃升到了前二十名。你知道我们班是全校的尖子班，竞争比较激烈，他的成绩能上升这么快，那是很不容易的！他还有上升的空间，我估计期末考试他的名次还要上升！"一听这话，乔燕脸上立即露出了欣慰的笑容，不断对陈老师说："谢谢陈老师，您辛苦了，要没有您的付出，他怎么能进步这么快？"又问陈老师，"陈老师，你看他还有哪些方面的不足？"陈老师也直言不讳地说："要说不足，这孩子仍然有些自卑，还是不爱和同学交流……"听到这儿，乔燕又忙问："同学们知道他是个旁听生吗?"陈老师道："我们遵照你的话,严格保密,直到现在为止,没一个同学知道他是个旁听生!"乔燕听了这话,急忙站起身,紧紧握住陈老师的手："我真的要谢谢陈老师,这样就好了! 我就是担心他背上'二等生'的包袱呢! 陈老师,离上课还有一点时间,我想和他谈谈!"陈老师高兴地道："那好哇,你就好好找他谈谈,耽误点课都没关系!"说罢,便叫了一个学生去把贺峰喊来。

　　很快,贺峰便来到了办公室,乔燕一看,贺峰比才回来时胖了一些,脸色也红润了许多,但仍然腼腆,一见乔燕,只嚅嚅地喊了一声："姐!"便不知说什么好了。乔燕便对陈老师说了一声："我们出去走走!"说罢,也没等陈老师答应,便拉着贺峰的手走了出去。因为担心马上就要上课了,乔燕不敢走远,便只到前面的操场上,绕着塑胶跑道散起步来。一边走,乔燕一边说："对不起,姐老早就说来看你,可一直没抽出时间来! 学习怎么样?"贺峰停了一会儿,才道："还没考试的……"乔燕立即道："我听陈老师说了,你的进步很快,祝贺你!"贺峰一听这话,脸就红了起来。但乔燕没等他说什么,又道："我今天来,想起了一个故事,想讲给你听一听。这个故事就发生在我读书时,我们班上有个女生,因为家里很穷,特别自卑,有天老师来上课,就把这个故事讲给我们听。其实这个故事很多人都知道,就是华罗庚的故事。老师说:'华罗庚初中毕业后,因为没有钱交学费而被迫停学。回到家里后,一边帮助父亲干活,一边努力自学。但这时他又不幸染上伤寒,在床上躺了半年之久。病好以后,他留下了一个终身残疾,左腿关节严重变形,瘸了。那时,他才十九岁……'老师讲到这里时,停了下来,看着我们问,'同学们想一想,如果是你们遇到了这种情况,又该怎么办?'结果大家都没有回答出来。老师便又继续讲,'在那种迷惘、消沉、近似绝望的日子中,华罗庚没有绝望,也没有萎靡不振,决心坚强地跟命运对抗,用健康的头脑,代替不健康的腿! 白天,他拖着病腿下地干活,夜里在油灯下勤奋自学,终于成为一代数学大师!'老师讲到这里,眼睛就落在那个自卑的女同学身上,特别加重了语气说,'一个人如果老是陷在自卑的情绪里,无论有多么聪明,都无法在事业上获得成功!'那个女同学听了,当时没说什么,可过后慢慢克服了自卑的情绪,后来也考上了一所好大学! 你要记住,自卑有时也会成为天才的敌人!"贺峰听到这儿,半晌才说："姐,我记住了!"说完再也不说什么,乔燕也转换了一个话题,对贺波道："我还要向你报告一个好消息,你爸爸和过去相比，像是变了一个人!"说完，便把贺勤主动要求去贺世银大爷建房工地干活的事给贺峰说了。贺峰道："我老爸给我说过，说他再像过去那样，就对不起你!"又说，"我老爸说，村里人都嫌弃他，唯有你看得起他!"乔燕说："光我一个人看得起他还不够! 等你一年多以后考上了名牌大学，他又改掉了身上那些不好的毛病，你说说，全村的人会不会都对你们投来尊敬的目光?"贺峰没答，像在思考什么。果然，没过一会儿，他突然又抬起头，看着乔燕显得有些固执地问："姐，我还是想知道帮助我的人是谁。"乔燕一听，做出生气的样子，道："我给你说过了，人家不愿意让你知道，你还一直追问什么? 我再告诉你，你只要学习好了，就是对他最好的报答!"贺峰听了，又低下了头。正在这时，上课铃响了起来，贺峰立即道："姐，我要去上课了!"乔燕也马上道："去吧，你要记住，永远不要自卑! 还有什么困难，就尽管给姐说，啊!"贺峰张了张嘴，想说什么却没有说出来，只抿着嘴唇点了点头，"嗯"了一声，转身跑了。乔燕站在原地看着他，见他跑到了教学楼下，却突然回过身，朝她挥起手来。乔燕也举起手，朝他挥了一阵，贺峰这才进了楼道。乔燕直到看不见贺峰了，这才转身离去。

第十四章

一

　　乔燕没想到自己的妊娠反应会这么厉害。这天晚上，她正像往常一样，一个人在村委会办公室的屋子里吃饭，可吃着吃着，一种恶心的感觉突然从肚子里涌了上来，想吐，便走到卫生间，"哇"的一声，把刚才吃进去的饭全吐了出来。吐完过后，感到心里很不好受，又忽然想吃酸杨梅、酸杏一类的东西，而且这种想法一经冒出来后，便无法遏制，涎水顺着嘴角直往下流。可这时候，乡下哪来的杨梅、酸杏？她贴着门框站了一会儿，蓦地想起贺世银大爷家的酸泡菜，涎水流得更凶了。流了一会儿，实在忍不住，便朝贺世银家去了。

　　到了贺世银家，乔燕人还在院子里，声音却早进了屋："大爷、奶奶、婶，你们还有泡菜没有？"贺世银一家刚吃过晚饭，刘玉正在收桌子上的碗筷，一听乔燕的声音，马上放下碗筷迎了出来，道："乔书记来了，你问泡菜做什么？"乔燕没答，几步走进屋子，眼睛往桌子一扫，正好看到了桌子上剩下的半盘泡菜，什么也没说，走过去便从盘子里抓起一块酸黄瓜，往嘴里一放，便"咯吱咯吱"地大嚼起来。田秀娥大娘一看，便道："姑娘，你怎么喜欢起这种东西来了？"刘玉道："乔书记，是不是你没什么下饭，嘴巴淡了？"乔燕只顾大快朵颐，一边嚼一边点头道："嗯，好吃！好吃！"田秀娥见乔燕吃得香甜，便道："姑娘，你大爷家别的宝贝没有，酸萝卜、酸豇豆、酸黄瓜这些，倒还有几坛子，你要喜欢，想吃多少就有多少！"说完便对刘玉说，"你去找只大碗，给姑娘抓一碗出来，让她端回去下饭吃！"刘玉一听，急忙去了。没一时，果然捧了累尖的一大碗酸泡菜出来，又找出一只塑料口袋将碗装好。乔燕正要伸手去接，刘玉却将塑料口袋交给了小婷，道："给姑提好，听见没有？"小姑娘正要去乔燕那儿睡，一听这话，提了口袋就要走。乔燕一见，也像得了宝贝一般，喜滋滋地跟了小姑娘便走。走到门边才想起什么，回过头对刘玉问："叔回城里去了？"刘玉道："可不是，一是他承包的那点小工程还没完工，二是上半年我们做的一点活儿还没收到钱，不回去不行，把我留下来照管家里建房！"乔燕一听，便道："那好，婶，有什么困难你就对我说！"说完才和小姑娘一道走了。

回到村委会自己那间屋子，乔燕又选出泡菜里的腌黄瓜、腌豇豆大啖了一阵，没想到只顾满足自己的口腹之欲，忘了那腌黄瓜、腌豇豆，农民统称为"咸菜"，只能做佐饭之物，调节一点口味而已，岂能当饭吃？睡下不久，便口渴起来，乔燕便又只好起来"咕咚咕咚"地喝水。可刚刚喝完，肚里便一阵翻江倒海，忍不住又急忙跑到卫生间，"哇"的一声又呕吐起来。如是者数次，到了第二天早上，便觉得头重脚轻，浑身酸软得没一丝力气，别说吃饭，连床也不想起来，只想昏昏沉沉睡下去。那小婷已经初谙世事，晚上乔燕呕吐把她吵醒了几次，现在一见她连床也不想起，便慌慌张张地跑了回去，对母亲和奶奶说："不好了，乔姑姑病了！"刘玉一听，急忙问："你说什么？"小姑娘便把昨晚上乔燕呕吐和现在还没起床的情况，给母亲和奶奶说了一遍。

田秀娥婆媳一听，急忙赶了过来，对乔燕道："怎么回事，是不是感冒了？"乔燕见了，便从床上坐了起来，道："也不知是怎么回事，只觉得恶心、想吐，也不想吃什么，身上没力气。"刘玉听后，便道："一准是感冒了！"便对田秀娥道，"妈，你回去熬点白稀饭，给乔书记端来，我去贺春哥儿那里给乔书记拿点感冒药来……"乔燕一听这话，便忙说："婶，不用了，我等会儿自己去……"可话还没说完，刘玉便道："你感冒了的人，怎么还能吹得风？快躺下，我们跑点路有什么要紧？"乔燕还要说什么，婆媳俩早跑出去了。

没一时，刘玉便风一般从贺春那儿取了药来，同时也风一般把乔燕病了的消息传遍了全湾。乔燕起床吃下药不久，张芳、吴芙蓉、朱琴等一帮女人，便闻讯赶来了，一进门便惊慌地问："怎么就感冒了？"乔燕一见惊动了这么多人，有点不好意思，便道："没什么，没什么，谁不感冒一下呢？"说罢又勉强挤出笑容，伸出手对众人道，"你们看，我这不是好好的吗……"可一语未完，连去卫生间都来不及，就"哇"的一声，朝地下吐了起来。这次吐得更厉害，脸上连一丝儿血色都没有了。张芳一见，忙道："还说没什么，把才吃下去的药都吐出来了！"

一边说，一边过去轻轻地捶打起乔燕的背来。吴芙蓉急忙去卫生间拿来拖把，把地板擦干净了。正在这时，田秀娥大娘提了一罐子稀饭来，刘玉便道："这下好了，喝点稀饭胃就舒服了！"一边说，一边打开写字台下边的小柜子，先从里面端出了昨晚给乔燕抓的酸菜，又拿出一只碗，盛了一碗粥递到乔燕面前，道："趁热快吃！"乔燕没去接，却道："不想吃，看见饭我就又想吐了！"说着，却伸手去腌菜碗里又抓了几根酸豇豆，一把塞到嘴里，"咔嚓咔嚓"地嚼起来。

吴芙蓉一见，心有所悟，两道眉毛挑了挑，接着又舒展开来，立即露出了一种惊喜的样子，看着乔燕道："姑娘，你结婚也有三四个月了，你是不是……有了……"话音没落，众女人像是一下惊醒了过来，认真将乔燕扫视了一遍，然后才纷纷问："是呀，是呀，这可是害喜的征兆，我们怎么都没想到呢！"说完又问乔燕，"是不是这样？"乔燕一下红了脸，将嘴里嚼烂的腌豇豆"咕咚"一声吞到肚子里后，这才不好意思地把到县医院检查的结果对众女人说了。众女人一听，都急忙过来抓了她的手，张芳道："乔书记，不是我说你，这是好事，你怎么不早说？"刘玉道："就是，就是，我还以为你是感冒了……"话还没完，朱琴便道："可不能随便吃药，刘玉嫂子，你把刚才从贺春那儿买来的药，拿出去扔了！"张芳刚说完，刘玉果然拿了那药，说："我也听说怀孕期间，感冒药不能随便吃，幸好刚才吃下去的吐了！"一边说，一边走到卫生间，将那些药全部倒进厕所洞里，放水冲了。吴芙蓉又说："姑娘，从今往后，你是双身子的人了，可不能像以前那样，随便吃点什么就过一顿了！"话刚说完，朱琴便道："就是，我听说孕妇多吃点动物的肝脏有好处……"张芳没等朱琴说完，便打断了她的话，道："肝脏还不如鲫鱼！罗婆婆家那几个小子反正不安分，叫他们到河里抓点鲫鱼来，我们拿钱买了来煨汤给你吃！"刘玉道："还有牛奶，要多喝一点，蛋白质高……"朱琴又马上道："还有鸡蛋，特别是我们乡下的土鸡蛋，营养高，我等会儿回去就给你提一篮子来，你每天吃几个……"刘玉又道："记住别吃羊肉，听说孕妇吃了羊肉，娃儿生出来火气毛病重……"

众女人你一言我一语，俨然都成了妇科方面的保健专家。乔燕看着她们如此古道热肠、侠肝义胆，心里十分感动，一时也忘了身上的不舒服，便对众女人道："婶，谢谢你们，你们的话我会都记住了……"可话还没说完，吴芙蓉便接了过去，道："姑娘，你光记住我们的话还不行！我们都是生过娃儿的人，你不知道，怀头个娃儿是最难受的，现在才是开始，以后还要难受，身边没个人不行。你要不嫌大婶家不干净，干脆搬到大婶家来，想吃点什么，大婶给你做就是……"刘玉听到这里，却道："到你们家，还不如到我们家，我们家比你们家近得多！"吴芙蓉听了这话，正想回答，却见张芳严肃了一张脸，认真道："到哪个家里都不是好办法！刚才吴大婶说得对，人家城里那些怀头胎的，成天不是被婆婆宠着，就是被丈夫捧着！反正现在已到年底了，马上又是春节假，我去和贺书记商量一下，不如让她回城住一段日子。等过完春节上班时，喜也就害得差不多了，到了那时再说！"众女人一听这话，便叫起来，道："还是张主任想得周全！"乔燕却道："张主任，你千万别去跟贺书记说，过两天我想就会好的……"张芳没等她说完，便嗔怪地说道："你知道什么？我怀贺丽的时候，难过起来时，巴不得死了呢！"众女人道："可不是，要不俗话怎么说儿奔生、娘奔死呢！""你不为自己着想，也要为肚子里的孩子着想，不然生他做什么？"乔燕听了这话，这才不说什么了。

下午，贺端阳果然来了，也对乔燕说了回城休息一段日子的话，乔燕还是有些犹豫，对贺端阳说："要是上级来查岗，发现我不在怎么办？"贺端阳说："只要上面不开会，你就放心在城里休养，如果开会，我就提前通知你！我知道你是个闲不住的人，等过了年，你的妊娠反应就差不多了，那时你再下来，该做什么就做什么吧！"乔燕听了这话，谢了贺端阳，第二天便回城去了。

二

回到城里，乔燕便给吴晓杰打电话。她起初并没有打算把怀孕的消息告诉母亲，可在回来的路上，又吐了个翻江倒海，她以为自己就要死了，一时软弱，便不由自主地拨通了母亲的电话。可电话接通后，她又一时无话了，急得吴晓杰在那边直叫："你说话呀！"乔燕嘴唇哆嗦了一阵，突然"哇"的一声哭了出来。急得吴晓杰着急地连连问："出什么事了，出什么事了？啊？"

半晌，乔燕才忍住哭声，抽泣着说："我、我有了……"吴晓杰一时没理解女儿这话的意思，又大声问："你什么有了？"乔燕平静了一些，这才说："我怀孕了!"吴晓杰听了,惊喜地叫了一声:"啊,我要当外婆了,好事呀!"可转念一想,又问,"那你哭什么?"乔燕又抽抽搭搭地说:"我难受……"吴晓杰听了,停了一下才说:"难受是肯定的,但是过一段时间就会好的!我实在抽不出时间回来看你……这样,你回爷爷家去,我马上给奶奶打电话,让奶奶好好照顾你……"乔燕眼泪又涌了出来,带着哭腔对母亲说:"可这段时、时间,我没、没法到贺家湾去了……"吴晓杰说:"没法去你就休息几天,我给县上领导说一说……"一听这话,乔燕又马上说:"妈,你别给县上领导说了,等好些了我就回去。"吴晓杰沉默了一会儿,才带着哄孩子的口吻说:"好吧,你就回爷爷奶奶家去吧,啊。妈空了再给你打电话,啊!"说完挂了电话。

乔燕和母亲说了一会儿话,心里又觉得好多了。她这才感到自己平时在母亲面前做出的坚强,竟然是这么虚弱无力。她想,如果母亲在面前,她就可以像一个小孩子般扑到她怀里撒娇和寻求保护与安慰了!想到这里,她那张有点蜡黄的脸泛上了淡淡的红晕。她在屋子里坐了一会儿,果然提起从乡下带回来的衣服,往爷爷奶奶家去了。

乔奶奶早已接到了儿媳妇的电话,一见乔燕,就喜得眉开眼笑地抱住了她,嘴里直说:"宝贝孙女,你妈都给我说了,你快乖乖到床上躺着,啊!"说着,一把抢过了乔燕手里的衣服。乔燕对她说:"奶奶,我好几天没洗过头了,我想洗洗头!"乔奶奶一听这话,马上搬了一个塑料凳子在花洒下,把乔燕拉到凳子上坐下,打开热水器,然后对乔燕说:"你别动,让奶奶给你洗!"说着也不管乔燕同意不同意,解开她头发便洗起来。洗完头,吹干了头发,乔燕走出来,一眼看见了电视机旁边柜子上放着的干核桃,突然又想吃核桃了,这在过去是不可能的事,便又对乔奶奶说:"奶奶,我想吃两颗核桃!"说完过去端过核桃来,拿起钳子正要夹。乔奶奶又急忙跑过来,一把抢过了她手里的钳子,道:"别动,让奶奶给你夹!"乔燕感到好笑,怎么自己一怀孕,就什么也不能做了呢?

乔燕没回去,张健除了出差,吃饭也都到爷爷奶奶家来,每次来,手里都提着一袋新鲜蔬菜或水果。乔燕便笑他:"你什么时候学会买菜了?"张健道:"我问了一下同事,他们说孕早期要多吃叶酸,饮食要以清淡为主。"乔燕道:"你一个大男人,怎么好去向同事问这些?"张健笑着道:"这有什么!"有一天,张健竟提来一口袋书,对乔燕道:"我从网上买的,你没事看看!"乔燕接过来一看,竟是一套新手妈妈孕育大全,一共五本:《十月怀胎知识百科全书》《怀孕吃什么宜忌速查》《0—3岁实用育儿全程指导》《孕妈妈睡前胎教故事》《准爸爸睡前胎教故事》。乔燕看了，便拿出那本《0—3岁实用育儿全程指导》对张健说："这么早，你就把这书买来做什么？"张健道："准备着嘛！"乔燕又拿出那本《准爸爸睡前胎教故事》，对他说："这可是你的事，与我没关系！"张健听说，便涎着脸皮，凑到乔燕耳边悄悄道："我倒想履行自己的义务，可是你不让？"乔燕道："我怎么没让？"张健道："那你为什么不回我们家住，要住到爷爷奶奶家？"乔燕一听这话，知道张健想做什么，便红了脸道："这三个月里，你想也别想，明天我还要和奶奶一起去医院打黄体酮保胎针呢！"张健便对乔燕扮出了一副苦脸。就连乔燕的妈妈，现在一天也要给乔燕打好几次电话，告诉她要怎么怎么样，让乔燕觉得一旦怀了孕，便成了全家的重点保护对象，心里不由得时时泛起一种做母亲的骄傲和自豪来。

　　这样过了十多天，乔燕被亲人们无微不至地呵护着、关心着，妊娠反应也感觉轻了许多。转眼小年已过，这天，乔燕的手机忽然响了，她拿电话一看，是个陌生的号码，便道："喂，你是哪位？"那人道："乔书记，我是郑家塝刘勇！"乔燕愣了一会儿，方才回过了神，便立即道："哦，是刘勇叔叔？刘叔叔好……"刘勇没等乔燕说完，便急忙说："乔书记，我和刘明的妈妈都回来过年了，我们有件事，想请乔书记给我们一个面子，不知你答不答应？"乔燕一听这话，便道："刘叔叔有什么事就尽管说……"刘勇果真便马上说了出来："过年了，我们想请乔书记吃顿饭……"乔燕一听是这事，便道："刘叔叔，我谢谢你们的好意，但饭就不必吃了……"话还没完，刘勇便在电话里说："乔书记，我们知道你有喜了，身子有些不方便，但只要你能到我们家坐坐，我们就感到脸上有光！你可一定不要拒绝，明天我亲自到城里来接你……"一听刘勇要到城里来接，乔燕便有些没主意了，又道："刘叔叔，你不必来接我了！你究竟有什么事，就在电话里对我说，我能做的，一定尽力帮你做……"刘勇仍没让乔燕往下说，又急忙道："没事，没事，真的没事，乔书记，就是想感谢一下你对我们家的关怀！"说完又用不容推辞的口吻说，"就这样定了，明天我到城里来接你！"说完便把电话挂了。

　　乔燕心里有点着急起来，想给他打过去，又觉得不好。听刘勇的口气，他一定是有什么事，可到底是什么事，他又不愿说。越是不愿在电话里说的事，可能越是很重要。她想不去，但一是害怕真耽误了刘勇的事，二又怕刘勇责怪，说她架子大。他把话都说到那个分上了，还要亲自到城里来接，可见人家是真心的，她怎能不去？可要是去呢，她又是这个样子。想了半天，乔燕也没拿定主意。到了吃晚饭的时候，她才把这件事对爷爷奶奶和张健提了出来。张健一听，马上吃惊地叫了起来："几十公里路，就为去吃顿饭？"乔燕道："这可不是一般的一顿饭，他一定是有事……"张健道："他能有什么事？即使有事，他不给你说，那怪他自己！"乔燕道："话不能那么说，或者他是要当面对我说呢！"乔大年道："我知道乡下有个风俗，杀年猪了，过年了，家家都要请客，吃转转会！只要一请客，就一定要把村上干部请去坐上席，吃八大碗，干部不去，就是看不起人家……"乔老爷子话音没落，张健马上接了过去，道："可不是这样，我们老家也是这样的风俗，不过就是一个虚荣心，认为干部去了才有面子！"乔燕立即道："要是这样，我还真的要去……"张健马上看着乔燕道："为什么？"乔燕道："我才去贺家湾的时候，大家把我当骗子，根本不信任我，可现在不但老远打电话来请，还要亲自到城里来接我去坐上席，这说明村民看得起我了！既然人家看得起我了，我如果不去，不就说明我没把他们放到心里？"

一番话说完，乔大年突然"呵呵"笑了起来，道："我孙女说得有理，就叫作'五两换半斤，人心换人心'，去，去，这不是一顿饭的问题，而是一个感情问题！"说完又发感慨说，"现在的干部下乡，手里专门要捧只保温杯，过去我们下乡时没有保温杯，走到村民家里，看见桌子上有冷开水，端起'咕噜咕噜'就喝了，老百姓一见，说这个干部没架子，欢喜得很呢！"张健一听这话，便不好说什么了，半天才对乔燕道："不过你要好好想想，全村两三百户人家，要是家家都来请你吃饭，你怎么办？你吃一家不吃一家，又怎么给没去的人家解释？"一听这话，连乔大年也愣住了，道："这确实是个问题！"乔燕想了半天，方对张健说道："那这样，我等会去给贺端阳打电话，对他说我明天回村上看看，叫刘勇也不要来接我，我中午时候，假装听说他回来了，到他家里问问他在外面打工的情况，顺便在他家里吃一顿饭。吃完饭我就回来，然后对村里人说，春节我们回你老家过年，再有人打电话来请，我们就说路很远，来往不方便，这样，我们就有理由推辞了！"张健想了半天，才终于道："那你也要给刘勇说，让他不要声张，更不能专门到城里来接你。我们治安支队王忠有辆私家车，明天我借来用一天，上午我把你送到贺家湾去，下午我再来接你……"乔燕道："其实下午你用不着来接我，我走点路，到县城的公路边赶过路的公共汽车就是！"张健道："可要是大伙儿把你留着，不让你走怎么办呢?"听到这里，乔大年马上说:"说得有理，还是来接一下好!"乔燕听爷爷都这么说了，便不再吭声了。吃过晚饭，果然便去给贺端阳和刘勇打了电话，如此这般地嘱咐了一番。

　　第二天吃过早饭，张健果然开了同事的私家车，把乔燕送到了村上。贺端阳、贺文等村干部，早已在村上等着了。一见面，大家都说乔燕瘦了，又说了一些嘘寒问暖的话，除了张芳以外，都是大男人，对女人的事也说不到点子上。倒是张芳，把乔燕拉到一边，问了她最近的情况，乔燕都一一告诉了她，张芳听后也放了心。乔燕也问了问村里的情况，大家都把各自的工作给乔燕汇报了一下，因已是年关底下，都是一些日常工作，也没什么大事，乔燕听后，也放了心。然后乔燕对大家说，十多天没来了，她想到村里走走。贺端阳忙问:"需不需要我们陪陪?"乔燕道:"不必了，我就一个人出去看看。"众人听了这话，也便没说什么，各自散了。

　　等众人离开后，乔燕便往郑家塝去了。刚到罗婆婆院子里，早从屋子里迎出来一个中年汉子。这汉子四十岁上下，个子不算高，甚至有点矮小精瘦，右边嘴角下面生着一颗大黑痣，黑痣上面长着几根长长的黑毛，面孔黝黑，皮肤也显得有些粗糙。给人印象特深的是一双眼睛十分明亮，行动也特别敏捷，一看就是一个很机灵和做事干练的人。一见乔燕，便笑盈盈地说:"你就是乔书记吧?"乔燕道:"你是刘勇叔叔?"刘勇急忙过来拉住了乔燕的手，道:"乔书记，真谢谢你，我们还以为你不会来了呢!"说着把乔燕迎进了屋子里。刚进屋子，从灶屋里便转出一个女人，三十六七岁年纪，个子比刘勇还高些，浓眉大眼，粗腰胖面，走路踩得地面"咚咚"地响，却对乔燕莞尔一笑，显得有些不好意思似的。乔燕自然知道这肯定便是刘勇的女人无疑，于是喊了一声:"婶!"那女人再次对乔燕笑笑，算是打过招呼，又转身进厨房去了，乔燕便知道这女人是一个憨厚而吃得苦的人! 接着罗婆婆和刘明、刘亮、刘全三个小子，也出来和乔燕见了面。那刘明、刘亮、刘全三个小子仍像第一次见面时那样，眼睛只顾"骨碌骨碌"地落到乔燕身上。乔燕见三个小子的眼睛和刘勇的眼睛一模一样，而脸型和身坯子却像他们妈，觉得十分可爱。猛然想起乡下人时兴给孩子发压岁钱，自己来时没想到这一点，也没给这三个小子包红包，不过钱夹子幸好还在自己随身挎着的包里，正想掏出来给他们压岁钱，却忽然听得墙角一阵"噗噗"的响声，循声望去，只见从一个剪了洞的蛇皮口袋里，探出三只大红公鸡的头，一边张着嘴"咯咯"地叫，爪子一边在口袋里踢腾着，像是对乔燕呼救。

乔燕便问："刘叔叔，你们还要赶场去卖鸡呀？"刘勇立即笑了笑，然后才对乔燕道："乔书记，不怕你笑，我们庄稼人也没有什么，这几只鸡，是我妈要送你的，今早上从鸡窝放出来就捆住了……"乔燕马上道："刘叔叔，你请我吃饭，我来了，可还要送我东西，这可千万不行！"说完又做出严肃的样子，道，"你快把鸡放了，不然我连饭也不吃了！"一边说，一边果真站了起来。刘勇一见，急了，便道："乔书记，这怎么行？这可是我妈一片心意呢……"乔燕立即打断了他的话，说："罗婆婆那么大年纪了，千把食、万把食把鸡喂大，却给我吃，这不折我阳寿呀？"见几个小子还望着她，便心生一计，立即对他们说，"刘明、刘亮、刘全，你们三个去把鸡放了，过来我给你们压岁钱，谁放得快我就先给谁！"话音一落，三个小子还没等他们老子发话，只稍稍愣了一下，然后互相看看，果然跑过去，抓起蛇皮口袋往地下一倒，把三只鸡全倒在地上，迅速扯断绑鸡的稻草。等刘勇想要吼他们时，那鸡们早就抖着翅膀跑出去了。乔燕称赞了一句："好孩子！"又说，"你们过来，站好！"三个小子果然过来站成一排，乔燕就从挎包里拿出钱夹子，对他们说："你们每个都叫一声'姑'，我就给你们拿钱！"三个小子一听，立即扯长声音叫道："姑——"老大老二只叫了一声便止住了，老三却故意多叫了几声，然后对乔燕问："我多叫了几声，得不得多给些？"乔燕一下笑了，道："一样的，一样的！"一边说，一边从夹子里往外掏钱。刘勇一见乔燕认了真，马上过去护住了乔燕的钱夹子，道："那怎么行，乔书记，叫你来吃顿饭，你还要付钱！"说完又对三个小子吼道，"滚出去，也没点人见识，怎么能要姑姑的钱？"三个小子不但没走开，反把乔燕围得更紧了。乔燕便对刘勇道："刘叔叔，这是风俗，再说，我喜欢孩子嘛！"刘勇说："调皮死了，你还喜欢！"乔燕道："哪家孩子不调皮的？"一边说，一边数出三张百元钞票，正要递给孩子时，刘勇又过来把乔燕的手抓住，不让她给钱，但三个小家伙早从乔燕手里抢过钱，撒腿就跑了！

刘勇一见，又是骂孩子，又是对乔燕十分内疚地说："你看你看，我们给你三只鸡，你不要，反倒给孩子压岁钱，怪不得我妈说你是天大的好人！"乔燕听了这话，才道："刘叔叔，我还觉得对不起你呢！那天我到你家来，看见罗婆婆那么大年纪了还在外面挖土豆，到家里一看又有高高低低的三个孩子，一时没忍住，便在电话上数落了你。过后一想，觉得真不应该！你也四十岁的人了，我才二十多岁，哪能轮得到我来数落你呢……"话还没说完，刘勇便道："乔书记，你千万别这么说！那天你批评得非常对，后来我跟你婶子还在说，要不是你关心着我们，也不会那么批评我们了！我今天正是为这事，才请乔书记来当面商量的。我和你婶商量好了，过了年后，就你婶一个人出去了，我就留在家里，一方面照顾老人和孩子，一边干点什么……"听到这里，乔燕忙说："那好哇，刘叔叔，你留在家里，我就放心了……"可话还没完，刘勇便看着乔燕，嘴唇动了动，似乎想说什么，却又一时难以启齿。乔燕便主动问："刘叔叔还有什么事，就尽管说！"刘勇终于鼓起勇气说了起来，道："乔书记，实在不好意思，我想问问村上有没有什么项目，我想在村上找点事做……"乔燕突然愣住了，她记得上次自己确实对罗婆婆说过"如果刘勇叔叔回来了，我给他找项目"的话，可现在项目还八字没有一撇呢！刘勇见乔燕愣着不说话，便又道："乔书记，我可是听你说在村里也能找到项目，才下决心回来的，我已经把外面的活儿都辞了，要是家里找不到活儿，我怎么办？"乔燕听到这里，又见刘勇皱着眉头，一副着急的样子，也有点豁出去了，便道："刘叔叔，目前我们村上确实还没有什么项目，不过你放心，过了春节我就去给你找，一定能给你找到项目的！"刘勇仍像是有些不放心，又道："乔书记，我这人不怕吃苦，只要是下力气的活就行！"乔燕又道："我知道，刘叔叔，等我找到了适合你做的，我就来通知你！"刘勇这才露出了高兴的笑容。

三

刚刚吃完饭，贺小婷便带着张健来了。乔燕一见，急忙问："你怎么这么快就来了？"张健道："下午王忠要用车，我只好趁这个时间来把你接回去！"乔燕忙把张健介绍给刘勇。刘勇的女人和罗婆婆一听，又要去给张健做饭，被乔燕和张健拦住了。乔燕把借车的事对他们说了一遍，可罗婆婆还是不让乔燕走，对刘明、刘亮、刘全三个小子道："你们把乔姑姑留住，别让她走了！"三个小子果然得令一般，过来拉的拉手，抱的抱腿，乔燕哪儿还动得了步？没一时，却见罗婆婆从里面屋子提出一篮子鸡蛋，对乔燕说："姑娘，刚才给你捉几只鸡，你让他们给放跑了。新年大节的，你看得起我们乡下人，大老远地来吃顿饭，可也不能打着空手回去！这篮鸡蛋，都是我们家的鸡下的，你也遮遮手，免得你公公婆婆见了，说我们庄稼人没一点见识！"一听这话，乔燕"扑哧"一声笑了，道："奶奶，我公公婆婆也是乡下人，家里鸡呀、猪呀都是养了的，怎么会说你们没见识？"罗婆婆听了这话，却更认真了，道："姑娘，我们也只是姜丝萝卜丝——一（意）丝（思）一（意）丝（思），你一定要收下……"乔燕道："奶奶，我真不能收！我们也是回他老家过年，他爸爸妈妈早把什么都准备下了，怎么能收你们的礼物……"话还没完，老太婆生起气来了，道："姑娘，你不收，就是看不起我了！"说着，突然将篮子递给儿媳妇，对她说，"你帮他们提到停车的地方去！"那女人果然提了篮子就走。乔燕一见更急了，让旁人看见，岂不相当于给他们打了一个广告吗？想了一想，才道："婶，你回来，我们收了就是！"女人这才又转身回来。乔燕从那女人手里接过鸡蛋，交给了张健，这才对刘勇和罗婆婆道："刘勇叔叔，奶奶，谢谢你们了！等春节后上班，我再来给你们拜年了！"说完，这才和张健一起走了。

　　走到村委会停车的地方，正值吃午饭的时间，村委会没人，乔燕等贺小婷跑开以后，便立即对张健说："趁现在没人，我们快走！"张健道："为什么这么急？"乔燕道："你没看见村民的热情吗？等会儿让大伙儿看见了，又都送些腊肉、香肠、鸡蛋什么的来，你怎么好拒绝？"张健道："你不进去拿东西了？"乔燕道："本来我还想去看看贺世银大爷的房子建得怎么样了，可现在也不能去了！"张健一听，果然将车发动起来，掉过头，便朝前面开走了。等车开出了贺家湾，乔燕才松了一口气，对张健问道："王忠下午真的要用车？"张健这才笑了一笑，道："我是怕你被他们留住不让走，故意骗他们的，你那么聪明，难道还没看出来？"乔燕一听，也笑着在张健头上点了一下，道："看来你这脑子，还不是猪脑子！"张健道："我这脑子如果是猪脑子，那看上我这个猪脑子的人，一定更是猪脑子的猪脑子！"乔燕立即举起拳头，在张健肩上打了几下。张健等乔燕打完，才正经地道："告诉你一个好消息，你可别激动……"乔燕忙道："我才不想听你什么好消息，不过年终又发了几千块的奖金嘛……"张健立即道："可比奖金重要得多！你还记得我们结婚的时候，你对我父母和姐撒的谎吗？我告诉你，现在成真了……"乔燕听到这里，马上又惊又喜地道："真的，领导真的要提拔你了？"张健道："知道我为什么要这么急来接你吗？上午我回到局里后，局长就找我谈话了，说局里中层干部要调整，打算把我们支队伍副队长调到戒毒支队做队长，让我接替伍副队长的工作，就是这几天局党委就要研究……"张健话还没完，乔燕忽然一个转身就抱住了张健，在他脸上亲了一下，道："哈哈，这可真让我说准了，你爸你妈和你姐，也不会再说我是骗他们的了！"又道，"那从今以后，我可就要喊你张队了哦？"张健又没正经地道："只要'老公'这两个字不变，你喊我什么都行！"乔燕一听这话，又在张健肩上打了一下。

小两口儿调笑一会儿后，张健才对乔燕问："怎么样，今天这个叫刘勇的人没请你吃鸿门宴吧？"乔燕笑道："村民请我吃饭，哪有吃鸿门宴的道理？不过我还真的估计对了，他确实是有事要给我说！"说完便把刘勇想回家发展产业的事，给张健说了一遍。张健便道："就这么一点事，电话里怎么不能说？"乔燕想了想才说："估计他还不是很信任我，所以才会把我叫到他家里去，当面对我说。"说完停了一下，才蹙紧了眉头接着说，"我确实对他许诺过，只要他回来，我就给他找项目。现在倒好，他人回来了，项目却还不知在哪儿，你说怎么办？"张健知道她是个认真的人，一见她发愁的样子，便道："这有什么作难的？放着你妈这棵大树，你却不知道乘凉！堂堂一个市扶贫移民局局长，手里什么扶贫项目没有？即使没有，凭着她联系广泛，给你找个什么小项目还不容易？"乔燕撇了一下嘴道："我才不想靠我妈呢！"张健忙说："妈都不靠，你靠谁？"乔燕道："你提副队长，靠了谁？"张健一听，被问住了。乔燕便又道："我谁都不靠，只靠自己，向我妈证明我一点也不比她过去差……"说到这儿，张健才又和乔燕开起了玩笑："你今后也要当扶贫移民局局长哟？"乔燕道："我才不稀罕那个局长，我只想证明自己的能力和价值！你问问你那些狐朋狗友，有没有谁能够帮我联系到一个合适的扶贫项目的？"张健道："打锣卖糖，各有一行，我这些狐朋狗友，你叫他们抓坏人倒差不多，可对这扶贫，他们知道什么？"乔燕听到这里，又撇了一下嘴，道："都说你们公安牛，可牛个什么？虽然没扶贫，以你们的工作性质，认识的人比河坝里的沙子还多，说不定还行了呢！"张健一听这话，也像是醒悟了过来，道："你说得也有些道理，我可以试一试，但不敢给你打包票！你们第一书记，不是统一建了一个QQ群吗？你为什么不可以把这事发到群里，发动大家给你出主意、想办法？"一听这话，乔燕也恍然大悟，急忙拍了拍脑袋道："是呀，我们办这个群的目的，就是互相帮助、互相交流的，我怎么就忘了？回去我就把它放到群里!"可又对张健道,"可你也别想落得干净,我要是在我们群里找不着,你哭也得给我哭个项目出来,不然我怎么给人家交代?"张健故意打趣道:"老婆大人的话,我怎敢不听?好吧,到时我们的小宝贝就叫他'项目'好了!"说罢笑了起来,乔燕也跟着笑了。

　　回到城里,乔燕果然马不停蹄,整理了刘勇和贺家湾的资料,如此这般,恳请各位战友积极提供信息、给予帮助、万分感谢云云,便发到群里去了。这个群里大多是年轻人,乔燕也有一二十个知心的闺密和好友在里面,大家又都干着一样的工作,有着一样的成就和烦恼,所以十分活跃。乔燕的消息发出去不久,果然便很快收到了许多回复。有向她提供开厂信息的,有向她建议流转土地建果园的,也有提供种药材的,也有提供养鸡、养羊、养牛、养猪等信息的。乔燕想到贺波养鸡失败的事,又想贺家湾山场不大,养羊、养牛并不适合,又想到刘勇的技术、文化和资金,也不适合办厂和发展果园,因此乔燕都把这些信息一一排除了。到第三天上,她忽然接到一个网名叫"铮铮"的好友一条信息,铮铮告诉她,说她同学哥哥的老丈人,名叫王友前,在土城坝那边办了一个"菌香园蘑菇种植基地",种了很多蘑菇,还想扩大种植规模,他们不如去考察一下,如果能行,这也不失为贫困户找到了一条好路子。乔燕一见,眼睛突然一亮,急忙在网上搜索了起来,果然找到了"菌香园蘑菇种植基地"的网页,打开一看,乔燕不禁吓了一跳,原来那网上文章的标题赫然写着:"土城老板种蘑菇,一年收入1000万。"乔燕看见那几个阿拉伯数字,怀疑自己看错了,急忙往下看去,原来这叫王友前的老板,过去在外面帮别人种蘑菇,学到技术后,回到土城坝家乡自己种,现在蘑菇园已投入近100万元,流转土地50余亩,建成菇棚20多栋,带动了全村脱贫致富。乔燕又看了看菇棚和蘑菇样品照片,便有些坚信不疑了,接着又继续在网上搜索起蘑菇的种植技术以及投入等情况来。这才发现蘑菇的种植技术并不复杂,投入也可大可小,最大的投入便是大棚投资,每个竹架大棚长20米、宽5米,占地面积100平方米,只需4—5米长的竹子60根,其中40根用作支架,每间隔1米左右插1根,两边各挺20根,交叉捆绑成拱形,另20根用于拱形架横向固定,共绑5道,即拱顶一道,两边各二道。60根竹子约125公斤,而贺家湾恰恰这种毛竹最不缺,只要刘勇肯向大家开口,这几乎是可以不需要花钱的!每个大棚膜幅宽8米或9米,用膜不过二十五六米,花费也不过在100多元。每个大棚还需黑色遮阳网约60米,价格也是100多元。加起来一个菇棚也才 400 元左右。其他便是原材料投资，每个大棚约需稻草和其他秸秆 1250 公斤，而贺家湾的秸秆正是由于找不着出路，所以才被村民乱扔，如果真能把蘑菇种起来，岂不是变废为宝了？麦麸或米糠 250 公斤，复合肥 63 公斤，石灰 75 公斤，地膜 4 公斤，所有原材料费加起来，也不过 700 块钱左右。而每平方米按最低产菇 15 公斤、零售价每公斤 10 元计算，一个大棚的纯利润可达 1 万余元；若按批发价 6 元/公斤计算，纯收入也在 5000 元左右。一般播种后 45－50 天开始出菇，以后每间隔 15－20 天采收一批，可采 5 批，4－5 个月为一个生产周期……乔燕越看越兴奋，急忙给刘勇打电话，问他愿不愿意种蘑菇，又如此这般，把从网上得来的知识给他说了一遍，刘勇一听种蘑菇有这么大的赚头，喜得在电话里忙不迭地对乔燕一连说了好几声："乔书记，我愿意！"又忙问，"什么时候可以种，乔书记？你快给我说！"一副迫不及待的样子。

可一放下电话，乔燕又犯愁了，八字还没一撇，怎么就凭一时冲动，把这消息告诉刘勇？即使刘勇愿种，那也首先得知道人家愿不愿意提供种子和传授技术。而要知道这些，又得亲自去考察考察。可一想到考察，心里不禁又犯起嘀咕来。虽说土城坝没出县，可一个在南边，一个在北边，自己一不认识那儿的领导，也没熟人引荐，贸然跑去，要是人家不理自己怎么办？要知道，人家可是腰缠万贯的大老板，什么大领导没见过，怎么会把你一个小小的第一书记放到眼里？去碰了一鼻子灰还是小事，搞砸了事情，失去了这样一个好项目的机会那可是大事。这么想着，乔燕便马上给铮铮打电话，想让她给她同学的哥哥打电话，请他给丈人说说自己打算去考察的事，没想铮铮却告诉她说，她同学的哥哥和丈人闹翻了，现在见面连话都不说，怎么会去给你说呢？乔燕一听这话，又没辙了。

真应了"天无绝人之路"的话，这段日子，乔燕的妊娠反应虽然又轻了许多，但奶奶却仍不肯让乔燕做什么，除了吃饭和上厕所需要乔燕亲自去以外，其余时间，乔燕基本都躺在床上和沙发上，乔燕觉得自己闲得都快散架了，脑袋里也便成日想着去土城坝"菌香园蘑菇种植基地"考察的事。这一日睡过午觉起来后，乔燕突然灵光一闪，一个主意立即涌上了脑海中，顿时，她那张原本还有些清瘦的面孔，忽地变得红润了起来，眉梢眼角的笑容也立即挤到了一堆，眼里烁烁地放起了光彩，竟高兴得手舞足蹈地在屋子里一边走，一边唱起歌来。直到吃晚饭的时候，她脸上还像充血似的放着光芒。张健见了，把她拉到一边道："什么事你这样高兴?"乔燕便把自己想到的主意对他说了。张健听了道:"你简直是走火入魔了,如果领导知道了,还不说你打着第一书记的牌子招摇撞骗?"乔燕不服气地道:"怎么是招摇撞骗了? 我们本身就是去考察嘛。再说,我们这又不是做坏事!"张健见乔燕不服气的样子,便道:"即使领导不批评你,你知道的,大正月里,你能找到那么多人陪你去? 还有,即使你找着那么多人了,交通问题怎么解决?"乔燕见丈夫让步了,便道:"你放心,人家说要饭的都有三个知心朋友,你还愁我没几个肯两肋插刀的朋友? 你就看我们演好戏吧!"张健听乔燕说得这么肯定,便不说什么了。

四

　　乔燕想出的主意是,找十几个第一书记,陪她一起去土城坝"菌香园蘑菇种植基地"考察,就说是县上组织的"第一书记考察团",这样去的人多,又是县上组织的,老板肯定不敢怠慢。如果他真想扩大规模,人多气势大,生意也更容易谈成。最初,她也曾有过张健那样的担心,但很快就被自己的理由给说服了,见张健没有反对,更坚定了信心。她又是一个爽利的姑娘,想好的事巴不得立即去干,眼下被爷爷奶奶和丈夫"重点保护",正闲着无事,便在第一书记群里,逐一地给自己相好的朋友发微信,如此如此,把自己的想法和行动方案告诉了他们。开始的时候,乔燕还真担心没有多少人肯为她两肋插刀,可她没想到那些朋友和她一样,正处在青春岁月,虽然都当了一个第一书记,但骨子里躁动着的,依然是年轻人有些不安分的心,同时也都想干点事,出去开开眼界,看看别人是怎么做的。加之农村都有个风俗,要过了元宵后"年"才算过完,这段时间虽然按上面要求收了假,但上班也没多少事做,不如趁这机会出去走一走也好! 于是乎,先是有十多个平时和乔燕最好的朋友,愿意来为乔燕"扎场子"。接着,这十多个人中间,又有几个是乔燕的最铁的哥们,他们又各自联络了自己的"铁杆兄弟",人员一下增加到三十多个。乔燕一见有这么多人,立即为交通工具的事发起愁来。但在这伙人中间,有几个哥们有私家车,愿意贡献出来。乔燕喜出望外，忙把这个消息告诉了张健。张健一听有那么多人古道热肠地帮助老婆，自己这个做丈夫的，怎么能袖手旁观？于是也答应乔燕，说到了那天，自己再去把王忠的车借来，亲自驾车送她去。乔燕便道："要是你能把警车开出来就更好了！人家一看，还有警车护航，谁还敢怀疑我们是山寨考察团？"张健笑道："那你是在逼我犯错误了，本队长绝不会干！要是车子还不够，我再和队里同事借一辆！"说完又附在乔燕耳边轻声道，"本队长刚刚上任，已经有人巴结我了……"乔燕立即道："真要这样，那我可不敢坐你的车了！"张健道："怎么不敢坐？我这是为扶贫做贡献，乔团长难道不该表扬表扬本队长吗？"乔燕见他嬉皮笑脸的样子，便在他身上打了一下。

春节一过，乔燕的妊娠反应逐渐减轻了不少，她觉得自己不但饭能吃了，事能干了，身体也像得到解放似的轻松了起来。春节假刚一收，她便想带了大伙儿去土城坝，但大家都建议她最好还是尊重农村风俗，等过完"大年"再去，乔燕只好又等待了一个星期。元宵第二日，乔燕便率领这支"第一书记考察团"出发了。元宵节前两天，乔燕让铮铮给她同学打电话，让她打听打听她哥的老丈人在家里没有。铮铮回话说，她哥说，大过节的，那老家伙不在家里，还能到哪儿去？不但如此，铮铮的同学还告诉了铮铮她哥和老丈人闹翻的原因。原来那王老板虽然腰缠万贯，却是个十分古板的人，头脑里有着极严重的重男轻女的思想，万贯家财只愿意给儿子，却不愿意给女儿分一点，她哥嫂便和老家伙闹翻了。原先她哥嫂也在老家伙的种植基地做，一闹翻后，便赌气搬了出来。铮铮还告诉乔燕，说她同学的哥哥还说，那老家伙只想赚钱，你们去考察，他是巴不得的。他可能会首先提出送你们菌棒，引你们上钩，然后等你们种植成功了，再向你们卖菌种，其实卖菌种才是最赚钱的！你们不要着急，慢慢吊他的胃口，狠狠敲老东西一下。乔燕一听这话，心里更有底了，便想："哎呀，这世界上的事真有趣，他想钓我，我倒要去钓他了！"不过只把这种喜悦压在了心里。

这日，几位自愿提供私家车的好朋友遵照乔燕的指示，早早就把车开到了乔燕小区门口，因为车够了，乔燕也没叫张健借车，加上这天张健单位学习，乔燕也没敢叫他请假。不过在春节期间，张健到打印店，给乔燕打印了几条红底黄字的"第一书记参观考察团"的横幅，和"1号车、2号车、3号车、4号车、5号车……"的车序号，此时拿出来帮乔燕用不干胶贴在车头的挡风玻璃上面，按顺序排列好，一副煞有其事的样子。等众人都来齐了，乔燕先是对大家打躬作揖感谢了一番，又把铮铮同学哥哥的话，对大家说了一下，便各自钻进车里，导了航，一共八辆小车，"呼隆隆"地出发了。

这年立春早，车队一出城，这些年轻人便感到了一股挟着南风的早春的气息。两边田野里，一些性急的油菜枝头上，已经绽放出一小朵一小朵金黄的花朵。蜜蜂开始在花朵里发出"嗡嗡"的声音，早到的春燕也展开翅膀，一边在空中往来逡巡，一边响着呢喃似的轻语。年轻人的心在随着春的气息飞翔，将那一溜车开得也像要飞起来的样子。平时要两个小时的车程，才花一个多小时便到了目的地。众人一看，原来王老板的"菌香园蘑菇种植基地"的办公室就建在公路边上，一排外墙贴着瓷砖、质量看上去很低劣的建筑，给人一种土财主和暴发户的感觉。幸好那院子很大，水泥地面，好停车，一行人径直把车开进院子里，依次停下。王老板一见来了这么多小轿车，车前挡风琉璃上又贴着"第一书记参观考察团"字样，急忙从二楼办公室跑了下来，屁股后面还跟着一个女人。众人看时，王老板约莫五十岁出头，长着一颗皮球似的圆脑袋，脑袋上又嵌着一张圆圆的面孔，面孔上的鼻头、眼睛、嘴巴又无不是圆。加上身材不高，身上到处都是赘肉，偏又显摆似的穿了一件水貂领的紧身绵羊真皮夹克，把个圆滚滚的肚皮衬得更加突出。相反，身后的女人四十五六岁年纪，身材窈窕，面孔白皙，五官匀称，显出几分端庄俊俏来。

王老板来到院子里，众人已全部下了车，有的提着相机，有的拿着钢笔和笔记本，王老板眼睛眨了眨，闪出了几分疑惑的光来，然后才看着众人问："你们是……"话音未落，一个人便指了指旁边的车子说："我们是县上第一书记参观考察团，来你这儿参观考察的！"又指了乔燕对王老板道，"这是我们考察团团长！"王老板听了，小眼睛又眨了一阵，仍显得有些怀疑的样子，道："第一书记参观考察团？乡上怎么没通知我呢……"乔燕不慌不忙地道："你是叫王友前吧？"王老板道："正是，正是！"乔燕又道："你的'菌香园蘑菇种植基地'是在这儿吧？"王老板又急忙道："是，是，就在公路下面呢！"乔燕这才对王老板道："这就是了！是这样的，王总，我们是去前面石牛庙镇考察生态农业，半路上听说王总的蘑菇种植很不错，临时决定带大家来参观参观，因为我们这批第一书记中间，准备发展蘑菇种植的比较多！因为是临时决定来看，所以就没有通知乡上……"王老板听到这儿，一把抓住了乔燕的手，兴奋得叫了起来："原来是这么回事，欢迎，欢迎，热烈欢迎各位光临！"说完，忙不迭地回身吩咐女人，"名片，快去把我桌子上的名片拿来！"那女人果然忙不迭地便往楼上跑，王老板又对女人背影大声道，"把办公室打扫一下，啊！"吩咐完，过来和众人一一握手。握完，又走到乔燕身边，对乔燕躬了一下身，然后又笑容可掬地做了一个请的动作，道："领导请楼上坐！"众人看见老板这毕恭毕敬的样子，都忍不住要笑，乔燕便对众人递了一个眼色，大伙儿便都严肃了。

乔燕回头对王老板说："乔总，我们还要赶到石牛庙镇去，坐就不必了，还是先参观参观你的菌棚吧！"那王老板一听，生怕误了正事似的，又马上道："好，好，这就带领导去看！"正说着，女人拿了名片盒下来，王老板接过去，打开，在胖胖的手指头上沾上口水，从盒里抽出名片，一人发了一张。发完，才带了众人往菌棚走去。

五

菌棚就在公路下边两百米左右的几块台地里，有一条水泥路通到那里。众人一看，果然气派，只见二十多个大棚随地势而建，错错落落，仿佛一座座的工厂厂房。王老板一边带着大家往下面走，一边紧跟在乔燕身边献殷勤，道："领导在县上哪个部门工作？"乔燕听了还没答，旁边一个叫周星文的第一书记道："管人的部门……"话还没完，王老板立即露出了惊讶的神情，道："管人的部门，可是组织部？"周星文又道："比组织部还大！"王老板又道："莫不是县委……"周星文听到这里，忙拉长了声音，道："办公室……"王老板停了停，才用了羡慕的口气道："县委办公室也好呀，真看不出，这么年轻，就在这么重要的部门工作……"周星文没等他说完，又故意拉长声音，补充了两个字："下面……"众人听到这儿都掩嘴而笑，周星文还打算把玩笑继续开下去，乔燕怕露馅，立即做出严肃的样子对他说："胡诌什么？听王总介绍！"周星文才不说什么了。

说着话，便到了菌棚前，王老板抢先一步，过去掀开白色塑料膜上的黑色遮阳网，再掀开帘子，众人便进到了棚子里。棚子里气温比外面高了许多，在一种植物腐烂的气味中又夹杂着一股清香的味道。众人看时，只见棚内立了好几排竹架，每排竹架又有五六层，每层架上摆放着整整齐齐的菌棒，十分壮观。尽管才立春不久，但菌棒上已经长出了一朵朵或大或小、颜色各异的蘑菇，圆润可爱，上面撑着一顶"小伞"。众人看了，都不由得发出了由衷的惊叹声。乔燕也被眼前的景象惊住了，半晌才对王老板问："王总，你这就是标准的菌棚吧？"王老板立即道："正是，正是！"乔燕又问："这样一个标准的菌棚，可以栽培多少个菌棒？"王老板立即打起广告来，道："三千个！我每个菌棒装的两斤干料，像现在这个季节，我堆放的是六层，再等一段时间，我就要减少二到三层。我给领导明说，我一般每个周期可出菇三到四茬，每斤料可以产一斤左右平菇，如果管理得好，产量还要高！领导想一想，种蘑菇划算不划算！"说完又带了众人出来，接着又看了几个菌棚，都和第一个菌棚完全一样。这些年轻人起初都只怀着为朋友两肋插刀的义气和出来玩一玩的心情，现在一看，都受到了震撼，有的在菌棚里忙着拍照，有的紧跟着王老板，王老板说一句便记一句，一副谦虚好学的样子。

看完菌棚出来，王老板又非要乔燕他们去办公室坐坐不可，乔燕也正要找机会和他谈生意，便道："坐坐倒是可以，不过我们还要赶到石牛庙镇去，最多只能坐十来分钟！"王老板一听，喜不自胜，立即便把乔燕他们带到了楼上办公室，那女人果然把办公室给收拾好了，还泡好了茶，众人在墙边沙发上一溜儿坐下，乔燕做出十分匆忙的样子，对王老板道："王总，话不多说，看了你的基地，确实名不虚传，我们也正想建一个蘑菇种植基地，等成功了，我们这些第一书记，起码有一半人想在自己村上发展蘑菇种植，不知我们可不可以合作……"话没说完，王老板到底沉不住气，马上叫了起来："那好哇，领导，我也正想扩大规模，你们可以先拿一些菌种回去试试……"众人一听这话，都立即露出了惊讶和欣喜的表情，好似出乎意料的样子，早把出发时乔燕交代他们的话忘到一边去了。周星文道："真的？我们正是……"乔燕从王老板的话里看出了他确实有些急迫，便打断了周星文的话，道："很好，王总，不过，我们想听听王总合作的条件。"王老板便道："还有什么条件？我种子不要钱，技术不要钱，产品如果你们卖不掉，我还包回收，这条件够优惠了吧……"众人一听，又都惊喜地道："真的？"王老板道："可不是真的！"乔燕却早有准备，马上道："种子不要钱，你说是一次性，还是一直都不要钱？"王老板立即露出了谎言被揭穿那种讪讪的笑容，道："看领导说的，如果一直都不要钱，我不是连裤儿都要赔进去？明说，你们愿意跟我合作，我一次性给你们提供三千个菌棒，这三千个是不要钱的……"

话还没完，乔燕想起了铮铮同学哥哥的话，也没回答王老板，便站起来说："我们走吧……"王老板一听，突然着急起来，拦住了乔燕道："领导怎么要走？"乔燕道："我们到石牛庙镇，看能不能寻找到更合适的合作伙伴。"王老板急忙对乔燕问："领导，那你们说怎么才能合作？"乔燕仍欲擒故纵："现在看来我们的差距还有些大，恐怕不容易谈拢，还是到石牛庙镇去看看吧。"说罢又对众人说，"怎么样，我们走吧！"众人果然站了起来，做出要走的样子。那王老板更急了，一把拉住了乔燕，道："领导，哪有生意谈不拢的？你别急嘛！那这样，我看你们也是诚心诚意，我就多出点血，免费给你们五千个菌棒，这可以吧？"乔燕听完，笑了一笑，却道："王总，看来你并不是诚心想和我们合作，我们下次再谈吧。"说完又要走。那王老板仍拉住乔燕不放，最后顿了一下脚，像是下了狠心似的，道："领导你们说说，究竟要我怎样出血你们才愿意合作？"乔燕道："那好，王总，既然这样，我也就明说了，如果你愿意免费给我们提供一万个菌棒，我们就合作……"话没说完，王老板便夸张地叫了起来："一万个？领导，你也真是狮子大张口呀！一万个菌棒值多少钱了？"乔燕道："你别骗我了，一个菌棒才值多少钱？对于王总这样的千万富翁，不过是九牛之一毛罢了！"又说，"王总愿意合作，我们就一言为定，不愿意合作，我们拉倒就是，不再多说了！"说罢挣脱王老板的手，真的往外走了，众人一见，也跟着出去。眼看快要下楼了，王老板才突然叫道："行，领导，我答应你们的要求！"听了这话，乔燕这才站住，回头看着王老板道："王总，可是真的？"王老板道："领导人年轻，可真会谈生意。你们今天可是赚大了！一个菌棒至少可以收入二十来块钱，稳打稳赚的，你算算一万个菌棒可以赚多少？不过我可要跟领导说清楚，我一次性提供一万个菌棒让你们赚钱后，以后你们可都得到我这儿来购买菌种！"

乔燕听了这话，便笑着："我就知道王总是在放长线钓大鱼！这一万个菌棒，等于就像鱼饵，钓我们上钩呢！你也算算，以后我们每一季都要来买你的菌种，单卖菌种，你也要赚得个盆满钵满呢！"又说，"行，以后我们这些第一书记村里发展蘑菇种植，都到你这儿买菌种！"众人也说："就是，就是，我们以后都到你这儿来买！"那王老板高兴了，道："生意都谈成了，那领导就不要到石牛庙镇去了，就在我这儿吃了饭再去！"乔燕道："王总你是怕我们到石牛庙镇找到了更好的合作伙伴，就把你忘了？你放心，我答应了的，一定算数！不过那技术问题，你说怎么解决？"王老板道："技术问题好说，叫你们的种植户到我这儿打几天杂，什么温度、湿度、拌料等，都学会了！"乔燕一听又笑道："你们看王总的算盘打得精不精？他又免费使用了几天劳动力！"那王老板一听不由得笑了起来。乔燕这才过去和王老板握了握手，道："那我们就这样说定了，我回去就叫种植户来和你签订合同！"说完和众人一道下了楼。王老板把他们送到院子里，等他们的车走了以后，方才上楼去。

众人把车开出一段路后，在公路边停了下来，纷纷下车，将乔燕围住，又是拥抱，又是拍打，道："乔姐今天可是赚了！一万个菌棒，三个大棚，成功了，可是白花花的银子，失败了，也没一点损失，乔姐你可真是谈判高手呀！"乔燕又急忙给大家打躬作揖，道："都是托兄弟姐妹的洪福，快走吧，回城里我请客！"众人说："请什么客哟？才过完年，肚子里油水都没地方放，各自回家吃点稀饭哟！"说完上车要走，乔燕却想起了什么，又立即下车，把车头挡风玻璃上面的"第一书记参观考察团"的标牌给扯了下来。一路风驰电掣，很快到了城里，乔燕又要招呼大家吃饭，众人全拒绝了，道过再见，又说了一通今后互相帮助的话，便各自回家去了。乔燕在家里吃了午饭，感觉身子一点问题也没有了，下午又骑了自己那辆"小风悦"电动车，赶到贺家湾去了。

第十五章

一

　　乔燕将东西放到村委会，便迫不及待地赶到郑家塝，将种蘑菇的事告诉了刘勇。刘勇一听一万个菌棒不要钱，立即喜得眉开眼笑，巴不得马上就赶到土城坝王老板的蘑菇种植基地去学技术。乔燕把王老板的名片给了他，又如此这般地叮嘱了他一番，让他和王老板联系。

　　却说乔燕从刘勇屋子里出来，刚走到他院子旁边，忽见田坡上干草丛中，有几片绿绿的、嫩嫩的小叶片，像是十分害羞似的从枯草中探出头来，叶片中间还立着一根小小的茎，茎上又顶着一朵黄黄的花朵，尽管那花朵只有米粒儿大，却令乔燕感动了起来。她急忙蹲下身，将那小小的花朵粒儿看了半天，又伸出手指仿佛怕碰伤它一样轻轻地触了一下，看见那小花朵摇了摇头，像是对她微笑似的。看了一阵，她才站起来，朝前边的柳树看去，这才发现那柳树的枝头上，已经长出一层新绿。乔燕猛地想起了发动村民在房前屋后栽花种草的事，现在不做，还待何时？这样想着，便急急地朝贺端阳家去了。

　　到了贺端阳的院子里，乔燕见大门从里面关着，便喊了两声"贺书记"，可贺端阳没答应。乔燕第一次到贺端阳家里来，曾经把她吓得往后跑的大黑狗，听见声音却跑了过来，围着乔燕又是跳又是嗅，亲热得仿佛久不见面的老朋友。乔燕还要喊，门开了，从里面走出了贺波和郑琳，两人脸上红红的，像是抹了胭脂一般，见了乔燕，都露出了不好意思的样子。过了一会儿，贺波才道："姐，你来了！"郑琳却道："姐，正月还没过，给你拜个晚年了！"乔燕听了，一边往屋子里走，一边对贺波说："你看，还是郑琳妹妹机灵，知道该怎么问候客人。明明我已经来了,你还多此一问!"贺波听了,只是憨厚地笑笑。

到了屋子里,郑琳又忙不迭地去倒了茶来,然后才对乔燕道:"姐,他就是个闷嘴葫芦!"乔燕又笑着对郑琳道:"闷嘴葫芦好,到时候你就做家里的新闻发言人!"说得郑琳的脸又红了起来。乔燕便把话题岔开,对他们问:"什么时候请大家喝喜酒?"郑琳只顾红着脸,没答应,贺波便道:"姐,我们正要找你帮忙呢!"乔燕便看着他笑道:"找我帮忙吃饭是不是?"贺波道:"她爸爸妈妈想要我到他们家去住,可我老爸老妈说什么也不同意,我们正犯愁呢!"乔燕道:"这有什么为难的,一个村,这么近,到哪家住不一样?"贺波立即道:"我也这么说呢……"话还没完,郑琳便道:"你也这么说,可为什么我老爸老妈提出到我们家住,你不答应?"乔燕便知他们两人的思想也还没统一,便道:"我有一个办法,干活在这边,吃饭和睡觉就到郑琳爸爸妈妈家去,怎么样?"郑琳一听,马上道:"我才不干呢!"说完却笑了,乔燕和贺波也跟着笑了起来。

说了一会儿闲话,乔燕才问贺波:"你爸爸呢?"贺波道:"昨天过完大年就出去了,晚上都没回来。"乔燕一听这话,心里便有些不爽。尽管上次贺端阳给他讲了村干部的一些现实问题,她也表示了理解,但一年之计在于春,他也该先把村里的事料理料理再出去,但她没把这种不满从脸上表现出来。贺波知道乔燕找他父亲一定有事,便问:"姐,你有什么事?"乔燕想了想,决定把自己的想法先告诉他,便把在村里栽花的事对他说了一遍。贺波听完,立即叫了起来,道:"好哇,姐,从现在到清明,都是种树种花种草的好时候……"话还没完,郑琳也跟着说:"乔姐,我最喜欢花了!我们家房子也改造成功了,我正跟他商量,看周围该栽些什么花。我叫他把他家里的花移些过去,他舍不得,真是个吝啬鬼!"说完狠狠瞪了贺波一眼。乔燕忙说:"别移别移,现在是他的家,可要不了多久,也就是你的家了,到时把你们家变得像花园,花团锦簇的,多美呀!"又说,"你们家肯定要栽的,房子都改了,如果红花没有绿叶扶,那改房子做什么?你放心,我把这个任务交给贺波就是!"

贺波立即像得令似的,挺了挺胸膛道:"没问题,姐,你要我做什么,我就做什么,你说吧,我们怎么办?"又自告奋勇地道,"姐,你什么时候召开村民大会,或者像上次那样办妇女夜校?我有一个办法,保证能行……"乔燕马上问:"什么办法?"贺波道:"我和郑琳先在网上给姐下载一些美丽乡村的图片,特别是庭院种花种草、把环境映衬得非常美丽那种,制成一组幻灯片放给大家看。然后姐再在会上给大家一讲，大家一看人家那里都能那么做，我们为什么不行？这样一来，肯定没问题了！"

听到这里，乔燕笑了笑，道："你真是个好弟娃，姐谢谢你！可是这次，姐不打算那么做了……"贺波立即问："姐又有什么高招？"乔燕却没答，只看着贺波反问："你知道整治环境和垃圾分类，村民那么容易接受，原因是什么吗？"贺波道："不知道。"乔燕道："因为垃圾中的细菌渗透进了自来水，危害着每个人的健康，大家害怕了，所以一说环境整治和垃圾分类，众人都很容易接受。可这次在房前屋后栽花种草不一样了，村民们还没有养成欣赏美的习惯，有的人对花花草草可能喜欢，有的人可能暂时还不喜欢，所以得慢慢来。"贺波明白了，便马上问："那你说怎么种，姐？"乔燕道："我想先在村里找那么一二十户平时最爱美的人户，你们家不说了，郑琳妹子家才改造了房屋，还有贺世银老爷爷家新房也竣工了，好马配好鞍，正好需要红花绿叶去扶持，这就有了三户。还有张芳、吴芙蓉、王娟、朱琴、孙碧芳、李道英、李春梅、张晓英、郑世碧等十多户人，他们家院子周围空地多，平时又最爱干净，我们可以分别去把他们动员起来，先在他们房前屋后把花草种起来！等到他们的花草红的红、黄的黄、紫的紫、白的白时候，我们再召集村民到他们家里开现场会！你说，那么美的花儿谁不喜欢？众人一看别人家环境这么漂亮，花儿这么香，哪个不动心……"

乔燕话还没完，贺波便叫了起来："姐，我明白了，你这叫作典型引路！"乔燕也马上道："对，与其你们到网上下载别人的图片，何不到时把我们自己的花儿拍成幻灯片让大家看？远在天边，近在眼前，你说村民会相信远的还是近的？"郑琳听到这里，激动得拍起手来，道："乔姐，你说得太好了，我现在就巴不得看见那些花儿草儿！"说完却问，"姐，可到哪儿去找那些好看的花草呢？"乔燕道："我正要给贺波分配任务呢！"便看着贺波问，"还记得吗，我说过县园林局，我有个同学……"贺波立即道："你一说我就想起来了，当初我园子里栽什么花，你还说去问她呢！"乔燕道："可不是这样？她在园林局就负责园林绿化工作，县里很多花卉苗圃都和她有联系，我先在电话上给她说一说，过两天你就到城里去找她，请她出面帮我们联系一些适合我们这儿种的苗木花卉，把这些花草拉回来，指导大伙儿栽种下去！"又问他，"你从我爷爷那儿拿回来的几本花卉栽培和管理的书，你都认真看过了？"贺波马上道："都看几遍了，姐，你放心，我一定完成任务！"乔燕听后，高兴了，又对贺波道："你爸回来了，告诉他我找他有事!"交代完毕，这才走了。

天黑的时候，贺端阳果然来了，一见面，便问乔燕："乔书记，你找我有什么事?"乔燕道："也没什么大事，扶贫的事，上面有规定动作，我们只得按规定动作去做。只是村上这段时间的日常工作，我想和你商量一下……"贺端阳一听，忙说："乔书记有什么想法，尽管说出来。"乔燕便先把栽花种草的事给贺端阳说了，末了还特别强调了几句："我们的院子现在虽然干净了，可还不够美丽，如果有了花，我们就会像住在花园里一样了!"贺端阳一听，不知是由于内疚还是现在已经对乔燕佩服得五体投地了，立即说："你的想法很好，乔书记，我完全支持你，有什么困难你给我说就是……"乔燕忙说："这段日子我在城里，除了吃饭和上厕所自己亲自去以外，都被爷爷奶奶重点保护着，什么都不让干，没事时我便思考贺家湾今后的发展，可也只思考出一些零零星星的想法。栽花种草只是美丽村庄建设的一部分，最重要的，还是生活污水和燃灶改革!贺波建的生活污水沉淀池，沉淀过的生活污水不但成了养鱼的饲料和莲藕的肥料，更实现了污水的循环利用，真是一举多得。沼气池也一样，还有厕所与猪圈与人居分离，这都是很好的，我也想慢慢在村里推广……"贺端阳忙打断了乔燕的话，道："乔书记，我不得不提醒你，这可不是栽点花那么简单!单家独户，你叫他挖两口小池子，一口沉一下生活污水，一口栽点藕什么的，可能办得到。可大院子，一住就是七八户甚至十来户人家，你叫人家怎么去挖池子?"乔燕忙道："这一点，我也想过了，可以统一挖呀!现在这几个大院子，哪个院子旁边不空着很多长毛竹的地?我们在那些地里统一建生活污水处理池，把家家户户的生活污水都汇到池子里，然后再修一口大塘，栽上莲藕，养上鱼，一到夏天，满塘的荷花开了，你说有多美……"乔燕正沉浸在自己构想出的美景中，贺端阳却又打断了她的话，道："乔书记，不是我给你泼冷水，你说起来是很美，可你到底还是不知道农村的复杂!我问你，这么几亩大的池子，谁的空地会白白让你建?你占了别人的地怎么补偿?还有，建池子的钱谁出?如果让全院子里的人出，先不说他答不答应建，即使都答应建了，可钱是按户数出，还是按人头出?还有，池子建成了，谁来管理?池子里产的鱼和莲藕，属于大家还是管理者?等等，到时候什么扯筋的事都可能有呢!"说到这里，又问乔燕，"你难道不知农民，善分不善合吗?"

乔燕听到这里，便愣住了，半天没说出话。一想，贺端阳说的这些，确实有道理，有些自己没想到，有些虽然想到了，却没想得更深，便决定先不说这件事了，过了一会儿才突然道："还有一件事，我想和你商量一下！"说完也不等贺端阳问，便看着他道，"我想向乡党委建议，把贺波补充到村支部委员会中来……"话没说完，贺端阳立即瞪大了眼睛，看着乔燕，像是没想到的样子。乔燕没等他回答，便说了下去："贺书记，你别小看贺波改造你们家房子和周围环境的事，这些事的意义现在还突显不出来，可过几年，你才会知道那意义可是十分重大呢！我第一次开两委扩大会时，就对你说过村上两委班子年龄太大了！现在有年轻人，我们为什么不用？"贺端阳沉思了半天，才道："你叫我怎么说呢？他是我儿子，我说不同意或同意，都会有嚼舌头的……"乔燕立即道："外举不避仇，内举不避亲，这有什么？如果你觉得为难，这事由我去给罗书记汇报！要想把村上环境治理、垃圾分类和美丽村庄建设持久地开展下去，必须要有专人负责，我现在就迫切需要他的协助！"说完，两只眼睛落到贺端阳身上。过了一会儿，贺端阳终于道："这小子，上次因为鸡死了，没去成省上的表彰会，蔫了好几天，幸好后来有了郑琳！乔书记你真欣赏他，我当然不会反对！"乔燕听贺端阳表了态，便道："那我们什么时候开一个村支委会，讨论了，用村党支部的名义给乡党委写份请示，其余的事由我去办！"贺端阳听了，又说了一番感谢的话，才起身告辞回去了。

二

第二天，乔燕便去找张芳，把动员部分村民种花的事告诉了她。张芳说："你不说，我都想到尖子山挖几十株杜鹃花回来，栽到院子边上呢！"乔燕一听，心里又像打开了一扇天窗似的敞亮起来："你这一说，倒提醒了我，我们山上的野花很多，又不要钱，喜欢的，何不挖些回来栽？"张芳道："山上的野花还是单调了一点，没有苗圃培育的花丰富，一年四季都有花开。你现在这么说，我还是买些苗圃的花来栽！"又道，"除了吴芙蓉、王娟、朱琴、孙碧芳、李道英、李春梅、张晓英、郑世碧这些人以外，我再给你补充十来户，她们平时都听我的，也爱美，我去一说，她们保证答应！"乔燕一听，高兴了，立即说："既然这样，张姐为什么不和我一起到她们家里去？"张芳一口答应，两个人便一起走了。上午，她们跑了七八户人家，一听说种花，都满口应承。中午时，张芳对乔燕道："你现在肚子里怀着小宝贝，不比过去，一个人回去难得做饭，就到我家里去吃！"乔燕还要推辞，张芳拉着她便走。

吃完饭，张芳又对乔燕说："乔书记，你现在是双身子，身边没个人照顾不行，如果你真看得起我这个当姐的，就搬到我这儿来，有什么我也能照顾一点儿！"乔燕急忙道："谢谢张姐，我现在确实不比从前，不过我和张健已经商量好了，这两个月我一个人还能坚持，等显了怀，身子笨重了，张健叫他妈来村里照顾我。我也不需要什么，到时我给贺书记说一说，村委会那儿再腾一间屋子就行！"张芳听了这话，想了一会儿才道："这样也好，自己的婆婆来照顾，当然方便一些！"说完两个人说了一些女人之间的话，就出去了。下午，两人又走了八九家，都十分顺利。到黄昏时，乔燕才告别张芳，往村委会走去。

路过吴芙蓉家时，乔燕想起很久没去看望过她了，虽然已经过了大年，但正月还没过，不如进去给她拜个晚年，拉呱一会儿，顺便把种花的事给她说一说，如果她没买花的钱，自己把钱给她垫上就是。正要进去，忽然看见院子外边有个人影，缩头缩脑地往吴芙蓉家里探着。乔燕急忙问了一声："谁？"那人一听，想要走，却又站住了，答道："是我！"乔燕一听是贺勤，急忙走了过去，道："原来是大叔，你在这儿干什么？"再一看，那贺勤怀里还抱着一只鼓鼓囊囊的纸袋。一见乔燕看他，想把纸袋往背后藏去。乔燕心里疑惑起来，笑道："大叔，你想找吴大婶……"话还没完，贺勤又急忙否认："不不，我找她干什么……"乔燕见他掩饰的样子，又道："那你往吴大婶家里看什么？"贺勤又道："没看，没看，我看什么呀？"乔燕见贺勤愈发心虚，便道："没看什么就算了，有什么你就明说好了，不要这样鬼鬼祟祟的，人家说寡妇门前是非多呢！"贺勤道："我知道，我知道，姑娘。"说完转身就走，可没走几步又犹犹豫豫地站住了，回头对乔燕说，"姑娘，你能不能帮我把这东西给、给她……"说着把胳膊窝下的纸袋递给乔燕。乔燕把手伸进纸袋里摸了摸，却是一件衣服。乔燕立即明白了，看着贺勤道："大叔，你这是什么意思？是不是看上了……"话还没完，贺勤脸更红了，忙支支吾吾地道："没、没那回事……"乔燕忙笑道："大叔，这有什么不好意思的？你们一个没了妻子，一个没了丈夫，大家都看见的，你现在也不同以往了，如果有那份心，直接给她提就是，何必躲躲闪闪……"贺勤才终于承认了，道："姑娘，我是有这份心，可我怕她……"乔燕道："怕她不答应是不是？既然这样，你这个礼物我不能带，你还是当面送她吧！"说罢又把纸袋还给了他。贺勤只好把纸袋接过来，发了一会儿怔，然后有些讪讪地走了。

贺勤在贺世银家房屋竣工以后，果然又到贺端阳手下去干活了，现在每天都有两百多块钱的收入。人一有了钱，不但从头到脚不再像过去那样邋遢了，而且说话走路也格外精神，真的像换了一个人。乔燕看着贺勤渐渐消失在早春又浓又厚的暮霭中，突然觉得吴芙蓉和贺勤这两人都改了身上的毛病后，倒真是天生的一对，心里便掠过一个想法：要是他们能够结合在一起，该有多好呀！这么一想，心里竟然激动起来，好像成了自己的事一般，便决定暂时不去吴芙蓉家里了，待找人先去探探吴芙蓉的口风再说。于是转身回了村委会办公室。

第二天一早，乔燕便到了张芳家里，把昨晚上看见的事和自己的想法给张芳说了，又笑着说："怎么样，张姐，你要是把这个媒做成了，我都帮贺勤大叔谢你一个猪腿……"张芳忙说："乔书记别找我，我命里不带'六合'，说媒是说不成的。再说，他两个是死对头，吴芙蓉怎么会答应嫁给他？"乔燕仍笑着道："张姐，你可别用老眼光看人！贺勤大叔现在每天收入两三百元，要是贺峰明年考个好大学，加上吴芙蓉大婶守寡了这么多年，说实话，家里没个男人也是不行的，万一她答应了呢？"张芳仍说："我看没那个可能……"乔燕忙道："可不可能，你去说一下，反正也不碍事，顺便把种花的事情也给她说说！"张芳想了半天，才道："好吧，既然乔书记这样说，我就跑一趟吧！"说完要走，乔燕又喊住她说："你先别告诉她昨晚贺勤给她送衣服的事，探完她的口风再说！快去快回，我在村委会办公室等你的消息。"张芳答应一声去了，乔燕也回到了村委会。

没多时，张芳便来到了村委会乔燕的屋子里，还没等乔燕开口，便一边摇头，一边急忙说："我说不行就不行吧，这不是白跑路……"乔燕没等她说完，便急切地问："她怎么说？"张芳说："花她可以栽，可要她嫁给贺勤，除非下辈子！"乔燕还在等张芳说下去，可张芳却住了嘴。过了半晌，乔燕才问："就这两句话？"张芳道："还能有什么话？我听见她这么说，便没再问她了，不过我看她提起贺勤时的脸色和语气，好像他们两个之间有什么似的，可我也不好问。她相信你，要不你亲自去问问她。"说完，便向乔燕告别，回去了。

乔燕等张芳走后，却坐在椅子上发起呆来。她不明白吴芙蓉大婶为什么不答应贺勤大叔，不论从眼下还是长远看，贺勤大叔改变后，条件都要比吴芙蓉大婶好一些。她怀疑是张芳没把话给吴芙蓉说清楚，又想起张芳说的"好像他们两个之间有什么似的"的话，心下便产生了疑问："他们能有什么呢？"这么想着，便产生了一种想弄明白的念头。想了一阵，果然站起来，往吴芙蓉家里去了。

吴芙蓉扛了锄头正要下地，一见乔燕，便道："姑娘，你怎么来了？"又问，"身子可好些了？"乔燕立即拉住她，道："婶，好多了，谢谢你的关心！两个妹妹上学去了？"吴芙蓉道："可不是！"乔燕听了，便道："婶，你先不要下地，我想跟你说点事！"说着便把她拉到屋里坐下，这才道，"婶，我打算在村里动员大家栽花……"没等乔燕说完，吴芙蓉便道："刚才张芳主任已经给我说了，姑娘，你放心，你要我做什么我就做什么！"乔燕听了这话，不说什么了，却看着吴芙蓉，半晌才说："婶，我给你说件事，你可不要生气，啊！"说罢，便把昨晚看见贺勤以及他们之间的谈话，都告诉了吴芙蓉。没想到吴芙蓉一听，脸色突然变了，嘴唇也像风中的树叶一样颤抖起来，抖着抖着，便转过身子，将脸伏到桌子上，"哇"的一声，肩膀一耸一耸，就伤伤心心地哭了起来。乔燕一见，不知她为什么哭，急忙过去扶住她的肩膀说："婶，你这是怎么了？我的话说得再不对，你也不该这样呀。"吴芙蓉哭了一阵，才哽咽着说："姑娘，这不、不关你事……"说完又哭。乔燕没办法了，一时被吴芙蓉哭得心酸起来，便又去拉她，道："婶，你究竟遇到了什么事，跟我说一说！我虽然年轻，可也是女人，女人都是能互相理解的……"话没说完，吴芙蓉突然转过身子，一把将乔燕抱住了，继续哽咽着道："姑娘，我、我心里苦、苦呀……"乔燕愣了一下，便拍着她的背道："婶，你有什么苦，说出来心里就好了！"吴芙蓉又呜咽一阵，终于说道："那个没良心的，我这辈子都是他害的……"说罢，便一边抽泣，一边讲了起来……

三

吴芙蓉给乔燕讲的故事虽然有些冗长，却也十分有趣。她告诉乔燕，做姑娘时，她也是个漂亮女人，有着苗条的身材，大大的眼睛，虽比不上画里的人儿，但在村里也是数一数二的美人。她上面有两个哥哥，父母一心想生一个女儿，尤其是她母亲，觉得只有女儿和娘才最贴心，因此便怀上了她。那时候计划生育正严格，她母亲怀上她以后，便躲在了离自己家一百多里的姨妈家里。一直躲到生下她以后，仍然不敢带回去，又在姨妈家里给她喂了几个月奶，方才一个人回去了，却把她寄养在了姨妈家里。她姨妈那儿十分偏僻，周围都是大山，到县城得两天时间。她从小就把姨妈和姨父喊"爸爸""妈妈"，一点不知道自己还有亲生父母，姨妈和姨父也不敢出去说。姨妈和姨父因为不是自己的孩子，便对她格外娇惯，想要什么，哪怕是天上的星星，都巴不得摘下来给她玩。即使她做错了什么，姨妈和姨父也不敢过分管教她。因了姨妈姨父的溺爱，加上在闭塞的大山里，又没有什么可以让孩子们玩乐的项目，大山、草地和树林，便成了孩子们最理想的游乐园，而山泉、飞瀑、鸟儿、鲜花等，也是他们最好的玩伴。因此，她从小便养成了一种疯野的性格，无论是上树掏鸟窝、捣野蜂巢、摘野果子，还是下河逮螃蟹、抓鱼、捉泥鳅什么的，男孩子能做的，她一样也不缺。到树林里玩的时候，别的女孩子怕被石子和荆棘刺了脚，都穿着鞋，她却把鞋子脱下来提在手里，赤着一双又肥又大的脚在一棵棵树木间疯跑，一副什么也不怕的样子。

八岁那年，姨妈家忽然来了一对中年男女，年龄看上去比姨父姨妈还要年轻些，姨父姨妈要她喊他们"爸爸""妈妈"，还对她说："他们才是你的亲生父母！"她一听傻了，立即大哭起来，说："他们不是我的爸爸妈妈，你们才是我的爸爸妈妈！"姨父姨妈费了很大的劲，才把她劝住，然后她的妈妈把她抱在怀里，也大哭了起来。爸爸妈妈在姨父姨妈家里住了一晚上，第二天不管她同意不同意，拉着她下山了。回到自己亲生父母家里，她才知道爸爸妈妈是来接她回去上学的，因为她已经八岁。可这时她的身份并不是爸爸妈妈的亲生女儿，而是"侄女"——爸爸妈妈对村里说，这是他们的侄女儿，因为山上上学不方便，才接到吴家湾来上学的。直到她小学快毕业了，爸爸妈妈才设法在派出所给她上了户口。

大约父母觉得这些年把女儿扔到一边亏欠了她，或者因为她本身是父母唯一的女儿，因此一回到家里，父母比姨父姨妈还要宠她，真有一种含在嘴里怕化了，捧在手里怕摔了的感觉。父母把她视为掌上明珠，两个哥哥也一样，对这个小妹妹十分宠爱，什么事都依着她。在这个家里，她几乎是过着一种小公主般的生活。

不唯如此，吴芙蓉还有一个特点，就是特别讲义气。她也不知自己这种性格是怎么形成的。有次她的大舅病了，母亲拿了二十块钱，叫她去村里吴家顺的小店里，买几盒糕点回来，下午她提去看望大舅。吴芙蓉接了钱便去了。到了店里，她沿着货架转了好几遍，才买了三盒蛋糕。走出门来，忽然从那屋角处转出三个泥人儿似的孩子，也是六七岁大，几只小眼睛落到吴芙蓉手里的蛋糕盒子上，闪出像馋猫一样的光。三个小子都知道她的性格，于是嘴里便"芙蓉姐姐""芙蓉姐姐"地喊起来，一边喊，一边跟了她去。她也知道那三个小子想干什么，不想理他们，可等到快拢屋子时，终于忍不住，回头对三个小子道："你们是不是想吃？"三个小子一听，都一齐挺了小肚子答道："想！"她看了看手里的蛋糕盒子，犯了愁：给他们一盒吧，便只剩下两盒了，母亲只提两盒糕点去看望大舅，会让人说成是"逗菌脑壳"。不给他们吧，这些"猴儿"又跟着走了这么远，也显得我这个当姐姐的太不义气。想了半天，慢慢撕开蛋糕盒的封口，从每盒里面取出一个蛋糕，给了三个小"猴儿"，然后又照原样将蛋糕盒封好，提了回去。

　　下午，妈妈便提了这三盒蛋糕去了大舅家里。可当舅妈打开蛋糕后，却发现每盒里都少了一个，便对母亲道："现在这些做生意的，真的有些不要良心，你以后买东西，可要注意了！"母亲不知舅妈的话是什么意思，便问道："怎么了，大嫂？"舅妈才道："你提来的糕点，我打开看了一看，每盒里面都少了一块，注定是那卖糕点的，悄悄将包装盒打开，取了一块去！"母亲惊得合不拢嘴，道："有这样的事？待我回去问他！"回到村里，家也不回，径直去找吴兴顺兴师问罪，道："她二伯，你这是怎么回事，怎么做生意专整起熟人来了？"那吴兴顺急忙道："我怎么整熟人了？"母亲便把这事说了，吴兴顺大呼"冤枉"，便又喊了吴芙蓉来问，吴芙蓉却是一脸无辜，道："这怎么怪得我嘛？谁叫那三个小崽崽跟到我屁股后头，不愿离开呢！"这事在吴家湾成了一大笑谈。但大伙儿笑归笑，却都认为吴芙蓉不错，加上她几分男孩子的性格，尤其招孩子们喜欢。因此无论什么时候，她的身后总会跟着一群年龄大小不一的孩子，成了一个"孩子王"。

　　她小学和初中的学习成绩都很好，可到了高中时就不行了，因为她恋爱了，这人不是别人，就是同班同学贺勤！那时贺勤瘦得像根麻秆，脸色也因营养不良而呈现一种土灰的颜色，经常穿着一件可以两面穿的立领夹克衫，一面黄，一面灰，直到穿得看不出布的本色了才换下来洗一洗，晾干了马上又穿，人又木讷，像个闷葫芦一般，但他学习成绩好。她也不知道自己究竟爱他什么。或者是因为他的学习成绩好，或者是他那忧郁的气质让她怦然心动，或者还有别的什么，总之她无法说清楚，却为他整日神魂颠倒、魂不守舍，经常用自己的零花钱给贺勤买东买西，但就是不知道贺勤心里是不是也装着自己。想问问贺勤，鼓了多少次勇气都没法出口。高二放了寒假，她回到了家里，因为没法看见贺勤了，她觉得度日如年，做什么都没兴趣，仿佛病了一般。实在忍不住了，她向母亲谎称要去学校取作业本，悄悄来到了贺家湾。从吴家湾到贺家湾有十多里路，她走了大半天，才赶到贺家湾。走到垭口上，她向人打听了贺勤的家，原来贺勤的家是一所很破烂的房子，从上面往下看，像是草垛子一样趴在地上，她突然没有勇气往下面走去了。不知道见了贺勤该说些什么，更弄不清贺勤怎么想的。她便坐在垭口上，看着贺勤家里屋顶上一缕炊烟冒起来，袅袅上升，在空中散开，这样过了一个多小时，那炊烟又慢慢下降，最后从屋顶彻底消失。然后她才站起来，怀着十分复杂的心情回去了。

转眼就到了高中最后一个学期，她成绩更是糟糕透顶，对高考已经没有了任何信心，正在这时，班主任老师找成绩差的同学谈话动员他们放弃高考报名！因为老师们是要靠升学率来拿奖金的，差生参考，就会拉低班上的升学率。吴芙蓉本来就对高考信心不足，听了班主任老师的话，想也没想，便收拾东西提前回家了。贺勤虽然参加了高考，却不知怎么回事，也是名落孙山。听到这个消息，吴芙蓉简直不敢相信自己的耳朵，又过了几天，她从同学那里得到准确信息后，忍不住又往贺家湾跑去。到了贺家湾垭口，她没有再犹豫，从小路直接往下面走去。才走到山下，忽然看见贺勤头上连草帽也没戴，裸露着胳膊和小腿，正埋着头在旁边一块地里割玉米秸秆。芙蓉一见，那心便像做贼一般"咚咚咚"地跳了起来，看了半晌，见他并没有抬头看自己，便忍不住喊了一声："贺勤!"一边喊，一边往地里跑了过去。贺勤直起身来，看见了吴芙蓉，一下呆住了。正不知所措时，吴芙蓉已跑到他面前，一把抱住了他，道："怎么这么大的太阳，你还在外面干活?"贺勤等了一会儿，才明白过来，一把丢下了手里的镰刀，也紧紧地将吴芙蓉抱在了怀里。紧接着，两个人的嘴唇便紧紧地贴在了一起。一时，两个年轻人的身子都像是被烈日点燃了，浑身燥热得难受，连喉咙里发出的也是一种"咕噜咕噜"焦渴难耐的声音。吻着吻着，贺勤像是不满足了，突然把手伸进吴芙蓉薄薄的衣衫里。吴芙蓉像是怕冷似的打了一个激灵，想去推开贺勤的手，身子却似乎变成了一根棉花条，后来又觉得自己已经慢慢地在贺勤身上融化了。

贺勤在吴芙蓉身上抚摸了一会儿，突然拉起她便往玉米地深处走去。到了那儿，他迅速踏倒一片已经掰去玉米棒子的玉米秸秆，然后把吴芙蓉粗暴地按在上面，吴芙蓉想挣扎、反抗，可越来越没力量。就在这个中午，她以蓝天做被、大地做床，日头作证，把自己女孩子的第一次交给了贺勤。激情过后，他们才坐起来，在四周玉米秸秆的婆娑声中诉起了衷肠。吴芙蓉问他："你下一步怎么办？"贺勤道："我二姑父是个泥水匠，包工头，我爸我妈叫我去学泥水匠……"吴芙蓉一听立即道："你成绩那么好，怎么能去学泥水匠？不行，你去复读，我和罗英、黄小玲几个同学约好了，出去打工，我挣钱来供你复读……"听到这里，贺勤突然冷笑了一声，道："我爸我妈不会答应的！他们说，就是读了大学又有什么用？二姑父小学还没毕业，现在挣的钱好多老板也比不上呢！我二姑父也说，叫我跟着他干，以后也当包工头，叫那些念了大学的人来给我打工，我也不想读了！"又一把抱住了吴芙蓉道，"芙蓉，我要娶你，一定要娶你！"吴芙蓉忽然伏在贺勤肩头上哭了起来。她等这话，等得好苦呀！现在终于听到贺勤说出来了，她怎么能不高兴呢？两人又缠绵了一阵，贺勤不敢把吴芙蓉带到家里去，芙蓉只好又顶着日头回去了。

从此，吴芙蓉心里安定下来了，她不但知道贺勤爱她，而且自己也已经把身子交给了他，她相信他一定不会变心，便和罗英、黄小玲等几个同学一起，放心地到外面打工去了。那时两个人的联系还主要靠书信，可贺勤跟着姑父学泥水工，工作地点又不固定，吴芙蓉给贺勤写过好几封信，都没有得到贺勤的回信，便也没再写了，但她心里坚信贺勤不会忘记她。过了两年，她都已经22岁了，这年夏天，黄小玲回家结婚，度完蜜月回到他们打工的工厂，突然对吴芙蓉说："贺勤结婚了，女方和你只差一个字，叫张芙蓉，就是他姑父的小侄女……"吴芙蓉正在流水线上作业，一听这话，头脑突然"轰"的一声，像有什么爆炸了，便倒在了地下。姐妹们慌了，急忙过来掐人中。掐了半天，她终于醒了过来，却"哇"的一声号啕了起来。众姐妹都不知是怎么回事，只有黄小玲明白，便急忙把她扶到寝室休息去了。回到寝室，吴芙蓉趴在床上仍是哭，那种感觉自己都无法形容，只觉得贺勤欺骗了她，她一直在等着他，他却在家里结了婚，骗子，骗子，这辈子我和他没完！但她心里还存着几分侥幸，觉得这消息可能不太准确，为了弄个水落石出，她竟然专门请假回了一趟家，结果得到的信息完全是一样。

从此以后，她的心一下冷了。她不想嫁人了，就一个人过一辈子，因此不管什么人来给她说媒，这其中有老师、有干部，她都一概拒绝，弄得父母都不知该怎么办。转眼又过了几年，她都 26 岁了，在那时的农村，这已经算是嫁不出去的年龄了。父母着了急，这年过春节的时候，父母给她下了最后通牒："今年再不带一个对象回来，我们就当没生你了！"接到父母的电话，她一下痛苦起来，想起父母冒着那么大的风险把自己生出来又抚养大，如果只顾自己，这也真的太对不起父母了！便有一种随便把自己嫁出去的感觉。可是这对象，岂是说有就有的？真应了天无绝人之路的话，这日在回家的火车上，她突然碰到了也是从外面打工归来的初中同学贺兴旺。贺兴旺也是贺家湾人，初中毕业就出去打工了。两人一攀谈，发觉贺兴旺也没有找对象，吴芙蓉灵机一动，贺兴旺虽然文化不高，但模样儿也还过得去，又给人一种憨厚诚恳的感觉，何不叫他冒充自己的对象去见自己的父母？等把这次应付过去，再慢慢找也不迟！于是一路上对贺兴旺十分殷勤，使贺兴旺有种受宠若惊的感觉。等到下车的时候，她才把自己的想法给贺兴旺说了。贺兴旺正对吴芙蓉有好感，哪有不答应的。但贺兴旺表面憨厚，心里却十分精明，一一问了她家里都有什么人。等到了县城，他让吴芙蓉在车站等着，自己去去就来。等他重新回到吴芙蓉身边时，手里已经提了几大包礼物，包括她的父母、哥嫂和小侄子，没有一个落下。吴芙蓉一看，心里竟然非常感动。回到家里，她父母哥嫂问了问小伙子的情况，知道他就是贺家湾的，又只有初中文化，个子也不是很高，便有些不满意，但既然是吴芙蓉带回来的，那就让他们先谈着吧。没想到这贺兴旺在芙蓉家里住了两天，全家人都喜欢起他来。一是他那张嘴儿特别甜，又能言善辩，把一家老少都哄得眉开眼笑，二是特别勤快，看见什么活儿就干什么活儿，让父母特别开心。住了两天，便要回去，那老两口儿竟然留着不让他走。他道："叔，婶，我爸我妈也盼着我把芙蓉带回去过年，我知道芙蓉舍不得你们，我就一个人回去。等正月里，我再来陪两位老人家！"吴芙蓉的父母一想，大过年的，既然自己想儿女团聚，别人又何尝不是如此？便叫吴芙蓉送他，吴芙蓉把他送出来，道："正月间你就不用来了……"贺兴旺道："你父母问我为什么不来，你怎么回答？"一下把吴芙蓉问住了，半天才道："你可要记住，我们这是演戏，你可别往一边想……"话还没说完，贺兴旺笑着道："但假戏要真做，你还不知道？"吴芙蓉便不好说什么了。

转眼到了大年初二，这是乡下流行的给长辈拜年的日子。贺兴旺这天果然又来了，又背着两大包礼物，一进屋便是每人送上一份。这次更比上次不同，他一来便挽起袖子，套上围裙，进了厨房做饭，很快弄出了一桌好菜，喜得吴芙蓉的母亲和嫂子合不拢嘴，更加喜欢他了。吴芙蓉见父母哥嫂高兴，通过这么一段日子的接触，发觉自己也有些喜欢上了贺兴旺。加上心里又有一种想把自己随便嫁出去的想法，更重要的，她心里还有一种想报复贺勤的念头，心想："都在贺家湾，我倒要来看看你今后的日子会怎样!"几个念头交织在一起，竟然弄假成真，当过完大年两人又要出去打工时，吴芙蓉没再到自己原来打工的工厂，而是随贺兴旺到了一个新的地方，而且两人住在了一起。

只是后来，吴芙蓉才感到自己当初的选择有多么的冲动。最初他们都在外面打工，还不怎么觉得，可当在外面打了几年工，他们都回到了贺家湾，才知道自己犯的错误有多么不可饶恕。原来，她的心里并没有忘记和割断与贺勤那段孽缘，只要一看见贺勤，她便会不由自主想起那天中午玉米地里的事，想起自己那些刻骨铭心的思念和熬煎，爱之愈深，恨也便愈深。贺勤看见她，也像犯了罪似的，要么绕着道走，要么把头埋下去，从不敢抬起头看她一眼。这种情况一直持续到她的小女儿出生了，心里的伤痕才慢慢好了一点，但还是从没和贺勤说过话。原想到这辈子就这样过去了，没想到天有不测风云，贺兴旺回来在贺世海手下打工，几年前在工地上被水泥板给砸死了，从此留下了她们孤儿寡母。所以吴芙蓉觉得这一切都是贺勤这个负心汉给她造成的……

四

乔燕听完，一下明白了。过去，她一直以为那些凄美动人的爱情故事，只存在于琼瑶的小说中，没想到一个普通的农妇也有这样缠绵悱恻的爱情故事，心里既感动，又惋惜，见吴芙蓉脸上还挂着泪痕，忙从挎包里掏出一张纸巾，一边替她擦着脸上的泪痕，一边问："婶，你现在还爱着贺勤大叔吗?"吴芙蓉没立即回答，却从乔燕手里拿过纸巾，自己把脸上的泪痕擦干净了，然后才回答道："这么多年过去了，还说什么爱不爱。"说完却对乔燕说，"可也没过去那样恨他了!特别是从他女人死后，我心里又恨他又可怜他。可后来见他邋里邋遢、好吃懒做、一副狗屎糊不上墙的样子，我心里又只剩下恨了……"听到这里，乔燕心里更有数了，忙道："婶，后来你们一直没交流过？"吴芙蓉道："我对他恨都恨不过来，还和他有什么交流的？"乔燕又道："贺勤大叔也没主动来找你交流过？"吴芙蓉道："他倒是像癞皮狗一样，有好几次想挨挨擦擦来跟我说什么，却被我拿笊篱打走了！"乔燕沉默了一会儿，才道："婶，这就是你的不对了，你为什么不听他说一说呢？我觉得你和贺勤大叔中间，一定还有什么误会，只不过在这二十年中，你们心中都各自充满了怨恨，这种误会便一直得不到消除……"

听到这儿，吴芙蓉马上问："你说还有什么误会？"乔燕道："婶，我也一时说不上来，不过凭我的感觉，你们中间一定有误会！比如说，当年你和他都那样了，为什么他又突然娶了别人？还有，他当年的成绩那么好，怎么连个专科学校都没考上……"说到这儿，吴芙蓉也道："是呀，当时我也怀疑，比他成绩差的同学都榜上有名，怎么他连个一般的大学都没考上？"乔燕说："对呀，这中间一定有原因！"停了一下，目光落到吴芙蓉脸上，才接着道，"婶，从昨晚上贺勤大叔想见你又不敢见的情况来看，他心里仍然有你！下次假如贺勤大叔还来找你，我建议你们在一起，把心里的话都说出来。说不定在这一二十年中，贺勤大叔和你一样，也是哑巴吃黄连——有苦说不出来呢！"

听了这话，吴芙蓉低了头，不吭声了。乔燕见吴芙蓉心有所动，又忙说："婶，我还想问你一句话，你可要给我说实话！如果贺勤大叔心里真的还有你，你愿不愿和他破镜重圆？"说完紧紧看着吴芙蓉。吴芙蓉脸上先是微微红了一下，半晌才说："姑娘，都这把年纪了……"话还没完，乔燕忙道："婶，你们才多大年龄？未来的路还长着呢！"又推心置腹地道，"我倒觉得婶真该认真考虑考虑一下呢！小娥和小琼妹妹慢慢大了，迟早是要嫁人的，到时候婶一个人过日子，年纪大了，没个老伴，真的很不容易呢！贺勤大叔有段时间确实不太成器，可现在变了，又做起了泥瓦匠，每天都挣两三百元，加上贺峰又是个好孩子，考上一个好大学后，你们今后也有依靠！"又在吴芙蓉的大腿上拍了拍，继续道，"婶，我虽然年轻不懂事，可我觉得你和贺勤大叔真的很般配呢！"吴芙蓉听了，嘴唇哆嗦了几下，像是又要哭的样子，却忍住了，然后紧紧抓住乔燕的手，半晌才颤抖着道："姑娘，你真是个好人……"后面的话却像找不到合适的词似的，半天没说出来。乔燕心里全明白了，便也握着吴芙蓉的手，道："婶，你放心，我让贺勤大叔亲自来对你说！"说完告辞走了出去。

从吴芙蓉家出来，乔燕便急忙往贺勤家赶去，到了那儿一看，却铁将军把门，才知道贺勤早出去做工挣钱了。又不知他什么时候回来，想了想，便从挎包里拿出笔和本子，撕下一张纸，在纸上写道："贺勤大叔：我有十分重要的事告诉你，不知道什么时候能找到你，你回来看见字条后，速到村委会办公室来找我，谢谢！"然后落下名字，折叠起来，插在门的缝隙里，露了一半在外面。

果然天黑以后，贺勤便来了。那时乔燕正在看着贺小婷做作业。贺小婷到底是农家女儿，懂事早，知道现在她的乔姑姑肚里怀得有小宝宝，小小年纪，竟然学会了用电磁炉或电饭煲给乔燕做饭。有时乔燕回来晚了，她便把粥熬上，自己没吃饭时，便和乔燕一块吃。乔燕也是越来越喜欢她了。那贺勤一来，便对乔燕问："姑娘，你有什么事告诉我？"乔燕看了看小婷，才道："小婷要做作业，我们到外面阳台上说话！"小婷忙道："姑姑，我作业快要做完了，你们说吧！"乔燕道："做完了也不行，小孩子家，有些话不该听就不听！"一面说，一面端了凳子往阳台上去了。

这是一个下弦月之夜，这时候月亮还没起来，因而夜色昏沉黑暗，也没有星星，整个天空和大地都像裹了一件黑绒衣服。周围十分寂静，偶尔有一两声燕子的呢喃不知从什么地方传来。到阳台上坐定以后，乔燕才把上午吴芙蓉讲的故事告诉了他，又说："大叔，你真是幸福呀，有人这么爱着你，你怎么却失之交臂呢？你告诉我，这究竟是怎么回事？为什么你后来又娶了贺峰的妈妈？"说完就看着贺勤。从窗户里射出来的灯光，正好照到贺勤脸上，她看见贺勤低了头，脸色有些苍白。半天，贺勤才声音十分低沉地说了起来："姑娘，真是一言难尽，你让我从哪儿说起呢？"乔燕道："当初芙蓉婶在学校里那么爱你，你知道不知道？"贺勤马上道："我又不是木头人，怎么会不知道？我给你说吧，我那时也爱她，非常非常爱她……"说完这话，贺勤又怕乔燕不相信似的，停了一会儿突然问乔燕，"你知道我为什么没有考上大学吗？"乔燕正想知道这事，马上问："你没告诉我，我怎么知道？"贺勤道："正是因为心里想她，考试时心里乱得一团糟，什么都发挥不出来，所以才名落孙山了！"乔燕仍然有些不相信，便道："那时，芙蓉婶不是被班主任提前劝回家了吗？"贺勤道："正因为她被班主任劝回家了，我好长时间没看见她，心里更想她了，坐在考场上，眼前尽是她的形象，哪还有心思答题？"

乔燕明白了。见他说完停住不说了，便又问："后来呢？"贺勤又过了一会儿，才道："还有什么说的？不就是……那天她突然出现在我的面前，我真是没有想到！我太冲动了，加上没有考上大学，心里也憋得十分难受，所以那天我就……"说到这儿，贺勤又低下了头，显得十分内疚的样子，过了一会儿才接着说了下去，"姑娘，我知道我对不起她……"乔燕没等他说完，便盯着他问："你当时不是答应要娶她吗，怎么后来又变卦了？"一听这话，贺勤马上说："是的，姑娘，我当时是答应过要娶她的，而且后来我也确实是要娶她的，可天不遂人意！我和她发生关系的事，不敢告诉父母。过了半年，我亲姑突然来给我说媒，说的又是她的婆家侄女，也怪了，她的名字偏偏又叫张芙蓉。我父母一听，亲姑保媒，保的是她侄女儿，亲上加亲，张芙蓉我父母又是见过的，人也不错，更重要的，是我在姑父手下学手艺，几个因素加在一起，我父母便一口答应了下来。这时我才急了，忙把和吴芙蓉的事告诉了他们，而且特别给我妈说明，我们都发生过关系了。可不说这话还好，一说这话，我母亲更不依了，道：'连亲都没订，跑这么远的路来勾引男人，这样的女人有什么好的？你想答应她，除非等我们死了！'我也对母亲说：'如果你们不同意我娶吴芙蓉，我宁愿去死！'我母亲说：'你死，你死给我看看！'我听了这话，便以不吃饭相威胁。可没想到，我母亲比我更横——她是全湾出了名的横人！她见我两天没吃饭了，不但不来安慰我，反而拖了一根绳子到我房间里，对我说：'与其让你死，不如让我先死了，你好去娶那娼妇！'说着将绳子往屋梁上一拴，打了个结，搭根板凳，把头往结里一套，果真便吊了起来。我吓住了，马上跳起来，到厨房拿出一把刀，把绳子割断了。你说，我遇到这样横的父母，能有什么办法，只好答应了他们……"说到这儿，贺勤又将头埋下了，然后才痛苦地道，"我对不起她，真的对不起她！"

乔燕见贺勤难过的样子，便道："后来你怎么不对她解释……"贺勤道："我怎么不想对她解释，可她根本不愿听，我还没有开口，她便不是朝我吐唾沫，就是大骂，我知道我给她带来的伤害太深了！"说完又捧着头不作声了。

乔燕全明白了，便道："大叔，你给我一句真心话，你现在还爱着芙蓉婶吗……"话还没完，贺勤忽然抬起了头，对乔燕道："我知道是我伤害了她，我愿意用下半生为她当牛做马，可她……"乔燕知道他后面的意思，便立即道："大叔，什么都别说了，你回去把昨天晚上准备给婶的礼物拿来……"还没说完，贺勤便看着乔燕问："做什么？"乔燕道："我陪你一起去芙蓉婶家，你们当面把话说清楚，你该向她赔礼道歉的，就向她赔礼道歉，该解释的就解释，我让你们冰释前嫌……"贺勤却犹豫了,望着乔燕问:"可……"乔燕知道他又担心被吴芙蓉赶出来,便道:"大叔,你怕什么,还有我呢!"贺勤一听,果然麻溜地从凳子上站起来,打着他那支充电手电筒跑了。

没一时,贺勤便抱了纸袋重新出现在乔燕的屋子里。那时贺小婷正准备脱了衣服睡觉,乔燕忙喊住她说:"小婷,别忙睡,陪姑姑走个地方去!"小婷忙问:"到哪儿去?"乔燕道:"到你芙蓉婶家去……"话还没完,见小婷嘟着了嘴,露出了不愿意的样子,乔燕又忙道:"我们去去就回来!"小婷这才答应了,忙拿起桌上的手电筒,跟着乔燕和贺勤出门了。

到了吴芙蓉家院子里,乔燕看见从门缝里筛出了一缕灯光,知道吴芙蓉还没睡,乔燕便叮嘱贺勤说:"大叔,你可要主动一点,啊!"贺勤道:"我知道,姑娘!"乔燕又道:"你是男人,可要大度一些,不管大婶说什么,你可都得接受!"贺勤道:"本身是我伤害了她,她怎么发泄都行!"正说着,那只大黄狗跑了过来,围着他们嗅了嗅,发现是熟人,便又跑回去了。

乔燕走上台阶,敲了敲门,便听见屋子里传来吴芙蓉的声音:"谁?"乔燕答应了一声:"是我,婶!"吴芙蓉听出乔燕的声音,急忙过来开了门,一见外面立着贺勤,像是没想到似的愣住了。乔燕跨进门去,急忙回头对贺勤道:"大叔,进来呀!"贺勤便抱着纸袋进来了。

乔燕见屋子里只吴芙蓉一个人,便问她:"婶,小娥和小琼睡了?"吴芙蓉道:"她们明天要上学,吃了晚饭我就催她们睡了!"乔燕心里暗暗叫好,便开门见山地对她道:"睡了好,婶!我把大叔叫来了,你们好好谈谈,把几十年的误会都消除干净!"又说,"小婷明天也要上学,我也还有一些事,我们就不在这儿奉陪大叔大婶了!"说着就要往外走。吴芙蓉像是急了,忙道:"姑娘……"乔燕马上道:"婶,有什么你尽管对大叔说,打他骂他都行!"说完就对小婷说了一声:"小婷,我们走!"小婷一听,跟着乔燕往外走。贺勤急忙站起来送,乔燕又推了他一把,道:"送什么,声音小一点,可别把小娥和小琼吵醒了!我给你们把门掩上!"说着就拉着小婷走了出去,顺手把门给他们关上了。

走到院子里,乔燕却站了一会儿,想听清楚从门里传出的声音,却什么也没听见,这才拉了小婷往外走。走着走着,她突然笑了起来,小婷忙问:"姑,你笑什么?"乔燕还是忍不住笑,然后对小婷问:"你知道姑在做什么?"小姑娘摇了摇头,然后对乔燕反问:"姑,你在做什么?"乔燕想了半天,却不知该怎么回答小姑娘了。她又回头看了看从吴芙蓉门缝里筛出的灯光，是那么温暖，那么甜蜜。心里便想："但愿这对二十多年的冤家对头，今后能走到一起！"这么一想心里高兴起来，牵着小婷的手大踏步地走了。

第十六章

一

农谚说："清明要晴，谷雨要淋。"真是这样，一过清明，蓝天便如洗过一般，格外晶莹澄明，云层逐渐变高变薄，透出蓝色的柔和的光芒。天天都是丽日当空，大地被照得格外绚烂。气温渐渐升高，周日里，一些城里的红男绿女相约着到乡下来观赏乡村美景，那些女孩竟然都穿上了艳丽的短裙，露出莲藕似的又白又嫩的小腿，花枝招展，走到油菜花丛里拍照，身边蜂飞蝶舞，恍若从仙境下来的一般。

刘勇的菌棚早就建起来了，就建在村委会办公室旁边。最初，刘勇打算建在郑家塝，离家近，他管起来方便一些。可郑家塝地势窄，加上大家并没有种过蘑菇，怕失败，都不愿把土地流转给他。刘勇想在自己的承包地里种，但他的承包地十分分散，每块地的面积都很小，别说把几个大棚建在一起，就是一块地只建一个都很困难，乔燕便动员他建到村委会旁边来。建到这儿不光是因为土地的原因，还有一个十分重要的因素乔燕没说出口，那就是这儿容易让领导看见，而郑家塝太偏了，除非专门带领导去看，否则，就会像农民说的，一碗粉蒸肉给埋到饭底下了。乔燕的打算是等刘勇这几个大棚成功了，慢慢扩大，到时再号召村里的贫困户都加入进来，也成立一个蘑菇专业合作社，合作社的名称她都想好了："菌绣前程专业合作社"！到时候就像王老板一样，一溜几十个大棚摆在村委会旁边，你说壮观不壮观？乔燕有时候怀疑自己是不是也在搞形象工程？可又一想，这年头搞点形象工程也并没有错，关键是形象的面子和里子要一致！就像人一样，只要不是金玉其外，败絮其中就行了。这么一想，她便有些释然了。

刘勇的菌棚现在只有三个，当初除了王老板免费提供的一万个菌棒外，刘勇还想向王老板再买一万个菌棒，要建就一下子建六七个大棚。可乔燕吸取了贺波养鸡失败的教训，坚决反对刘勇贪大求全。她想稳扎稳打，步步为营，先利用王老板免费提供的菌棒，成功了，再慢慢扩大，失败了，除了建大棚的一点原材料和人工以外，没任何损失。刘勇想了想，同意了乔燕的意见。虽然现在规模不大，可因为建在村委会旁边，不管什么人只要一走进村口，便能看见那三个盖着黑色遮阳网罩的塑料大棚，和金灿灿的太阳形成了强烈反差，十分夺人眼目。

现在，乔燕每天又多了一个活儿，那就是只要一有空，便掀开大棚的帘子，去大棚里查看菌子的生长情况。就像一个作家面对自己的作品一样，一走进大棚，她便会产生出一种自豪，一种骄傲的感觉。她为大棚里每天出现的变化感到惊讶不已。最初那些灰白色的菌棒被刘勇按一定的要求，给摆在大棚内那一层层竹架上时，她突然觉得那些菌棒变成了一排排等候她检阅的士兵，是那么威武雄壮，给人一种震撼的力量。没过多久，当她再进去时，却看见从那些菌棒上冒出了一些不大的、往外凸起的像孢子似的东西，她知道那便是菌丝，蘑菇便要从那儿长出来了！她像哥伦布发现新大陆似的，真想大叫几声。果然没几天，那孢子渐渐变长、变粗，径直往上生长，然后头顶就撑开了一把小伞。她便想："大自然真是太神奇了，生命也真是太伟大了！就那么一点连肉眼都无法看见的菌丝，眨眼之间便变成了一朵朵散发着清香、营养丰富、人人喜爱的蘑菇，简直太不可思议了！"但不管怎么说，刘勇成功了！当然，刘勇的成功，也是自己的成功，更是贺家湾村民的成功，她怎么能不高兴呢！于是往大棚跑得更勤了。

这天下午黄昏时候，乔燕正在刘勇搭在大棚旁边的工棚里，和他商量采菇的事，突然看见贺小婷一把鼻涕一把泪，一边哭一边跑了过来。乔燕以为她受同学欺负了，马上拉着她问道："谁欺负你了？"小姑娘哽咽了半天，才摇着头说："没谁欺、欺负我……"乔燕又诧异地道："那你哭什么？"小姑娘又长长地抽搐了一声，方一边使劲拉乔燕，一边对她道："姑，你快去救救我妈妈吧……"乔燕马上吃惊地瞪大了眼睛道："你妈妈怎么了？"小姑娘又哭了起来，道："我妈妈在家里要喝农药，我爷爷奶奶把她抱都抱不住，还要去死……"乔燕脸上"唰"地一下变了色，身子打了一个哆嗦，急忙问："你妈好好的，为什么要喝农药？"小姑娘说："我也不晓得，我妈吃了早饭到城里我爸那儿去，回来就要喝农药，我放学回家碰见了，奶奶叫我来喊你……"一听这话，乔燕果然什么都顾不得了，拉起小姑娘就跑。

才跑到贺世银新房的院子外面，乔燕就听见从楼上的屋子里传来刘玉伤伤心心的哭声和田秀娥时而愤愤的骂声，时而疼爱的安慰和劝说声。院子围墙的墙根下，一个多月前刘玉响应乔燕的建议，栽下的一排蔷薇花，正顺着院墙向上爬，现在正是它们开花的季节，此时满墙红色、黄色和白色的花朵，争奇斗艳，竞相怒放，漂亮极了。但此时乔燕没心思去欣赏这些漂亮的花朵，急急忙忙进了院门。转过屏风，院子里一左一右用红砖砌了两个圆形花坛，那花坛砌得十分别致，中间是卵石石面花坛，外面一圈却是用石板铺成圆形座椅。夏天的晚上，一家人便可坐在这石板座椅上，一边纳凉，一边欣赏鲜花。这两个花坛建房时的设计图上并没有，也是乔燕发出了种花的倡议后，刘玉专门又把贺勤找来，给单独砌的。砌好以后，乔燕问她打算在两个花坛栽什么花，刘玉却说什么花也不栽，她在里面栽葡萄。乔燕一听栽葡萄，也乐了，道："好哇！葡萄也既是观赏植物，又能带来经济效益，一举多得，为什么不行？"说完又给刘玉建议，既然在两个花坛上种葡萄，不如还在院子两边靠近院墙的地方，再栽上石榴和橘子树。这两种树和葡萄一样，既是景观树，也是果树，又十分吉祥。刘玉一听，便叫起好来，果然去买了这几种树回来栽上了。如今，葡萄已经长了起来，院子的围墙上面，也已用钢管和铁丝搭好了葡萄架。乔燕觉得刘玉看似娇小，却也是一个既吃得苦又能干的女人，可现在究竟出了什么事呢？乔燕心里一边这样思忖着，一边"咚咚"地上了楼。

到了楼上屋子里一看，刘玉头发披散着，哭得像个泪人儿一般。贺世银坐在外面阳台上，脑袋垂到胸前，像是冬天被霜打蔫了的白菜。屋子里田秀娥老太太把刘玉抱在怀里，眼睛肿胀着，也明显是哭过了的样子。乔燕一走到屋子便道："出什么事了？"话音一落，田秀娥老太太便长长地舒出了一口气，道："姑娘，你来了我老太婆就放心了！"又道，"你不晓得，我儿媳妇要寻死……"话没说完，哽咽一声，便又伤心地抹起眼泪来。乔燕忙道："奶奶，你先出去歇歇，这儿交给我！"说着走过去，在刘玉身边的床沿上坐下了。老太太松开了刘玉的手，出去了。这儿乔燕刚问了一句："婶，到底出了什么事……"话还没完，刘玉突然扑到乔燕肩上，抱住她，又像一个受尽委屈的孩子，伤伤心心地痛哭起来，任乔燕怎么劝也劝不住，乔燕只得任由她哭去了。没一时，乔燕便觉得自己肩膀和胸前的衣服，都被刘玉的泪水给濡湿了。哭了一阵，刘玉才慢慢由号啕变成了抽泣。乔燕便对小婷道："去给妈妈倒杯水来！"那小姑娘在旁边看着妈妈痛哭不已的样子，早就呆了，听了乔燕的话，这才明白过来，跑了出去。没一时，便捧了一碗水进来，乔燕接过去，道："婶，喝点水吧！"刘玉慢慢止住了哭声，又理了一把披在额头的乱发，却抽泣着道："我不喝……"乔燕只好把水放到床头的柜子上。

又过了一阵，刘玉像是好些了，她想起来，乔燕却按住了她，又问："婶，你心里有什么委屈，就痛痛快快地对我说出来，可千万别憋在心里！我虽然帮不到你什么忙，可给你出点主意还是做得到的……"刘玉听了这话，先是目光愣愣地看着对面墙壁，过了一会，这才幽幽地说了一句："姑娘，你说我怎么活呀……"说着，眼角又淌下两滴眼泪，像是又要哭出声，可嘴唇抖了抖，却使劲忍住了。乔燕便像哄孩子似的，拍着她的背道："婶，才修了这么漂亮的房子，像花园一样，有什么不能活的?"刘玉嘴唇又颤抖了两下，才又道："姑娘，你还不知道……"正要说时，一眼看见了站在旁边的女儿，便又泪眼婆娑地道，"你不出去，在这儿干什么? 出去做作业！"小姑娘听了，磨蹭着还不想走，乔燕知道刘玉不想让女儿知道自己的事，于是也说："好，小婷，你先出去，我和你妈谈谈！"那小姑娘只好往外面走去了。这儿刘玉又对小姑娘的背影道："给我把门拉上！"小姑娘走到门外，果然返身，把门给拉上了。刘玉便拉住乔燕，哽咽着述说起来。

二

原来，贺兴坤把家里新房地基给平整出来后，便去了城里，却把刘玉留在家里负责新房的修建，并照看女儿和父母。刘玉是一个贤惠的女人，对丈夫从来都是言听计从，以为丈夫这样做也是为家庭好，毕竟女儿渐渐大了，下半年就上初中，现在的孩子没父母管很容易学坏。加上公公婆婆的身体一年不如一年，特别是公公的腿脚越来越不方便，这一切确实需要他们留一个人在家里。可没想到的是，贺兴坤出去以后，常常十天半月都不回一次家，即使是建房期间也是这样。

有时即使回来了，也像丢了魂似的，住不了一两个晚上，便要匆匆往城里走。刘玉问他："你忙啥，城里有人在等你呀？"贺兴坤表现出一种不耐烦的样子，道："做手艺的人哪有不忙的？不忙那钱就那么容易跑到你手里来了？"刘玉听了这话，便不说什么了。可这次，贺兴坤已经有将近一个月没回来，刘玉不放心，这天一早就赶到城里，想看看丈夫到底在干什么。可等她打开门一看，却看见了不堪入目的一幕：贺兴坤正和工地上做饭的崔姐赤身裸体地搂抱在一起。两个人一见她，慌了，急忙从床上爬起来，抓起衣服胡乱地往身上套。刘玉先是愣了一会儿，仿佛自己做错了事情一般，半晌明白了过来，急忙扑过去抓住崔姐厮打了一阵，然后才痛不欲生地跑回了家。

刘玉说完，又流起了泪来，继续拉着乔燕，似乎害怕她会跑了的样子，又哭述道："姑娘，我自打二十岁嫁到他们家里来，吃了多少苦，事事都让着他，都是想把家庭搞好，可没想到他会这样……"说着又哭出了声。乔燕也抓紧了刘玉的手，想说什么却一时没找到合适的语言。刘玉哭着哭着，突然像是被噎住了，从胸腔里长长地打出了一个嗝，却把哭声止住了。乔燕等她哭声停了，这才道："婶，你说的那个崔姐多大年龄，长得怎么样？"刘玉忙道："一个做饭的，你说能长得怎样？比我还大两岁，整天就知道描眉画眼、乔装打扮来勾引男人……"乔燕一听这话，不由得想起第一次看见刘玉那天，她身材臃肿，皮肤看上去十分粗糙，而那天贺兴坤却油光水亮，显得很有风度的样子。所以尽管刘玉要比丈夫年轻好几岁，可从面容上看上去，却要比贺兴坤大了许多。现在她心里明白了，便打断了她的话，道："婶，不是我批评你的话，你平时为什么不好好打扮打扮自己，学会让自己变得更漂亮一些……"话还没完，刘玉便像十分好奇似的，马上盯着乔燕问："一个农村女人，有什么好打扮的？"乔燕愣了一下，感到刘玉的话有点好笑，停了停才说："婶，你这话就大错特错了！正因为你这么想，那个什么崔姐才乘虚而入，如果你还这么想，那个崔姐说不定连你的位置都会取代了！"然后又愤愤不平地说，"谁说农村女人不能打扮？爱美是人生来就有的天性，农村女人打扮好了，丝毫不比城里女人差。不信婶你找人化化妆、穿上漂亮的衣服，走到城里的大街上去，看谁认得出你是农村女人？"听了这话，刘玉似乎没有想到，半天才说："姑娘，我从来没想过这个问题，我只知道一个女人，只要把自己的男人照顾好了，把孩子管好了，就尽到了自己的职责，从没想到过要打扮自己！我心想他是男人，要到外面和人打交道，事事都让着他。他买一件衣服，几百上千的，我从没说过什么。可我买的衣服，都是换季打折的！他三不打五的，要到外面喝酒吃饭、进洗脚房按摩房，可我连美容院在哪儿都不知道，可他现在这样对我……"说着，刘玉的眼睛又红了起来。乔燕忙道："婶，你越是这样，越拴不住男人的心！"又附在刘玉耳边，轻轻说了一句，"婶，你想想，哪个男人会喜欢'黄脸婆'？"刘玉愣了愣，突然脸有些红了，半晌才道："姑娘，那你说我现在该怎么办？"乔燕笑了笑，然后才悄声道："身为女人，就要美丽地活着，不能对自己太放低要求，也不能太亏了自己！叔能买上千元一件的衣服，你为什么不能买？从现在起，婶你不但要学会打扮，而且还要比那个崔姐打扮得更漂亮，我不相信兴坤叔不回头……"刘玉脸更红了，道："姑娘，都这把年龄了，还打扮……"乔燕马上说："婶，你们这年龄，才是最需要打扮的呢！你见过十七八岁的姑娘还往脸上抹粉的吗？"一听这话，刘玉便不吭声了。

过了一会儿，乔燕才又道："不过这也怪我，婶！我只想到了把村庄变美，忽视了人。现在看来，光在院子里栽花还不行，还得让栽花的人比花儿还要美！尤其是我们女人，一变美了，男人哪有不爱我们的？当然，这还不仅仅是为拴住男人的心，更是一个生活态度的问题，有了这么一个生活态度，我们女人才会更自信，你说是不是这样？"刘玉想了想道："可我们农村女人，即使想打扮，拿到粉都不知道怎么往脸上抹呢！"乔燕忙又笑着道："婶，你放心，我已经想到一个人，我叫她来教你们化妆和如何搭配衣服的颜色，一定没错……"刘玉忙问："是谁？"乔燕做出了调皮的样子，道："现在不告诉你，婶，等我问问她了才行！"又拉着刘玉的手摇晃了几下，道，"不管怎么说，婶，你不要再想着今天这事了，到时候，说不定兴坤叔还会跪着来求你呢！"说完，又说了一些劝解的话，直到刘玉的情绪彻底平静下来后，这才和小婷一起走了。

这天晚上，乔燕又兴奋得很久没有睡着，那次把女人们动员起来实行垃圾分类后也是这样。可是这一次，她是为自己的发现而高兴。她问自己："我怎么就想到了这一点呢？让女人们美起来，跟让院子美起来、让村庄美起来一样有意义！怎么过去就没想到在让院子、村庄美起来的同时，也让人美起来呢？"想到这里，她倒有些感谢起刘玉来了。她又想起刚才对刘玉说的一句话："农村女人打扮好了，丝毫不比城里女人差！"这是她的心里话。过去，她也和许多城里人一样，认为农村女人粗手粗脚，面糙肤黑，没城里女人好看，可到贺家湾生活了这几个月后，才发现自己完全错了。这贺家湾的女人，比如王娟、王娇、张芳、刘玉、吴芙蓉、朱琴、孙碧芳、李红、刘生蓉、朱晓雅……论身材，论长相，哪一个都不比城里女人差，只是她们没有意识到自己的美，又不知道像城里女人那么打扮，所以一个个才看起来像"黄脸婆"！不是有句俗话常常挂在人们的嘴上吗？"山美水美人更美。"山美、水美、人美，应该紧紧联系在一起才对。不错，贺家湾的村庄比她来的时候，不知干净了多少，家家的房前屋后也不知整洁了多少，虽然栽花种草还没在全村普及，但已经开了头，相信不久以后，家家的院子都会变成花园。现在，刘玉的事提醒了她，她又要开始把贺家湾的人，特别是那些年龄还不是很大的村妇，一个个地变成"美人"，让贺家湾的女人走出去，不输于任何一个城里女人。这样想着的时候，乔燕像个孩子似的不由自主地笑了。

第二天吃过早饭，乔燕便往贺端阳家去。贺波现在已经是支部委员了，乔燕就让他负责包括"美丽村庄"建设在内的全村精神文明方面的工作，贺文协助贺端阳处理一些村庄的日常事务。而贺端阳，不知是因为现在有乔燕把全村的工作顶着，还是生意忙，除了一早一晚，很少能在村里见到他的人影。好在现在贺波也已经成了村干部，村民有事找不着他，便对贺波说，贺波知道后，自己拿得准的，便直接给村民答复了，拿不准的，便过来和乔燕商量，然后才去答复村民。这样一来，村民反倒找贺波的时候比找贺端阳还多了。

乔燕走到贺端阳家里的时候，贺波刚吃过早饭不久，一见，乔燕便问："郑琳呢？"贺波道："她回去了，姐……"乔燕没等他说完，便道："我还以为她在你家里呢！什么时候回去的？"贺波道："她不放心家里的花，昨天就回去了！姐，你找她有什么事？"乔燕道："重要的事，却先不告诉你！我去郑家塝找她！"一边说，一边转身就走。贺波却在她背后叫了起来："姐，我有个事想给你汇报一下……"乔燕站住了，回过头看着他。贺波立即说："昨天晚上，李春梅栽在院子边的蔷薇花，不知被什么人拔了好几棵，今天我一起床她就来找我，我正说要去看看呢！"一听这话，乔燕先是愣了一下，接着笑了起来，道："别的什么都没偷，只是偷了几棵花，说明大家喜欢花了嘛！"又说，"不过喜欢也不能用这种方式，你去查一查，查出来了，批评一下就算了，李春梅那儿，也告诉她一下，以后再去买花苗的时候，给她补几棵就是，别闹得满城风雨！"贺波立即道："是，姐！"乔燕说完又走，贺波看着乔燕快要走出院子了，才又在她背后叮嘱道："姐，你慢点！"

到了郑家塝，果见郑琳在她屋子旁边的一块花圃里，上穿一件棒针的宽松条纹开衫外套，下着一条粉色阔腿休闲裤，正蹲在地里给花苗整枝。原来郑琳家的房子是老式房子，贺波给她把房子做了一些改造后，没法像自己家里一样给她挖口荷塘，尽管这是郑琳最喜欢的。可是当乔燕提出在村里种花的建议后，贺波灵机一动，建议郑琳把房屋旁边一块地改成花圃，为村里人培育花苗。郑琳哪有不同意的？目前这苗圃里已经种了玫瑰、杜鹃、海棠、月季、美人蕉、凤仙花等十多种花卉的幼苗。乔燕去时，郑琳正依偎在一棵玫瑰的幼苗前，小心地剪去幼苗下面多余的叶片，那花枝上正顶着一朵正在开放的花朵，映着郑琳的脸。

郑琳见是乔燕来了，急忙起身，乔燕过去却把她按住了，道："你别忙，让我好好看看你！"说着捧起郑琳的脸，果真目不转睛地盯着她看起来。郑琳愣了，道："姐，你看什么？"乔燕道："我看你的脸怎么这么漂亮！"说着，把郑琳的脸扳过去靠着那朵玫瑰，又道，"连我都分不出，究竟你是花呢还是花就是你！"一听这话，郑琳的脸倏地红了，忙道："姐，看你胡说什么呀……"乔燕没等她说完，急忙把她拉了起来，才道："我可没胡说，你是不是经常化妆？"郑琳道："姐，你把我搞糊涂了！要说化妆，我倒是经常化的。你不知道，我在福州一家有名的国际城娱乐城打过三年工。那个国际城不单是娱乐，还有购物、美食、美容、美发……我就在美容部工作。那国际城里对所有的女员工都有规定，就是不管你在哪个部门上班，都必须化妆，不化妆是要扣钱的，所以我们都养成了化妆的习惯。即使后来不在那里工作了，也天天要化妆，像洗脸、刷牙一样，如果哪天忘了把自己这张脸修饰一下，成天心里都不会踏实……"郑琳还没说完，乔燕突然在她肩上打了一下，叫了起来："太好了，真让我猜着了！"郑琳道："你猜着了什么？"乔燕道："猜着了你是化妆的行家里手！你看你脸上化了妆，不仔细看，还真看不出来，这么好看！"郑琳道："那有什么，姐？"乔燕道："我要你教村里的婶婶大娘们化妆，让她们一个个都变成美人……"郑琳惊住了，看着乔燕道："你说什么，让她们都变成美人？"乔燕道："为什么不可以？我告诉你，我们村里的女人稍加打扮，都会容光焕发，比城里女人还要漂亮，我们为什么不教会她们打扮自己？"郑琳还是有些不明白的样子，道："姐，我还是搞不懂你是什么意思。"乔燕道："你真搞不懂，那我告诉你，你可不要跟别人说就是了！"便把刘玉的事给她说了。

郑琳一听，果然叫了起来，道："真有这事？看来我们女人倒真要注意这张脸了！"乔燕道："当然女人变美了，不光是为了拴住男人，而是养成一种积极的生活态度，这种习惯养成了，女人不管在什么年龄段都会熠熠生辉，你说是不是？"郑琳想了想，道："姐，你说得确实有道理，女人如果连自己都不注意自己的外表，别人便不会把你当女人来小心对待，可她们愿意来学吗？"乔燕马上道："这你放心，学员由我们来发动，你只管当好你的老师就是！"郑琳便道："既然姐这样说了，我还有敢不答应的？"乔燕又道："不但要教她们化妆，你还要把怎样选购衣服，怎样搭配衣服的颜色等教会她们……"郑琳叫了起来："哎呀，姐，这里面学问可太多了！"乔燕道："不要紧，你慢慢教，等你们办喜事时，我让那些大娘婶子们，每人给你送两个拱门，从贺家湾一直通到郑家塝，保准成为贺家湾历史上最隆重的婚礼！"郑琳脸上顿时飞上了两朵红云。

三

下午，乔燕又去张芳家里，对张芳说了想请郑琳教村里女人化妆的事，张芳一听，却瞪大了眼睛吃惊地望着乔燕道："乔书记，你没说错吧？"乔燕道："张姐，我怎么会说错？就是教村里女人们怎么学会打扮自己嘛！"张芳道："学会打扮自己是对的，譬如把衣服穿漂亮点，把头发梳光生点，这些都没错！可是要往脸上涂脂抹粉，我们这些土包子从来没做过……"乔燕忙说："张姐，连你都这么说，所以村里的女人们都把自己的要求放得很低！这不光是一个打扮的问题，而是一个怎样对待生活和人生的问题……"话还没说完，张芳便说："乔书记，你越说越玄了，别的事，你都做得很对，可让农村女人往脸上涂脂抹粉，我怕别人听见都笑话！"乔燕见张芳一时转不过弯子，正愁该怎么说服她，猛地看见对面墙壁上的玻璃镜框里，挂着她结婚前的许多照片，想到一个主意，便道："张姐，那都是你做姑娘时的照片？"张芳道："可不是！我也没有影集，就把它们挂到墙上了！"乔燕道："张姐做姑娘时好漂亮，能不能取下来我看看？"张芳道："有什么不行的？"一边说，一边站在一根凳子上，把镜框取了下来。

乔燕接过镜框，掏出一张纸巾将玻璃擦了一遍，才认真地看起里面的照片来。看了一会儿，突然抬起头对张芳道："张姐，你说你现在变没变……"话还没完，张芳便马上道："变多了！"乔燕又看着她道："哪些地方变了？"张芳一下却说不出来。乔燕便笑着对她道："我来替你说吧，张姐！你现在的身子开始变粗了，再不像做姑娘时那么苗条了；你现在身上的肌肉失去了弹性，再不像做姑娘时那样光滑和细嫩了；还有一个地方，原来曾经非常圆润，现在也开始下坠了……"张芳忙问："哪个地方？"乔燕没答，却轻轻捏了一下她的屁股，张芳立即红了脸。乔燕又接着道："更重要，还是原来那张随时都洋溢着美丽和光辉的脸，现在开始发黄了……"一听到这里，张芳马上叫了起来，道："天啦，你这么一说，我不是成丑八怪了？"乔燕道："先不说丑不丑的问题，你只告诉我，我说得对不对？"张芳道："怎么不对，这可都是事实！那你说我们该怎么办？"乔燕道："这些都是自然规律，我们都拿它们没法。可是身为女人，不管在什么地方，什么时候，都应该美丽地活着！如果像张姐你刚才说的话，农村女人就不该注意自己的外表，就应该忘记自己的美丽，那你说，有谁来注意你？"张芳立即眨了眨眼睛，才道："怎么听了你这话，我又觉得确实有几分道理了呢？"乔燕道："不光有道理，现实生活中，还往往会发生许多悲剧呢！"又把刘玉的事告诉了她。张芳听了也惊得叫了起来："真的，那贺兴坤怎么这么没良心……"乔燕道："这事情兴坤叔当然有责任，但与刘玉平时不太在意自己的外表，也有一定的关系……"张芳马上道："可不是这样！"便看着乔燕问，"那你说，这化妆什么时候开始教？"乔燕道："我就是来征求你的意见呢。要不，就从明天晚上开始吧……"话没说完，张芳却道："大多数女人的老公都没在家里，晚上化了妆回去给谁看？要教就在白天教，画漂亮了，也给村里那些老男人看看……"乔燕恍然大悟，急忙拍了一下大腿，道："你可提醒了我！对，那我们就在白天开课，就这样定了！"张芳却又道："我就担心没多少人来……"乔燕忙道："不要紧，来多少算多少，爱美是每个人的天性！"

第二天，张芳果然通知女人们开会，也没告诉大家会议的内容。现在，贺家湾无论是开村两委会，还是开村民会，村民都不再拖拖拉拉的了，人也到得比较齐。等大伙儿都到齐后，张芳才告诉了女人们会议的内容。女人们一听是叫她们来学化妆，会场顿时就像蜜蜂乱了营，大家既感到新奇，又觉得不可思议，特别是那些上了年纪的老女人，都道："都七老八十了，脸上满是丝瓜瓢子，还往上面涂脂抹粉，孙子媳妇晓得了，不说我们是老妖精？不可，不可……"乔燕便道："奶奶们，不是要你们也来化妆，是想让你们知道，不管到了多大年龄，我们女人都不要放弃自己……"那些女人不等她说完，便道："姑娘，我们知道，让她们年轻一些的媳妇学吧，我们走了！"说完便往外面走。乔燕见了，也不拦阻，因为她知道她们说的也有一定道理。还有一些女人觉得好奇，便站在一边，等着看别人化。只有吴芙蓉、刘玉、王娟、王娇、朱琴、李红、孙碧芳、刘生蓉、朱晓雅、王明玉、毛开琼、邓秀玲、冉雪等二十个女人，听了乔燕的话，显得很高兴，愿意当郑琳的学生。

郑琳便对乔燕和张芳道："乔姐、张姐，就这些人就够了，再多我就教不过来了！"说着，便从一只小箱子里取出一些漂亮的瓶瓶罐罐和小盒子，一一放到桌子上，又取出眉笔、眼线笔、粉刷、眼影刷、睫毛夹等，也一一放到桌子上。这才认真当起老师来，对众人道："各位婶婶大娘不要怕，我在外面美容部打了好几年工，到我们美容院来美容的，大多是像你们一样年纪的中年女人！刚才乔书记说得对，城里女人能美容，为什么我们农村女人就不能？我保证你们美了容以后，比城里女人还好看。我的教学方法是这样的：今天先由我给大家化，一边化一边讲解，明天大家就分成两个人一组，互相化，我在旁边指点。后天各位婶婶大娘就每人带面镜子来，对着镜子自己化，化得不对的地方我再帮你们纠正，然后你们自己就能当老师了！"众女人听到这里，都有些不好意思地笑了起来。

郑琳等大家笑完，才又对众人道："哪位婶婶和大娘先来？"众人一听，却都你看着我，我看着你，没人上前。张芳见没人去，便道："哎，怎么回事，谁第一个来吃螃蟹呀？"众人便怂恿道："就是张主任你去吃呀……"张芳道："这又不是其他事，要我带头……"正在这时，乔燕去拉了刘玉的手，道："婶，你来！"刘玉红着脸，还有些不肯，郑琳已经听乔燕说了刘玉的事，便道："婶，你放心，要不了一顿饭的工夫，我保证让你年轻十岁！"刘玉只好去郑琳身边的凳子上坐下了。

郑琳便把那些瓶瓶罐罐和小盒子打开，然后把刘玉的刘海和鬓发捋起来，用皮筋绑住，把她整张脸全都露了出来，然后从面前一只小瓶子里用手指抠出一小团白色的像油脂一样的物质来，轻轻搽抹在刘玉的脸上，一边擦，一边抬头对众女人说道："现在往刘玉大婶脸上擦的叫油质润肤霜，这是化妆的第一道工序！为什么要擦油质润肤霜呢？因为中年人的皮肤多数属于干性肤质，油质润肤霜不仅能滋润、保护皮肤，减少化妆品与皮肤的直接接触，而且可以使皮肤显得光滑、柔润，所以大家记住，化妆前一定要擦这种润肤霜！"又拿过一个小瓶，从里面挤出一种暗红色的液体倒在一只粉刷上，然后举起粉刷又对众女人道，"这叫粉底液！涂抹在面部后，既可以调整不健康的肤色，又能滋润皮肤。不过大家要记住的是，这粉底液有好几种颜色，婶子大娘们去买时，尽量买和自己肤色相近的颜色，涂抹时要涂均匀！"一边说，一边将粉刷落在刘玉的脸颊中间，手指十分灵巧地由内往外涂抹起来。没一时，那粉底液便在整张脸上蔓延开了。接着，郑琳又拿过一只粉盒，对众人道："涂了粉底液后，第三步便是扑干粉！扑干粉有什么作用呢？主要作用就是定妆和防止妆容脱落。干粉的颜色应与本人肤色接近，切忌过白或过深，不可扑得过多、过厚，薄薄一层即可。"又道，"我们看见有的人化完妆出来，干粉扑得过多、过厚，就像一张死人脸，反倒难看死了！"众女人听到这里，都笑了起来。郑琳又用一把小刷子在粉盒里蘸上干粉，薄薄地在刘玉脸上刷了一层，然后再用刷子轻轻地刷扫，直到脸上的干粉基本消失，才停下手中的刷子，对众人道："各位婶子大娘看看，刘玉婶子的脸是不是比过去白嫩了许多，而且还看不出痕迹？"众人果然挤过来看，顿时叫道："怎么不是这样？年轻了好几岁呢！"郑琳道："还早着呢！等我给她化了眉毛、眼线，打了胭脂，涂了唇膏，你们再来看看！"说罢又一一操作起来。

真的没用一顿饭的工夫，郑琳便将刘玉的妆化完毕。众女人一见，都惊得叫了起来，道："真神了，神了，刘玉你又可以去当新娘子了！"刘玉本人看不见，以为众人取笑她，眼睛里露出了一种小鹿般忐忑的神情。郑琳把她的头发放下来，又用梳子梳了一遍，重新给她扎上，这才从小箱子拿出一面圆镜，递到她手里，道："婶，你自己看看！"刘玉接过镜子一照，突然张开了嘴，像是吓着了似的，急忙把镜子放到一边，抬起双手，像是要去把脸遮住。众人忙道："才化了妆，不要用手去遮！"刘玉又急忙把手放下来了，更是一副不知所措的样子。众人把她围得更紧了，道："怎么样？等贺兴坤回来，看他不把你喜欢得吃下去……"刘玉以为众人知道了自己的事，有些不好意思起来，突然从凳子上站起来就往外面跑。众人一见，都不知道是怎么回事。郑琳见刘玉上身穿了一件粉红色的长袖翻领T恤，下面又是一条橙色裤子，便喊住她道："婶，你等等！"

刘玉停下来，回头不解地望着她。郑琳便道："我顺便说说穿衣服的事！这事儿说起来复杂，其实很简单，就是把颜色搭配好就行了！怎么搭配呢？比如你上面这件衣服是粉红色的，下面裤子最好穿一条深色的，而不要再穿橙色，因为橙色和粉红色颜色相近。粉红色和橙色看起来给人一种柔美的感觉，但把两种颜色搭配在一起，就使得柔美过于泛滥，反倒不好看了。如果上衣是黑色的，黑色表示庄重、正式，那么裤子和裙子就搭配一条颜色活泼点的，比如白色、粉色、玫红色都可以！如果上衣或裤子、裙子其中有一件有显眼的花纹，那另一个一定是朴素的，大家记住这一点就行！"刘玉听完，看了看自己身上，不由得脸上发起烧来，道："知道了，谢谢你！"说完又往外走。屋子里只有乔燕知道刘玉的心思，见她往外走，也追了出去，道："婶，你怎么就走了?"刘玉顿了一下，方道："姑娘，你说我这样回去，小婷的爷爷奶奶会不会笑话我?"乔燕道："他们笑话你干什么？这可是好事呢！你现在是不是比城里女人还漂亮？你可要坚持，啊，以后每天都这样漂亮，我不信兴坤叔不回头！"刘玉像小孩子似的点了点头，又"嗯"了一声，这才去了。乔燕等刘玉走远后，才回到教室里，却见众女人都争先恐后往前面拥，要郑琳先给自己化。乔燕不由得抿嘴笑了。

第十七章

一

乔燕的身子越来越笨重起来，走路时都得小心翼翼地用手将腹部捧着，还只能迈着小步子。两个多月前，张健便把他母亲从老家接到了贺家湾，让她来照顾乔燕。起初，贺端阳也坚持让乔燕住到张芳家里，但乔燕没有同意，只叫他再腾出一间屋子来让她婆婆住。贺端阳见乔燕态度坚决，也就同意了，就在乔燕隔壁又安排了一间房屋让老人家住。又把原来村小学老师做饭的厨房给收拾了出来，让她婆婆做饭用。

张健的母亲其实并不老，才五十多岁，身体硬朗，手脚勤快，一来，便把屋子里里外外收拾得干干净净，又将乔燕床上的毯子、帐子换下来洗了，又给未来的小孙子或小孙女准备了许多小尿片和小衣服什么的。村里的女人见乔燕的屋子有了一个家的模样，便像是开了会似的，纷纷送来了米呀、面呀、鸡呀、蛋呀、菜呀……任乔燕怎么推辞，也没法推辞掉，因此，那婆婆的屋子便经常堆着这些东西，仿佛开农贸市场。张健的妈妈来照顾乔燕以后，最不高兴的便是贺小婷了，因为她不能再陪乔燕睡了，便伤伤心心地哭了一场。乔燕劝她，说你们家现在修了那么漂亮的新房，院子外面还栽了那么美丽的花，就像住在花园里，就在家里睡为什么不好？再说，你妈妈又和你爸爸走了，家里就爷爷奶奶，他们年纪都大了，你就在家里睡，晚上他们有什么事，你也才好知道，对爷爷奶奶孝敬，这才是好孩子！原来，刘玉和贺兴坤的事，真让乔燕说着了。乔燕让村里女人们学会化妆不久，贺兴坤便回来了。过后刘玉告诉乔燕，他回来原想是和刘玉离婚的，连离婚协议书都写好了。可是回来看到现在的刘玉像是换了一个人，顿时惊得目瞪口呆，半天才嗫嗫嚅嚅地道："你到城里整了容的？"刘玉也不搭理他，只顾做自己的事。晚上，刘玉进屋以后便"嘡"地把门关了，也不让他进自己的屋子。贺兴坤闹不明白，便去问小婷的奶奶，田秀娥黑着脸道："你的女人跟你十多年了，她是什么样的人你不知道？她整啥子容？以为像你那样，大雨淋在牛粪堆上——满身的花？"说着说着，便把儿子一顿臭骂。贺兴坤讨了个没趣，只得去父亲床上睡了。贺世银也黑着脸，整个晚上不和他说一句话。第二天早上起来一看，刘玉竟然比昨天还容光焕发，哪是那个崔姐能比的？这样想着，又想起了这些年来夫妻俩走过的路，想起昨晚上母亲那顿骂和父亲的脸色，便失悔了，借上厕所，把离婚协议书撕碎，扔进厕所洞里，放水冲了，出来便像狗皮膏药似的黏着刘玉，一会儿嬉皮笑脸地向她承认错误，一会儿又对她赌咒发誓，说永远爱她一辈子。把个刘玉弄得哭不是、笑不是，偷偷地跑来对乔燕说了，乔燕便劝他见好就收。刘玉又问乔燕，说贺兴坤要她进城去，是去好还是不去好？乔燕说："怎么不去？你在他身边，还有哪个狐狸精敢乘虚而入？"刘玉听了乔燕的话，果然又和贺兴坤进了城。可小婷听了，还是嘟着嘴巴不想去，乔燕又哄她："等姑姑生了小妹妹，你来抱小妹妹，你喜不喜欢小妹妹？"小姑娘一听这话，这才高兴起来，大声地答应了一声："喜欢！"这才一蹦一跳地走了。

　　现在，乔燕也没法再像过去那样，骑着她的那辆"小风悦"，想走就走。自从张健的妈妈来了以后，除了进城开会或爷爷奶奶有事，偶尔回去一下外，她也基本没回过城了。倒是张健现在一有时间，便骑了他的那辆"嘉陵"，"突突突"地跑到乔燕这儿来。如果乔燕要回城，他便会借了同事的车，来把乔燕接回去，然后又送回来，总之，他也不放心乔燕再骑她的"小风悦"了。好在张健现在做了部门的小头目，加上单位同事又都知道乔燕已身怀六甲，同事们都买他的面子，只要车在家里，张健什么时候想用就用，像自己的车一样方便。自从婆婆来后，乔燕又过起了"养尊处优"的生活，婆婆似乎比乔燕的奶奶还要宠她，一来，便什么也不要乔燕干，连上床睡觉，她也要亲自把乔燕扶到床上，看着她睡下后，自己才去睡。乔燕只能过着衣来伸手、饭来张口的生活，这样一来，倒有更多的时间投入工作中去了。尽管肚子越来越沉，可她是个闲不住的人，仍然坚持每天都在村子里东家进、西家出的。张芳见了，十分不过意，便对她说："都这个样了，你回城里休息吧，反正村里也没啥大事。"乔燕听了，便道："怎么没大事呢，姐？你是知道的，易地扶贫搬迁集中安置点一个多月前乡上就来帮助规划了，图纸也出来了，开工在即，可还有几户人没在搬迁协议书上签字，贺书记又是只三脚猫，经常不在村里，这几户人的工作做不通，集中安置点就没法动工兴建，无论如何，我也要等集中安置点动工以后，才放心呀！"

这是大实话，易地扶贫搬迁集中安置点建设现在真成了她的一块心病。这事情政策性强，利益大，涉及的矛盾最多，明明是一件好事，可一些贫困户却不理解。一些贫困户虽然理解了，却因为涉及自己的利益，而不愿意配合她的工作，或者和她故意扯皮。贺仁全大爷家里四口人，房子早已成了危房，也是这次搬迁的对象。可他家的老房子宽，按照国家政策，这次搬迁到新的集中安置点，每人25平方米，只能给他建100平方米的房屋。他一听，马上跳了起来，说不给他修原来那么宽的房屋，他情愿死在老房子里也不搬。乔燕已经跑了很多次，可老头儿很倔，只认准死理一条，要还他原来那么宽的房子，乔燕怎么能答应呢？叶青容老奶奶和儿子贺兴发住在烂大田旁边的梨树沟里，房子也是摇摇欲坠，贺兴发四十多岁了还没有娶亲，他巴不得搬到集中安置点去，可老太太却不管乔燕磨了多少嘴皮，回答她的只有一句话，那就是贺兴发父亲的坟就在屋子后面，她要守着老头子的坟过一辈子！乔燕知道老人都有故土难离的思想，便告诉她都在一个村里，你随时都可以回来和大爷说话！老太太就是不听，这样一来，一家人一个要搬，一个不答应搬，母子俩为这事也吵得个天翻地覆，可事情到底没落实下来。贺世政大爷和老伴儿李玲住在黄岭堡下面的凤鸣垭，是全村最偏远的一户，离村委会有四里路，房子倒不是危房，可离村委会太远，交通很不方便，也属于搬迁对象，但老头和老太婆也死活不答应搬，要求村上给他们把公路修通。而真为他们两个老人修通这条公路，少说也要花将近一百万元，乔燕办不到，上面也不会答应，事情就在那儿僵着了！

还有一件更棘手的事：47岁的光棍汉贺兴义的几间土坯房，在几年前汶川特大地震中，被震垮了一多半，只剩下了一间正屋和一间偏房，还歪歪倒倒，要不是用两根树将墙撑着，早就垮下来了。后来他出去打了工，房子烂得更不成样子了。可去年他却从打工的地方带回一个时不时精神不正常的三十多岁的女人，两口子就住在那烂房子里。贺兴义也是被纳入了建档立卡贫困户的，而且也在易地搬迁的名单里。问题是，他和那女人没扯结婚证，更说不上户口，更要命的是，那女人现在也像乔燕一样，挺着一个大肚子，眼看也即将分娩了。而按照上面给建档立卡贫困户建房的规定，国家只能给贺兴义一个人建25平方米的房。

你想想，一家三口就挤在一间房里，怎么住得下？贺兴义只要一见乔燕，便要拉着她的手一声长一声短地哀求，说不看到他的面上，只看在她女人肚子里孩子的分上，做点积阴德的事，他也不说三间，只给他多盖一间房子就行！乔燕本来心软，现在怀了小宝宝，不知怎的，那心儿更像是随时都要融化似的。一听贺兴义的话，心里酸酸的，只想哭。可这事上面规定得很死，好比是铁板上钉钉子——没一点走展的，她一连想了几天，都没想出办法。所有这些，如果放到一年前刚来这里的时候，她可能早哭了好几次鼻子，可现在，她觉得自己成熟多了，千难万难，都得靠自己扎扎实实、坚韧不拔地工作去解决。

起初，只要贺端阳在家里，乔燕便把贺端阳、贺文、贺通良、郑全智、张芳和贺波等村干部，叫到一起去贫困户家里。她觉得这么多村干部一起去，至少可以给那些扯筋的贫困户形成一种精神上的压力，更重要的，大家也都可以共同给贫困户讲解一些党和国家的政策，或做些解释和劝解工作。可他们跟自己去过几次以后，乔燕发觉自己的想法完全错了！那些村干部包括贺端阳在内，大概觉得有她这棵"大树"在，或者因为和这些贫困户都是熟人，低头不见抬头见，有得罪人的思想，因此跟着她就只是跟着她，到了贫困户家里并不发一言，该说什么仍都只是由她一人唱"独角戏"！乔燕有些失望了，而这些人虽然没帮上乔燕什么忙，却因为影响了活儿，当乔燕再叫他们时，贺文、贺通良、郑全智便以各种借口推辞不去了。最后，便只剩张芳和贺波两个人还陪在乔燕身边。张芳是女人，害怕乔燕挺着那么大个肚子，出什么问题。而贺波，则是真心诚意想帮助乔燕做一些工作，乔燕因此非常感谢他们。

真应了"精诚所至，金石为开"的话。前天乔燕、张芳和贺波又去黄岭堡下的贺世政大爷家里时，老两口儿突然拉了乔燕的手，道："姑娘，我屋团转的草都认识你了，你不要再来了！这样毒的太阳，你又挺着这样大个肚子，我们再不答应，就是造孽了！你什么都不要说了，我们搬，搬！"又问，"协议在哪儿，拿给我们签字！"乔燕听到这里，眼泪倏地一下便涌上了眼眶，为了不让两位老人看见，她让贺波指导老人签字，自己借口上厕所，躲到一边去哭了一阵，然后将眼泪擦干净了才出来，拉了两位老人的手半天没说出话来。昨天他们又来到叶青容老奶奶家里，叶青容老奶奶大概已经听说了贺世政和李玲老两口签协议的事，或者是听了什么人的劝，又或者是想通了，一看见乔燕，便也说道："姑娘，我老太婆糊涂，你大人不记小人过，高抬贵手原谅我！看你这样子，我还害得你天天跑，要是你出了个啥事，我不也成罪人了？"说完就哭了起来，道，"老头子，这怪不得我心狠，人家姑娘心太好了，三月清明七月半，我回来给你烧纸就是！"说完也把协议书签了。那一刻，乔燕要不是因为自己笨重跪不下去，真想给老太太磕一个头。

晚上，贺端阳回来了，听贺波说了贺世政和叶青容都在协议书上签了字，便过来看乔燕。乔燕见了他，却蹙紧了眉头道："现在最让我头疼的，是贺兴义的事，不知该怎样解决才好。"贺端阳道："我正是为这事来的！要解决他的事，看来我们只有采取瞒天过海的方法……"乔燕忙道："怎么个瞒天过海？"贺端阳道："按上面的规定，我们永远都没法解决他的事！可他的实际情况又是摆在那儿的，都快到五十岁的人了，如果这个女人保不住，他哪儿还能再找上女人？何况这女人又马上就要给他生孩子了，管他是儿是女，他都算有了一男半女，死了也有个端灵牌的人，所以他口口声声叫我们积阴德，这就是积阴德！我想，易地扶贫搬迁照样把他纳进来，先把国家补助的两万五千块钱申请出来，他的房子不是在'5·12'大地震中震垮了的吗？我们再给他搞个地质灾害避险搬迁，不是又可以获得两万五千元的搬迁补助吗？他那个女人不是有病吗？我们再给他申请一个困难补助，说不定也能向上面争取个万儿八千的，加起来不就有六七万块钱了吗？把这六七万块给他自己修，我算了一下，修三间平房绰绰有余！"又看着乔燕问，"你看行不行？"乔燕想了半天，道："好是好，可要是上面知道了，说我们又是易地扶贫搬迁，又是地质灾害避险搬迁，等于是套取国家资金，追究起来怎么办？"贺端阳道："你把钱揣进了自己腰包吗？"不等乔燕回答，又道，"你在农村时间还不长，不知道农村的许多事情，没法按上面的规定去操作！"乔燕想了半天，实在想不出更好的办法，便同意了，以后组织上如果追究，自己接受处罚就是！

把这事确定下来后，乔燕觉得一下轻松了许多，现在就剩下贺仁全老大爷一个"钉子户"了，她决定不再等待，先把施工队请进来，把易地扶贫搬迁集中安置点建设的工程动起来再说。她算了算时间，等工程开了工，她正好也到了分娩期，到时她把工程委托给贺波负责，自己便向领导请假，回去放放心心把宝宝生下来。等产假满后，集中安置点的建设也差不多了，这样什么也没耽误。等她回来，如果贺仁全大爷的思想还没转变过来，她再继续做工作。还做不通，那就等聚居点完全建成后，他相信大爷看见那漂亮的房屋和周围优美的环境，也一定会转变观念的。想到这里，乔燕脸上露出了这段日子难得有的笑容。她准备明天就召开一个村两委会，把这个工作布置下去，然后再打电话叫张健来接自己——她实在太疲惫，真想早点回去休息休息。

可是令乔燕没想到的是，老天不趁她的愿。这天晚上，贺家湾又出事了……

二

这些年，老天爷常常和贺家湾一带的老百姓过不去，像是这一带老百姓欠了他什么，时不时便要发通脾气。他老人家不发脾气则罢，一发脾气可就不得了，不是风灾便是雹灾，要不就是旱得大地开裂，转眼又是淋得洪水滔天，总之没个风调雨顺的时候。

这天晚上，乔燕睡得很早。自从怀上小宝宝以后，也不知是怎么回事，乔燕只觉得自己瞌睡比过去多了。越到后来越是这样，只要一坐下来，便打瞌睡，身子一挨床，便能睡过去。她想，这或者是肚子里的小宝宝需要安静吧！尽管夏至还没到来，可天气实在热得让人受不住了。好在自从怀上小宝宝后，张健心疼她，从城里买了一台空调，拉来给她装上。而婆婆那边房里，却还是只有一把摇头电风扇。乔燕要她过来和自己一起睡，但婆婆却害怕自己一不小心，脚蹬着了儿媳妇的肚子，坚持着把乔燕服侍睡下了，自己才过那边去睡。这天晚上也是一样，因为做通了贺世政、李玲老两口和叶青容老大娘两家的工作，又和贺端阳商量出了解决贺兴义这个老大难问题的对策，心里高兴，加上这两天又实在太疲劳了，所以头一挨枕，在空调吹出的习习凉风中，乔燕很快便沉沉地睡过去了。

也不知睡了多久，她突然被一声霹雳惊醒，这才猛听得外面雷鸣夹着电闪、电闪带着雷鸣，狂风暴雨摇撼着整个贺家湾。只听得那雨如瓢泼似的从天空倾泻而下，打得房顶上的瓦"哗哗剥剥"直响，犹如炒豆一般。再听那院子里的水声，"哗哗啦啦"，像是江河奔腾。乔燕心里先是一喜，从心里长长地出吁出了一口气，想："谢天谢地，庄稼终于有救了！"心里的话刚说完，她一听那雨声，又觉得有些不对："这哪是下雨呀，分明是天河决堤，老天爷正把洪水往地下倒呀!"这样一想,她又不放心起来,急忙硬撑着从床上爬起来,拉开灯,一手撑腰,慢慢地挪下床来,走到窗户边,还没打开,隔着玻璃看去,只见那雨水从屋檐上像瀑布一样跌落下去,道道瀑布汇在一起,水往外面泻不及,院子里早已是一条河了。乔燕一见,心里叫了一声:"不好!这么大的雨,还不知外面怎么样了呢!"一边想,一边走到电脑桌旁,拿起桌子上的手机。自从怀上宝宝后,她听说手机有辐射,因此能不使用手机时便尽量不用,晚上睡觉也把手机放到一边,而且还关了机。她打开手机,想给贺端阳打个电话,可贺端阳的电话也关了机。没办法,她便给贺波打,一打便通了。贺波没等她说话,便叫了起来:"姐,我给你打了好几次电话,都没打通……"乔燕忙道:"我关机了,你有什么事?"贺波道:"你看见上面发的特大暴雨红色预警信息没有?昨晚上十一点钟时发来的……"乔燕立即道:"我那时已经睡了,没看着!说了些什么?"贺波道:"就是暴雨嘛,说是可能百年不遇,还要预防地质灾害……"乔燕一听,便叫了起来:"天啦,我说怎么这么大的雨呀!我给你爸爸打电话,你爸的电话也关了机,我就是给你说说,你立即给村两委干部和村民小组长打电话,叫他们注意一下贫困户的房屋和村里的 D 级危房,有什么事请左邻右舍互相照看一下!"贺波马上道:"我爸昨天出去没回来,充电器在家里,估计他手机是没电了!姐,你放心,我马上通知他们!"说完就挂了电话。

乔燕已没有睡意,听着那雨,似乎小了一些,像是下累了,要歇下来喘口气儿一样。果然没过多久,雨点又"哔哔剥剥"地密起来、大起来,她刚把窗子打开一条缝,便听见满世界的风声、雨声直往耳朵里灌来,院子里也分不清哪是树,哪是地,只看见满是密密麻麻、扯天扯地的雨线,砸在水里冒着泡儿,她又只好把窗户关上了。正在这时,婆婆穿着一件浅蓝色的纯棉格子开衫睡衣,手里抱着一只枕头过来了,这睡衣还是乔燕给她买的。婆婆走过来便问:"燕,你怎么起来了?"乔燕道:"妈,好大的雨,我起来看看!妈,你怎么也起来了?"婆婆道:"我怕你吓着了,过来看看你!我活了这么大岁数,也没见过这样大的雨!"乔燕道:"妈,我没什么,你去睡吧!"婆婆道:"妈陪你睡吧,你可别吓着了!"乔燕心头立即浮起一种十分温暖的感觉,便道:"行,妈,我们睡吧!"说着,婆媳俩又上床躺下了。过了一会儿,乔燕便觉得那风声雨声雷声,渐渐离自己远去了一些,然后便睡了过去。

乔燕再次醒来,是被一阵"咚咚"的又急又骤的擂门声给惊醒的。醒过来睁眼一看,外面已是风停雨止,一片红彤彤的朝霞从窗外透进来,满屋子都洋溢着明媚的阳光。再一看,床上已没有了婆婆,便知老人家已到下面学校的厨房里做饭去了。她问了一声:"谁?"门外停止了打门,答道:"是我,姐!"乔燕一听是贺波的声音,便道:"你等等!"说着手撑着床架爬了起来,脱下睡衣,将那件又宽又大的孕妇裙穿在身上,撑着床沿下了地,双手拢了拢头发,过去开了门。贺波脸上挂着惊慌的神色,还没等乔燕开口,便道:"姐,不好了,鹰嘴崖滑了坡,泥石流下来把贺世银大爷的新房埋了半边……"乔燕只觉得头脑里"轰"的一声,不但脸色变了,而且感到身子也一下软了,急忙把了门框问:"人呢?"贺波道:"人倒没什么,房屋暂时也没成为危房,可贺世银大爷和田秀娥只知道在屋子里哭,拉也把他们拉不出来……"听到这里,乔燕才松了一口气,道:"你去看过了?"贺波道:"贺世银大爷给他们组长贺贤明打的电话,贺贤明给我打电话,我一听就通知了贺文、贺通良、张芳婶,现在他们都在那儿,正在墙根下凿洞,把屋里的泥水放出来呢!"乔燕愣了半晌,眼睛突然在屋子里搜寻起来。贺波便问:"姐,你找什么?"乔燕道:"我的雨靴呢?"贺波明白了,说:"姐,我只是来告诉你一声,才下过雨,路上很滑,你不要来,有我们在那儿,你放心……"话还没说完,乔燕便道:"你先去吧,我随后就来!"贺波还想说什么,乔燕又道:"你去的时候,顺便问一下我婆婆,她把我雨靴放到哪儿了?"贺波知道乔燕不亲自去看一看,绝对放不下心来,便没再说什么,去了。

没一时,婆婆便来了,问:"你要雨靴干什么?"乔燕便把贺世银老大爷房屋后面滑坡的事对她说了。婆婆听了便道:"路上滑得很,等路干了再去嘛!"乔燕道:"妈,我必须要亲自去看看才放心,听说贺世银大爷和田秀娥奶奶不愿意出来呢!"婆婆想了想道:"那我陪你去!"又说,"那雨靴又不经常穿,我放在下面灶屋里的!"说着便又"咚咚"地跑到下面把雨靴拿了上来。乔燕因为身子沉了,弯不下腰去,平时换鞋都是婆婆给她往脚上穿,这次也一样,老人拿了雨靴刚要给乔燕往脚上套时,乔燕突然发现自己脚背和小腿都有些肿了,忙对老人说:"妈,你看我的脚好像有些肿,是不是?"老人轻轻用手指一按,果然按下去一个白印子,松开,白印子久久也不起来,老人心里便疼得不行,道:"燕呀,这叫胎肿,是你路走多了的缘故,要在城里,我可不得再让你到处走了!"说罢又安慰她道,"等回来,妈向湾里人讨些团葱,再叫张健从城里买几个猪肚来,妈再到山上挖点七荨花根,炖给你吃了,保准就消了!妈怀张健时,那腿肿得比你严

266

重得多，你公公给我炖了几回团葱七茼花加猪肚，吃了就好了!"一边说，一边给乔燕把雨靴穿上了，便搀着乔燕出了门。

到了那儿一看，果然鹰嘴崖滑了很大一面坡，幸好贺世银的新房离那坡还有很长一段距离，那泥石流下来，经过这段漫长的路途以后，力量减得弱了，那些泥泥水水裏挟着树木野草下来，虽然没把老人的新房冲垮，却也将后面的墙埋了一半。石头树木被墙挡住了，但泥泥水水却顺着窗户冲进了屋里。乔燕去的时候，贺波、贺文、贺通良、贺贤明等正带着十多个湾里的汉子，周身糊得像泥人一般，继续用钎子在凿着外面墙根的砖，已经凿开了十几个洞，泥水正"哗哗"地流进院子里，又顺着院门流出来。众人一见乔燕，便都道："乔书记，你来做什么? 地滑得很，你站到一边去!"乔燕道："贺世银大爷和田秀娥奶奶呢?"贺文道："在屋子里，叫他们出来也不出来……"乔燕便要往院子里走，众人又都齐道："别进来，屋子里的泥汤深得很!"乔燕仍坚持要进去，张芳一见，便跑过来和张健的母亲一边一个，扶着乔燕进了院子。到了大门口一看，屋子里果然满是黄汤，乔燕跨进去，喊了一声："爷爷、奶奶……"话音没落，贺世银和田秀娥从楼上走了下来，一见乔燕，田秀娥喊了一声："姑娘呀，这是老天爷要收我们一家人呢……"话未说完，便"哇"的一声大哭了起来。乔燕忙搂住了她，道："爷爷奶奶，你们必须先搬出去……"话还没说完，贺世银老头便道："姑娘，我们老房子也拆了，往哪搬呀?"乔燕道："先搬到村民开会的会议室，过段日子如果房屋还没出现裂缝、变形，再搬回来就是!"贺世银却说："姑娘，我们老了，搬不动了，老天既然要收我们，你就让我们死在这屋子里吧……"乔燕忙道："大爷，我知道你们搬不动了，这事交给村上!"说完便对贺文道，"贺文书记，你们几个把屋子里的泥水放出来后，就帮老爷爷把需要搬的东西搬到学校那间教室里!"贺文道："我们也是这么打算的，可给他说了半天，他们就是不听!"乔燕又对贺世银老两口道："爷爷奶奶，俗话说，留得青山在，不愁没柴烧。你们听我的话，没错……"说罢又回头对婆婆道，"妈，你回去做饭吧，把爷爷奶奶的饭也做起，等会贺世银大爷和田秀娥奶奶送我回来，我们一起吃饭!"她婆婆听了，果然"咚咚"地回去了。贺世银老两口也不好说等会儿不送的话，只得对乔燕说了一通感谢的话，再不说不搬的话了。

乔燕见老人不说什么了，才转过身对贺文等村干部问："你们知不知道还有哪些地方受了灾?"贺文等道："我们一早就赶到这儿来了，还没听说过呢!"乔燕道:"贺波,你一个组一个组地打电话问一问,如果有受灾的,迅速把灾情统计上来!"贺波答应了一声,正要打电话问,忽见郑琳急匆匆跑来,叫道:"不好了,不好了,和尚坝那座石拱桥昨晚上被洪水冲垮了,我想回去看看我的花圃,却没法过河!"众人一听,不由得又"啊"了一声,全都惊得目瞪口呆。

三

乔燕便叫贺贤明、贺世清、贺书成等几个本小组的人留在贺世银这儿,其余的人都跟她到和尚坝去。贺文一听,便道:"乔书记,你大起个肚子,就不要去了!"张芳也说:"就是,乔书记,反正桥已经垮了,你去看了还是那么回事!要是动了胎气,生到路上,我们还没办法……"乔燕一听笑了起来,道:"哪儿那么容易?我算了一下,还有十多天呢!"又说,"究竟是个什么情况,我哑巴吃汤圆——心中应该有个数呢!"贺文见她态度坚决,便叫张芳和郑琳过来搀着她。临走的时候,乔燕又嘱咐了贺世银和田秀娥老两口一通,叫他们一定要搬出来。

来到和尚坝石拱桥那儿一看,那座不知是什么年代建立的石拱桥,不但桥面没有了,连两边的桥墩也被洪水给掏空了,豁着许多口子,像是老太太的嘴一般,十分难看。还没有完全消退的洪水,继续拍打着垮在河里的石头,溅起一两尺高的浪花。小河的对岸早站着了郑全福、郑全智、刘绍华、罗天雄以及郑琳的父亲郑全兴等郑家塝的村民。

郑全智一见乔燕、贺文、贺通良、贺波等村干部来了,便把手掌卷成喇叭筒状,大声叫:"乔书记,我才说要过来看看贺世银的房子,可走到这里一看,桥垮了,过不来,怎么办?"他的话刚完,郑全福、刘绍华、罗天雄等汉子也都朝乔燕喊道:"就是,这是我们到村上、乡上的唯一一道,没了桥,我们怎么到村上来?想到乡上买点东西都去不成了!"郑全智又道:"不但我们,上面周家沟、麦家寨,下面雷家湾、杜家坝的人来来往往,也要打这桥上过,没桥,人家怎么过呀?"

乔燕听着大家的话,虽然心里着急,却没有在脸上表现出来。等郑全智话说完以后，才回头对贺文、贺通良、贺波和张芳道："除了贺书记，村两委干部都在这儿，大家说说怎么办？"几位干部听了，都没吭声，半响，贺文才说："我倒有个办法，不过只能算是临时的……"乔燕马上道："只要能让村民过河，临时的也行！"说着便看着贺文。贺文便道："找人到尖子山砍几棵树回来，搭成一座树桥，暂时解决大家通行……"贺通良、贺波、张芳也立即道："只有这个办法了，不然还能怎么办？"乔燕没立即表态，眼睛却看着河面。那河面原来只有两丈多宽，可被昨晚的洪水把两边桥墩淘空后，现在少说也有三丈多宽，便道："河面这多宽，几根树搁在上面，中间又没架墩，人走在上面摇摇晃晃，要是有人掉到河里去了怎么办？"贺文道："睁眼不跳岩，明知木头棒棒没石头稳固，他不晓得往中间走？"又道，"要么到城里买水泥板回来，架座平桥，可水泥板没这么长，得在中间砌桥墩，那可不是今天明天就能解决的事！"乔燕想了想，同意了贺文的办法，却对贺波说："你回去做两个安全警示牌，插在两边，提醒大家尽量走中间，注意安全。"贺波道："没问题，乔书记！"乔燕便叫贺文负责安排人砍树，完了她也学着郑全智的样，把手掌卷成喇叭状，对对面喊道："各位爷爷大叔，你们放心，我们现在就安排人到尖子山砍树，争取今天就给大家搭座木桥……"可话还没说完，对面郑全福便叫了起来："乔书记，木桥不安全，留在屋里的尽是老人小孩，要是出了事还麻烦了！"乔燕道："我知道，大爷，这只是临时的！这座桥牵涉几个村的人行走，不能没有，我向你们保证，三个月内给你们建一座新桥起来……"众人一听这话，全露出了惊讶的样子，半天，郑全福才道："姑娘，你可别说大话呀，这可不是小娃娃玩火柴棍！"郑全智、郑全兴、刘绍华、罗天雄等汉子听了，虽然有些不相信乔燕的话，却仍然露出了感动的样子，也大声道："就是，乔书记，别说三个月，反正在你在贺家湾当第一书记期间，给我们把这座桥修起来了，我们都感激你！"乔燕道："大爷大叔们，谢谢你们的理解，我一定争取早日让大家走上新桥！"又对他们说，"大爷大叔你们回去吧，啊！"那郑家塝的汉子们又在河对岸对乔燕说了一通感谢的话，这才回去了。

贺文见郑家塝的汉子们走了，才对乔燕说："乔书记，你马上就要生孩子，生完孩子还要喂孩子几个月奶，你真的有把握将这座桥建起来？"乔燕道："我哪有绝对把握呀？不过几个村的村民要出行，这事一天也不能耽搁呀！"说完没等村上干部再说什么，便对贺波道，"我交给你一个任务，你必须尽快完成！"贺波道："姐，我知道了，不就是写两块牌子嘛，我回去就能完成……"话还没完，乔燕便道："不是写牌子，而是另一件事！你现在就用手机给石拱桥垮塌现场拍几张照片，回去吃过早饭，便到上面的周家沟、麦家寨和下面的雷家湾、杜家坝调查调查，将石拱桥如何影响到几个村出行的情况，替我向县上写一份灾情报告和一份请求解决修复石拱桥所需资金的请示……"听到这里，贺波忙问："姐，资金写多少？"乔燕想了想，道："我是学工程的，具体需要多少资金，得根据桥的长度、宽度和材料来定，我回去算算就知道了，你把具体的资金数字先空着吧！"

贺波答应了一声，众人正转身准备回去，却见贺端阳急匆匆地跑了来，道："我回来一问，知道你们到这儿来了！"又急忙对乔燕表示歉意，"对不起，乔书记，昨晚上我手机没电了，早上醒来不放心，便急急地赶回来了，果然出了事情……"乔燕一见贺端阳，本想生气的，可又不知道这气该怎么生，听他说了这么一番话，心里又原谅了他，便道："没什么了，你手机没电也不怪你，这两件事情没来得及听你的意见，我们就处理了！"说着便把贺世银老头和桥的事，对他说了一遍。贺端阳像是想努力弥补自己的过失，马上表态说："我没意见，乔书记，你都处理得很好！贺世银大爷那儿，我也去看了，只要上面泥石流不继续下来，那房屋应该是没有问题的！但我还是把贺贤明留在那儿监视着，只要一发现什么情况，就把贺世银老头和田秀娥大娘拉出来！砍树搭桥的事，贺文具体负责，有什么问题就给我说，你回去好好休息休息，不要再操心了！写灾情报告和资金申请的事，我和贺波一起完成。他小子回来才多久，认得到几个人？我去找周家沟、麦家寨、雷家扁、杜家坝的支部书记，我们几个村联合起来向县上写申请……"听到这儿，乔燕心里豁然一亮，想道："几个村联合写，天啦，我怎么没想到？真是姜老才辣！"这样想着，心里不但对贺端阳没气了，还升起了一股感激之情，便道："谢谢你，贺书记，几个村联合起来写报告，县上肯定会更加重视！"说毕，张芳和郑琳陪着乔燕，一行人各自回家去了。

乔燕回到村委会，一看并没有贺世银和田秀娥老两口的影子，便对婆婆道："妈，贺世银大爷和田秀娥奶奶吃过饭回去了？"婆婆道："他们来都没来，吃什么饭？"乔燕道："我给他们说了的，怎么没来？"婆婆道："我怎么知道？"又道，"那我去看看！"说罢要走，乔燕见了忙道："算了，妈，他们可能不会来了，等吃过饭后，我再去看看他们！"婆婆一听便道："你还要去呀？你算算今天走了多少路？人家要生的人，都大门不出、二门不迈呢！"乔燕笑了笑，便安慰婆婆道：

"不要紧，妈，我还有十多天才生呢！"老太婆不再说什么，便去盛了饭来让乔燕吃。吃过饭，乔燕果然要去，婆婆不放心，又道："我陪你！"说着便去拿过一把伞，一手撑伞，一手扶了儿媳妇，又往贺世银大爷的屋子去了。

四

乔燕到了那儿一看，却见贺端阳脚上穿着一双高筒雨靴，刚才那件深灰色的休闲上衣脱下来挂在墙壁的钉子上，露出里面一件土黄色的圆领汗衫，正在老人的客厅里用一把方锨往才凿开的墙洞口子处赶着泥汤，身上和脸上到处都是泥点。乔燕一见，便惊讶地问道："你怎么这么快就来了？"贺端阳揩了一把脸上的泥水和汗水，说："我从和尚坝直接就到这儿来了，贺贤明从天一亮到现在都没离开过这儿，我换他回去吃饭……"乔燕没等他说完，又马上问："你也没吃饭吧？"贺端阳"嘿嘿"地笑了两声，看着乔燕有些不好意思地说："不瞒乔书记你说，贺贤明吃了饭再来换我，我吃了饭就到周家沟、麦家寨、雷家扁、杜家坝几个村去！"乔燕一听这话，心里不由得感动起来。这些村干部，平时或许有些懒散、自私、保守，到了关键时刻，却也能尽职尽责、互相帮衬。这么一想，她便真诚地对贺端阳说："谢谢你，贺书记……"贺端阳听了，急忙打断她的话说："你谢我做什么？说起来，我是该做检讨的！昨晚上那么大的雨，我都没在家，让你一个人操心了……"乔燕也没等他话完，便说："事情都过去了，接下来我们团结起来，共同搞好灾后重建就是……"正说着，却见田秀娥奶奶从左边屋角走进院子里来，一见乔燕，她就叫了起来："姑娘，连个坐的地方都没有，你又来做什么？"乔燕道："奶奶，我叫你和爷爷到我那儿吃饭，怎么不去？"老奶奶道："姑娘，那边灶屋还没进水，谢谢你的好心！"乔燕没说什么，却问："爷爷呢？"老奶奶道："在房子后面铲沟呢。"乔燕便立即问："到处都是稀泥，铲什么沟？我去看看！"说着就走出院子往房后走去，婆婆一见，又立即过去扶住了她。走到后墙边，果见贺世银老大爷只穿着一条短裤衩，站在半人深的淤泥里，举着锄头，想从淤泥里铲出一条沟来，好让泥水不从窗户流到屋子里。可是那淤泥很稀，前面刚铲出一点影子，后面的稀泥流过来，又给填满了。

乔燕便叫道："爷爷，那么稀的泥怎么能铲出沟来？快出来，等泥巴干了些再铲不迟！"老头又铲了一阵，见真的没法把沟铲出来，只得吃力地从烂泥里拔出双腿，一拐一拐地出来了。走到乔燕面前，乔燕才突然想起，对他问："爷爷，你给兴坤叔打电话没有？"老头子忙说："早上起来看见满屋的泥汤，把人三魂吓走了两魂，也没顾得上给他打电话，刚才才给他打了……"乔燕没等他说完，立即问："兴坤叔他怎么说？"老头道："他们到海南去了……"乔燕一听这话吓了一跳，叫了起来："他们怎么又到海南去了？"老头道："城里的活儿做完了，原来和他一起做核桃生意的朋友在海南找到了活儿，就把他们叫去了！"乔燕问："去多久了？"老头道："才去还没几天呢，你说这事是不是豌豆滚在磨眼里——遇圆了？他问房子有没有损失，我说房子现在看来还没什么变化！他就跟我说，只要房子没损失，现在就不要去动，等屋后面的泥巴干了，让村上给联系一辆推土机，将泥石流推干净就是。该多少钱，他都给。如果村上不肯帮这个忙，就等他今后回来再找机器推！我说，我和你妈还有小婷现在就要住，等得着你以后回来才推？姑娘，你说怎么办……"一听说"推土机"三个字，乔燕忽然有了主意，便道："爷爷，你不要着急！兴坤叔说得对，现在屋后面的泥土非常稀，你就不要去动它们了。等过几天泥巴干了些以后，我给你找辆推土机来，保证给你把屋后的泥石流清理干净……"听到这里，贺世银又忙问："姑娘，你到哪儿去找推土机？"乔燕道："这你就不用管了，大爷！"说完又过去和贺端阳说了几句话，叮嘱他早点回去吃饭，之后，才和婆婆一起回去了。

回到村委会，乔燕立即给张健发了一条短信，发完，嘴角浮现出一丝狡黠的笑容，然后便把手机给关了。果然中午时分，张健穿着警服，亲自驾驶着一辆警车来到了村委会那棵老黄葛树下。车还没停稳，便从车里出来两个人，一个是张健，另一个却是他们治安分队的吴支队长。两个人双脚一落地，便匆匆忙忙地往村委会办公室跑去了。张健一边跑，一边还大喊："乔燕，乔燕——"那时张健的母亲正在学校的厨房里做饭，一听到儿子喊声，便急忙跑出来道："你来了就来了，这样大声武气喊她做什么？"一看见儿子身后还跟着一个同事，便住了声。张健一见母亲，便问："乔燕呢？"母亲道："在楼上呢，有什么事？"张健也不答，带着吴队长便往楼上跑去。到了乔燕住的屋子，见门只是虚掩着，张健一把推开，两步就冲了进去。一看，乔燕却坐在床上，两眼望着窗外，神情痴痴的，像是呆了一般。张健一下扑了过去，一把便抱住了她，叫道："老婆，你还好吧……"乔燕这才像是清醒了过来，看着张健，也十分动情地喊了一声："老公，你可来了……"说着，眼睛眨了眨，就像要掉泪的样子。张健急忙道："老婆，到底出什么事了？"乔燕道："没出什么事呀！"张健惊得张大了嘴巴，半天才道："没出什么事，你怎么给我发那么一条短信来，差点没把我们吓死……"说着把手机递到乔燕面前，继续道："你看你说的啥？'老婆有难，速来！'像是临终遗言似的，然后电话也打不通了，我们以为你真遇了难，把吴队都惊动了，急忙调了队里的警车……"乔燕一听这话，却像一个不谙世事的小姑娘，冲吴队笑了一笑，道："来了好呀！有吴队在这儿，事情就更容易解决了！"吴队见了，便马上道："嫂子，有什么事你就尽管说，真的可把我们整个分队的人都吓坏了……"乔燕道："吴队，我可不是想故意吓你们，刚才我没法了，真的连死的念头都有了！"吴队忙说："嫂子，你可不能这样想，你肚子里还有孩子呢！就是有天大的事，还有我们帮你顶着，怕什么？"乔燕一听这话，忙又对吴队笑着说："有吴队这句话，我就放心了！那就借吴队的车，我们到现场去看看吧！"张健道："还要到哪儿去？"乔燕道："到了就知道了！"说着腆起肚子便往外面走，张健忙去扶住了她。

到了贺世银房屋旁边的公路上，乔燕让张健停了车，三个人下了车，张健又扶着乔燕一起走了上来。到了院子里，乔燕把贺世银大爷和田秀娥大娘喊出来，先见了张健和吴队长，然后才对张健和吴队说："这是我联系的贫困户，好不容易才修了这样一幢房子，可还没住几天，就遇到了这样的事，你们说我急不急？"那吴队看了看满屋的泥水，也紧紧地皱紧了眉头，道："嫂子，别急，我们共同想办法！"乔燕又带了他们到了房屋旁边，把屋后整个泥石流的情况，都让他们看了，才道："你们说我是不是遇到难事了？"张健却道："你把我们叫来，我们也没办法呀！"乔燕立即道："两位队长，不是说公安局治安支队很牛吗？这么点小事，对你们来说，算什么事？"吴队长听了这话，忙道："嫂子，你直接说，要我们做什么事？"乔燕便笑着对吴队道："吴队，既然你这么看得起我，我也真说了！我想等这些泥石流稍干一些后，请两位队长在城里找个建筑老板，让他开台推土机来，一天时间不到，便把这些泥土给推走了，你们说这是不是举手之劳……"话还没说完，张健便瞪了乔燕一眼，露出了不满的神情，道："你说得轻巧，现在的老板哪有那么好说话……"乔燕听了，立即一边抚摸着肚皮，一边故意道："哦，看来张队长有难处，有难处我就不勉强了！我就来学愚公移山，和爷爷奶奶一起慢慢地来把这些泥土石头往外面搬！我这辈子搬不完，肚子里的孩子又来接着搬吧……"刚说到这儿，吴队立即道："嫂子，你快别那样说了！求求你，你赶快回城里把宝宝生下来，挺着这样个大肚子还满村颠颠地跑，我看着心里都难受！这事我答应你，回去就是去管那些建筑老板叫爹，也完成嫂子交给的任务！"乔燕高兴了，道："到底还是吴队爽快，人民警察爱人民！"又说，"不过还有一件事……"吴队道："我都给你把泥石流清理干净了，还有什么事？"乔燕道："帮忙帮到底，送佛送到西。吴队把泥石流倒是清理干净了，可是吴队你看，要是那儿不修一道堡坎，以后又遇到上面滑坡，不又重新把房子埋住了吗？"一听这话，吴队便叫了起来："天啦，还修一道堡坎，这可不是小事……"乔燕没等他说下去，便道："这算什么大事？不就是用点水泥、钢筋和沙子吗？对一个房地产老板来说，这算什么？吴队就一不做、二不休，既然求了一次人，就让他们多出一点血！"又说，"等堡坎修好后，我让人在上面刻上字：县公安局治安大队援建，让吴队留名青史……"吴队急忙摇手说："嫂子，我青史留名的事就免了，不过真的有老板愿意出钱来修，你给他在上面留个字，让他们有种成就感，倒是好的！"说完像是突然想起似的，看着张健道，"要不我们找两个老板，一个老板清理泥石流，一个老板修堡坎，修堡坎的老板我想起一个人……"张健忙问："谁？"吴队说："陈总……"乔燕觉得这名字很熟，便问吴队："你说的可是个女老板？"吴队道："是呀！"乔燕又问："可是叫陈仁凤？"吴队又道："你认识她？"乔燕便把贺波养鸡的事对他说了一遍，吴队听后便道："还有这么一回事，看来贺家湾和陈总还真有缘分！这个陈总到处扶危济困，口碑很好，我们治安队也曾帮她处理过一些事情，我回去一说，估计没问题！"又对乔燕说，"行，嫂子，这两件事情我都先答应下来，不过我刚才说的事，你也要答应我！"乔燕知道他说的什么事，便笑道："你不是女人，真不知道女人的事，这生孩子，没到时间，怎么生得下来？"说完，又把贺世银老头和田秀娥大娘喊来，对他们说了清理泥石流和修堡坎的事。老两口一听还要给他们修堡坎，忙不迭地对吴队和张健打躬作揖，口里千恩万谢，就差没下跪了。乔燕劝了半天，才把他们劝住了。

第十八章

一

    乔燕当天下午就和婆婆一道，乘坐张健他们治安大队的警车回到了县城。临走之前，她又给贺端阳打了一个电话，告诉他们把灾情报告和申请资金的请示写好后，就叫贺波尽快送到城里去给她。果然第二天一早，贺波就将一份报告和一份请示送来了。乔燕先翻开报告看了看，见里面的数字很翔实，垮塌的石拱桥的照片也都附在后面了，最后一溜儿盖着贺家湾、周家沟、麦家寨、雷家扁、杜家坝五个村民委员会鲜红的公章，很有点团结力量大的样子。乔燕又看了看所需资金的请示，上面也是按照她的要求，将造桥所需各种材料和人工，都分门别类地列在了上面，言简意赅，一目了然。乔燕很满意，便对贺波说："没看出你还有当秘书的才能呢！"贺波一听便红了脸，道："姐，你忘了我给你说过，我读书时语文成绩还不错嘛，就是一看见数字就头疼！像你这请示上面的要多少材料多少工时等，要叫我弄，半天都弄不清楚！"乔燕笑着道："没那么复杂，多到菜市场买几次菜，就能把账算清楚了！"说得贺波也笑了起来。笑完，乔燕才道："走吧，一起去找我们领导……"话还没完，贺波便惊得瞪大了眼睛，道："我也去？"乔燕道："你以为我只是叫你送个报告来呀？一个好汉三个帮，你既然来了，还想躲一边去呀？"贺波仍然有些犹豫。乔燕又道："你看姐这个样子，你也不陪陪？"贺波这才不说什么，陪乔燕一起去了。

    两人乘电梯下了楼，走到熙熙攘攘的大街上，乔燕一边慢慢地走，一边回头对贺波说："知道我为什么要你陪我去吗？"贺波道："你刚才不是说了吗？"乔燕道："那只是其中一个原因，还有一个重要的原因我没说！"说完不等贺波问，便告诉了他："资金下来了，我打算就把负责修桥的任务交给你，你有没有信心完成？"贺波突然站住了，道："姐，你不是想看我的笑话吧？我可从来没有和这些工程什么的打过交道……"乔燕道："没打过交道可以学嘛，你改造房屋难道不叫工程，谁生来就会的？你想想，村里还有谁更适合做这个工作？再说，是骡子是马，我还想看看你在道上遛的情况如何呢？"贺波听了这话，像是思考似的低下了头，不说什么了。过了一会儿，乔燕又道："如果让你负责修那桥，你说说打算怎么修？"一听这话，贺波又兴奋起来，道："姐，我想还是按过去的样子修，那石拱桥像道月牙一样架在河上，我觉得十分好看！还有，桥虽然垮了，但那些石头还在河里，我们可以利用起来，不够的话，我们可以就地取材，到山上采些石头，既节约了钱，桥修起也好看！"说完又看着乔燕问，"你说行不行？"乔燕没答应，却笑了笑，笑得十分好看，脸上两个圆圆的酒窝儿里像是盛满阳光。

说着话，就到了乔燕单位，乔燕扶着楼梯，慢慢爬上三楼，何局长办公室的门正好开着，乔燕便一边喘气，一边带着贺波径直走了进去。何局长正在看一份文件，猛地抬起头，一见是腆着大肚子的乔燕，急忙站起来，那样子像是想来扶她，却又急忙止住了，只看着她道："是你呀，小乔，快坐，快坐！"乔燕果然在沙发上坐下了，才把贺波向他做了介绍。局长过来和贺波握了手，又去饮水机里用一次性纸杯接了两杯水，递到乔燕和贺波面前，这才重新在椅子上坐下来，看着乔燕道："小乔，都这个样子了，还没休息？"

乔燕努力在脸上挤出了一个笑容来，道："那还得看领导让不让我休息……"话还没完，局长便用了开玩笑的语气说："开什么玩笑？产假是国家规定，我有什么权力不让你休息？"听了这话，乔燕又忙从嘴角牵出一丝笑容，对局长道："那就好，领导，你帮我办完这件事，我就能够休息了！"一边说，一边从包里拿出贺家湾的灾情报告和修桥的经费申请，欠了欠身，想递给局长，但没够着，正想起身，贺波一把接过去，双手捧着，恭恭敬敬地交给了局长。

局长先接过灾情报告翻了翻，然后才看资金请示，还没看完，便放下了，对乔燕道："小乔呀，不是我批评你，你一心想给村民办好事，心是好的，可你不当家不知盐米贵，你一开口就是几十万，拿我们单位当银行了哇？我们大大小小一百多口子人，全年的办公经费才几十万元呢……"听到这儿，乔燕马上解释："局长，我不是想要单位的办公经费，我是想，我们单位也管着全县一些项目资

276

金，随便从哪个项目里挤出一点钱来，这个问题就解决了……"话还没完，局长便有些不耐烦起来，道："那些项目资金都是一个萝卜一个坑，你以为想挤就挤呀？"听到这里，乔燕使劲将眉毛挤到一起，做出要哭的样子，道："局长，那怎么办？我已经给村民表态了，三个月内保证把桥给大家修好……"局长立即叫了起来："什么？你胆子不小嘛，钱还不知在什么地方，就敢乱表态，吃豹子胆了？"乔燕等他说完，才又做出委屈的样子道："我当时也是看到村民着急，一急就表了态嘛……"局长又打断她的话，问："你是怎么表的态？"乔燕道："我也没说其他什么，只是告诉大家说你们放心，我虽然只是一个人到贺家湾来扶贫，但我们单位是贺家湾的帮扶单位，有我们单位帮助，三个月保证把桥给大家修好……"局长还没听完，便道："把单位都牵扯上了，你还没乱说？"乔燕道："我当时就是这么想的，你不是对我说过单位就是我的坚强后盾吗？要没你这句话，给我一百个胆子，我敢表这样的态？"局长一听，都气得有些哆嗦起来了，却又不好发作，只指了乔燕道："你呀，你呀，让我该怎么说你呢？拿着鸡毛就当令箭，这下怎么办？你自己表的态，三个月内你就去把桥给他们修好吧……"乔燕见局长生气，忙说："局长，你也不要着急，算我把态表错了，给你和单位带来了麻烦，不过你看这样好不好？反正我现在也已经这个样子了，要不局里重新派个人下去，我表的态也就不作数了……"话还没说完，局长便道："你威胁我是不是？"说完这话，似乎感到言重了，又马上用了一种恨铁不成钢的语气道，"小乔呀小乔，我知道你在下面干得不错，给单位长脸了，可是这事，你确实给我出了一个难题！你认为我这个局长手里的权力很大是不是？即使要动用某个项目资金，那也不是我这个小小局长说了就能算，我的头上还有天，至少也得要分管这块的郭副县长说了算，不然你想让我犯错误呀？"一边说，一边在屋子踱了几步，然后才转身对乔燕道，"要不这样，你们跟我一起去郭副县长那儿，向他汇报一下，只要他表了态，我照着办就是！"乔燕一听这话，感到还有点门儿，于是轻轻在贺波手上捻了一下，站起来对局长说："行，局长！"贺波也立即站起来，对何局长鞠了一躬，道："谢谢何局长！"说着，便和乔燕要往外走，局长叫道："把报告和请示带上！"贺波又急忙转身，从桌上拿起报告和请示，三个人便出了门。

　　没一时，到了县政府大院，县长们都在一幢小楼里办公，郭副县长在二楼。几个人上去，见办公室门开着，正要进去，却被秘书拦住了。秘书对何局长道：

"有人!"何局长便在外面屋子里沙发上坐下来。没一会儿,里面出来一个人,走了。秘书这才对何局长挥了一下手,局长便急忙带了乔燕两人进去了。乔燕进去一看,才发现郭副县长的办公室是套房,里面是办公室,外面是候客室。郭副县长的办公桌很大,像张小乒乓球桌,上面堆了很多文件之类的东西,显得很乱。郭副县长四十多岁,但前面的头发掉得差不多了,露着紫红紫红的头皮,一张圆脸,胖得下巴叠了起来,看起来像是长了两个下巴。他不认识乔燕和贺波,只和何局长打了一下招呼,何局长便在他对面的一张椅子上坐了下来,乔燕和贺波见了,只好在旁边两张韩式沙发椅上坐下来。何局长把乔燕和贺波介绍给了郭副县长,郭副县长听后朝乔燕和贺波点了点头,算是打了招呼。接着,何局长便把乔燕和贺波的事情说了一遍,还没等郭副县长开口,乔燕忙站起来,捧着肚子朝郭副县长敬了一个礼,然后带着懊悔的口吻说道:"郭县长,对不起,我今天来主要是向你检讨的!我年轻,没有工作经验,不该乱表态。可当时看到老百姓过不了河心里着急,一想到自己有何局长和您做后盾,又想不过就是这么一座桥,也不是几个亿几十个亿的工程,所以就乱表了态。现在既然话都说出去了,如果不能实现,我丢了面子不打紧,可丢了局长和您的面子,就会给你们带来不好的影响!所以在这里我向您承认错误,并请求处分……"

话还没说完,郭副县长露出了哭笑不得的神情,便推了推鼻梁上的眼镜,道:"你这个丫头,我说过你表态表错了吗?说过要处分你吗?你真是个小心眼!我不但不批评你,还要表扬你!救灾如救火,几个村的群众等着桥过河,这事能错吗……"听到这儿,乔燕高兴起来,马上叫了起来:"县长,谢谢……"正要往下说,郭副县长却挥了挥手,把她的话给拦回去了,接着道:"可是,小乔同志,我理解你的心情,也理解那几个村的老百姓的心情,可是你知道吗?这次特大暴雨,我们县是百年不遇!沿江二十多个乡镇几千农户严重受灾,有的垮了房屋,有的庄稼被淹,有的电力受损,还有几个乡道路全冲垮了,县上的救灾物资都没法送进去!这两天,光往县政府报灾情的电话,都快打爆了!你说说,你们那点灾情算得了什么?"一听这话,乔燕脑袋里"轰"的一声,像有什么爆炸了,过了半晌才带着哭腔说:"郭县长,这么说起来,我真不该表那个态了……"郭副县长摊了摊手,道:"小乔同志,尽管我在联系这一块的工作,可我真是没办法了!昨天晚上县委召开了一个紧急会议,规定当前一切工作服从于救灾,二十万元以上的开支,必须经过县委常委会研究同意,你说我现在怎么给你表态?"

一听这话，乔燕忽然想哭，却紧紧咬着嘴唇忍住了。郭副县长看见乔燕沮丧的样子，像是心疼了，又道："你们先把报告搁我这儿吧，我不能表态给你们拿钱，但起码能给你们先把窝儿占着吧！"一听这话，乔燕忙叫贺波把报告和请示递了过去。郭副县长接过报告和请示翻了翻，却突然笑道："小乔同志，你们开什么玩笑？"乔燕和贺波都愣住了，郭副县长见他们不明白的样子，便正了脸上的颜色道："哪有村上直接给县政府打报告的？拿回去交给乡政府，让乡政府用红头文件的方式给县政府打一份报告来！"一听这话，乔燕才明白自己疏忽了，只顾着忙忙地来县上占坑儿，忘了自己的程序没走对。正要去接报告时，何局长拿去看了看，也道："哎呀，我刚才都没注意到，到底是领导的水平高！"说着便把报告和请示递给了乔燕，乔燕接过来又放到了包里，何局长对乔燕说他还有工作要向郭副县长汇报，让乔燕先走，乔燕和贺波便先下楼走了。

走出县政府大院的大门，乔燕的眼泪倏忽涌了出来，但她怕贺波看见，装作擤鼻涕把泪水擦了，然后把包里的报告和请示拿了出来，对贺波说："你马上赶到乡上去，请他们最好在今天就用乡政府的名义，把报告和请示转给县政府！刚才郭副县长说得对，虽然马上要不到钱，但可以先把坑儿占到，听郭副县长的口气，希望还是有的！"贺波接了报告和请示，道："姐，你呢？"乔燕道："我去看看爷爷奶奶，我有很久没看见过他们了！"贺波道："那我把你送过去吧！"乔燕道："不用了，就两条街，我慢慢走过去就是了！"贺波想了想，道："那姐小心一点！"说完就要走，乔燕又喊住他，道："没要到钱的事，你先不要在村里说！"贺波道："知道了，姐！"

二

乔燕看着贺波走远了，突然又想哭，她感到自己很孤单，就像一个没娘的孩子似的。她也不知怎么会产生这样的想法。自从怀孕以后，她发现自己变得特别小气起来，动不动就想哭鼻子。有次回家，张健不知因为什么冲她发了一下脾气，要在平时，她嘻嘻哈哈地说两句笑话就过去了，可那次，她却伏在床上伤伤心心地哭了，吓得张健又是哄，又是劝，连班也不去上，在屋里陪了她半天，以后再也不敢对她发半点脾气了。但现在是在大街上，她也不敢哭，于是抿着嘴唇，慢慢地往前走了。街上行人很多，见她挺着个大肚子，都自觉地往两边让。

到了爷爷家，乔燕掏出钥匙开了门，进去一看，爷爷坐在沙发上，两眼正紧紧地盯在电视屏幕上。乔燕一听电视里的声音，便知道爷爷又在放她妈妈参加全国脱贫攻坚表彰大会的光碟了。那是他特地请广播电视局的人专门制作的。乔燕一见，努力在脸上挤出一丝微笑，对乔大年道："爷爷，那个电视片，你还没有看够呀？"乔大年猛地站起来，将手里的电视遥控器往沙发上一丢，冲厨房里叫道："老婆子，燕儿回来了！"那声音好像乔燕是什么特别重要的客人似的。果然乔奶奶几步就从厨房里跑出来，伸出一双湿漉漉的手，一把便抓住乔燕，嘴里直道："哎呀，孙女，你怎么想起回来看爷爷奶奶了？我们可想死你了！"说着，眼睛又朝乔燕的肚子瞅了瞅，便一边把乔燕往沙发上拉，一边继续道，"我燕儿坐，可别站着！"又瞪了一眼乔老爷子，道，"你让一下，占那么宽的地方干什么？把电扇转一下方向，就管你一个人呀？"乔燕一见奶奶对爷爷吆三喝四的样子，真忍不住想笑，道："奶奶，我不热……"话还没完，奶奶便道："双身子，哪还不热？我怀你爸的时候，可热死了，你爷爷这个老不死的还算有点良心，一晚到天亮就在床上给我打篾笆扇……"说到这儿，奶奶正要笑，忽然闻到一股烟味从厨房传了过来，又急忙叫："糟了，菜煳了！"一边说，一边急急忙忙往厨房跑去。

乔燕想和爷爷说话，却一时不知该怎么开口，眼睛便也落到电视屏幕上。此时那播音员正在慷慨激昂地说："在第三个国家扶贫日到来之际，全国脱贫攻坚表彰大会今天上午在人民大会堂隆重举行。中共中央总书记、国家主席、中央军委主席习近平对全国脱贫攻坚表彰活动做出重要指示，向全国脱贫攻坚奖首批获奖者和全国扶贫系统先进集体、先进工作者表示热烈的祝贺……"这些话乔燕都可以背下来了，便把目光转向爷爷房内。自从张健把他妈妈叫到贺家湾照顾乔燕以后，乔燕便很少回县城，因此爷爷家虽然还是老样子，可乔燕看着却觉得十分新奇。想起奶奶刚才对自己的关怀和温暖，一种感动便又冲撞着她的心扉，使她又想掉泪。但她不想让爷爷奶奶看见笑话，便又把目光移到电视上来。这时那播音员继续道："习近平强调，要广泛宣传学习先进典型，激励全党全社会进一步行动起来，激励贫困地区广大干部群众进一步行动起来，形成扶贫开发工作强大合力，万众一心，埋头苦干，切实把精准扶贫、精准脱贫落到实处，不断夺取脱贫攻坚战新胜利……"那光碟播放到这里，突然卡了壳，不但没了声音，播音员也半张着嘴，脸歪着，一下变得很难看起来。乔老爷子忙过去拍打了播放机几下，但画面仍没动静，乔老爷子便有些失望地道："我想看看你妈领奖的镜头呢，这机器却光扯拐！"一边说，一边便把光碟退出来，又"啪"地将电视机关了。一返身，却看见乔燕神情呆呆的，像是很不高兴一样，这样的神情乔老爷子很少在乔燕身上看到，心里惊了一下，便问道："孙女，你怎么不高兴？是不是遇到了什么难事？有什么事你就给爷爷说，啊……"乔燕一听爷爷这么问，本想装出没什么事的样子，眼泪却不争气，突然顺着脸颊掉了下来，接着干脆"哇"的一声，便哭了起来。乔老爷子吓了一跳，急忙走到乔燕身边，扶着她的肩道："你哭什么？啊，谁欺负你了……"乔燕一听，哭得更伤心了。乔奶奶在厨房听见乔燕哭声，又急忙跑了出来，对乔老爷子骂道："你个老不死的，怎么把我孙女弄哭了……"乔燕一见奶奶责怪爷爷，便抽泣一下，止住了哭声，含着泪对奶奶道："奶奶，这不关爷爷的事……"话还没说完，乔奶奶又道："那为什么哭，啊？"说着也过来拍着乔燕的肩道："我燕儿别哭，别哭，啊，你都快要生了，哭起来会惊了肚子里的孩子的……"乔燕一听这话，这才慢慢止住了哭声。乔奶奶见乔燕不哭了，又转身进了厨房。这儿乔老爷子等乔燕平静一些后，又追问她是不是遇到了什么事。乔燕便把贺家湾桥垮了，她争取资金遇到了困难的话，给老爷子说了一遍。说完又流着泪道："我可是给村民表了态的，要是我这次说话不算话，村民以后就不相信我了！可我没想到全县受了这么大的灾……"

　　乔老爷子沉吟了半晌，却又像平时一样笑了起来，道："我说嘛，要是没有过不去的坎，我孙女怎么会哭鼻子？"乔燕听爷爷这么说，便道："爷爷，你有什么办法没有？"乔老爷子道："我能有什么办法？不过孙女别急，心急吃不得热豆腐，办法都是人想出来的，是不是？"乔燕流了一回眼泪，这会儿又听了爷爷这话，心情好一些了，便道："对不起，爷爷，我遇事就爱着急……"乔老爷子没等她说完，便道："有些事你可以着急，有些事你急也急不起来！就像那天晚上看你妈表彰会的实况转播，你老问你妈怎么还没出来，把个遥控器按来按去，你还记得吗？"一听爷爷提起这事，乔燕有些不好意思地笑了。乔老爷子一见孙女笑了，道："莫忙，我光碟还没看完呢！"说罢又过去开了电视和影碟机，将刚才播送的光碟插进播放机里，一阵快进，停住，再摁一下播放键，那电视里便出现了一行人到主席台上领奖的画面，吴晓杰带着微笑站在人群中间，乔老爷子见了便道："你妈这不就出来了？你急有什么用？"一句话更把乔燕逗乐了，心想："爷爷真是个老顽童！"

　　吃过饭，乔燕和奶奶又说了很长时间的闲话，奶奶反反复复问了乔燕很多身子上的细节，又嘱咐了很多注意的事，这才放了心。乔燕美美地睡了一个觉，醒来时，已是半下午，乔燕梳了头，便要回去，奶奶却把她拉住了，道："刚才你睡觉的时候，我出去买了一只青头鸭子，在市场上找人杀了，现在已经炖上了！我怀你爸的时候也是胎肿，你外婆从乡下给我提一只青头鸭来，炖给我吃了，第二天肿就消了！"乔大年正在看报纸，听了这话也抬起头道："可不是，当时我不相信，你外婆说，青头鸭子有滋阴清热、利水消肿的作用，乡下老年人都是用鸭汤来消除孕妇的水肿的！你奶奶这大的太阳就出去给你买鸭子，你不吃了走怎么行？"乔燕一听，心里感动得不行，果然留了下来，陪爷爷奶奶说了一下午话。到吃晚饭的时候，张健来了，一家人吃过晚饭，张健才扶了乔燕往家里走。奶奶把剩下的鸭汤，装在一只饭盒里，也让张健提走了。

　　回到家里，张健的妈妈服侍乔燕洗了澡，又看了一会儿电视，乔燕仍觉得累，便又想到床上躺下。可刚要走，电话突然响了，乔燕忙拿起来，一看，却是母亲打来的。到底是母子连心，现在吴晓杰无论多忙，每天都至少要给乔燕打一次电话，问问她这一天的情况。乔燕以为母亲又要问她身体情况，拿起电话，刚喊了一声："妈……"话还没完，那边吴晓杰便用又疼又爱又有些生气的口吻说："傻丫头，你还知道我是妈哟？"乔燕有些愣住了，过了一会儿才道："妈，出了什么事？"吴晓杰道："你今天中午在爷爷那儿哭什么？"乔燕一听，知道爷爷把中午的事告诉了母亲，有些不好意思地说："妈，你别信爷爷的话，我那不过是一时没控制住自己……"话还没完，吴晓杰便道："你爷爷的话我都不信，我信谁？我是给你爷爷说过，叫他不要去找县上领导给你开小灶，是要你在下面好好锻炼锻炼，可我是你妈，我并没有说你遇到困难，连我也不告诉呀？你想拉硬屎、争硬气，怎么要到QQ群里找别人给你联系项目呀……"乔燕一听这话，知道她们盗用县上的名义去王老板那儿考察的事，她妈也掌握了，便问："妈，你是怎么知道的？"吴晓杰道："你有耳报神，我就没有耳报神？你们扶贫局的好几个同志也在你们QQ群里，你瞒得住我？"乔燕明白了，真是智者千虑、必有一失，原来以为组织山寨考察团的事没人知道，现在县扶贫移民局领导肯定知道了，于是道："妈，不是我想瞒你，是不想给你添麻烦……"没等乔燕继续往下说，吴晓杰道："什么不想给我添麻烦，你说好得听，我带大的人我还不知道，就是想争硬气嘛！可你单靠一个人的力量，总有没法解决的事吧？我给你说，贺家湾桥的事，我已经给你们县委孙书记说了，关系到五个村的村民没法通行，这也不是小事！孙书记说了，他会尽快解决，这下你不会再哭鼻子了吧……"一听这话，乔燕高兴得几乎想跳起来，可刚想动，肚子里的胎儿也像是为她高兴一样，猛地动了动，乔燕便又坐好，大声道："太好了，妈，我代表贺家湾全体村民谢谢你……"话没说完，吴晓杰道："你现在就知道谢我了？告诉你，你妈确实不是一个能随便讲情的人，这次是看到你有特殊情况的分上，下次可别想妈再帮你这样的忙！"乔燕一听，故意道："妈，原来你是看在外孙的面上才帮忙的，怪不得他刚才高兴得在肚子里也跳了一下呢！"吴晓杰道："跳了一下就好……"刚说完这话，像是突然想起了什么，马上又问了一句，"预产期好像就是这几天了吧？"乔燕道："是的，妈！"吴晓杰一听这话，立即又问："那你怎么还没请假回去？"也不等乔燕回答，便用下达指示的口吻说，"这几天你就不要到贺家湾去了，给我好好在家休息，或者住到医院里去，听清楚了没有？"乔燕迟疑地"嗯"了一声，还要说什么，吴晓杰却挂了电话。可乔燕还把电话举在耳边。张健问："你怎么了……"话未说完，两行热泪忽然涌出乔燕眼眶，珍珠似的滚落下来。张健又着急和惊慌地问："又哭什么？"乔燕嚅动着嘴唇没答。她心里甜蜜着，能说些什么呢？

三

乔奶奶给孙女炖的消除水肿的青头鸭子汤，功效似乎没她说的那么强，乔燕吃下去以后，脚背和小腿上的水肿不但没消下去，还反而往大腿上也蔓延了开来。再细细一看，连眼睑也有些浮肿了。张健吓住了，第二天便向领导请了半天假，带了乔燕去县医院找医生诊疗。那医生只用手指在乔燕的小腿肚和大腿上压了压，便用了轻描淡写的语气道："没事，完全正常！"张健便叫了起来："连眼睑都有些肿了，还正常？大夫，要不就让她住院观察观察吧……"乔燕一听这话，急忙狠狠地瞪了张健一眼，道："好好的住什么院，钱多没地方花呀？"一边说，一边跟医生说给她开点药算了。医生开了药，把处方交给了张健，说道："回去注意休息，安心静养，脑壳里不要把事情想多了……"接着抬起头盯着乔燕问道，"你是不是操心的事太多？我可告诉你，孕妇操心太多，会加重心脏、肝脏、肾脏的负担，从而引起水肿。你安心静养，心脏、肝脏、肾脏的负担一减轻，水肿自然会消退下来，知道吗？"然后对他们两人嘱咐道，"衣服穿宽松一点，饮食吃清淡一点，睡觉前用枕头把脚垫高十五至二十厘米，加速血液回流，睡觉尽量采取左侧卧姿，记住了没有？"乔燕和张健齐齐答应了一声，谢了医生，去药房拿了药，便回去了。

可是回去刚坐下，乔燕的电话就响了，拿起来一看，竟然是他们单位何局长打来的！局长亲自给一个小办事员打电话，这可是从来没有的事，乔燕急忙将话筒贴在耳朵上，仍努力用了调皮的语气道："领导，你亲自打电话呀……"话还没说完，何局长便道："你少给我调皮，我有正经事给你说！你听着，你现在在村上还是在城里？"乔燕想了想，道："领导，我刚从医院回来，大夫要我注意休息……"乔燕还想往下说，局长却道："我现在可没心思查你的岗！我要给你说，刚才上班的时候，孙书记给我打了一个电话，叫我们单位尽快拿出你们那座桥的修建图纸和方案以及详细的资金预算报告，交县委常委会讨论！这两天我就打算派规划设计室的同志，来村上现场勘察、规划设计和预算经费。我给你打电话的目的，就是想问问你，你们村上对这座桥怎么修，统一过意见没有？"一听这话，乔燕高兴得身上的血液又加快了流动，便忍着"咚咚"的心跳对局长说："领导，因为太忙，我们还没来得及讨论……"局长道："你们立即组织讨论一下，统一思想，别等到设计室的同志来了，才一个说要这么修，一个说那要那么修。农村的事复杂，这样的事我们可经历得太多了！"乔燕听完，马上答道："是，领导，你放心，设计室的同志来了后，我们保证能统一思想！"

放下电话，乔燕要张健找车送她回贺家湾，张健叫道："你不要命了哇？没听见医生是怎么对你说的？注意休息，安心静养……"乔燕没等张健说完，便道："这不是遇到一个特殊情况吗……"张健听乔燕这么说，便生起气来，大声道："你不回去，贺家湾的地球就不转了？你没去的时候，人家的地球还不是照样转！就那么一座破桥，你给他们把资金争取到了，就算解决了大问题。至于怎么修，村上还有那么多干部，非得你去不可？"又道，"老去用人家的车，一次两次可以，次数多了，以为人家心里真的愿意？我现在可不好意思再向别人开口了！"乔燕一见张健愤愤然的样子，想想也是真的，便道："好了好了，我让他们自己开会讨论不就行了，生什么气？"说完果然就给贺端阳打电话，把局长告诉自己的话，都对贺端阳说了。贺端阳一听，果然高兴，立即道："乔书记，你放心，我下午就召开两委扩大会讨论！"说完却又小心地问乔燕，"乔书记，你的意思呢？"乔燕愣了一下，道："我是外来人，三年扶贫期一满，就要回城，而桥永远在贺家湾，我没有什么意见，一切以你们讨论的为主！"贺端阳听了这话，便说了一声："好，那我们就自己定了！"说完就挂了电话。

可乔燕还是有些不放心，过了一会儿，她又给贺波打了一个电话，把何局长的话也告诉了他。贺波先是高兴了一阵子，在电话里直叫："太好了，姐！"可说着说着，语气却变得迟疑了起来，道，"可是，姐……"乔燕听他说话吞吞吐吐，便道："你有什么事，就直说吧！"半天，贺波才突然说了一句："我老爸想承包修桥的活儿……"乔燕没等他说完，便道："他没给我说过，刚才电话上他也没说！"贺波道："昨天我给你送报告和请示来，他给我说过，让我告诉你。说建易地扶贫搬迁集中安置点，自己村上的活儿，却让别人给包了去，这次修桥，怎么说也得近水楼台先得月了……"乔燕听贺波这么说，便道："易地扶贫搬迁集中安置点的修建，是乡上统一组织的招标，他没中到标，能怪谁呢？上面有规定，二十万元以上的工程必须招投标，那桥，再怎么说也不会低于二十万元，如果你老爸能中标，给他修我当然没意见！"又说，"我现在担心的是大家对桥怎么修，会不会有不同意见……"话还没完，贺波便道："姐，我坚持桥修在原来的地方，那儿不但地基牢固，而且也是整条河流最窄的地方，石拱桥美观、坚固、富有乡村特色，今后贺家湾要发展旅游，就是贺家湾的一道风景，又好看，又少花许多钱……"乔燕没等他说完，便道："那你在会上就大胆地把自己的想法说出来吧！"贺波说："我会的，姐！"说完挂了电话。

整个下午，乔燕都有些坐立不安，一会儿在沙发上躺着，一会儿又起来在屋子里像只没头苍蝇似的转着圈儿，显出有些烦躁的样子。她有种预感，觉得贺家湾村今下午的村两委扩大会，一定不会那么顺利，但具体会在哪儿不顺利，她又说不清楚。果然刚吃过晚饭，贺波便又把电话打来了，乔燕拿着电话，等了他半天，他却没有说话。乔燕便主动问："下午会开得怎样……"一语未完，贺波便带了一种哭腔说："姐，我和我老爸在会上吵起来了……"乔燕忙问："为什么？"

贺波道："我提出我的想法后，众人都认为我的建议好，可我老爸却不同意……"乔燕忙问："你老爸要修在什么地方呢？"贺波立即道："他要在拱桥下面三百米的黄瓜田那儿，修一座水泥桥！"说完不等乔燕问，便一口气说了下去，"姐你不知道，那儿虽然隔原来的桥只有三百米，河面却比原来石拱桥的河面宽了一半多，而且河床全是沙土，地基也不牢，怎么能在那儿修桥……"乔燕听到这儿，打断了他的话，问："你老爸为什么要选在那儿呢？他总得说一个理由呀？"贺波道："他的理由是要修就要修一座漂亮和气派的桥，像城里那些桥一样，跨到江上，老远就能看见！"又道，"可实际却不是这样的……"乔燕忙问："实际是怎样的？"贺波却不言语了。过了半晌，乔燕又追问了一遍，贺波才终于轻声说道："姐，这话我只能给你一个人说！"乔燕道："你说吧，我不会告诉别人。"贺波道："我老爸就是想多赚钱！修到那儿，不但桥要比建在原址上长许多，更重要的是那儿土方开挖量大，如果他承包到了，不就可以多挣钱了？"乔燕明白了，却问："他怎么知道就一定是他会承包到？"贺波又把声音压得更低，道："我听他的口气，乡上罗书记好像已经答应帮他做工作了……"乔燕沉默了一会儿，才道："你爸挣钱，也是给你们花呀，这不是好事吗……"贺波没等乔燕说完，便道："姐，你可别这样说，我感到有些害怕！你想想，下面河床那么宽，地基又不牢，要是出了什么问题，我老爸不就完了吗？即使不出问题，村里人问为什么放着地基牢靠、河面不宽、造价低廉的原桥址不修，却要选一个河面宽、地基全是沙土、资金明显大许多的地方来修，你说该怎么回答？"乔燕没回答他的话，却又问："村里其他干部呢，他们的态度怎么样？"贺波道："其他干部都是墙头草，听了我的话后都说好，可是一听我老爸提出要在下面修水泥大桥，便都又说修水泥大桥好！但我明显看得出，他们说的不是真心话……"乔燕道："你现在打算怎么办？"贺波道："姐，我也不敢过分顶撞我老爸，在会上他就骂我想在贺家湾发展旅游是异想天开，还说我吃的米都没他吃的盐多，知道个屁！姐，你给我出个主意吧，我其实是真心为他好……"听到这里，乔燕道："我明白了！那你说说，假如让村民无记名投票，你觉得村民赞同你的多，还是赞同你老爸的多……"乔燕话还没完，贺波便自信地叫了起来："姐，我敢保证，村民肯定会支持我的观点！"乔燕道："你就那么肯定？"贺波道："事情明摆着，在老地方建桥优势多得多嘛！"乔燕想了想，便道："我知道了，你今晚上向你老爸认个错，承认他是对的，你是错的……"乔燕还没说完，贺波便问："姐，你是啥意思？"

乔燕道："你别问啥意思，照我说的办就是！别的，我明天来了后，你就知道了！"贺波果然不说什么了。

结束了和贺波通话后，乔燕又要张健找辆车，明天一早送她到贺家湾去。张健还是不同意，道："你现在这个样子，我还是觉得你住在医院里去才安全……"话还没说完，乔燕便道："连医生都说不用去住院，你还担心什么？"便把贺家湾今下午开两委扩大会的事给张健说了，告诉他这可是贺家湾一件大事，她不出面不行，又向张健保证她去了以后，只是开一个村民大会，开完后就回家。张健这才答应了。第二天一早，果然又借了同事的车，把乔燕和母亲送到了贺家湾。

到了村上，乔燕才给贺端阳打电话，告诉他自己已经到村上来了，让他立即到村委会来一趟。没一时，贺端阳果然来了，一见面，便问："你怎么来了？"乔燕道："事情有些紧急，所以我必须来一趟……"话还没完，贺端阳便问："什么事这么急？"乔燕没直接回答他的话，却问："昨下午会议开得怎样？"贺端阳停了一下，才道："大家的意见还没统一，我原想今上午接着开，等认识统一后，我再告诉你的！"乔燕装作什么都不知道的样子，问："有些什么意见，你说给我听听？"贺端阳没法掩饰，只好把贺波和他的分歧对乔燕说了。乔燕听完后，便说："既然这样，村两委扩大会就先不要开了……"正准备说下去，贺端阳马上问："可大家的思想还没统一……"乔燕道："现在情况发生了变化，县上要求我们必须通过村民大会……"贺端阳一听这话，似乎有些不相信，道："这样的事还要通过村民大会……"乔燕道："这可不是小事！昨天贺波和我一起到县领导那儿去，听郭副县长说，这次洪水百年不遇，全县二十多个乡镇几千农户受灾严重，领导能挤出一点钱来给我们把桥重新建好，很不容易！所以昨天晚上我们局长特地给我打电话说，要我们把好事办好，实事办实，要经得起历史检验。桥怎么建，建在哪儿，都要像建档立卡贫困户那样，交由村民来表决！不仅如此，表决的原始材料还要交到县上备案……"一听到这里，贺端阳的脸便沉了下来，有些不满地道："上面现在想着各种法儿，把基层干部的手脚都捆得死死的，既然这样，还要我们这些干部做什么？"乔燕道："正因为这样，所以我才赶下来！贺书记，时间太紧，上午我们就开村民大会吧？"贺端阳嘟着嘴半天没吭声，最后实在找不到理由反对，便道："乔书记，你也知道我是充分尊重你的，我有一句话，想对你说……"乔燕立即道："贺书记，你有什么话尽管说！"贺端阳便道："我今后还要在村上工作，我希望你能维护一下我的权威，不然今后谁听我的？"

乔燕马上道："你放心，不管在什么时候，我一定维护你的权威！"贺端阳听了这话，似乎又有了信心，果然去通知村民到村委会来开会了。

现在，贺家湾开村民会已不是从前那个样子了，没一时，那棵老黄葛树的树荫下，已坐了满满一地的人。乔燕让贺端阳主持会议，自己把到县上争取资金修桥的事对村民说了一遍，然后又把昨天下午村两委扩大会议的讨论结果告诉了大家。村民一听要在老桥下面重新选地方修桥，便叫了起来："为什么要选在那里修？我们都走惯了老桥那个地方，何况那儿地基又牢，又少花钱！"可是村民却又不同意贺波提出的仍修一座石拱桥的意见，道："石拱桥哪有水泥桥牢固？如果石拱桥比水泥桥好，为什么县上在流江河上修桥，不修成石拱桥，却要修成水泥桥？"乔燕听了这话，只得让了一步，道："谢谢大家关心和热情参与！最终修座什么样的桥，还得听设计组专家的意见，这只是我们一个供专家参考的初步意见！"说完让大家投票，结果 90％的村民都同意在原址上修水泥桥。

散会后，贺端阳阴沉着脸，像是谁借了他的米，还了他的糠一样。乔燕想和他交换一下意见，但他没给乔燕机会，夹起包便往外面走。乔燕只好喊住他，道："贺书记……"贺端阳只好站住，回头瓮声瓮气地道："还有啥事？"乔燕道："我还想和你商量一下易地扶贫搬迁集中安置点开工的事……"话还没完，贺端阳便没好气地道："什么时候开工，你说了就行，还问我干什么？"说完头也不回，便气昂昂地走了。

第十九章

一

吃过午饭，张健果然又开上车来接乔燕了。乔燕正打算走，贺端阳却来了，一见乔燕，便说："乔书记，对不起，散会的时候我心情不好，不该冲你发脾气！"乔燕忙道："没什么，贺书记，我理解你的心情。我是真心实意想为你说几句话的，没想到却有那么多群众赞成在老地方建桥，我也实在不好说什么了！"不等贺端阳回答，又接着说，"修桥的事，贺波给我说了，说你想承包。按说，肥水不流外人田，自从上次听你说了村干部们的处境后，我一直都想帮你。不过你也知道，现在什么工程都得经过招投标，你就好好准备一下，如果你能中标，当然再好不过了……"话还没完，贺端阳立即道："算了，乔书记，这事不要再提了！"乔燕马上问："为什么？"贺端阳道："我想过了，我宁肯多揽些外地的工程做，也不在本乡本土做工程！本乡本土的爷难侍候！"乔燕心里明白了：现在的工程赚钱都在土石方开挖上，他一定是见桥修在原址上，没有土石方开挖，赚不到多少钱，因而主动放弃了！可乔燕没去揭穿他的心思，却顺着他的话说下去："你说得也对，本乡本土的，几百双、上千双眼睛都盯着你，稍有一点没做到位，大家不是说东道西，就是横挑鼻子竖挑眼，反不如做外面的工程舒心！"却又说，"不过你今后有什么要求，就尽管给我说，我帮不到钱就帮把力，帮不到力就帮句话！"贺端阳听了这话，像是很感动，便道："我知道，乔书记，我虽然是个土包子，但好人坏人还是一眼就能看清！这将近一年的时间，村里的工作都是你顶起在做，可我从没听见你埋怨过我，也没听见你到上面去打过我的小报告，就凭这一点，我就知道你虽然年轻，却是一个宰相肚里能撑船的人，所以我要来向你道个歉！"说完便问乔燕，"你说易地扶贫搬迁集中安置点什么时候开工，就什么时候开工，我全力支持你，这段时间我也不出去了！"乔燕听了这话，便道："我想就在这几天把工开起来！因为我一生小孩，就要休息较长一段时间，如果等产假满了后再开工，时间就晚了……"一听这话，贺端阳便道："你说得是，那你说说具体时间，我好安排人去准备！"乔燕想了想，正要说，却打住了，反看着贺端阳说："具体时间你说，贺书记！"贺端阳也没推辞，便有些不好意思地笑着对乔燕道："乔书记，不怕你笑话，这修房造屋可是一辈子的大事，我们农村人还是要选一个黄道吉日！刚才我来的时候，已经去找贺福来翻了一下老皇历，说是下周二的日子最好……"乔燕一听这话，便在心里仔细算了算，过了下周二，离分娩的时间还有一个星期，便道："下周二就下周二吧，到时我一早下来就是！"贺端阳想了想又道："乔书记，你看搞不搞个开工仪式？比如挂点标语、放点鞭炮，再把全体村民都召集起来开个会什么的？"乔燕想了一会儿，道："县上每个招商引资项目开工，也都要举行一个开工仪式，我们易地扶贫搬迁集中安置点的开工，虽然比不上县上的招商引资项目，但对村里来说也是一件大事，挂几条标语，放点鞭炮热闹热闹，倒是有必要的！不过就不要全体村民来了，只把贫困户召集拢来，让他们到现场感受一下，也好提高一下他们的精气神！更重要的，要在贫困户中选出一个工程质量监督小组，让贫困户自始至终参与到他们家园的建设中来！"听到这里，贺端阳马上道："这点你放心，工程质量监督小组组长我都想好了，就是贺勤！他是砖匠，懂行，哪匹砖没搁稳当，他一眼便能看出来，找他当质量监督小组组长保准没错！"乔燕高兴地道："行，这些都听你安排！"说完，才告别贺端阳回去了。

到了开工这日，一大早，乔燕果然又叫张健找车把她送到贺家湾去了。因为预产期越来越近，张健更不放心起来，把乔燕送下来后，他便没走，想等会开完后就把她接走。乔燕到了村委会后，便叫张健在村委会休息，自己往易地扶贫搬迁集中安置点工地上去。工地所在地叫"画眉湾"，乔燕听贺世银说过，那儿过去树林很密，一到春天，成百上千的画眉鸟儿便到那儿做巢搭窝，繁衍后代，很是热闹，外地人到贺家湾来，人还没有进村，很远便能听到湾里画眉的叫声，也形成贺家湾一道风景。后来那儿树被砍了，地都开垦出来种了庄稼，画眉也就不见了。那是一块台地，有十多亩大，地势比较开阔，也靠近公路，离村委会也只有七八百米距离。到了那儿一看，工地上拉了两条鲜红的横幅，一条上写着：

"扶贫开发显真情,易地搬迁解民忧!"另一条写着:"搬迁搬出新天地,贫困户过上好日子!"还有两个很大的充气气球,被拴在两块大石头上,气球下拉着的条幅上写着:"热烈祝贺贺家湾村易地扶贫搬迁集中安置点开工!"两幅一模一样,两个巨大的椭圆形球体在空中被风吹得飘来飘去,像是想挣脱下面的绳子,带着标语上天似的。施工单位派来了一辆挖掘机,一辆推土机,一左一右,就停在最高的一块台地上,两个司机跷着腿,坐在驾驶室抽烟。在挖掘机和推土机之间,贺端阳还找人从村办公室搬来两张桌子和两条凳子,搭了一个临时的主席台,桌面上竟然还铺了一块红布。村两委干部、施工方领导和从乡上赶来的驻村干部马主任以及贫困户早到了,都三三两两散落在树荫下说着什么。一见乔燕腆着大肚子来了,张芳和吴芙蓉急忙跑过去扶住了她。贺端阳和村两委干部也围过来,十分小心地簇拥着她走到台地上面的临时主席台后面去了。

乔燕刚坐下,贺端阳便掏出一张纸,递给乔燕,乔燕一看,是今天的会议议程,只见上面写道:"第一项,贺家湾村支部书记、村委会主任贺端阳宣布会议开始,鸣炮;第二项,乡规划办主任、贺家湾驻村干部马瑞珍同志代表乡党委、乡政府致辞;第三项,贺家湾村第一书记乔燕同志讲话;第四项,贫困户代表刘勇讲话;第五项,工程方代表讲话;第六项,宣布工程质量监督小组名单、职责和任务;第七项,贺家湾村第一书记乔燕宣布贺家湾易地扶贫搬迁集中安置点开工!"乔燕看了,对贺端阳道:"我只宣布一下开工就行了,讲话还是应当由你来讲!"贺端阳急忙说:"那怎么行?你是第一书记,这话无论如何都该由你讲的!"乔燕又道:"你看我这样子,说这么几句话都上气不接下气了,还怎么讲?"贺端阳道:"你慢一点,随便讲讲,不要紧的!"乔燕见都到了这个时候,再推辞也不好,便答应了。

二

按下来贺端阳宣布会议开始和乡上马主任致辞不表,却说贺端阳宣布欢迎乔燕讲话后,会场上响起了一片掌声,乔燕吃力地从座位上站起来,朝众人鞠了一躬，正要讲时，却见从外面突然走来一队人，有二十多个，人人脸上挂着怒气，一边走，一边大声叫着："乔书记，乔书记……"乔燕急忙抬头看去，却见这些人像是商量好了似的，几步便冲到了挖掘机和推土机下面，把她围住了。乔燕认出原来是贺老三、贺四成、贺丰、郑伯希、王茂国、贺联海、敬华芳、赵小芹等，正准备问他们，却见贺端阳已经严肃了面孔，对他们问了起来："你们这是干什么？"话音刚落，贺老三挥了一下手，怒气冲冲地说："干什么？我们要找乔书记！"

乔燕看着贺老三问："爷爷，你找我有什么事？"贺老三再次朝空中挥着手，显得怒不可遏的样子，道："谁是你爷爷？你是你，我是我！我们今天要你解释清楚，你们为什么一天到晚不是给贫困户修房，就是给他们发这样那样资金，好像贫困户才是你们亲爹娘一样！为什么你们这样偏心？过去缴农业税和提留，我们没少缴一分，村上的投资投劳，我们没有少投一个！我们能够吃得起饭，穿得起衣，也是靠勤劳、靠节约，才兴起一个家……"话还没说完，贺四成等人纷纷七嘴八舌地吼叫起来："对，凭什么你们现在天天都是围绕贫困户转？""你们现在给贫困户建房，一户人要补助一二十万，我们在外面辛辛苦苦打工，好多年都挣不到那么多钱，你们摸到良心说，这公平吗？"众人的话刚完，贺老三马上又咄咄逼人地对乔燕道："你不是下来扶贫的吗？今天就要向你讨个公平！"贺四成等人听了又吼叫："不公平，不公平！"贺端阳见了，便对贺老三等人吼了一声，道："干什么，啊，你们是不是想造反了……"话还没说完，贺老三等人便道："不关你的事，她既然是专门下来扶贫的，我们只听她的解释！"

乔燕一见，知道这些人今天是专门来对自己发难的。自从扶贫工作开展以来，面对贫困户获得的一些物质利益，一些非贫困户心里不平衡，她是知道的，平时也做过很多解释工作，可没想到工作并没有做通。即使非贫困户当时工作做通了，今天面对贫困户易地搬迁的巨大利益，矛盾又一下集中爆发了。她想，也许考验自己的时候到来了！如果放到一年以前，她或者会表现得慌乱和手足无措，可现在她不是一年前那个小姑娘，她知道自己不能慌，不能乱，得慢慢和他们讲道理！这些道理自从她知道非贫困户心中的不平衡后，便在自己的肚子里打了几次腹稿，她相信自己一定能把他们说服。因此，她脸上始终保持着亲切的微笑，显得十分平静，对他们道："你们是不是要听我说？"那些人先是愣了一下，接着便像受了侮辱地说："不要你说我们今天来找你做啥子？"贺老三还补充道：

292

"今天你说得好就好，说得不好你可别想走！"

乔燕听了这话，又笑了一笑，才对贺老三道："爷爷，你放心，你看我这样子，你不想放我走，我还真想在贺家湾把孩子生下来！生下来后，我就给他取名叫贺娃儿……"一听这话，众人都忍不住笑了起来。贺老三等人也想笑，却忍住了。乔燕便对他们道："大叔大婶们，既然你们要听我说，就不要吵！如果你们没有说够，就继续说，我继续听！我今天就是再没时间，也要听你们把话说完，你们不把话说完，想赶我走我都不会走！"一听这话，贺四成、贺丰、郑伯希、王茂国、贺联海、敬华芳、赵小芹等人便不说话了，却拿目光去看贺老三。乔燕便知道今天领头的是贺老三，擒贼先擒王，便决定先把他拿下去，便笑着对他问："那好，爷爷，今天我倒想和你摆摆龙门阵……"没等乔燕说下去，贺老三却像不愿意买乔燕的账似的，气鼓鼓地说："要说什么你就说，我可没工夫和你摆龙门阵！"

乔燕又笑了一下，然后目光才落到贺老三身上，道："那好，爷爷，我问你一句话，你老人家一共有三个儿子，是不是？"贺老三不知乔燕问这话是什么意思，半天才道："这是明摆着的，还要你问？"乔燕又笑了一笑，接着道："我听说，你老大改革开放后就出去做生意，赚了不少钱，现在在城里买了房，日子自然过得有滋有味！你老二虽然没做生意，可两口子在外面打工，不但勤劳，还持家有方，日子也过得不错。最不成器的是你家老三，对不起，我是不该当着这么多人说这话的，可我不说，就把道理讲不明！老三因为你们老两口从小溺爱，不但没把书念好，还养成了好逸恶劳的德行，现在日子过得一团糟。我听说你老两口还常常把大儿子和二儿子给的生活费，偷偷拿去周济了你家老三，弄得大儿媳妇和二儿媳妇扬言以后不再管你们了。你说说你为什么要对老三偏心？"乔燕说完，目光便紧紧地看着贺老三，贺老三红了半天脸，却没回答出来，因为他们家里的这本经，湾里人人都知道。

乔燕也不等他回答，便从桌子后面走出来，挺着大肚子，爬到了推土机下的一块大石头上，站稳了，这才抬起头，目光平和地看着大家，提高了声音对会场上所有的人道："爷爷奶奶、叔叔婶婶们，我刚才是拿老三大叔家里的事来打个比喻！国家为什么要搞精准扶贫？也和一个家庭一样，手背手心都是肉，小康路上落下谁也不行……"刚说到这里，贺老三像是急了，又大声道："我们不听这些大道理！"贺四成等人一听，也马上跟着叫道："对，大道理我们不爱听，我们只问你为什么这么偏心？"乔燕听了这话，略微停了一下，便又马上道："那好，如果我上面说的是大道理，下面我就回答为什么要给贫困户建房，又为什么要给他们送钱送物，还要帮他们发展产业？因为上面派我来贺家湾，就是做这事的！我也只有把这事做好了，才上对得起组织，下对得起贫困户，中间对得起自己的良心！"说完又问众人，"我这不是大道理吧？"众人这次没有插话，却静静地望着乔燕的脸。

说到这儿，乔燕却忽然想哭，她觉得自己很委屈，就像一个受了大人冤枉的孩子。想起这一年的工作，她不知自己错在哪里，大家还这样不理解？一时，她觉得自己有很多话，想对众人说，可一时又不知从哪儿说起，想了想，竟像关不住闸门似的，不由自主地把原打算不让众人知道的事，也说了出来，道："爷爷奶奶、叔叔婶婶们，我虽然是城里长大的孩子，可我的爷爷、妈妈都是从农村出来的。我爷爷从学校一出来，就在扶贫领域工作，'八七'扶贫攻坚的时候，还受到了党中央和国务院的表彰，后来做了县扶贫办主任，再后来做了副县长，也分管扶贫工作，全县的山山峁峁，沟沟梁梁，他几乎都徒步走遍了！我妈妈小时候，家里很穷，她辍了好几次学，也幸亏她努力，断断续续念完了初中，后来考上了一所财经学校，毕业后分到我爷爷那个单位，受我爷爷的影响，她也非常热爱扶贫这项工作！我爷爷退休后，我妈一步一个脚印，从办事员干到科长，又从科长干到县上的扶贫局局长，一干就是将近三十年，去年也被国务院表彰为全国先进扶贫个人，然后调到市上扶贫移民局做局长去了。你们只知道我姓乔，却不知道我的母亲竟然是市扶贫移民局局长吧……"

说到这儿，乔燕忽然住了声。她张着嘴，好像吓住了似的，心里十分后悔："不是不让村里人知道自己的家庭背景吗，怎么一急就说出来了呢？"可是说出去的话，已经没法收回来了。她有些惶恐地朝众人扫了一眼，却听见从人群中不约而同地传来了一阵轻轻的惊呼声。不但一般的村民，就是从乡上来的马主任和村干部们，包括贺端阳和贺波在内，都怀疑自己听错了，瞪着一双不肯相信的大眼睛望着乔燕。是呀，他们怎么能相信平时这个亲切、随和、朴实、不装大的姑娘，竟然还有这么显赫的家庭背景呢？使他们更佩服的是这姑娘的嘴好严，大家可以说是朝夕相处了一年，要是她今天不说，谁会知道她家庭的情况呢？众人发了一会儿愣，才回过神来，一些人开始交头接耳起来。

乔燕见众人惊诧、好奇和交头接耳的样子，心里想："既然大家已经知道了我的出身和家庭背景，干脆一不做、二不休，就把自己的心掏出来，摆在光天化日之下，让大伙儿都看看吧！"这么想着，她停了停，才接着刚才的话，继续对众人说了下去："有爷爷和母亲的关系，我完全可以留在城里过着安逸舒适的生活，白天上班在单位吹着空调，晚上回到家里有丈夫爱着，有什么不好？可是我没有，我愿意下来做扶贫工作。为什么会这样？因为我从小受家庭的影响，热爱上了扶危济困的这项事业，想真心真意为贫困户办点事！爷爷奶奶、叔叔婶婶们说我有偏心，我可以掏心掏肝地对你们说，你们冤枉我了……"说到这里，乔燕觉得喉咙里像是被什么东西堵住了，声音也有些颤抖起来，急忙把话打住了。

正在这时，她肚子里面像是被什么拉扯了一下，突然剧痛起来。她急忙用手按着腹部，脸上沁出了大滴大滴的汗珠。张芳见乔燕脸色有些不对，又见她用手按着肚子，便跑过去扶住了她，道："乔书记，你是不是要生了？"众人一听这话，立即骚动了起来，尤其是女人们，此时都大声喊了起来："肯定是胎动了，肯定就要生了，怎么办？"有几个女人一边叫，一边跑了过去，就连贺老三那群人中的敬华芳、赵小芹也过去扶住了乔燕，大声问道："肚子是不是痛得很厉害？"

乔燕咬着牙道："刚才那阵很痛，现在好些了……"张芳道："那还不是快生了？趁这阵还没痛，快走！"另外几个女人也说："就是，生孩子都是一阵阵痛的！"说罢扶了乔燕便走。乔燕听了这话，也就不再坚持，随了众女人走。没走几步，却又想起什么，对几个女人说："别忙，我还有几句话要对大伙儿说……"女人都道："都这个样子了，有什么话等孩子生了以后，回来再说吧！"乔燕道："我就几句话，不说我心里放不下……"女人听了，只得扶着她停了下来。

于是乔燕又回过头，看着贺老三、贺四成、贺丰、郑伯希、王茂国、贺联海等人道："爷爷奶奶、叔叔婶婶们刚才提到我只关心贫困户，没有关心你们，我在这里给大家做个检讨！这一年多时间，我到非贫困户家里来得确实少了一些，以后一定改正！我在这儿给你们表个态，你们有什么困难，看得起我，我、我……同样对待……"话还没说完，一阵疼痛又向她袭了过来，而且这次痛比刚才更厉害，乔燕不得不再次用力按住肚子，脸因为痛苦而扭曲起来，嘴里也不由自主地发出了呻吟。众人都大惊失色起来，连贺端阳也急了，大声叫道："现在还怎么走？我打120……"话没说完，乔燕忍着疼痛说了一句："张健……在村委会办公室……等我，有车……"众人一听，松了一口气，纷纷道："有车就好，

有车就好，那就快走吧！"于是张芳等女人扶着乔燕便走。

乔燕肚子的疼痛一阵紧、一阵松，为了不让张芳等女人替她担心和着急，她尽量咬紧牙关，不让呻吟从嘴里发出来，随着众人的脚步向前踏实而坚强地走去。

走了一段路，她回头看了一眼，却见身后跟了一群贺家湾的老少爷们儿和大娘大婶奶奶们，就连刚才的贺老三等人也在其中。她突然心里一热，滚烫的泪水在眼睛里直打转，她努力忍住，没让它们掉出来。她觉得能得到贺家湾这么多老少爷们和大娘大婶奶奶们的关心，她的所有付出都值了。这么想着的时候，她又用手轻轻抚摸了一下那像小山头一般隆起的肚皮，一种即将做母亲的自豪和骄傲又不由自主地浮上心头，她竟含着眼泪笑了一下。

还没走出画眉湾，忽然看见张健和吴晓杰正朝这里大步走来。乔燕心里一惊："妈怎么来了？"可她马上就明白过来了：自从她那天在电话里告诉母亲，预产期大约就是这几天以后，再没有给她打过电话，母亲肯定不放心，抽时间回来看她了。一见丈夫和母亲朝她跑来，又回头看了看身边的女人们和身后的父老乡亲们，乔燕只觉得自己陷进了一股巨大的幸福的旋涡当中。她再也忍不住了，眼皮哆嗦几下，泪水便像江河决堤般，顺着脸颊滚流下来了……

2018 年 1—4 月构思于渠县文联"贺享雍工作室"

2018 年 4 月 20 日—6 月 26 日初稿

2018 年 7 月 1 日—10 日二稿

2018 年 8 月 1 日—10 日三稿

2019 年 4 月 10 日—16 日四稿